Kontaktadresse nach EU-Produktsicherheitsverordnung:
produktsicherheit@droemer-knaur.de

Über den Autor:
Ben Kryst Tomasson, geboren 1969 in Bremerhaven, ist Germanist, Pädagoge und promovierter Diplom-Psychologe. Seine Leidenschaft gehört den Geschichten, die das Leben schreibt, den vielschichtigen Innenwelten der Menschen und dem rauen Land zwischen Nord- und Ostsee. Tomasson lebt und arbeitet in Kiel, ganz in der Nähe der Fähre, auf der man am Morgen nach einer entspannten Nacht auf See inmitten der einzigartigen Göteborger Schärenlandschaft aufwacht. Ben Kryst Tomasson ist Co-Autor der Sabine-Kaufmann-Krimis von Daniel Holbe.

BEN TOMASSON

FORSBERG UND DAS VERSCHWUNDENE MÄDCHEN

KRIMINALROMAN

Besuchen Sie uns im Internet:
www.droemer.de

Originalausgabe Februar 2021
Droemer Taschenbuch
© 2021 Droemer Verlag
Ein Imprint der Verlagsgruppe
Droemer Knaur GmbH & Co. KG, München
Alle Rechte vorbehalten. Das Werk darf – auch teilweise – nur
mit Genehmigung des Verlags wiedergegeben werden.
Die Nutzung unserer Werke für Text- und Data-Mining im
Sinne von § 44b UrhG behalten wir uns explizit vor.
Redaktion: Silvia Kuttny-Walser
Covergestaltung: ZERO Werbeagentur, München
Coverabbildung: Jan Wehnert / shutterstock.com,
SNicky / shutterstock.com
Satz: Adobe InDesign im Verlag
Printed in Germany
ISBN 978-3-426-30749-6

4 6 7 5

Sie hätte nie geglaubt, dass ein Menschenkind derart winzig sein könnte. So filigran und zerbrechlich, dass man kaum wagte, es zu berühren. Arme und Beine dünn wie Zweige, unglaublich kleine Finger und Zehen und ein vollkommen zerknittertes Gesicht. Der Kopf war von einem weichen dunklen Flaum bedeckt.

Durch die Vorhänge vor dem Fenster der Kammer, in der sie sich die letzten Wochen versteckt hatte, fiel kaum Licht. Trotzdem sah sie, dass dieses Kind perfekt war. Ihr Baby. Selig presste sie es an sich und lächelte.

Dann fiel ihr auf, dass etwas nicht stimmte.

Das Kind bewegte sich nicht, und es hatte auch nicht geschrien.

Sie schaute zu dem Mann, der immer noch am Fußende des Bettes kniete. Er hatte ihr durch die letzten Stunden geholfen, an die sie sich schon jetzt nur noch schemenhaft erinnerte. Immer neue Wellen von Schmerz, und die Angst, sie würde dieses Wesen niemals aus ihrem Bauch hinauspressen können. Sie war viel zu eng.

Er hatte ihre Hand gehalten, ihr gesagt, dass er sie liebe, und mit ihr gemeinsam geatmet, bis es schließlich doch vollbracht war.

Nun stand er auf, das Gesicht so unbewegt, dass sie nicht darin lesen konnte. Kurz drückte er ihre Schulter und löste dann das Kind mit sanfter Gewalt aus ihren Händen. Er legte es auf das dicke Tuch, das er auf dem Tisch neben dem Bett bereitgelegt hatte, und wickelte es darin ein. Nicht nur den Körper, sondern auch den Kopf.

Panik überschwemmte sie wie eine Flutwelle. So bekam ihr Mädchen doch keine Luft!

Er nahm das Bündel auf den Arm und sah auf sie hinab. Sah ihr in die Augen und schüttelte den Kopf.

»Sie ist tot«, sagte er.

Dann drehte er sich um und verließ die Kammer, trug ihr Kind davon. Sie fühlte sich plötzlich kalt und leer. Der Herzschlag neben ihrem war verschwunden, nichts bewegte sich mehr in ihr. Der körperliche Schmerz verebbte, doch der Schmerz in ihrer Seele wuchs ins Unermessliche.

Sie hatte ihr Kind der Liebe verloren. Und nicht nur das. Mitgefühl und Betroffenheit waren in seiner Stimme gewesen, aber auch noch etwas anderes.

Erleichterung.

Er war noch einmal davongekommen.

1

Mats Lundgren ahnte sofort, was passiert war, als er das Büro betrat.

Auf dem Tisch lag der dicke blaue Ordner, den er selbst beschriftet hatte. Der Direktor blätterte so heftig darin, dass er die Seiten beinahe herausriss. Dann hob er den Kopf, und Mats sah sein Gesicht. Starr wie eine Maske, die Lippen kaum mehr als ein Strich, die Augen dunkel vor Wut. Mats begann innerlich zu frösteln. Er musste sich räuspern, ehe er ein Wort herausbrachte.

»Kroon?«

Der Direktor tippte mehrfach auf die Seite, die er aufgeschlagen hatte. Eine Passage war in grell leuchtendem Gelb markiert.

»Deine Einschätzung. Rückstufung in Kategorie B. Keine akute Gefahr. Du hast dich dafür ausgesprochen, dass wir ihm die schrittweise Integration ermöglichen.«

Mats kniff die Augen zusammen und versuchte, sich an seine letzte Sitzung mit Kroon zu erinnern. Sein Blick wanderte am Kopf des Direktors vorbei aus dem Fenster, auf den struppigen Rasen, der das Gebäude umgab, vor dem Zaun ebenso wie dahinter. Die Sonne hatte es verbrannt, seit Wochen stand sie hoch am wolkenlosen Himmel, als gäbe es in Schweden niemals Regen, Schnee und klirrend kalte Winter. Es war ein ungewöhnlich heißer Sommer. Im Büro des Anstaltsleiters war es stickig. Vielleicht bekam Mats deshalb fast keine Luft mehr. Seine Hände wurden feucht, und er musste mit aller Kraft den Impuls unterdrücken, zum Fenster zu laufen und es aufzureißen.

Vor seinem geistigen Auge sah er Kroon, der ihm gegenübersaß, nach vorn gebeugt, die massigen Arme auf die Knie gestützt, und ihn aus seinen traurigen braunen Augen anblickte. Er war gebildeter, ehrlicher und reflektierter als die meisten anderen hier. Hatte sich engagiert, in der Einzeltherapie genau wie in der Gruppe. Mats hatte einen positiven Eindruck gewonnen. Kroon plante, in drei Jahren, nach seiner Entlassung, in den Norden zu gehen. Schlittenhunde wollte er züchten, das hatte er Mats erzählt. Irgendwo in der Einöde, wo es sieben oder acht Monate im Jahr nichts als Schnee gab. Frei wollte er sein, mit dem Hundeschlitten über die weiten verschneiten Flächen und die vereisten Seen gleiten, und alles nachholen, was er in den Jahren in der Skogome-Anstalt verpasst hatte.

»Er hat sich gut geführt. War kooperativ. Hat sich freiwillig für unser Medikationsprojekt gemeldet.« Mats atmete tief durch. »Kroon hat seine Tat bereut. Er war bereit, alles dafür zu tun, dass so etwas nicht noch einmal geschieht.«

»Das steht hier.« Der Direktor hämmerte mit dem Finger auf die Seite. »Und weiter: *Zur Erleichterung der Wiedereingliederung wird eine Lockerung der Haftbedingungen empfohlen.*« Er hob wieder den Blick. »Freigang.«

Mats schluckte und sprach seinen bösen Verdacht aus.

»Er ist nicht zurückgekommen?«

»Nein.« Der Anstaltsleiter neigte sich vor und legte die Hände flach vor sich auf den Tisch.

»Weißt du, was das bedeutet, Mats? Deinetwegen läuft jetzt da draußen ein gewaltbereiter Sexualstraftäter frei herum. Wenn da etwas schiefgeht ...«

Mats spürte eisige Finger, die nach seinem Herz griffen. Wenn etwas schiefging ... dann war es seine Schuld.

2

Die Menschen waren nicht so distanzlos, die Kinder nicht so laut und die Sommer nicht so heiß. Das waren die größten Unterschiede zwischen Deutschland und Schweden – und ein Grund, weshalb er sich entschieden hatte, hier zu leben. Den dritten Punkt schien das Land seiner Kindheit in den letzten Wochen allerdings ein für alle Mal widerlegen zu wollen. Das *Falunröd*, das Schwedenrot, mit dem er sein Haus strich, war dermaßen zäh, dass er Mühe hatte, die Farbe gleichmäßig auf den Wänden zu verteilen. Auf der Flüssigkeit im Eimer hatte sich eine feste Schicht gebildet.

Frederik Forsberg wischte sich mit dem Unterarm den Schweiß von der Stirn. Das T-Shirt, das er zum Streichen angezogen hatte, war durchgeschwitzt, und sogar die alte Jeans, die bereits etliche rote Flecken zierten, fühlte sich feucht an. Der Kleber der Kreppstreifen, mit denen er die Tür- und Fensterrahmen und die Hauskanten abgeklebt hatte, war ausgetrocknet; die Streifen lösten sich vom Holz und rollten sich auf. Er würde das alles noch einmal neu machen müssen, wenn die Rahmen, die er sorgfältig abgeschliffen hatte, nichts von dem eisenhaltigen Schwedenrot abbekommen sollten. Sonst würde er später dicke Schichten weißer Farbe auftragen müssen, um das Rot zu überdecken.

Das Haus war in einem desolaten Zustand, nachdem er in den letzten drei Jahren kaum hier gewesen war. Der Frost hatte seine Spuren ins Holz gefressen, die Bretter der Terrasse waren morsch geworden, und ein Sturm hatte das Dach beschädigt. Eine der schlanken Birken war entwurzelt worden und hatte den Verschlag für das Brennholz zum Einsturz gebracht. Der Wald reichte bis an die Grundstücksgrenze heran. Das Haus lag am Ende einer Sackgasse, so abgeschieden und still, wie man es sich nur wünschen konnte.

Es war der Ort, an dem er sein inneres Gleichgewicht wiederfand, wenn ihn die Erinnerungen plagten – an den Tod seiner Partnerin, an die aufreibenden Ermittlungen der letzten Jahre und an seine Enttäuschung, als das Urteil gesprochen worden war.

Eine Fliege umschwirrte seinen Kopf. Frederik verscheuchte sie mit einer ungeduldigen Handbewegung, mit der er zugleich die Bilder zu vertreiben versuchte, die sich ihm aufdrängten. Das Blitzlichtgewitter, als er auf den Platz vor dem Göteborger Gerichtsgebäude trat, die Fragen der Reporter, die auf ihn einprasselten. Ob sie Fehler gemacht hätten? Wie sonst könnte es sein, dass der Kopf einer Organisation, die illegal russische Waffen über Schweden in den Nahen Osten verschiffte, freigesprochen wurde? Dass sie den Ring geknackt und etliche Verurteilungen erreicht hatten, verblasste daneben. Ausgerechnet Arvid Ekström, Eigentümer der Spedition Göta Trans und mutmaßlicher Drahtzieher des Waffenschmuggels, hatte den Gerichtssaal als freier Mann verlassen. Auf dem Weg nach draußen war er kurz neben Frederik stehen geblieben.

Sie werden das bereuen.

Nur diese vier Worte, ruhig und emotionslos ausgesprochen. Frederik war ein Schauer über den Rücken gelaufen.

Danach hätte er dem Land am liebsten den Rücken gekehrt. Seine Großeltern in Kiel hätten sich gefreut. Während der internationalen Ermittlungen hatte er wieder bei ihnen gewohnt, in demselben Zimmer, in dem er auch seine Jugend verbracht hatte, und sie alle hatten die gemeinsame Zeit genossen. Aber es gab einen wichtigen Grund, in Schweden zu bleiben.

Emma.

Frederik lächelte, als er an sie dachte, während er das Holz weiter mit dem breiten Pinsel bearbeitete. Gerade hatte er ihn erneut in den Farbeimer getaucht, als das Telefon in seiner Hosentasche vibrierte.

Fluchend steckte er den Pinsel zurück. Er wickelte sich einen Stofflappen um die Finger, ehe er das Smartphone hervorzog, um es nicht zu beschmutzen. Tausendfach ausgeführte Routine eines Ermittlers, der daran gewöhnt war, Beweisstücke zu sichern. Mit dem abgespreizten kleinen Finger wischte er über das Display, auf dem der Name des Anrufers stand.

»Hej, Birger.«

»Frederik.« Der Chef seiner alten Abteilung klang ernst. »Ich habe schlechte Nachrichten.«

Frederik nahm an, dass es um seine Rückkehr zur Ermittlungseinheit Kapitalverbrechen ging. Seit dem Tod seiner Partnerin fehlte ein Team. Bei ihrem letzten Gespräch hatte Birger angedeutet, dass er eine neue Truppe aufbauen wollte, wenn Frederik die Arbeit in der internationalen Kooperation gegen den Waffenschmuggel beendet hatte. Er sollte das Team leiten.

Eigentlich hatte er Urlaub. Das Haus musste bis zum Winter renoviert werden, sonst würde es ihm vermutlich über dem Kopf zusammenfallen. Aber er wusste auch, dass die Kollegen überlastet waren. Wenn sie ihn brauchten, konnte er nicht Nein sagen.

»Was gibt es denn?«

»Du erinnerst dich an Kroon? Carl Kroon?«

Frederik kletterte die Leiter hinunter, weil seine Knie plötzlich weich wurden. Er selbst hatte Kroon hinter Gitter gebracht.

»Sicher. Was ist mit ihm?«

»Die Kollegen in der Skogome-Anstalt haben ihn in ihrem

System neu eingeordnet. ROS, du weißt schon, dieses Schweizer Modell: Risikoorientierter Sanktionenvollzug.«

Frederik stellte den Farbeimer ab und griff nach der Wasserflasche. Schraubte den Deckel ab und setzte sie an die Lippen. Sein Mund war ausgetrocknet, die Zunge klebte am Gaumen.

»Und?«

»Der zuständige Psychologe, Mats irgendwas, hat ihn in Kategorie B eingestuft, also als nicht akut gefährlich, und sich dafür ausgesprochen, dass man ihm einen wöchentlichen Freigang erlaubt.«

»Einem Mann, der ein elfjähriges Mädchen in seine Gewalt gebracht hat und es beinahe getötet hätte?« Frederik musste immer noch die Zähne zusammenbeißen, wenn er daran dachte.

»Tja. So sieht es aus. Und Kroon hat die Gelegenheit beim Schopf ergriffen und sich davongemacht.«

Frederik schraubte die Flasche wieder zu. »Ich komme sofort.«

»Nein. Das ist nicht nötig. Im Augenblick kannst du nichts tun«, bremste ihn Birger. »Wir haben alles veranlasst, Fahndung, Straßensperren, Hubschrauber, Überwachung der Boothäfen und Fähren. Dazu ein Aufruf in allen Medien, mit einem Foto von Kroon in den Fernsehnachrichten und in den sozialen Netzwerken. Ich wollte nur, dass du vorbereitet bist.«

Das Wasser in seinem Magen fühlte sich plötzlich wie flüssiges Eis an. Birger musste es nicht aussprechen, Frederik wusste auch so, was er befürchtete. Er hatte das Gleiche gedacht. Es war nichts, worauf man sich in irgendeiner Weise vorbereiten konnte.

»Genieß das Wetter und geh irgendwohin«, sagte Birger. »Du hast es dir verdient. Wenn sich etwas tut, melde ich mich.«

Die Männer verabschiedeten sich. Frederik steckte das Smartphone zurück in die Hosentasche. Dann presste er den Deckel auf den Farbeimer und trug ihn zusammen mit dem Werkzeug in den Schuppen. Er legte die Leiter ins Gras und ging ins Haus, um zu duschen und sich umzuziehen. Wenn er hierblieb, würde er sich nur ständig schreckliche Dinge ausmalen. Er musste irgendetwas tun, auch wenn es nicht helfen würde. Die Bilder würden trotzdem kommen.

Die Espressomaschine in seinem Büro in der Göteborger Polizeibehörde ratterte und zischte. Frederik wartete, bis der Kaffee durchgelaufen war, und leerte die winzige Tasse dann in einem Zug. Eigentlich sollte er weniger Kaffee trinken. Seine Nerven waren ohnehin zum Zerreißen gespannt, und er merkte, dass sein Herz schneller schlug als gewöhnlich. Aber wenn ihm das Koffein fehlte, bekam er Kopfschmerzen.

Er trat ans Fenster und sah hinaus, über den Parkplatz und die Straße zum Ullevi-Stadion. Der Parkplatz war so gut wie leer, auf der breiten Straße dagegen war viel Verkehr. Alle waren unterwegs, um irgendwo den Mittsommerabend zu feiern oder die Vorbereitungen für den nächsten Tag, den Mittsommertag, in Angriff zu nehmen. Es war das wichtigste Ereignis des Jahres, und niemand in Schweden versäumte es, sich zu diesem Anlass mit Familie und Freunden zu treffen. In dieser Nacht verschwand die orangefarbene Sonne erst weit im Norden hinter dem Horizont, und es wurde kaum richtig dunkel.

Unten trat Birger gerade aus dem Polizeigebäude. Frederik erkannte seinen Charakterkopf mit den kurzen Haaren, die in den letzten Jahren grau und drahtig geworden waren.

Er war nicht sonderlich überrascht gewesen, als Frederik schon eine knappe Stunde nach seinem Anruf auf der Dienststelle erschien.

»Warum bist du nicht zu Hause geblieben?«, fragte er trotzdem. »Ich hätte hier die Stellung gehalten.« Er wies auf seinen

Schreibtisch. »Ich habe mir Kroons Akte kommen lassen, aber ich finde keine nützlichen Hinweise.«

Frederik hob die Schultern. »Ich kann das nicht, die Hände in den Schoß legen und warten. Das weißt du. Außerdem war es mein Fall.« Er deutete auf das gerahmte Foto neben Birgers Monitor, das eine hübsche blonde Frau mit ihren beiden erwachsenen Kindern zeigte. »Hattest du heute Abend nichts Besseres vor?«

Birger strich sich über den grauen Vollbart. »Wir haben eine Einladung. Aber meine Frau versteht es, wenn ich nicht mitkomme.«

»Und die Kinder?«

»Na ja.« Birger schnitt eine Grimasse. »Sie werden enttäuscht sein. Mein Sohn kommt extra mit seinem Partner aus Stockholm, und meine Tochter und ihr Mann haben jemanden gefunden, der sich für ein paar Tage um ihr kleines Hotel in Kiruna kümmert. Sie bringen die Kinder mit.«

Frederik hörte die Sehnsucht in seiner Stimme. Birger liebte seine Enkelkinder über alles.

»Brauchst du die Akte noch?«, fragte er.

Birger schüttelte den Kopf. »Nimm sie mit. Mir hilft sie nicht weiter.«

»Okay.« Frederik klemmte sich die dicke Mappe unter den Arm und ging zur Tür. Bevor er Birgers Büro verließ, drehte er sich noch einmal um.

»Ich bleibe heute Abend hier«, erklärte er. »Ich gehe den ganzen Fall noch mal durch und lege mich später im Ruheraum auf die Liege. Auf mich wartet niemand.«

Mehr hatte er nicht gesagt, aber Birger hatte die Botschaft offensichtlich verstanden. Frederik sah, dass er lächelte, als er unten auf dem Parkplatz die Tür seines Wagens öffnete und einstieg.

Er wandte sich vom Fenster ab, setzte sich an den Schreibtisch und schlug Kroons Akte auf. Ein Stapel Fotos fiel ihm entgegen. Die elfjährige Maja, ein hübsches blondes Mädchen im weißen Kleid mit einem Blumenkranz auf dem Haar. Die Hütte im Wald, in der Kroon sie gefangen gehalten, das Bett, auf dem sie gefesselt gelegen hatte, das blutverschmierte Laken. Sofort war das Grauen wieder da.

Kroon hatte Maja am Mittsommertag vor sieben Jahren entführt. Zwei Wochen lang hatte er sie in seiner Gewalt gehabt, und am Ende hatte er sie so lange gewürgt, bis sie schlaff in seinen Armen gelegen hatte. Im tiefsten Wald hatte er sie abgelegt und verscharrt. Spaziergänger hatten sie gefunden. Wie durch ein Wunder war sie noch am Leben gewesen, aber völlig dehydriert und ausgezehrt. Körperlich waren keine Schäden geblieben, aber das seelische Trauma würde sie ein Leben lang begleiten. Mittlerweile musste sie achtzehn sein. Frederik hatte keine Ahnung, wo sie heute lebte und wie es ihr ging.

Er schob die Bilder zurück in die Akte, schaltete den Rechner ein und startete eine Suchanfrage. Maja war bei ihren Eltern gemeldet, die mittlerweile in Stockholm wohnten. Frederik rief die Kollegen an und bat sie, die Familie über Kroons Flucht zu informieren und eine Streife abzustellen, die das Haus der Familie im Auge behielt. Es war nicht sehr wahrscheinlich, dass Kroon sein damaliges Opfer aufsuchen würde, aber ausschließen konnte man es nicht.

Anschließend nahm er sich Kroons Lebenslauf vor. Das meiste wusste er noch, doch einige Details waren ihm entfallen.

Das Verbrechen an Maja war Kroons erstes Sexualdelikt gewesen, aber schon in der Schule war er auffällig geworden. Er hatte geschwänzt, seine Mitschüler bestohlen und mehrfach Schlägereien angezettelt.

Eine vernünftige Erklärung dafür hatte Frederik schon damals nicht gefunden. Kroon stammte aus geordneten Verhältnissen, die Eltern waren Bibliothekare, Carl das einzige Kind. Er war nicht dumm. Im Anschluss an die schwierige Schulzeit hatte er seine Hochschulreife erworben und studiert, danach einige Jahre als Ingenieur in der Automobilindustrie gearbeitet. Aus dieser Zeit waren keine Auffälligkeiten bekannt, so als hätte sich Kroons unangepasstes Verhalten mit seiner Volljährigkeit von einem Tag auf den anderen gelegt. Bis zu dem Tag, an dem er die kleine Maja auf dem Mittsommerfest in Uddevalla entdeckt hatte.

Das war nicht ungewöhnlich, viele Pädophile begnügten sich damit, Kinder zu beobachten und sich den Kontakt zu ihnen nur in der Fantasie auszumalen. Sie lebten unauffällig inmitten der Gesellschaft, und niemand in ihrem Umfeld ahnte etwas. Manche wurden niemals straffällig. Bei anderen ereignete sich eines Tages etwas, das bewirkte, dass alle Hemmungen fielen. Was der Auslöser bei Kroon gewesen war, hatte er nie herausgefunden.

Das Klingeln des Telefons unterbrach seine Gedanken. Er nahm den Hörer ab.

»Frederik Forsberg. Mit wem spreche ich?«

»Hallo, Frederik. Hier ist die Einsatzzentrale. Wir hatten einen Anruf. Eine Frau will Carl Kroon gesehen haben, auf der Fähre von Björkö nach Kalvsund. Sie meint, er habe das Schiff dort verlassen. Wir haben den Kollegen vor Ort schon Bescheid gegeben.«

Frederik schaute auf die Karte von Westschweden, die neben dem Schreibtisch hing. Natürlich wusste er, wo Kalvsund lag. Es war eine der kleineren Schären vor den Toren Göteborgs. Man konnte mit dem Boot dorthin fahren oder mit der Autofähre von Lilla Varholmen nach Björkö und von dort mit einer zweiten Fähre weiter nach Kalvsund und Öckerö.

»Danke für die Information. Ihr haltet mich auf dem Laufenden?«

»Selbstverständlich.« Die Beamtin von der Einsatzzentrale legte auf.

Frederik fuhr sich nachdenklich über das stoppelige Kinn. Was wollte Kroon auf Kalvsund? Sofern die Insel das Ziel seiner Reise war und es sich tatsächlich um Kroon gehandelt hatte. Die Anruferin könnte sich geirrt haben, das war häufig der Fall. Aber manchmal erwies sich ein Hinweis aus der Bevölkerung auch als wichtig.

In seinem Hinterkopf rumorte etwas. Er zog die Tastatur des Rechners zu sich heran und weckte ihn aus dem Ruhemodus. Mit ein paar Mausklicks steuerte er das Archiv an. Er gab Kalvsund als Suchbegriff in die Maske ein, und nur Sekunden später bot ihm das System einige Akten an. Als er den Namen las, wusste er es wieder.

3

Im Winter war es auf Kalvsund still. Nur der immerwährende Wind pfiff über die Landschaft aus glatt geschliffenen Steinen und zähen, geduckten Gewächsen. Die Wellen rollten auf die flache Felsküste, bei starkem Frost schoben sich Eisplatten heran. Die wenigen Bewohner verließen ihre Häuser nur, um einzukaufen oder zu ihren Arbeitsplätzen zu fahren. Früher hatte man hier vom Fischfang gelebt, doch seit der Hering ausgeblieben war, hatten sich die meisten auf dem Festland verdingt.

Im Sommer dagegen vervielfachte sich die Zahl der Menschen auf der Insel. Sie kamen mit ihren Booten, die dicht an dicht in den Häfen lagen, und die Holzstege vor Kalvsunds Kiosk waren ein beliebter Treffpunkt.

Hjördis ging mit Lisbet und Petter dorthin. Ihre Tochter sah wunderhübsch aus mit dem weißen Kleid und dem Blumenkranz auf dem blonden Haar. Auf ihre Pippi-Langstrumpf-Zöpfe hatte sie ausnahmsweise verzichtet. Dafür hatte sie darauf bestanden, die Tracht für das Mittsommerfest schon heute Abend anzuziehen. Hjördis war das nicht recht. Eigentlich hätte Lisbet das weiße Kleid erst morgen tragen sollen, und sie befürchtete, dass ihre Tochter es bis dahin zerknittern und bekleckern würde. Dann würde sie heute Nacht noch die Flecken herausrubbeln müssen, damit es bis zum nächsten Tag wieder trocken wurde.

Petter hatte über ihre Bedenken natürlich nur gelacht und Lisbet ermutigt, ihren Willen durchzusetzen. Hjördis' Gefühle interessierten ihn schon lange nicht mehr.

Seit wann hatten sie sich nur derart auseinandergelebt? Oder waren sie sich vielleicht nie wirklich nah gewesen?

Sie schaute sich zu ihm um. Petter hatte seine Kamera mitgenommen und blieb alle paar Meter stehen, um Fotos zu machen.

Seine Bilder waren gut. Das ganze Haus war voll davon, und fast alle Aufnahmen zeigten Lisbet. Seinen Engel. Sobald Petter zu Hause war, war sie das tatsächlich. Sie sprang in seine ausgebreiteten Arme, wenn er von der Arbeit kam, kuschelte sich an ihn und rannte durchs Haus, um ihm seine Pantoffeln, ein Leichtbier aus dem Kühlschrank oder Knabberzeug aus der Kammer zu holen. An den Wochenenden nahm Petter sie manchmal mit, wenn er mit dem Boot hinausfuhr.

Hjördis war froh darüber, weil sie dann für ein paar Minuten zur Ruhe kam, sofern Gunhild oben in ihrem Pflegebett schlief und nicht mit weinerlicher Stimme nach ihr rief oder unablässig an der Klingelschnur zerrte, weil sie irgendetwas brauchte. Sie hatte selten Zeit für sich selbst. Wenn Petter nicht da war, war Lisbet ein anderes Kind. Sie war überhaupt nicht zu bändigen, schrie und schimpfte und knallte mit den Türen. Doch wenn Hjördis sich bei Petter darüber beklagte, lächelte er nur mit jener Zärtlichkeit, die ausschließlich für Lisbet reserviert war.

»Das ist die Pubertät«, sagte er. »Sie muss rebellieren und sich mit dir auseinandersetzen, um ihren eigenen Weg zu finden.«

Oh ja! Bestimmt tat sie das. Lisbet wollte nicht so werden wie ihre Mutter, daran ließ sie keinen Zweifel. Eine Frau, die sich zeit ihres Lebens für andere aufgerieben und darüber ihre Träume vergessen hatte. Aber niemand hatte Hjördis je gefragt, ob sie das so wollte. Es war ihre Pflicht gewesen, ihre kranken Eltern zu pflegen, erst den Vater, jetzt die Mutter.

Hjördis betrachtete verstohlen ihre abgearbeiteten Hände, während sie hinter Lisbet und Petter herlief, die lachten und sich gegenseitig neckten. Sie grüßte ein paar Nachbarn, die wie sie selbst auf dem Weg zum Kiosk waren, wo Kalvsunds Mittsommerstange aufgebaut werden sollte, und fragte sich, wie Petter so unbefangen sein konnte. Hatte er die Zeichen noch immer nicht erkannt? Spürte er nicht den Sturm, der ihnen bevorstand?

In den Nachrichten hatte sie das Foto gesehen. Carl Kroon, ein großer, muskulöser, bedrohlich wirkender Mann mit kahl rasiertem Schädel und düsterem Blick. Angeblich hatte man ihn auf der Fähre nach Kalvsund beobachtet. Petters Augen hatten sich kurz verdunkelt, doch dann hatte er abgewinkt. Einem Mädchen, das so gut behütet war wie seine Lisbet, würde kein Fremder zu nahe kommen. Hjördis hatte sich die Bemerkung verkniffen, dass ein schmächtiger Buchhalter wie er einem Typen wie Kroon wohl kaum Angst einjagen würde. Er hätte es ohnehin nicht verstanden.

Doch Kroon war nicht der Einzige, vor dem sich ein junges Mädchen in Acht nehmen musste. Petter wusste das, genau wie er auch wusste, dass die Gefahr ganz in ihrer Nähe lauerte. Aber wie so oft verschloss er die Augen

Rune fuhr der Schreck in die Knochen, als es an der Tür klingelte. Durch die Vorhänge sah er den Mann und die Frau in der Uniform der Reichspolizei. Rasch schob er die Fotos auf dem Tisch zusammen und stopfte den Stapel unter ein Sofakissen. Auf dem Weg durch den Flur knöpfte er das offene Hemd zu und kämmte sich mit den Fingern notdürftig durch die Haare. Er hatte sich seit Tagen nicht rasiert, die Stoppeln wucherten schwarz und grau auf seinem Kinn. Wahrscheinlich stank er auch nach Schweiß und Alkohol. Aber die Polizisten würden sowieso nichts anderes erwarten.

Er kannte die verächtlichen Blicke. Sie trafen ihn, sobald er das Haus verließ. Jeder hier auf der Insel wusste Bescheid. Die

Nachbarn grüßten knapp im Vorbeieilen. Alle anderen wechselten die Straßenseite, sobald sie ihn sahen.

Wenn er gekonnt hätte, wäre er weggezogen. Aber er hatte keine Arbeit, nur das Geld, das ihm der Staat zahlte. Wenn er wegging, würden sie ihn zwingen, das Haus zu verkaufen. Dann hätte er gar nichts mehr. Das Haus hatten die Eltern ihm überschrieben, als einmaligen Abschlag auf sein Erbe. Sie hatten einen Schlussstrich gezogen. Er war für sie gestorben, tot wie sein Bruder, der sich mit fünfzehn erhängt hatte.

Runes Hand schwebte einen Moment über der Klinke. Dann schluckte er den Widerwillen hinunter und riss die Tür auf.

»Ja?«

»Guten Abend, Herr Dahlberg«, sagte der große und breitschultrige Polizist mit tiefer, dröhnender Stimme. Seine jüngere Kollegin hielt sich einen Meter hinter ihm, halb verborgen hinter seinem Rücken.

Runes Hände begannen zu zittern. Er verschränkte die Arme vor der Brust, damit die Beamten es nicht sahen.

»Was wollen Sie?«

»Wir sind auf der Suche nach Carl Kroon.«

Rune lachte vor Erleichterung auf.

»Der sitzt in der Skogome-Anstalt. Hat noch ein paar Jahre vor sich.«

Die Polizistin machte einen Schritt nach vorn. Er sah weizenblonde Haare unter ihrer Mütze, helle Augenbrauen und ein zartes, fast noch kindliches Gesicht. In seinen Lenden zuckte es.

»Hören Sie keine Nachrichten?«

Er leckte sich die Lippen, während sein Blick über ihren mädchenhaften Körper glitt. Ob sie sich wohl da unten rasierte?

»Ich lese lieber.« Er versuchte sich an einem lässigen Grinsen. »Comics.«

Die Polizistin kräuselte angewidert die Nase. So wie diese jungen Dinger ihn immer behandelten. Die brauchten sich wirklich nicht zu wundern, wenn er sich mit Gewalt nahm, was er wollte.

»Carl Kroon ist flüchtig«, teilte ihm der Polizist mit der tiefen Stimme mit. »Er ist von seinem Freigang nicht zurückgekehrt. Wir haben Grund zu der Annahme, dass er sich auf Kalvsund aufhält.«

Rune starrte den Beamten an. Die hatten Carl freiwillig nach draußen gelassen? Er selbst hatte während seiner fünf Jahre Haft nicht einen Tag vor die Tür gedurft, weil dieser verdammte Seelenklempner seine Resozialisierung *für noch nicht stabil genug* hielt. Und Carl, der die Mädchen nicht nur anfasste, sondern eine Elfjährige entführt und sich tagelang in einer Hütte im Wald mit ihr vergnügt hatte, durfte mir nichts, dir nichts hinausspazieren?

»Was geht mich das an?« Er wollte die Tür zuknallen, doch der Polizist stellte seinen Fuß in den Türspalt.

»Sie haben fünf Jahre zusammen mit Kroon eingesessen. Die Gefängnisleitung sagt, Sie haben sich gut verstanden und gemeinsam in der Holzwerkstatt gearbeitet.«

»Und?«

»Sie hatten sich bei einigen Ihrer Mitinsassen unbeliebt gemacht, nicht wahr, Rune? Die wollten Sie gern in die Finger kriegen, aber Kroon hat seine schützende Hand über Sie gehalten.«

Widerstrebend nickte Rune. Es stimmte, aber er wollte nicht darüber reden. Die Sache war ihm peinlich.

»Kroon hat Ihnen geholfen. Und jetzt braucht *er* Hilfe, um sich einer erneuten Verhaftung zu entziehen.«

Rune begann zu schwitzen. Die Polizisten durften auf keinen Fall sein Haus durchsuchen. Er war immer noch auf Bewährung. Mühsam rang er sich ein verächtliches Lachen ab.

»Carl wäre nicht so blöd, ausgerechnet zu mir zu kommen.«

Der Polizist lächelte unverbindlich. »Davon würden wir uns gern selbst überzeugen.«

Rune versuchte, ihm den Weg zu versperren, doch der Polizist schob ihn einfach beiseite. Seine Kollegin folgte ihm.

»Wir haben einen Durchsuchungsbeschluss«, teilte sie ihm mit sichtlicher Genugtuung mit.

Rune blieb auf der Schwelle stehen und schlug den Hinterkopf gegen den Türrahmen. Er wischte sich die schweißnassen Hände an der Hose ab und schaute auf die Straße. Sollte er davonlaufen? Aber er würde nicht weit kommen. Ein Boot besaß er nicht, nur ein Lastenmofa, mit dem er zum Einkaufen fuhr. Die Beamten mussten nur den Kapitän der Fähre anrufen, damit er nicht anlegte, dann würde er gar nicht erst von der Insel runterkommen. Und wenn er sich irgendwo in die Büsche schlug, die es im Süden von Kalvsund reichlich gab, oder einen Schuppen aufbrach, um sich darin zu verstecken, würden sie so lange suchen, bis sie ihn fanden.

Er schloss die Augen und wartete ab. Lauschte den Schritten der beiden Beamten, die sich durch das Haus bewegten, hörte das Quietschen der Türangeln, die längst hätten geölt werden müssen, und das Scharren der Küchentür, die über den Boden schliff. Nach einer Weile kamen sie zurück.

Er hielt die Luft an und wartete auf den Standardtext, der bei der Verhaftung gesprochen wurde, und das Klicken der Handschellen. Doch nichts davon geschah. Vorsichtig blinzelte er.

Die Polizistin presste die Lippen zusammen. Das Gesicht ihres Kollegen gab keine Regung preis.

»Danke«, sagte er und hielt Rune eine Karte hin. »Sollte Kroon sich bei Ihnen melden, rufen Sie diese Nummer an.«

»Klar.« Rune staunte, dass er überhaupt noch eine Stimme hatte.

Die beiden Beamten verließen das Grundstück. Rune zog

sich schnell in den Flur zurück und knallte die Tür zu. Plötzlich fühlte er sich frei, wild und unbesiegbar.

Die Arschlöcher konnten ihm gar nichts.

Petter streichelte Lisbet die Wange und hielt ihr die Eiswaffel hin, die er am Kiosk gekauft hatte. Drei große Kugeln Schokoladeneis. Er hatte Hjördis' missbilligenden Blick wahrgenommen, aber es war ihm gleich. Dieses Kind war ein Geschenk, in jeder Hinsicht. Lisbet erhellte seine Seele, wenn sich die Dunkelheit wie ein Bleigewicht auf seine Schultern legte. Ohne sie würde er in diesem Haus ersticken, in dem Hjördis' Mutter Gunhild in ihrem Pflegebett im Obergeschoss wie ein schwarzer Schatten über ihnen dräute, mit ihrer fordernden, krächzenden Stimme, immer eine Hand an der Klingel, mit der sie die Familie tyrannisierte.

Hjördis ging zu den Männern, die die Mittsommerstange aufrichteten, und schäkerte mit ihnen. Sie hatte sich hübsch gemacht und sah jünger aus als sonst in ihren grauen Alltagskleidern. Er wusste, dass sie nur eine Rolle spielte, aber außer ihm bemerkte es niemand.

Als Junge hatte er sie oft beobachtet. Sie war fünf Jahre älter als er, und sie war das schönste Mädchen auf der ganzen Insel gewesen. Petter war ihr heimlich gefolgt, wenn sie auf den glatten Steinen an der Westküste entlangkletterte. An einem einsamen Platz blieb sie dann stehen und deklamierte Gedichte oder Szenen aus Theaterstücken. Manchmal hatte der Wind Satzfetzen zu ihm hergetragen. Sie war eine großartige Schauspielerin. Er hatte sich unsterblich in sie verliebt.

Natürlich hatte sie ihn gar nicht gesehen, er war ein schmächtiger, pickliger Junge mitten in der Pubertät gewesen, sie eine fast erwachsene junge Frau. Er hatte die Männer beneidet, mit denen sie gelegentlich Hand in Hand spazieren ging. Petter hatte versucht, mit anderen Mädchen auszugehen, aber es hatte nicht funktioniert. Für ihn gab es nur Hjördis. Und dann, auf dem Mittsommerfest vor dreizehn Jahren, als er schon sechsundzwanzig und immer noch Single war, hatte sie plötzlich vor ihm gestanden. Sie hatten zusammen getrunken, getanzt und gelacht. Später war er mit zu ihr gegangen, in das dunkle Haus mit der kranken Frau im Obergeschoss. Sie hatten sich in Hjördis' Zimmer geschlichen, und er hatte ganz leise sein müssen.

Ein halbes Jahr später, kurz vor Weihnachten, hatten sie geheiratet, gerade noch rechtzeitig. Im Februar war dann Lisbet zur Welt gekommen.

Wie glücklich er damals gewesen war.

Jemand schlug ihm auf die Schulter und drückte ihm ein Glas Bier in die Hand – ein Nachbar, der im Haus neben ihrem wohnte und ihm gelegentlich mit dem Boot half. Petter selbst hatte zwei linke Hände.

Sie standen eine Weile zusammen und betrachteten das bunte Treiben auf dem Platz und den Stegen. Die Männer, die die Mittsommerstange sicherten, die Frauen, die sie mit Blumen und Bändern schmückten, und die Touristen, die mit ihren Handys herumstanden, Fotos machten und filmten. Auch wenn heute außer Lisbet und ein paar anderen kleinen Mädchen noch niemand seine Tracht trug, sah man sofort, wer aus Schweden kam und wer nicht. Den Einheimischen lag Mittsommer im Blut. Die Urlaubsgäste bestaunten das Spektakel, als wohnten sie einer Theateraufführung bei.

Petter leerte sein Glas und ging zum Kiosk, um für seinen Nachbarn und sich ein neues Leichtbier zu holen. Härtere Sachen verkauften sie dort nicht, aber den jungen Männern auf der Insel würde es trotzdem gelingen, sich im Laufe des Abends bis zur Besinnungslosigkeit zu betrinken. Es war nur eine Frage der Menge.

Als er zu seinem Nachbarn zurückkehrte, war dieser von seiner Frau und den drei Kindern umringt. Er nahm Petter das Glas ab und leerte es in einem Zug.

»Danke.« Er lächelte seine Frau an. »Wir müssen weiter, wir haben noch eine Einladung.«

Petter winkte der Familie zum Abschied und schaute sich nach Hjördis um. Sie stand mit einem der Männer zusammen, die die Mittsommerstange aufgerichtet hatten, einem Göteborger Hafenarbeiter mit breiten Schultern, weizenblondem Haar und einem einnehmenden Lächeln. Er flirtete mit ihr, doch Petter merkte, dass ihn das nicht berührte. Früher hätte sich die Eifersucht wie ein Geschwür in seinem Magen ausgebreitet, aber die Zeiten waren vorbei. Irgendwann in den letzten Jahren hatte sich die Liebe zu Hjördis einfach in Luft aufgelöst. Nicht ohne Grund, aber daran wollte er lieber nicht denken. Manche Dinge schob man besser in den hintersten Winkel der Erinnerung und hoffte, dass man sie im Laufe der Zeit einfach vergaß.

Eine klebrige Hand schob sich in seine, und Lisbet schmiegte sich an ihn. Er hob sie hoch und wirbelte sie im Kreis herum. Lange würde er das nicht mehr tun können, mit ihren zwölf Jahren war sie schon fast zu schwer für ihn. Aber noch ging es, und sie hatten beide ihren Spaß daran.

Als er sie wieder auf die Füße stellte, musste er lachen. Lisbets Mund war mit Schokolade verschmiert, und auf dem weißen Kleid prangte ein großer brauner Fleck. Hjördis hatte recht behalten, was die Kleidung anging, doch das war nun nicht mehr zu ändern, genau wie so vieles andere auch.

Er wusste, dass die nächsten Monate hart werden würden. Aber er würde kämpfen. Und dann hätte sein Leben endlich wieder einen Sinn.

Im Laufe des Abends war es auf dem Platz hinter dem Kiosk und auf den Stegen immer voller geworden. Immer neue Boote waren gekommen, alle mit bunten Wimpeln geschmückt und natürlich mit der stolzen Schwedenflagge am Heck. Lisbet konnte sich gar nicht sattsehen. Sie war mit ein paar anderen Kindern am Hafen herumgerannt, doch dann hatten ihre Gefährten nach Hause gemusst. Mittlerweile konnte Lisbet überhaupt kein anderes Kind mehr in der Menge entdecken.

Sie suchte nach ihren Eltern und fand sie etwas abseits am Fähranleger. Ihr Vater hatte einen roten Kopf. Er hielt eine Bierflasche in der Hand und brüllte ihre Mutter an. Hjördis hatte die Hände in die Seiten gestemmt und feuerte zurück.

Lisbet hielt sich lieber entfernt, sie wollte gar nicht wissen, worum es ging. In letzter Zeit stritten ihre Eltern ständig.

Sie wandte sich ab und merkte plötzlich, dass sie aufs Klo musste. Sie war froh, dem Anblick ihrer keifenden Eltern zu entkommen, und lief um den Kiosk herum auf den Steg, der zu den Toiletten an der Gebäuderückseite führte. Erst als sie den Eingang fast erreicht hatte, entdeckte sie den Mann, der da stand. Ganz still, die Schulter an die Wand gelehnt, die Hände in den Hosentaschen. Er schaute ihr ins Gesicht, und dann wanderten seine Augen weiter hinunter, über ihr Kinn zum Bauch und dann zu ihren Beinen. Seine Lippen öffneten sich, und sein Blick war so intensiv, dass sich alles in ihrem Inneren zusammenzog.

Schnell drehte sie sich um und rannte zurück zu der Stelle, an der sie ihre Eltern zuletzt gesehen hatte. Sie standen immer noch dort und keiften.

Lisbet griff nach dem Arm ihres Vaters. Petter wandte ihr den Blick zu.

»Was ist denn los?«, lallte er. Seine Augen waren wässrig, und er schwankte leicht.

Lisbet schaute zu ihrer Mutter. »Da war ein Mann. Bei den Toiletten. Der hat mich so komisch angeguckt.«

Hjördis griff sofort nach ihrer Hand.

»Wir gehen nach Hause.«

»Aber ich muss zur Toilette. Dringend!«, jammerte Lisbet.

Hjördis' Gesicht verfinsterte sich. Für einen Moment dachte Lisbet, sie würde sie anschreien, doch Hjördis nickte nur entschlossen.

»Dann gehen wir jetzt zusammen dorthin. Und wenn dieser Mann noch da ist, bekommt er ein paar hinter die Löffel.«

Lisbet war erleichtert. Meistens gab es mit ihrer Mutter nur Streit. Aber wenn es darauf ankam, war sie stark, viel stärker als ihr Vater, der hinter ihnen hertorkelte und seine Kamera schwenkte.

»Wartet doch mal. Wenn das dieser Typ aus dem Fernsehen ist, mache ich ein Foto. Vielleicht gibt es eine Belohnung.«

Hjördis wandte den Kopf.

»Meinst du, dieser Kroon hat nichts Besseres zu tun, als auf Kalvsund den Mittsommerabend zu feiern, während halb Schweden nach ihm sucht?«

Sie würden es nicht erfahren, denn als sie die Toiletten erreichten, war der Mann weg.

Als Lisbet fertig war, nahm Hjördis sie und Petter an den Händen.

»So. Jetzt gehen wir nach Hause. Für heute reicht es mir.« Ihr Blick fiel auf den braunen Fleck auf Lisbets Kleid. »Und das da kannst du allein rauswaschen. Du wolltest das Kleid schließlich unbedingt anziehen.«

Normalerweise hätte Lisbet sofort losgebrüllt und sich beschwert. Aber jetzt nickte sie nur. Die Begegnung mit diesem seltsamen Mann saß ihr noch in den Knochen.

4

Das Büro, in das ihn der Anstaltsleiter geführt hatte, war hell und freundlich, mit großen Fenstern und ein paar abstrakten Bildern an den Wänden. Es zeigte nach Osten, Frederik spürte die Wärme der Morgensonne, die durch die Scheiben hereinfiel.

Vor einem der Fenster befand sich ein Schreibtisch mit Birkenfurnier, auf der anderen Seite des Raums standen sich zwei bequeme Sessel im Abstand von vielleicht zwei Metern gegenüber, neben jedem ein kleiner Tisch mit Glas und Wasserflasche. Auf dem einen lagen außerdem ein Notizbuch und ein hochwertiger Kugelschreiber, auf dem anderen vorgefertigte Terminzettel, mehrere Stempel und ein Stempelkissen.

Der Direktor der Skogome-Anstalt hatte ihm angeboten, hier auf den Psychologen zu warten, nachdem er ihn kurz über die Umstände von Kroons Abgang in Kenntnis gesetzt hatte. Sachlich und korrekt, doch Frederik spürte die unterdrückte Wut. Auch wenn er es nicht aussprach, war kaum zu übersehen, dass der Anstaltsleiter die Schuld für Kroons Flucht beim zuständigen Therapeuten suchte.

Frederik fragte ihn, ob es denn keine Kommission gebe, die die Empfehlungen der Psychologen prüfe.

»Doch«, brummte der Direktor. »Aber für gewöhnlich verlassen wir uns auf die Einschätzung des behandelnden Therapeuten. Mats ist ein erfahrener Mann.« Er räusperte sich umständlich. »Und in diesem Fall ... nun ja. Sie müssen wissen, dass wir zurzeit massiv unterbesetzt sind. Mats meinte, es würde Kroon guttun, wenn er irgendwohin gehen und Mittsommer feiern könnte. Ein positives Erlebnis für ihn und ein Vertrauensbeweis unsererseits. Er hielt es für einen guten Start.«

Frederik fiel es nicht schwer, zwischen den Zeilen zu lesen.

»Sie haben zugestimmt, ohne die Kommission einzuberufen.«

»Ja. Leider.«

Frederik schaute beiläufig auf einen der Drucke an der Wand, ein paar bunte kubistische Figuren, die ziellos durch den Raum zu fliegen schienen.

»Ich nehme an, Sie wissen, dass Kroon die kleine Maja vor sieben Jahren beim Mittsommerfest entführt hat«, sagte er. Vollkommen neutral und ohne jeden Vorwurf, doch der Anstaltsleiter verstand ihn auch so.

»Nein.«

Frederik sah, dass er blass geworden war.

»Ich hatte keine Ahnung.« Der Direktor knirschte mit den Zähnen. »Aber Mats ...« Er schüttelte den Kopf und wandte sich zur Tür. »Entschuldigen Sie mich. Mats wird sicher gleich hier sein. Ich habe noch eine Menge zu tun.«

Frederik schaute ihm nach, als er mit großen, eckigen Schritten davonging. Zweifellos eine Flucht, doch nützen würde sie ihm nicht. Am Ende musste er für das, was passiert war, die Verantwortung tragen.

Genau wie für das, was noch geschehen würde.

Frederik hatte es sich in einem der beiden Sessel bequem gemacht. Dem, von dem er annahm, dass er für die Patienten bestimmt war, mit den vorgefertigten Terminzetteln auf dem Tischchen daneben. Nach einer Weile war er aufgestanden und hatte sein Jackett über die Lehne des Schreibtischstuhls gehängt. Der Sommer war einfach zu heiß dieses Jahr.

Er öffnete die Flasche und trank das erste Glas Wasser in einem Zug leer. Das zweite behielt er in der Hand. Er schlug die

Beine übereinander und betrachtete das vertrocknete Gras vor dem Fenster der Anstalt. Man konnte verstehen, wenn ein Insasse es irgendwann nicht mehr aushielt und nur noch hinauswollte. Die Frage war, was er dort tat.

Wollte Kroon einfach nur dem eintönigen Alltag der Haftanstalt entfliehen? Oder hatte er seine Triebe nicht mehr unter Kontrolle und war auf der Suche nach einem neuen Opfer?

Die Bürotür öffnete sich, und ein schlaksiger Mittdreißiger mit halblangem blondem Haar und einer eckigen schwarzen Brille trat ein. Als er Frederik entdeckte, stieß er einen erschrockenen Laut aus. Instinktiv wich er zurück und schien aus dem Raum fliehen zu wollen, doch dann ging ihm auf, dass Frederik nicht sonderlich bedrohlich wirkte.

»Wer sind Sie? Was tun Sie hier?«

»Verzeihung.« Frederik stellte das Glas ab und erhob sich. »Der Anstaltsleiter sagte, ich könne hier auf Sie warten. Frederik Forsberg, Reichspolizei Göteborg.«

»Puh.« Sein Gegenüber strich sich eine Haarsträhne aus der Stirn und lachte bemüht. »Das hat er mit Absicht gemacht. Er weiß genau, wie schreckhaft ich bin.« Er streckte Frederik die Hand hin. »Mats Lundgren. Ich bin der Psychologe. Setzen Sie sich doch.«

Er warf sich in den zweiten Sessel und griff nach dem Notizbuch.

»Eigentlich müssten wir die Plätze tauschen«, meinte er.

»Ach so?« Frederik war irritiert. Hatte er das Arrangement falsch interpretiert? »Ich dachte, das da sei der Platz des Therapeuten.«

»Ja.« Mats lächelte freundlich. »Das stimmt. Aber im Augenblick, scheint mir, sind die Rollen vertauscht. Ich habe ein Problem – Sie können es vielleicht lösen. Sie sind der Beamte, der ihn verhaftet hat, nicht wahr? Ich erinnere mich an Ihren Namen.«

Frederik deutete auf seinen Sessel. »Wenn es Ihnen hilft ...«, bot er an.

»Nein.« Mats seufzte. »War nur ein Scherz. Ein Versuch, die Stimmung aufzulockern.«

»Okay.« Frederik ließ sich wieder zurücksinken. »Ich bin ehrlich gesagt kein großer Freund von Witzen.«

»Nein, ich auch nicht.« Mats beugte sich vor, stützte die Ellbogen auf die Knie und presste die Finger gegen die Augenlider. »Ich war nur noch nie in einer solch beschissenen Situation.« Er ließ die Hände wieder sinken. »Ich dachte, Kroon wäre so weit. Meine Fürsprache hat zu dem Ergebnis geführt, dass man ihm Freigang gewährte. Und statt mein Vertrauen zu rechtfertigen, hat er sich einfach davongemacht.«

Frederik studierte das Gesicht des Therapeuten. Die Erkenntnis, dass er sich so in seinem Patienten getäuscht hatte, machte ihm sichtlich zu schaffen.

»Mich interessiert vor allem eines«, sagte er. »Ist Kroon akut gefährlich?«

»Nein. Nicht solange er seine Tabletten nimmt.« Mats entspannte sich ein wenig. »Er hat einer antiandrogenen Therapie zugestimmt. Das war die Voraussetzung für den Freigang.«

»Was bedeutet das?«

»Kroon erhält ein Medikament, das seine Libido unterdrückt. Es kommt beim Patienten zu keiner sexuellen Erregung. Er agiert nicht triebgesteuert, sondern kann rational handeln. Kroon ist intelligent. Er wollte nicht, dass sich das, was damals geschehen ist, wiederholt.«

»Sie meinen, er hat keine Fantasien, die nur darauf warten, in die Tat umgesetzt zu werden?«

Mats dachte eine Weile nach, ehe er antwortete.

»Doch. Die hat er sicher.« Der Psychologe legte die Fingerspitzen aneinander. »Sehen Sie: Wir wissen nicht wirklich, wo

Pädophilie herkommt. Manche Sexualstraftäter sind selbst Missbrauchsopfer, andere nicht. Carl Kroon stammt aus geordneten familiären Verhältnissen. Einen Hinweis auf eigene Missbrauchserfahrungen habe ich nicht gefunden. Trotzdem gärt irgendetwas in ihm. Er träumt von jungen unschuldigen Mädchen. Er will sie besitzen und beherrschen. Aber er weiß auch, dass es falsch ist.«

»Er hatte Schwierigkeiten in der Schule.«

Mats nickte.

»Sein Feuermal. Die anderen Kinder haben ihn deshalb gehänselt und ausgelacht. Kroon hat sich gewehrt. Weil es mit Worten nicht geklappt hat, hat er zugeschlagen. Er hat aktiv nach Situationen gesucht, in denen er die Macht hatte.«

Frederik blinzelte verwirrt. Er hatte erst am Nachmittag zuvor ein Foto von Kroon gesehen, und er hatte ihn seinerzeit festgenommen und verhört. An ein Feuermal konnte er sich nicht erinnern.

»Er hat es mit Laser entfernen lassen, als er neunzehn war«, erklärte Mats. »Vorher ist es nicht sinnvoll, weil sich die dysfunktionalen Blutgefäße noch weiter ausbreiten können. Es war ziemlich groß, hat sich über die gesamte rechte Wange vom Auge bis zum Kinn gezogen.«

Frederik dachte darüber nach.

»Damit kann man vielleicht die Schlägereien in der Schule erklären. Aber die Entführung von Maja?«

»Das war ein unglückliches Zusammentreffen von Stressfaktoren. Kroon stand unter Druck. Er hatte Ärger mit seinem Vorgesetzten bei der Arbeit, und seine langjährige Freundin hatte ihn verlassen. Zum Abschied hatte sie sich noch über ihn lustig gemacht. Sie müssen wissen, dass Kroon manchmal unter Potenzstörungen leidet. Das war der Tropfen, der das Fass zum Überlaufen gebracht hat. Der Auslöser, der sein altes Trauma reaktiviert hat. Eigentlich wollte er sich auf dem Mittsommerfest nur betrinken und alles vergessen. Aber dann hat er Maja gesehen, in ihrem weißen Kleid, mit dem Blumenkranz und dem wunderschönen blonden Haar ...«

»Und das wollte er zerstören. Ihr Glück. Ihre Schönheit. Ihre Unbeschwertheit.«

»Ja, das vielleicht auch.« Mats legte den Kopf schief. »Aber vor allem hat er sich verliebt.«

Frederik lachte skeptisch.

»Er hat sie entführt und benutzt. Eine seltsame Art, seine Liebe zu zeigen.«

»Sicher. Aber freiwillig wäre sie nicht mitgegangen. Kroon war besessen von dem Gedanken, dass sie seine Wunden heilen könnte.«

»Und zum Dank hat er sie am Ende fast erwürgt.«

Mats schüttelte den Kopf.

»Er wollte das nicht. Aber er hatte Angst. Hätte er sie laufen lassen, hätte sie ihn beschreiben können. Er wollte nicht ins Gefängnis.«

Frederik griff nach dem Block mit den vorgefertigten Terminzetteln. Mats' Erklärung erschien ihm plausibel, doch sein Mitgefühl für Kroon hielt sich in Grenzen.

»Wie heißt das Medikament?«

Mats nannte ihm den Namen und reichte Frederik seinen Kugelschreiber, damit er ihn notieren konnte.

»Für die Patienten gibt es keine Stifte, nur die Stempel für Datum und Uhrzeit ihres nächsten Termins«, erklärte er. »So ein Stift ist schnell einmal verschwunden, und die Jungs hier können aus allem Möglichen eine Waffe basteln.«

Frederik betrachtete ihn ruhig. Er registrierte das Ausweichmanöver, ging aber nicht darauf ein.

»Was passiert, wenn Kroon die Pillen nicht nimmt?«

Der Therapeut wurde sofort wieder sachlich.

»Dann nimmt die Wirkung ab, und die Hormonproduktion im Körper kommt langsam wieder in Gang. Es dauert eine Woche, vielleicht zwei, bis der normale Pegel erreicht ist.«

Frederik riss das oberste Blatt vom Block, faltete es in der Mitte und steckte es in die Hemdtasche.

»Das heißt, wir haben ein paar Tage Zeit? Wenn wir Kroon rechtzeitig festsetzen, bleiben seine Triebe unterschwellig, und er kann sie kontrollieren?«

»Das wäre meine Prognose.« Der Therapeut schien noch etwas hinzufügen zu wollen, schluckte es aber hinunter.

Frederik stand auf und trat ans Fenster. Er betrachtete den hohen Zaun, der das Gelände umgab.

»Was denken Sie: Wo geht er hin?«

»Ich habe keine Ahnung. Nach seiner Entlassung wollte er nach Kiruna, aber ob es ihn jetzt dorthin zieht?«

Frederik drehte sich wieder um.

»Dann sollte man seine Zelle durchsuchen. Vielleicht findet sich dort ein Hinweis.«

Mats nickte.

»Das habe ich bereits veranlasst. Einer der Vollzugsbeamten müsste gerade dabei sein. Wenn Sie wollen, können wir zusehen.«

Kroons Zelle war nicht größer als die anderen, doch im Laufe der Jahre hatte er dem Raum eine persönliche Note verliehen. Von der Decke baumelte ein Sandsack, in der Ecke lagen Boxhandschuhe am Boden. Die Wände waren mit großformatigen Postern tapeziert, die allesamt die winterliche Schnee- und Eislandschaft Nordschwedens zeigten. Im hellen Sonnenlicht, das durch das Zellenfenster hereinfiel, wirkte die Szenerie auf den Bildern so märchenhaft wie unwirklich.

Neben dem Bett stand ein Regal, auf dem sich handgeschnitzte Figuren reihten. Elche, Rentiere und Schlittenhunde im vollen Lauf, die gut getroffen waren, daneben menschliche Gestalten wie aus einem schwedischen Heimatkundemuseum. Gebeugte Männer mit schweren Säcken auf den Schultern, mit Schubkarren voller Steine oder prall gefüllten Fischernetzen, oder mit Pferd und Wagen auf dem Weg zum Feld. Am faszinierendsten war das Bildnis eines Paares. Der Mann kniete mit gesenktem Kopf vor der Frau, die ihre Hände auf seine Schultern gelegt hatte. Erst beim zweiten Hinsehen fiel Frederik auf, dass sie knabenhaft flache Brüste hatte und der Mann sie nicht an den Hüften hielt, wie er zunächst geglaubt hatte, sondern ihr vielmehr den Rock hochschieben wollte.

Frederik verspürte plötzlich einen bitteren Geschmack im Mund und wandte den Blick ab. Er stand mit Mats in der offenen Zellentür, während der Vollzugsbeamte Kroons Sachen durchsuchte.

Viel Persönliches gab es nicht, nur ein paar zerfledderte Zeitschriften mit Tipps für den perfekten Muskelaufbau, und einige Exemplare des *Dagens Nyheter*, von denen nur der Sportteil Knicke vom Lesen aufwies. Eigene Bücher besaß Kroon nicht, sein wichtigster Zeitvertreib war wohl der Fernseher gewesen, der gegenüber vom Bett auf einem Bord stand.

Der erfahrene Wärter fand mühelos die geheimen Verstecke: im Spülkasten, unter der Schreibtischschublade und in der ausgehöhlten Matratze. Seine Zigaretten und das Feuerzeug hatte Kroon auf seinen Freigang mitgenommen, alles andere hatte er dagelassen.

Mats starrte auf die silbernen Blister, die der Beamte auf den Tisch warf, und Frederik folgte seinem Blick.

Sie waren noch unberührt, keine einzige Tablette fehlte.

Als sie wieder in seinem Büro saßen, wirkte Mats wie eine Aufblaspuppe, bei der man das Ventil geöffnet hatte. Er hing kraftlos in seinem Sessel und starrte Frederik verzweifelt an.

»Er hat mich reingelegt.« Er schüttelte den Kopf. »Ich mache diesen Job hier seit zehn Jahren. Und ich war immer der Meinung, dass ich in der Lage bin, sie voneinander zu unterscheiden: die Täter, denen man mit einer Therapie helfen kann, in ein normales Leben zurückzukehren, von denen, die man für den Rest ihrer Tage wegsperren muss. Bei Kroon war ich der Überzeugung, er könnte es schaffen.«

Frederik dachte an die kleine Maja, die von Kroon entführt und beinahe zu Tode gewürgt worden war.

»Wie ist Ihre Prognose, nachdem wir wissen, dass Kroon seine Tabletten nicht genommen hat?«

In den Augen des Therapeuten las er blanke Angst.

»Ohne die Medikamente …« Mats' Stimme versagte, er musste schlucken. »Ohne die antiandrogene Therapie ist er eine tickende Zeitbombe. Dann ist es möglicherweise schon nicht mehr der Kopf, der sein Handeln bestimmt.«

»Es ist Mittsommer.« Frederik ließ die Bemerkung in der Luft schweben.

Mats nickte düster.

»Glauben Sie mir, ich mache mir selbst die größten Vorwürfe. Ich hätte merken müssen, dass er nicht ehrlich ist. Dass er mir seine Besserung nur vorspielt, damit ich die Lockerung seiner Haftbedingungen empfehle.«

»Wir tun alles, was in unserer Macht steht, um ihn rasch wieder einzufangen«, sagte Frederik.

Mehr konnte er im Augenblick nicht tun, weder das Gespräch mit dem Therapeuten noch die Durchsuchung von Kroons Zelle hatten Hinweise auf einen möglichen Aufenthaltsort des Flüchtigen erbracht. Und die mögliche Spur nach

Kalvsund hatte bisher auch nichts ergeben. Frederik schaute auf die Armbanduhr und erhob sich.

»Verzeihen Sie, aber ich muss los.«

Mats blickte auf und lächelte matt.

»Eine Frau?«

»Ja.« Frederik nickte. »Die wichtigste in meinem Leben.«

5

»Wo ist Lisbet?«

Petter stand plötzlich in der Küche hinter ihr, als sie das traditionelle Essen für den Abend des Mittsommertags vorbereitete. Die ersten jungen Kartoffeln und *Sill,* den typischen schwedischen Hering. Dazu gab es Aquavit und anschließend Erdbeeren mit Sahne. Sie schwitzte, es war fast Mittag, und die Sonne stand schon wieder hoch an einem wolkenlos blauen Himmel. Wegen des Dampfs aus den Töpfen war es in der Küche schwül wie in einer Sauna.

Hjördis drehte sich zu ihm um. Er sah anders aus als sonst, und das lag nicht nur an der Tracht, die er angelegt hatte. Das Hemd mit den weiten Ärmeln und die rustikale Weste, die er über der roten Kniebundhose trug, ließen seine Schultern breiter wirken und sein Gesicht männlicher. Aber da war noch etwas anderes. Dieses Strahlen in seinen Augen und dieses feine Lächeln in den Mundwinkeln. Früher hatte er sie so angesehen, wenn sie sich geküsst hatten. Das taten sie schon lange nicht mehr. Nicht, seitdem alles zerbrochen war.

Hjördis wurde zornig. Petter stahl sich davon und nahm ihr alles, was sie besessen hatte. Doch das würde er noch bereuen.

»Ich dachte, sie sei mit dir rausgefahren. Du warst doch mit dem Boot draußen, oder nicht?«

Petters blasse Wangen verfärbten sich ein wenig.

»Ja. Mit dem Boot«, murmelte er. »Aber ohne Lisbet. Sie hat noch geschlafen, als ich aus dem Haus bin. Ich wollte sie nicht wecken. Es ist ja spät geworden gestern, und heute wird sie kaum früher ins Bett kommen.«

Hjördis nickte grimmig. Es war in der Tat spät geworden. Über eine Stunde hatte sie gebraucht, um die hartnäckigen Eisflecken aus dem Kleid zu entfernen. Lisbet war damit allein nicht zurechtgekommen, Hjördis hatte ihr helfen müssen, dabei war sie entschlossen gewesen, sich von ihrer Tochter nicht länger tyrannisieren zu lassen. Sie hielt es einfach nicht mehr aus, dass nie jemand Rücksicht auf sie nahm.

»Sie ist aber nicht da«, sagte sie. »Sie hatte wieder einen ihrer Anfälle. Hat rumgebrüllt und mit den Türen geknallt. Dabei habe ich sie bloß gebeten, ihrer Großmutter das Frühstück zu bringen.«

»Sie fürchtet sich vor ihr. Es ist ja wirklich kein schöner Anblick, weißt du, die alte Frau mit ihren roten, geschwollenen Gelenken. Immerzu keift und jammert sie.«

»Trotzdem ist sie ihre Großmutter. Ich kann hier nicht alles alleine machen. Du warst ja nicht da. Den ganzen Vormittag warst du weg. Kommst erst wieder, wenn das Essen auf dem Tisch steht.«

»Hat sie gesagt, wo sie hinwollte?«

»Natürlich. *Ich gehe zu Papa,* hat sie geschrien. Du lässt ihr ja alles durchgehen.«

»Ich verstehe eben, wie sie sich fühlt. Das ist alles nicht leicht für sie, dieses ganze Leben hier.«

»Das ist es für mich auch nicht«, entgegnete Hjördis schroff. »Aber ich tue dennoch, was nötig ist.«

»Jaja.« Petter rückte seine Brille zurecht. »Es tut mir leid, okay?«

Hjördis wischte sich den Schweiß von der Stirn.

»Also, war sie nun bei dir oder nicht?«

»Nein. Das heißt, ich weiß es nicht. Ich habe sie nicht gesehen. Wie gesagt, ich war mit dem Boot draußen. Bestimmt ist sie wieder nach Hause gegangen, als sie mich nicht gefunden hat.«

»Sie ist nicht hier, das sage ich doch. Sie ist weggelaufen. Ihr Kleid hängt auch nicht mehr auf der Leine.«

Die Kartoffeln kochten über, und Hjördis hob eilig den Deckel vom Topf. Sprudelndes Wasser ergoss sich auf den Herd und verdampfte zischend an den Rändern der heißen Platte.

»Hast du nicht nach ihr gesucht?«

Hjördis wischte erbost mit dem Lappen über den Herd.

»Ich habe meiner Mutter das Frühstück gebracht und sie sauber gemacht. Den ganzen Dreck wieder weggeräumt und mich um den Abwasch und das Essen gekümmert. Wann hätte ich nach ihr suchen sollen?«

»Vielleicht ist sie schon zum Kiosk gegangen, um mit den anderen Kindern herumzutoben«, überlegte Petter.

Hjördis schüttelte den Kopf.

»Sie darf nicht allein dorthin. Das weiß sie.«

Petter nahm seine runde Brille ab und putzte sie.

»Ich dachte, sie gehorcht dir nicht? Sie macht, was sie will?«

Hjördis knallte den Deckel zurück auf den Topf.

»Meinst du, ich denke mir das aus? Aber bitte. Geh zum Kiosk und such sie. Ich kann hier nicht weg.« Sie griff nach einer Zwiebel und hackte sie mit dem Messer energisch in kleine Würfel.

Petter setzte die Brille wieder auf und wandte sich zur Tür.

»Nimm das Handy mit«, rief sie ihm hinterher. »Und sag mir Bescheid, wenn du sie gefunden hast.«

Er verschwand im Flur und ließ nicht erkennen, ob er sie gehört hatte. Die Haustür fiel ins Schloss, und Hjördis sah durchs Fenster, wie er die Straße entlangmarschierte. Er schaute nicht zu ihr her, sondern starrte auf den Asphalt.

Hjördis wandte sich ab und nahm die nächste Zwiebel in Angriff, auf die sie so wütend einhackte, dass die Stücke durch die halbe Küche flogen.

Dieses Kind machte einfach immer nur Scherereien.

6

Das Gebäude lag idyllisch auf einer Rodung kurz hinter Lilleby, umschlossen von einem lichten Laubwald. Es war eine Art Villa, ein weißer, zweistöckiger Bau mit hohen Fenstern und einer breiten Freitreppe vor dem Eingang, deren rechte Hälfte zur Rollstuhlrampe umgestaltet worden war. Die schmale Zufahrtsstraße endete auf einem großzügigen Platz, auf dem nur wenige Fahrzeuge parkten. Hinter den Bäumen glitzerte ein See.

Frederik zog den Zündschlüssel ab und steckte ihn in die Hosentasche. Dann nahm er den Helm ab und strich sich über die kurzen Haare. Er atmete tief durch, um die Gedanken an Kroon aus seinem Kopf zu verbannen und innerlich zur Ruhe zu kommen. Die friedliche Stille über dem Anwesen trug entscheidend dazu bei.

Schließlich ging er die Stufen zum Eingang hinauf und öffnete die Tür. Er betrat die Halle, die in warmen Pastelltönen – gelb, rosa, orange – gestrichen war, und verspürte wie jedes Mal Behaglichkeit und Beklemmung zugleich. Dies hier war ein guter Ort. Aber er hätte Emma ein anderes Leben gewünscht.

Zielstrebig lief er auf einen der Flure zu, ohne sich an der Rezeption anzumelden. Da er selten Aufmerksamkeit erregte, hielt ihn niemand auf. Frederik betätigte den elektrischen Öffner, und die schwere Glastür schwang auf.

Emmas Zimmer war das letzte auf der linken Seite. Frederik klopfte leise an, drückte behutsam die Klinke hinunter und trat ein. Emma reagierte äußerst empfindlich auf laute Geräusche. Frederik zog die Tür genauso sacht wieder hinter sich zu und wandte sich um.

Emma saß auf dem hellen Fußboden und spielte mit Legosteinen. Wie meist war sie so versunken, dass sie nichts von ihrer Umgebung mitbekam.

Frederik ließ seinen Blick durch das kleine Zimmer schweifen, über das Bett mit der hellgelben Bettwäsche, den Schrank mit Emmas Kleidern, den niedrigen Tisch, den Kinderstuhl und das Regal, in dem die Plastikboxen mit ihrem Spielzeug standen. Auf dem Bett lag ihr liebstes: keine Puppe, kein Teddybär, sondern ein Plastikauto mit großen, beweglichen Rädern.

Frederik hockte sich Emma gegenüber im Schneidersitz hin und sah zu, wie sie mit gerunzelter Stirn einen Legostein nach dem anderen an seinen Platz legte. Sie hatte Reihen gebildet, in denen sie die Steine nach Größe und Farbe ordnete.

Frederik wartete, bis alles erledigt war. »Hallo, Emma«, sagte er dann gedämpft.

Emma hob den Blick. Sie war vier, ein zartes, schmales Mädchen mit halblangen blonden Haaren und tiefblauen Augen. Frederik lächelte. Emma musterte ihn aufmerksam.

»Hej.«

Sie stand auf und nahm eine der Plastikkisten aus dem Regal. Sorgsam legte sie alle blauen Steine hinein, verschloss die Box und stellte sie zurück. Anschließend wiederholte sie die Prozedur mit den andersfarbigen Steinen. Als sie alles verstaut hatte, schaute sie auf die aufgereihten Kisten und nickte, offenbar befriedigt. Sie drehte sich wieder zu ihm um.

Frederik erhob sich bedächtig und zeigte auf seine Armbanduhr. »Es ist halb zwei. Wollen wir einen Ausflug machen, so wie immer?«, fragte er. »Ich habe eine Überraschung für dich.«

Emma versteifte sich augenblicklich. Ihre Augen weiteten sich, und sie schaute ihn furchtsam an.

»Ich weiß. Du magst keine Überraschungen. Aber diese wird dir gefallen. Willst du sie dir ansehen?«

Emma presste ihre Arme fest an den Körper. Frederik streckte die Hand nach ihr aus, berührte sie aber nicht.

»Wir ziehen dir eine Jacke an und gehen vors Haus, ja?«

Emma wandte sich ab und öffnete ihren Kleiderschrank. Sie nahm eine Jacke vom Bügel und mühte sich damit ab, ihre Hände durch die Ärmel zu schieben. Frederik hätte ihr gern geholfen, doch er wusste, dass sie das nicht mochte. Also geduldete er sich.

Als sie fertig war, ging er zur Tür und öffnete sie. »Komm.«

Emma zögerte. Dann lief sie hinter ihm her nach draußen auf den Parkplatz.

Vor dem Roller blieb Frederik stehen. Der blaue Lack glänzte im Sonnenlicht. Frederik hatte ihn eigentlich in Silbermetallic kaufen wollen, sich dann aber dagegen entschieden. Helle Lichtreflexe konnten bei Emma epileptische Anfälle auslösen, und das wollte er nicht riskieren.

Der Roller war ein großes, schweres Fahrzeug mit einem bequemen Fahrersitz und – für einen Motorroller mehr als ungewöhnlich – einem Beiwagen. Ein Bekannter hatte ihn gebaut, und ein Kollege bei der Verkehrsbehörde hatte dafür gesorgt, dass Frederik eine Betriebserlaubnis dafür bekam.

Frederik steckte den Schlüssel ins Zündschloss und startete den Motor.

»Hörst du? Das ist ein Elektroroller. Der läuft vollkommen lautlos.«

Emma trat näher, strich mit den Fingern über den Lack und betrachtete die Windschutzscheiben an Roller und Beiwagen.

»Ich habe einen Kindersitz einbauen lassen«, erklärte Frederik. »Und einen Helm habe ich auch für dich.« Er öffnete das Helmfach, holte ihn hervor und zeigte Emma, wie sie ihn aufsetzen musste.

Als sie schließlich mit dem zartgelben Helm auf dem Kopf

sicher angeschnallt in ihrem Kindersitz im Beiwagen saß, schwang sich Frederik auf den Fahrersitz und drehte langsam am Gashebel. Das Gefährt rollte vom Vorplatz und war gleich darauf auf dem Lillebyvägen, der zu beiden Seiten von Laubwald gesäumt wurde. Der Roller glitt lautlos über die sanften Hügel in Richtung Sillvik, als würden sie über das Land schweben, passierte eine kleine Ansiedelung, hinter der man bereits das Meer schimmern sah, und Göteborgs Campingplatz. Dahinter wurde die Landschaft rauer, die Bäume standen weiter auseinander, zwischen den Felsen wuchsen vorwiegend niedrige Büsche und Sträucher. Hier und da ragten imposante Gesteinsblöcke am Straßenrand auf.

Bis zum Badestrand in Sillvik war es nicht weit. Frederik plante, den Roller dort abzustellen, in Carls Café ein paar Zimtschnecken zu besorgen und sich mit Emma einen stillen Platz auf einem Felsen am Wasser zu suchen. Am Strand wäre es ihr zu voll, aber sie liebte das Meer. Wenn man sich weit genug von den anderen Gästen entfernte, hörte man nur noch das Plätschern der Wellen und das Geschrei der Möwen, zwei der wenigen Geräusche, die Emma mochte.

Er wandte den Kopf und stellte fest, dass Emmas Augen leuchteten. Sie war zwar nicht in der Lage, ihm ihre Empfindungen durch Mimik oder Gestik mitzuteilen, doch er konnte sie trotzdem lesen.

Frederik lächelte. Ein warmes Gefühl durchströmte seine Brust. Er pfiff lautlos vor sich hin – bis ein Vibrieren in seiner Hosentasche den Glücksmoment zerriss.

Frederik stoppte am Straßenrand und zog sein Smartphone hervor. Der Anruf kam von Birger.

»Ich weiß, dass du gerade Zeit mit Emma verbringst«, sagte er. »Aber wir brauchen dich jetzt.«

»Habt ihr Kroon?«

»Nein. Schlimmer. Wir haben eine Vermisstenmeldung. Ein Kind auf Kalvsund ist verschwunden.«

Frederik lief ein eisiger Schauer über den Rücken.

»Ich komme«, erwiderte er und steckte das Telefon weg.

»Tut mir leid«, sagte er zu Emma. »Ich muss dich wieder zurückbringen. Wir machen den Ausflug ein andermal.«

Emma nickte und strich konzentriert mit dem Finger über den gummierten Rand der Einstiegsluke des Beiwagens. Ihre Miene blieb unverändert.

Frederik stand mit dem Helm in der Hand neben seinem Roller und sah ihr nach, obwohl sich die Tür der weißen Villa längst hinter ihr geschlossen hatte. Sie hatte sich nicht anmerken lassen, dass sie traurig war, natürlich nicht, aber ihm tat es weh, dass er sie hatte enttäuschen müssen.

»Hallo, Frederik«, sagte eine weiche Stimme hinter ihm, und sein Herz machte einen Satz.

Er hatte angerufen, dass er Emma früher zurückbringen musste als geplant, und das Heim hatte offenbar ihre Mutter informiert. Frederik drehte sich zu ihr um.

Sein Inneres schmolz geradezu, wie jedes Mal, wenn er sie sah. Er hatte nicht gelogen, als er zu Mats Lundgren, dem Psychologen in der Skogome-Anstalt, gesagt hatte, Emma sei die wichtigste Frau in seinem Leben, aber ihre Mutter folgte mit einem winzigen Abstand direkt dahinter. Er betrachtete ihre schlanke Gestalt, den sommerlich hellen Hosenanzug und die herrlichen dunklen Locken, die sich auf ihre Schultern ergossen.

Rasch legte er den Helm auf die Sitzbank und trat mit ausgebreiteten Armen auf sie zu, doch sie wehrte ab.

»Nicht hier«, sagte sie und schaute sich um, ob irgendjemand sie beobachtete. Er erkannte die Furcht in ihren warmen, haselnussbrauen Augen und den ängstlichen Zug um die zarten Lippen, die er so gerne küsste.

Als er Lea kennengelernt hatte, wusste er nicht, wer sie war. Sie waren sich bei einer Theaterpremiere in Göteborg begegnet. Er war auf gut Glück dorthin gegangen, die Veranstaltung war seit Langem ausverkauft, aber er hatte gehofft, an der Abendkasse noch eine Karte zu ergattern, die nicht abgeholt worden war. Er hatte mit all den anderen, die demselben Irrtum aufgesessen waren, in der langen Schlange gestanden, fast sicher, dass das schmale Kontingent, das es für die Spätentschlossenen noch gab, längst aufgebraucht sein würde, wenn er an der Reihe war.

Aus dem Augenwinkel hatte er sie bemerkt. Sie hatte den Kassenbereich betreten und ihre Handtasche geöffnet. Nach kurzem Suchen hatte sie zwei Karten hervorgeholt und unsicher zur Schlange der Wartenden geschaut. Er hatte gespürt, dass sie allein war und nicht wusste, ob sie die überzählige Karte zum Kauf anbieten oder einfach hineingehen und das zu viel bezahlte Geld abschreiben sollte. Offensichtlich behagte es ihr nicht, auf sich aufmerksam zu machen.

Er hatte sich aus der Schlange gelöst und war zu ihr getreten.

»Darf ich hoffen, dass Ihre Begleitung für heute Abend abgesagt hat?«, hatte er gefragt.

Sie hatte ihn voller Wärme und Dankbarkeit angestrahlt. Frederik hatte ihr seinen Arm angeboten, und sie hatten sich das Stück schließlich gemeinsam angesehen. Er selbst hatte allerdings nicht viel davon mitbekommen, weil sein Blick und seine Gedanken die meiste Zeit bei der Frau weilten, die neben ihm saß.

Hinterher hatte er sie gefragt, ob er sie als Dankeschön noch auf ein Glas Wein einladen dürfe.

Es hatte sich herausgestellt, dass sie sich beide nichts aus Wein machten. Also hatten sie bei Kaffee und Wasser zusammengesessen und geredet, und Frederik hatte festgestellt, dass er sich noch nie zuvor so wohlgefühlt hatte.

Weitere Theaterabende folgten, und irgendwann waren sie hinterher nicht in ein Lokal, sondern ins Hotel gegangen.

Erst als sie mit Emma schwanger war, hatte er erfahren, dass sie verheiratet war.

Er betrachtete ihr Gesicht und bemerkte den bläulichen Schatten auf ihrer rechten Wange unter dem Make-up. Sein Magen zog sich zusammen. Er wusste, dass ihrem Mann gelegentlich die Hand ausrutschte, und er hoffte immer noch, sie würde sich endlich von ihm trennen. Aber Lea fürchtete sich davor. Sie hatte Angst, er würde ihr Emma wegnehmen, obwohl er selbst es gewesen war, der dafür gesorgt hatte, dass sie wegen ihrer Behinderung ins Heim kam.

Wenn man wusste, wer ihr Mann war, konnte man ihre Furcht verstehen.

Frederik sah ihn wieder vor sich, in diesem Gerichtssaal in Göteborg. Das scharf geschnittene Gesicht, die eisblauen Augen unter dem streng zurückgekämmten blonden Haar und den schmalen, harten Mund. Arvid Ekström, Spediteur und Waffenschmuggler. Seine Worte klangen Frederik noch immer in den Ohren.

Sie werden das bereuen.

Hatte er nur den Prozess gemeint? Oder wusste er, dass Frederik seit Jahren eine Affäre mit seiner Frau hatte?

Lea legte die Hand sanft auf seine Schulter.

»Ich hoffe, du findest das verschwundene Mädchen«, sagte sie. Die Heimleitung hatte ihr offenbar nicht nur erklärt, dass er seinen Besuch abbrechen musste, sondern auch den Grund genannt.

»Ja. Das hoffe ich auch.« Frederik nahm ihre Hand und hielt sie fest, doch Lea entzog sie ihm mit einem traurigen Lächeln.

»Ich sehe jetzt besser nach Emma.«

Sie ging an ihm vorbei, lief die Stufen zum Eingang hinauf und verschwand durch die Tür, die sich kurz zuvor hinter Emma geschlossen hatte.

Frederik holte tief Luft. Seit er Lea kannte, war sein ganzes Leben in Unordnung. Aber er konnte nichts dagegen tun. Er liebte diese Frau.

Im nächsten Moment schalt er sich selbst einen Narren. Draußen auf Kalvsund vermisste ein Ehepaar sein Kind, und er stand hier und hing sentimentalen Gedanken nach.

Entschlossen setzte er den Helm auf und startete den Motorroller.

7

Das Bündel auf seinen Armen schien eine Tonne zu wiegen, dabei war es in Wirklichkeit federleicht. Er mochte es nicht ansehen, nicht daran denken, was geschehen war. Tränen quollen aus seinen Augen und tropften auf das weiche Tuch, versickerten darin. Die Gefühle überschwemmten und quälten ihn, weil sie so widersprüchlich waren.

Während der langen Stunden, als er neben ihr gekniet und ihre Hand gehalten hatte, hatte er das Leben in ihrem Bauch gespürt, das nach draußen drängte. Er hatte sich danach gesehnt, das winzige Wesen im Arm zu halten. Sein Kind. Zugleich hatte die Angst in seinen Eingeweiden gewütet. Wie sollte es weitergehen, wenn es da war?

In Sünde gezeugt – Gott würde ihn dafür bestrafen.

Und das war schneller geschehen, als er erwartet hatte. Die Bewegungen waren plötzlich ausgeblieben, und als sie es endlich herausgepresst hatte, hatte es bleich und still in der roten Lache auf dem Laken gelegen.

Gott hatte ihm dieses wunderbare Geschenk genommen, und er war vor Schmerz erstarrt. Dann hatte er begriffen, dass ihm der Herr zugleich auch die Last von den Schultern genommen hatte. Nun musste er nur noch dafür sorgen, dass niemals jemand etwas von der Sache erfuhr.

Behutsam legte er das Bündel auf der harten Erde ab. Besorgte sich einen Spaten und begann, ein Loch auszuheben. Abseits der anderen Gräber, ganz am Rand, im Schatten der Mauer. Ein fahler Mond stand am Himmel, der immer wieder von schwarzen Wolken verdeckt wurde, und vom Meer kam ein eisiger Wind.

Es dauerte fast eine Stunde, bis die Grube tief genug war. Er bettete das winzige Wesen hinein, kniete nieder und sprach ein Gebet. Aus der Tasche holte er eine Flasche hervor, geweihtes Wasser, das er aus dem Becken in der Kirche entnommen hatte.

Er schlug das Tuch zurück, um ein letztes Mal in das bleiche Säuglingsgesicht zu sehen. Erst jetzt bemerkte er, dass etwas nicht stimmte. Die Augen schienen zu weit auseinanderzustehen, und die Nase wirkte seltsam platt gedrückt. Downsyndrom, dachte er, und seine Erleichterung darüber, dass der Herr dieses Leben genommen hatte, wuchs, genau wie seine Scham, weil man so etwas nicht einmal denken durfte.

»Mette«, flüsterte er. »Ich taufe dich auf den Namen Mette.«

Sorgsam tröpfelte er dem toten Säugling Weihwasser über den Kopf. Sein Herz wollte beinahe zerspringen. Erneut füllten sich seine Augen mit Tränen. Sie fielen auf das Kind, dessen Gesicht er jetzt gnädigerweise nur noch verschwommen sah. Er verschloss die Flasche, murmelte ein weiteres Gebet und hüllte den Säugling wieder in das Tuch.

Mühsam kam er auf die Beine und griff nach dem Spaten.

Erde rieselte auf den zarten weißen Stoff, bedeckte ihn.

»Asche zu Asche. Staub zu Staub«, flüsterte er und bekreuzigte sich.

Würde Gott ihm verzeihen?

Pfarrer Magnus Sandström legte die Hände auf die Reling und schaute über das Wasser. Die Göteborger Schärenlandschaft glitzerte in der Mittagssonne. Der Fahrtwind wehte ihm ins Gesicht und vertrieb die ärgste Hitze dieses Mittsommertags. Magnus schwitzte trotzdem.

Eigentlich hatte er mit den Jugendlichen seiner Gemeinde auf Öckerö den Tag begehen wollen, aber die Familie Larsson von der Insel Kalvsund gehörte nun mal ebenso dazu. Und wenn seine Schäfchen in Not waren, musste er helfen.

Die Fahrt von Öckerö nach Kalvsund dauerte nicht lange. Er sah Petter am Anleger, nachdem die Fähre die Nordspitze der Insel umrundet hatte. Während sie anlegte, ging er nach vorn zum Ausstieg, um möglichst gleich als Erster das Schiff zu verlassen.

Petter stand mit starrer Miene etwas abseits. Die Tracht schlotterte an ihm, als wäre sie ihm zu groß geworden. Als Magnus näher kam, bemerkte er die Träne, die sich aus Petters Augenwinkel löste und an der Nase entlang über seine Wange lief. Er nahm Petters Hand in seine beiden und drückte sie. Gemeinsam gingen sie die Straße entlang nach Süden zu dem Haus, in dem Petter mit Hjördis, Lisbet und Gunhild lebte.

Überall sah er Männer in Kniebundhosen und Westen, Frauen in weiten Röcken mit Schürzen und Hauben auf den Köpfen. Sie hatten Gruppen gebildet und suchten in jedem Winkel, jedem Garten und jedem Gebüsch. Die Nachricht von Lisbets Verschwinden hatte sich wie ein Lauffeuer auf der Insel verbreitet.

»Wann hast du sie zuletzt gesehen?«, fragte er Petter.

»Heute Morgen. Ich war früh wach und wollte mit dem Boot raus. Lisbet lag in ihrem Bett und hat geschlafen.«

Magnus spürte, wie sein Herz hart gegen die Rippen schlug.

»Und dann?«

»Hjördis hat sie um kurz vor acht geweckt. Sie wollte, dass sie Gunhild das Frühstück bringt, aber Lisbet hat sich geweigert. Es ist schwer für sie mit dieser kranken alten Frau. Sie lässt kein gutes Haar an dem Mädchen. Hjördis und Lisbet haben sich gestritten, und Lisbet ist dann weggelaufen. Seitdem hat niemand sie mehr gesehen.«

Magnus betrachtete die hübschen Häuser, an denen sie vorbeikamen. Kalvsund war für ihn immer ein Ort des Friedens und der Stille gewesen. Auch wenn die Menschen hier längst nicht mehr vom Fischfang lebten, hatte die Insel immer noch den Charakter einer beschaulichen Siedlung. Ein Ort, an dem man sich um die Sicherheit seiner Kinder keine Sorgen machen musste. Aber natürlich war da das Meer. Es lockte und hatte schon manchen ungeübten Schwimmer bei sich behalten. Wenn sie Lisbet nicht fanden, würde man auch daran denken müssen.

Er blieb stehen, als Petter die Haustür öffnete.

»Weiß Hjördis, dass ich komme?«

Petter nickte.

»Sie war es, die mich gebeten hat, anzurufen.«

Magnus war nicht verwundert. Er kannte Hjördis von Kindesbeinen an. Bei ihrer Taufe hatte er im Kirchenchor gesungen. Als sie konfirmiert wurde, war er Vikar gewesen. Ein paar Jahre später hatte er das Amt des Pastors übernommen.

Sverker und Gunhild waren jeden Sonntag mit Hjördis zum Gottesdienst gekommen, solange er denken konnte, selbst später noch, als Sverker nach seinem Arbeitsunfall im Rollstuhl saß. Erst als Gunhild ihn nicht mehr schieben konnte, weil ihre Finger dick und knotig waren und das Rheuma unerbittlich die Herrschaft über ihren Körper übernahm, waren sie fortgeblieben.

In dieser Zeit hatte er begonnen, dann und wann Hausbesuche zu machen. Gunhild tat ihm leid, erst hatte sie jahrelang ihre eigenen Eltern bis zu deren Tod gepflegt, danach ihren querschnittsgelähmten Mann. Nun war sie selbst ein Pflegefall, und ihre Tochter Hjördis musste sich um sie kümmern.

Das schwere Schicksal setzte sich in der Familie fort. Hjördis war ebenso an die Insel gefesselt wie Gunhild. Die Familie gab ihre Frauen nicht frei.

Er hatte das Leid gesehen und auch die Wut, die sich in Hjördis anstaute. Sie wollte dieses Leben nicht, das ihre Mutter und ihre Großmutter ihr vorschrieben. Aber was konnte er schon tun? Er konnte Gespräche führen, geistlichen und seelischen Beistand anbieten, aber er konnte die Dinge nicht ändern. Trotzdem, es war besser als nichts.

Petter dagegen war kein gläubiger Mensch. Sicher, Hjördis und er hatten kirchlich geheiratet. Aber Magnus hatte gesehen, dass ihm der göttliche Segen nichts bedeutete. Er hatte nur darauf gewartet, dass er Hjördis endlich küssen durfte.

Vor einiger Zeit hatte Magnus die Hausbesuche eingestellt, er schaffte es einfach nicht mehr. Das letzte Mal lag mehr als ein halbes Jahr zurück.

Nun folgte er Petter durch den Flur und betrat die Küche. Hjördis saß am Tisch und schälte Kartoffeln. Langsam, wie mechanisch schnitt sie kleine, säuberliche Streifen Schale ab, die wie tote Lebewesen in die Plastikschüssel fielen.

Magnus erschrak, als er sie sah. Ihre blonden Haare waren stumpf geworden und wiesen schon unzählige graue Strähnen auf. Sie hingen kraftlos herab und umrahmten ein Gesicht, das von Falten durchzogen war. Furchen, die viel zu tief waren für eine Frau von Mitte vierzig.

Der Anblick tat ihm weh. Hjördis war so ein hübsches Kind gewesen, ein niedliches Mädchen mit blonden Locken. Schon in der Pubertät hatte sich ihre ganze Schönheit entfaltet. Sie war zu einer jungen Frau mit einer betörenden Ausstrahlung herangewachsen. In ihren Augen hatte die Lebensfreude geglitzert, die Hoffnung darauf, dass sich ihre Träume erfüllen würden. Große Bühnen und ein Publikum, das ihr zujubelte.

Heute war sie eine gebrochene Frau. Ihr Blick war leer, als sie den Kopf hob und ihn ansah.

»Magnus.«

»Hjördis.« Er ging zu ihr und nahm ihre Hand in seine beiden, genau wie er es bei Petter getan hatte.

Sie schaute an ihm vorbei zu ihrem Mann.

»Habt ihr sie gefunden?«

»Nein.« Petter zupfte an den weiten Ärmeln seines Trachtenhemds. »Ich weiß auch nicht, wo wir noch suchen sollen.« Er öffnete eine Schranktür, nahm eine Flasche heraus und setzte sie an die Lippen. Aquavit.

»Du solltest nicht trinken«, ermahnte ihn Magnus.

Petter drehte sich zu ihm um.

»Warum denn nicht?«, fauchte er. »Wir haben alles probiert, und die Polizei ist unterwegs. Was sollen wir wohl sonst noch tun?«

Magnus wies auf die beiden freien Stühle am Tisch.

»Lasst uns beten.«

»Tja.« Birger blieb vor der Tür des Konferenzraums stehen und strich sich über den dichten Bart. »Ich sollte dir vermutlich ein paar Informationen über dein neues Team geben. Man hat mir die Stellen zwar bewilligt, aber ich musste Zugeständnisse machen. Es sind alles Kollegen, die in ihren bisherigen Dienststellen – wie soll ich sagen? – nicht besonders gut zurechtgekommen sind.«

Frederik schaute durch den Glaseinsatz der Tür und sah eine Frau, die komplett in schwarzes Leder gekleidet war. Sie stand mit verschränkten Armen am Fenster und blickte in Richtung Ullevi-Stadion.

Am Tisch saßen zwei weitere Frauen. Die eine trug ein elegantes Geschäftskostüm und machte sich Notizen auf einem Klemmbrett, die andere, mit einer bunt gemusterten Bluse bekleidet, hielt ein Taschentuch in der Hand und tupfte sich damit die Augen. Unter dem Tisch meinte Frederik pinkfarbene Leggings zu erkennen. Den beiden gegenüber saß ein älterer Mann, der gelinde gesagt fett war. Dünnes, graublondes Haar hing ihm in die Stirn.

»Okay.«

Frederik entdeckte noch einen weiteren Mann, der hinten im Raum an der Wand lehnte. Groß und schlaksig, mit dunkler Haut und lockigen schwarzen Haaren. Er hatte die Hände tief in die Hosentaschen geschoben und starrte finster vor sich hin.

»Also ...«, setzte Birger an, doch Frederik hob die Hand.

»Du brauchst mir nichts zu erklären. Ich mache mir lieber selbst ein Bild.«

Birger wirkte ohne Zweifel erleichtert.

»Wie du willst.«

Er klopfte an die Tür und ließ Frederik den Vortritt.

»Hej«, sagte er zu der kleinen Gruppe. »Ich darf euch euren neuen Ermittlungsgruppenleiter vorstellen. Das ist Frederik Forsberg.« Er wandte sich an Frederik. »Ich bin in meinem Büro. Wenn du irgendetwas brauchst, melde dich.«

Frederik nickte und wartete, bis Birger den Raum verlassen hatte.

»Lasst uns anfangen«, sagte er und nahm am Kopfende des Konferenztisches Platz.

Die Frau in der Ledermontur löste sich vom Fenster und setzte sich zu den anderen. Der Dunkelhäutige blieb, wo er war. Er schien auf eine Konfrontation aus zu sein, sein Blick war geradezu feindselig. Jemand, der Schwierigkeiten hatte, sich zu integrieren und unterzuordnen, nahm Frederik an. Eine Machtprobe würde nur dazu führen, dass sich die Fronten verhärteten, deshalb ignorierte er das störrische Verhalten des Mannes.

»Also, wie Birger schon gesagt hat: Mein Name ist Frederik. Ich bin kein Freund von Vorstellungsrunden, und ich möchte auch keine kostbare Zeit damit verlieren, dass wir uns gegenseitig erzählen, weshalb wir hier sind. Da draußen läuft ein möglicherweise gefährlicher Sexualstraftäter frei herum. Eine Zeugin glaubt, ihn auf der Fähre nach Kalvsund gesehen zu haben, und seit heute Morgen wird auf der Insel ein Mädchen vermisst. Lisbet Larsson, zwölf Jahre alt. Die beiden Vorfälle müssen nicht zusammenhängen, aber wir können es auch nicht ausschließen. Wir sollten die Sache so rasch wie möglich klären. Sagt mir einfach nur eure Namen, und dann arbeiten wir.«

Er schaute die Frau in der Ledermontur an.

»Anna Jordt.«

Frederik notierte den Namen in seinem Notizbuch.

»Viveka Nyström«, sagte die Frau im Geschäftskostüm, die er auf Anfang zwanzig schätzte. »Mein Vater ist ...«

Frederik unterbrach sie mit einer raschen Handbewegung.

»Nur die Namen, bitte«, sagte er und seufzte innerlich. Das hatte ihm gerade noch gefehlt. Carl-Axel Nyström war der Polizeichef von Westschweden. Seine Tochter würde sicher erwarten, eine Sonderrolle in seinem Team einzunehmen. Nun ja. Den Zahn würde er ihr schon ziehen.

»Hedda Sjögren«, stellte sich die dritte Frau vor, und er schrieb auch ihren Namen in sein Buch.

Der dicke Kollege, der die fünfzig sicher schon überschritten hatte, besaß zumindest den Anstand, sich aus seiner hängenden Sitzposition ein wenig aufzurichten. »Göran Persson.«

Frederik schaute zu dem Mann, der immer noch an der Wand lehnte. Seine Lippen waren zu einem wütenden Strich zusammengepresst. Man brauchte kein Hellseher zu sein, um zu merken, dass er nicht freiwillig hier war.

»Sagst du mir ebenfalls deinen Namen?«, erkundigte sich Frederik. »Oder soll ich mir einen ausdenken?«

Die dunklen Augen verengten sich.

»Gut. Dann nenne ich dich Othello.« Frederik legte den

Kopf schief. »Kennst du die Geschichte? Es geht darin um einen dunkelhäutigen Mann, der die Liebe seines Lebens verliert und stirbt, weil er nicht glauben will, dass man ihn so akzeptiert, wie er ist.«

Der Adamsapfel des Mannes bewegte sich ruckartig auf und ab.

»Khalid«, knurrte er. »Ich heiße Khalid. Khalid Rashid.«

»Danke, Khalid.« Frederik schrieb die Namen der beiden Männer auf.

»Wir haben bereits eine Reihe uniformierter Kollegen auf Kalvsund, die nach dem Mädchen suchen«, berichtete er. »Bisher wissen wir nicht, was passiert ist. Möglicherweise ist Lisbet nur hinausgegangen, um zu spielen, und hat die Zeit vergessen. Oder sie ist von zu Hause ausgerissen und versteckt sich irgendwo. Es könnte aber auch sein, dass man sie entführt hat. In diesem Fall haben wir zwei potenzielle Tatverdächtige.«

»Wieso zwei?« Anna runzelte die Stirn.

Frederik nahm seinen Laptop aus der Umhängetasche und verband ihn mit dem Beamer, der auf dem Tisch stand.

»Carl Kroon«, kommentierte er das erste Foto, das er an die Wand warf. »Er hat vor sieben Jahren die elfjährige Maja entführt und zwei Wochen in seiner Gewalt gehabt, ehe er versucht hat, sie zu erwürgen. Zu zehn Jahren Haft verurteilt, seit gestern aus der Skogome-Anstalt abgängig. Möglicherweise hat er sich ein neues Opfer gesucht.«

Er zeigte das zweite Foto.

»Rune Dahlberg. Ebenfalls ein verurteilter Sexualstraftäter. Hat mehrere minderjährige Mädchen belästigt. In zwei Fällen kam es zu einer Vergewaltigung. Fünf Jahre Haft, vor zwei Jahren aus der Skogome-Anstalt entlassen. Er lebt auf Kalvsund.«

»Na toll«, keuchte Göran.

»Ich fahre rüber und rede mit den Eltern«, sagte Frederik,

ohne auf den Kommentar einzugehen. »Zusammen mit …«, er ließ seinen Blick über die Runde schweifen, »… Anna. Einer von euch bleibt hier und nimmt die Anrufe entgegen. Ich will informiert werden, wenn Kroon oder Lisbet gesichtet werden oder sonstige nützliche Hinweise eingehen.«

Er schaute Hedda an, die Frau mit der bunten Bluse und den traurigen Augen. Sie sah aus wie jemand, der gern im Büro saß und sich um alles kümmerte.

»Das mache ich«, bestätigte sie.

»Außerdem brauchen wir eine Liste aller Personen, die in den letzten Jahren hier in der Gegend durch sexuelle Delikte auffällig geworden sind. Göran?«

»Klar. Kann ich erledigen«, brummte der Kollege, ohne dabei besonders enthusiastisch zu wirken. Frederik nahm sich vor, die Datenbanken auch selbst abzufragen, um sicherzugehen, dass ihnen nichts durch die Finger glitt.

»Weiterhin müssen wir die Familie gründlich durchleuchten. Lebensläufe der Eltern, weitere Verwandte, strafrechtliche Auffälligkeiten und so weiter.« Er schaute die Tochter des westschwedischen Polizeichefs an. »In Ordnung?«

»Natürlich.« Viveka machte sich bereits Notizen. Die Aufgabe schien ihren Vorstellungen von der eigenen Wichtigkeit zu entsprechen.

Khalid stand immer noch regungslos an der Wand, die Hände in den Hosentaschen. Frederik spürte die unterschwellige Wut, die von ihm abstrahlte wie Wärme von einem glühenden Kachelofen. Er glaubte wohl, dass für ihn nichts zu tun blieb.

»Du fährst nach Lilla Varholmen zum Anleger«, sagte er. »Auf den Fähren gibt es Kameras. Schau dir die Aufnahmen an, vielleicht entdeckst du Kroon oder Lisbet darauf.«

Er drückte eine Taste auf seinem Rechner, und ein neues Bild erschien an der Wand. Ein Mädchen im weißen Kleid, zwölf

Jahre alt, mit einem Blumenkranz auf den blonden Haaren, Sommersprossen und einem fröhlichen Lachen.

»Das ist sie. Lisbet Larsson.«

»Warum ich?«, fragte Anna, als sie zusammen hinunter zum Parkplatz gingen. Frederik hatte einen alten Helm aus seinem Büro geholt und hielt ihn ihr hin.

»Weil du passend gekleidet bist.« Er blieb neben dem Elektroroller stehen. »Sozius oder Beiwagen?«

Anna stülpte wortlos den Helm über ihre halblangen roten Haare und deutete auf den Sitz.

»Gut.« Frederik holte seinen eigenen Helm aus dem Topcase am Heck. Dann ließ er zuerst seine Kollegin aufsitzen, bevor er vor Anna Platz nahm, den Motor startete und vom Parkplatz fuhr.

In der Stadt war nicht viel Verkehr. Es war später Nachmittag, und mittlerweile hatten sicher alle den Ort erreicht, an dem sie Mittsommer feiern wollten. Die Geschäfte waren an diesem Tag ohnehin geschlossen.

Er nahm die Strecke über den Kungsbackaleden, durch den Tingstadstunneln und auf der anderen Seite des Hafens über den Lundbyleden und durch den Lundbytunneln auf die westliche Landzunge, an deren Ende die Fährstation Lilla Varholmen lag.

Während sie am riesigen Industriegebiet auf der Halbinsel Hisingen, den Ansiedelungen von Arendal bis Amhult, rauen Felsformationen und kleinen, hellen Laubwäldern vorbeifuhren, spürte er, wie sich Anna hinter ihm entspannte. Er mochte sich täuschen, doch sein erster Eindruck war, dass ihre Lederkluft als Schutzschild diente. Vermutlich verbarg sich dahinter eine empfindsame und verletzliche Seele.

Das war der eigentliche Grund, weshalb er sie gebeten hatte, ihn zu begleiten. Wenn man mit den Eltern eines vermissten Kindes sprach, brauchte man Fingerspitzengefühl.

Er hoffte, dass sie es hatte.

Rune beobachtete mit zusammengekniffenen Augen, wie eine Gruppe in Tracht gekleideter Männer und Frauen durch seinen verwilderten Garten marschierte und sich aufmerksam umsah. Sie blieben vor dem niedrigen Schuppen stehen und rüttelten an dem massiven Schloss, das er daran angebracht hatte. Was, um alles in der Welt, taten die Leute da?

Am liebsten wäre er nach draußen gegangen und hätte sie gefragt, doch sie würden es ihm ohnehin nicht sagen. Wahrscheinlich hatten sie dieselben Schlüsse gezogen wie die Polizei und glaubten, sie könnten Kroon bei ihm finden.

Als ein Junge herbeigelaufen kam und einem der Männer ein Stemmeisen reichte, hatte er die Schnauze voll. Er schob die Gardine beiseite und riss das Fenster auf.

»He! Finger weg von meinem Eigentum. Wenn ihr den Schuppen aufbrecht, hole ich die Polizei.«

Eine der Frauen drehte sich zu ihm um.

»Ja. Ruf die Polizei, Rune Dahlberg. Wir wüssten nämlich alle gern, was du da drin versteckst.«

»Das geht euch einen Scheißdreck an.«

Er knallte das Fenster wieder zu und zog die Gardine vor. Dann überlegte er fieberhaft. Auf keinen Fall durften sich die Leute in seinem Schuppen umsehen. Im Augenblick debattierten sie noch, aber vermutlich würden sich die Männer durchsetzen, die entschlossen waren, die Tür aufzubrechen.

Er wäre vor Schreck fast gestorben, als sich plötzlich eine schwere Hand auf seine Schulter legte.

»Was ist da draußen los?«, fragte der Mann, zu dem die Hand gehörte. Rune schluckte und drehte sich zu ihm um.

»Was glaubst du denn? Die suchen dich.«

Carl Kroon trat seitlich ans Fenster, schob die Gardine ein Stück beiseite und spähte hinaus.

»Na und? Die Polizei war doch schon hier. Deine Nachbarn werden ja nicht ins Haus kommen.«

Rune deutete nach draußen.

»Die brechen den Schuppen auf.«

Carl verschränkte die Arme und schaute ihn von oben herab an. Er war einen Kopf größer als Rune, seine Schultern waren fast doppelt so breit, die Arme so aufgepumpt, dass Rune seinen Bizeps kaum mit beiden Händen hätte umfassen können. Dazu der kahl rasierte Schädel, die Stacheldraht-Tattoos an den Oberarmen und der unerbittliche Blick. Im Gefängnis hatte Carl ihn vor den anderen beschützt, doch jetzt war er nicht länger sein Verbündeter. Er brachte ihn in Schwierigkeiten.

Mitten in der Nacht hatte er plötzlich an der Hintertür gestanden und so energisch dagegengehämmert, dass Rune fürchtete, das Holz würde splittern, wenn er nicht öffnete. Am liebsten hätte er sich versteckt. Er wollte nicht, dass Carl bei ihm unterschlüpfte. Aber er traute sich auch nicht, ihn abzuweisen.

»Was wäre denn so schlimm daran?«, erkundigte sich Carl. »Mich finden sie dort ja nicht.«

Rune wischte sich die schweißnassen Hände an der Hose ab. Er brauchte jetzt einen Schnaps. Die ganze Sache hier wuchs ihm über den Kopf. Er drängte sich an Carl vorbei und griff nach der Flasche, die auf dem Tisch stand.

Carl musterte ihn.

»Sag nicht, du bist so dumm, irgendwelches Zeug zu sammeln, das dich wieder hinter Gitter bringt.«

Der Alkohol brannte in Runes Kehle. Er war wütend und verzweifelt.

»Noch viel dümmer ist es, dass ich dich hier verstecke.«

Carl starrte ihn böse an.

»Wie oft habe ich dir den Arsch gerettet, Mann? Und jetzt, wo ich einmal deine Hilfe will …«

»Schon gut.« Rune hob die Hand. Es hatte sich beschissen genug angefühlt, von Carl genötigt zu werden. Dass er jetzt auch noch klang, als bräche ihm Runes Mangel an Loyalität das Herz, war kaum zu ertragen. Schnell nahm er einen weiteren tiefen Schluck aus der Flasche.

»Ich will nicht hierbleiben«, sagte Carl. »Aber ich muss warten, bis das Polizeiaufgebot von der Insel verschwunden ist. Wenn es dunkel ist, kann ich zum Hafen schleichen und ein Boot stehlen.«

Von draußen war ein Krachen zu hören. Rune schaute aus dem Fenster und sah, dass einer der Männer das Brecheisen an der Schuppentür ansetzte. Das Schloss war zwar stabil, aber das Holz war alt und morsch. Es würde nicht lange standhalten.

»Du musst was tun«, sagte Carl.

Rune holte tief Luft und stellte die Schnapsflasche beiseite. Dann lief er durch den Flur und riss die Haustür auf. Er schaute sich um und entdeckte zwei Polizisten, die sich gerade mit seiner Nachbarin von schräg gegenüber unterhielten. Es waren dieselben, die sich am Vortag in seinem Haus umgesehen hatten.

»Hallo!«, schrie er zu den beiden hinüber. »Da sind Leute in meinem Garten und brechen den Schuppen auf!«

Die beiden Uniformierten setzten sich sofort in Bewegung. Rune atmete auf. Es war das erste Mal in seinem Leben, dass er froh war, Beamte der Reichspolizei in seiner Nähe zu haben.

Frederik fuhr mit dem Roller vom Schiff und lenkte ihn auf die Straße in Richtung Süden. Er hatte die Insel vorher noch nie betreten. Mit dem Auto kam man nicht hierher; die Fähre, die zwischen Björkö und Öckerö verkehrte, transportierte nur Fußgänger und Fahrräder. Wer mit dem Auto nach Öckerö wollte, nahm die Fähre von Lilla Varholmen aus nach Hönö und fuhr über die Brücke auf die Nachbarinsel. Die Bewohner von Kalvsund stellten ihre Fahrzeuge auf dem großen Parkplatz auf Björkö ab und gingen zu Fuß auf die kleine Fähre. Für Frederik hatte man eine Ausnahme gemacht; der Roller passte auf das Vordeck mit den Fahrradstellplätzen.

Kalvsund war eine der kleinsten der bewohnten Göteborger Schären – grau und felsig, mit steilen Straßen und widerstandsfähiger Vegetation. Die Häuser waren groß und aus Holz gebaut, in hellen Farben gestrichen, meist weiß oder grau, manche auch gelb oder grün, umgeben von hübschen Gärten. Der Kiosk am Fähranleger war rot mit weißen Fensterrahmen und Kanten, den traditionellen schwedischen Farben. In der warmen Sommerluft lag der Duft von Kiefern.

Nur die Ostseite der Insel war erschlossen; der höher gelegene und stets dem Wind des Kattegats ausgesetzte Westen dagegen war kahl bis auf den Valen, das Seezeichen, das sich am höchsten Punkt der Insel befand. Es war ein pyramidenförmiges, rot gestrichenes Holzgerüst mit einem Kreuz darauf. Man erreichte es über eine steile Treppe, die offenbar erst kürzlich neu errichtet worden war. Das Holz war noch hell und zeigte keine Spuren von Verwitterung. Am flachen Nordostende der Insel befand sich die gepflegte Rasenfläche eines großen Sportplatzes. Neben dem Fähranleger gab es zwei Bootshäfen und etliche Stege. Wenn man auf einer der Schären lebte, war ein eigenes Boot nützlicher als ein Auto.

Auf halber Strecke bemerkte Frederik einen Tumult in einem der Gärten. Ein gutes Dutzend Männer und Frauen in bunten Mittsommertrachten stand um einen Schuppen herum, dessen Tür aufgebrochen war. Sie umringten zwei Polizisten und einen schmächtigen Mann mit halblangen dunklen Haaren, der wild gestikulierte.

Frederik nahm den Helm ab und lief auf die Gruppe zu.

»Was geht hier vor?«

Der Polizist musterte ihn.

»Darf ich fragen, wer Sie sind?«

»Frederik Forsberg, Reichspolizei Göteborg.«

Der Uniformierte straffte sich.

»Die Leute suchen nach der kleinen Lisbet. Sie haben den Schuppen aufgebrochen, weil sie dachten, Rune könnte das Mädchen hier versteckt halten.«

Frederik warf einen Blick in den Verschlag. Er war voller Gerümpel; rostiges Werkzeug und alte Gartenmöbel türmten sich zu wackeligen Stapeln. Der Raum war so klein, dass man sofort sah, dass sich hier niemand aufhielt. Sicherheitshalber ging er trotzdem ein paar Schritte hinein und rief nach Lisbet. Er bekam keine Antwort und entdeckte auch nichts, das sich geeignet hätte, um das Mädchen darin einzusperren.

»Die sind einfach eingebrochen«, empörte sich der Besitzer. »Dazu haben sie kein Recht. Die können hier nicht rumwühlen, nur weil ich mal ...« Er brach ab.

»Weil du ein elender Kinderschänder bist«, keifte eine der Frauen. Sie war so üppig, dass die Tracht über ihrem Busen spannte.

»Ich habe meine Strafe abgesessen. Dieses Mädchen, das ihr sucht, habe ich noch nie gesehen.«

Frederik musterte den Mann. Aus der Nähe fiel ihm auf, dass die Haare ungepflegt und fettig waren. Das Kinn war unrasiert, graue und schwarze Stoppeln wucherten darauf. Das Hemd hatte mehrere dunkle Flecken, und ein intensiver Schnapsgeruch ging von dem Mann aus. Er sah dem Foto in der Akte, die er am Tag zuvor studiert hatte, nicht besonders ähnlich, aber Frederik wusste trotzdem, wen er vor sich hatte: Rune Dahlberg, den Mann, der mehrere minderjährige Mädchen belästigt und zwei junge Frauen vergewaltigt hatte. Dafür hatte er fünf Jahre in der Skogome-Anstalt eingesessen, zeitgleich mit Carl Kroon.

»Ich würde gern einen Blick in Ihr Haus werfen, wenn Sie nichts dagegen haben, Herr Dahlberg.«

Rune starrte ihn an.

»Woher wissen Sie, wer ich bin? Haben Sie sich auch schon auf mich eingeschossen? Aber, klar: Hauptsache, man findet schnell einen Sündenbock. Dass ich unschuldig bin, interessiert ja niemanden.«

Frederik betrachtete ihn. Sah die flatternden Augenlider, das leichte Zucken in den Mundwinkeln und die Hände, die sich fahrig in den Stoff seiner abgewetzten Hose krallten, und kam zu dem Ergebnis, dass der Mann etwas zu verbergen hatte.

»Wie gesagt: Nur ein schneller Blick, damit wir uns davon überzeugen können, dass alles seine Richtigkeit hat.«

Rune zielte mit den Fingern wie mit zwei Pistolen auf ihn.

»Das dürfen Sie gar nicht.«

»Doch.« Der groß gewachsene Polizist trat neben Frederik. »Wir haben einen Durchsuchungsbeschluss.« Er holte den Zettel aus der Jackentasche und entfaltete ihn.

»Wir waren gestern schon mal hier, nachdem du dich wegen Dahlberg gemeldet hattest«, sagte er zu Frederik. »Das warst du doch?«

Frederik nickte und winkte Anna und den beiden Polizisten, ihm zur Haustür zu folgen. Rune rannte schimpfend hinter ihnen her.

Aus dem Hausflur schlug ihm muffiger Geruch entgegen, als wäre seit Wochen nicht gelüftet worden. Die Tapeten mit dem Sechzigerjahremuster waren vergilbt, die hölzerne Flurgarderobe hing schief. Hinter der Wohnzimmertür setzte sich die schäbige Atmosphäre fort, allerdings war hier die Luft besser, weil das Doppelfenster zum Durchgang in den Garten hin sperrangelweit offen stand. Die Gardine war halb um den rechten Flügel gewickelt, als hätte sich jemand nicht die Mühe gemacht, sie beiseitezuschieben, ehe er das Fenster geöffnet hatte.

Frederik beugte sich hinaus. Im vertrockneten Erdreich neben dem Durchgang meinte er schemenhafte Abdrücke zu erkennen, als wäre jemand mit schweren Stiefeln aus dem Fenster gesprungen. Zu undeutlich, als dass die Kriminaltechnik etwas daraus hätte machen können, aber interessant war es allemal.

Er schaute sich im Wohnzimmer um und entdeckte eine Jeansjacke, die eilig hingeworfen auf der Lehne eines abgewetzten braunen Sessels lag. Sie entsprach der Beschreibung, die ihm das Wachpersonal der Skogome-Anstalt von Carl Kroons Kleidung beim Antritt seines Freigangs gegeben hatte.

»Diese Jacke da«, sagte er freundlich. »Gehört die Ihnen?«

»Sicher.« Rune ballte die Fäuste. »Wem denn sonst? Ich wohne allein hier.«

»Wären Sie so freundlich, sie für mich anzuziehen?«

Er sah, wie sich auf Runes Oberlippe feine Schweißperlen bildeten. Seine Augen flackerten durch den Raum. Nur kurz, dann hatte er sich wieder im Griff und schaute ihn abfällig an.

»Wozu? Mir ist nicht kalt.« Er setzte ein Grinsen auf, das er wohl für cool hielt.

Frederik hob die Hände.

»Wir können Sie nicht zwingen. Es ist Ihre Entscheidung. Ich dachte nur, es ist Ihnen lieber so, als wenn wir Sie mit nach Göteborg aufs Revier nehmen.«

Anna war mit zwei Schritten beim Sessel. Sie schnappte sich die Jacke und knallte sie Rune vor die Brust.

»Jetzt zieh das Ding schon an, du Vogel.«

Rune war so verblüfft, dass er gehorchte. Frederik neigte den Kopf.

»So. Das ist also Ihre?«, fragte er. Die Jacke war zwei oder drei Nummern zu groß. Rune wirkte darin wie ein Junge, der im Kleiderschrank seines Vaters gestöbert hatte. Die Ärmel hingen ihm bis über die Finger.

»Ja.« Rune schaute auf seine Arme. »Nein. Die gehört einem Kumpel. Er hat sie hier vergessen.«

»Hat dieser Kumpel auch einen Namen?« Anna brachte ihre Nase dicht vor Runes Gesicht. Frederik sah, wie sich ihr Mund verzog. Seine Ausdünstungen waren aus der Nähe vermutlich noch schwerer zu ertragen.

»Gestern Abend, als wir uns hier umgesehen haben, war die Jacke noch nicht da«, steuerte die uniformierte Beamtin bei, und ihr Kollege nickte.

»Warum gibst du nicht einfach zu, dass sie Kroon gehört?«, fauchte Anna.

Rune schien seine Möglichkeiten abzuwägen und knickte dann ein.

»Ja, verdammt. Er war hier, aber ich habe ihn nicht eingeladen. Hat gegen meine Hintertür getreten, dass ich dachte, sie fliegt mir um die Ohren.«

Frederik machte den Kollegen ein Zeichen, und sie verteilten sich rasch. Die beiden Uniformierten nahmen sich das Obergeschoss vor, Frederik und Anna das Erdgeschoss.

Zwei Minuten später waren sie alle wieder im Wohnzimmer. Außer ihnen befand sich niemand im Haus. Rune stand noch an derselben Stelle wie zuvor, als würde ihn die viel zu große Jacke daran hindern, sich zu bewegen.

»Er ist weg«, sagte der Polizist mit der tiefen Stimme zu Frederik und schaute dann Rune an. »Sie hätten uns anrufen sollen.«

»Ich konnte nicht. Er hat mich die ganze Zeit nicht aus den Augen gelassen. Carl ist ein Tier, versteht ihr? Der hätte mich kaltgemacht, wenn er mich dabei erwischt hätte.«

Anna packte ihn am Jackenaufschlag.

»Was habt ihr mit Lisbet angestellt, he?«

Rune versuchte zurückzuweichen, kam aber nicht weit.

»Ich habe nichts damit zu tun«, beteuerte er. »Keine Ahnung, was Carl gemacht hat, bevor er hergekommen ist, aber ich wusste bis eben überhaupt nichts von dem Mädchen. Ich dachte, die Leute da draußen suchen nach Carl.«

Anna schüttelte ihn durch. »Lüg uns nicht an.«

Frederik legte ihr eine Hand auf die Schulter, damit sie ihn losließ.

»Wir informieren die Spurensicherung. Wenn es hier irgendwo einen Hinweis darauf gibt, wo Kroon sich aufhält oder was mit Lisbet passiert ist, finden wir ihn. Außerdem dehnen wir die Suche auf die Nachbarinseln aus.«

Er wandte sich an Rune.

»Wir können Sie nicht festnehmen, aber Sie sollten besser nicht versuchen, sich aus dem Staub zu machen. Der Richter wird kaum zögern, Ihre Bewährung auszusetzen, wenn Sie sich weiterhin verdächtig machen.«

Rune zerrte sich die viel zu große Jacke vom Körper und warf das Kleidungsstück auf den Boden.

»Macht doch, was ihr wollt. Ich habe überhaupt nichts getan.«

Seine Stimme zitterte nur ganz leicht, aber Frederik hörte es trotzdem.

8

Er hielt diese Heuchelei nicht aus. Dieses sanftmütige und betroffene Getue. Die salbungsvollen Worte, die nicht weiterhalfen. Was nützte es, Zuckerguss auf ein verkohltes Gebäck zu kippen? Es blieb ungenießbar.

Petter stieß die Tür auf und holte tief Luft. Er konnte nicht länger mit Hjördis und Magnus in der Küche sitzen und beten. Außerdem musste er dringend etwas erledigen. Wenn die Polizei kam und Fragen stellte, durfte nicht der Hauch eines Zweifels entstehen.

Vorsichtig blickte er sich um. Es war niemand zu sehen. Hier in der Straße hatten sie zuerst gesucht. Jetzt waren sie am anderen Ende der Insel.

Mit raschen Schritten ging er um das Haus herum zu dem kleinen Verschlag, in dem er die Sachen für das Boot aufbewahrte. Er nahm die schwere Persenning heraus und hievte sie sich auf die Schulter. Dann lief er über die Felsen zu der Betonrampe, die von der Steinfläche, auf der sein Boot stand, ins Wasser führte.

Schon nach ein paar Schritten rann ihm der Schweiß über den Rücken. Die Sonne brannte heiß vom wolkenlosen Himmel, und die Plane war schwer. Schnaufend überwand er die letzten Meter und ließ sie mit einem Stöhnen fallen. Er war alles andere als ein Muskelprotz, und er war auch kein Held. Als Hjördis ihn geheiratet hatte, war er von einer tiefen Dankbarkeit erfüllt gewesen, dass ihm das Schicksal eine solch schöne Frau zubilligte. Das war, bevor er hinter die Fassade geblickt hatte.

Petter faltete die Persenning auseinander und breitete sie

über den Bootsrumpf. Sorgsam verknotete er die Schnüre. Nun würde hoffentlich niemand auf den Gedanken kommen, das Boot genauer unter die Lupe zu nehmen.

Es war alles ganz anders gelaufen als geplant. Dabei war er sich so sicher gewesen.

Lisbet war sein Ein und Alles. Ohne sie hatte sein Leben keinen Wert. Er hatte sie geliebt, seit er sie zum ersten Mal auf dem Arm gehalten hatte. Dieses winzig kleine, zerknitterte Wesen, das ihn so vertrauensvoll aus seinen himmelblauen Augen anblickte. Stolz hatte ihn erfüllt, als aus dem Säugling ein hübsches Kind und später ein wunderschönes Mädchen geworden war. Sie sah genauso aus wie Hjördis damals, als sie noch nicht verbittert und vom Schicksal gebeugt war.

Es hatte lange gedauert, bis er sich eingestanden hatte, dass er so nicht weiterexistieren konnte. In diesem Haus mit Hjördis und ihrer kranken Mutter verlor er seine ganze Lebenskraft. Er hielt es einfach nicht mehr aus.

Hjördis war so kalt und unnahbar geworden. Es gab keine Küsse mehr, keine Berührungen. Nichts war geblieben von dem Glück, das er empfand, als sie ihn endlich geheiratet hatte.

Zuerst hatte er geglaubt, dass sich ihre Liebe einfach verbraucht hatte, abgenutzt in der Eintönigkeit ihres immer gleichen Alltags. Bis er es endlich begriffen hatte. Hjördis hatte ihm etwas vorgespielt. Er war nichts anderes für sie gewesen als ein nützlicher Idiot.

Er spuckte aus, um den bitteren Geschmack in seinem Mund loszuwerden. Alles in ihm verhärtete sich, wenn er an die vergeudete Zeit dachte.

Jahrelang hatte er seinen Hunger nach Nähe unterdrückt, doch nun ertrug er die Kälte nicht mehr. Nicht, seit er auf einmal alles vollkommen klar sah. Dass es nur einen Menschen gab, mit dem er der Hölle entkommen konnte. Die Zärtlichkeit, die er für sie empfand, nahm ihm den Atem. Er musste sie einfach festhalten und beschützen. Wer, wenn nicht er, sollte sie retten?

Ihm war gar nichts anderes übrig geblieben, als zu handeln. Aber heute Morgen hatte er einen Fehler gemacht, der alles zerstören konnte. Die Sehnsucht war so groß geworden, dass er nicht hatte widerstehen können. Er hatte geglaubt, dass er Hjördis täuschen könnte. Auf dem Weg zurück war ihm seine Strategie plausibel erschienen, doch er hatte es vollkommen falsch angepackt.

Er hätte es besser wissen sollen. Doch nun war es zu spät, um die Sache rückgängig zu machen.

Sie erinnerte sich nicht, wann sie sich zum letzten Mal derart getragen gefühlt hatte. Wann jemand Rücksicht auf sie und ihre Gefühle genommen hatte. Petter tat das schon lange nicht mehr.

Hjördis schaute auf Magnus' Hände, die er fest über ihre gelegt hatte. Den Kopf hielt er gesenkt, die blonden Haare fielen ihm in die Stirn. Seine Stimme war sanft, seine Worte jedoch so fest wie sein Glaube.

»Herr, gib uns die Kraft, in dieser schweren Stunde nicht den Mut zu verlieren. Nicht zu verzagen und die Prüfung, die du uns auferlegt hast, zu bestehen. Nicht an der Weisheit deines Ratschlusses zu zweifeln.«

Er blickte auf.

»Gott allein lenkt unsere Wege. Was immer geschieht, er hält seine schützende Hand über uns und hilft uns, das Unausweichliche zu akzeptieren, auch wenn wir es nicht begreifen.«

Sanft strich er mit dem Daumen über Hjördis' Handrücken.

»Er wird nicht zulassen, dass Lisbet etwas Böses widerfährt. Sie ist ein gutes Kind.«

Hjördis erschauerte unter der winzigen Geste. Sie war es nicht mehr gewöhnt, dass jemand sie in wohlmeinender Absicht berührte. Kannte nur noch Lisbets geballte Fäuste, die gegen ihre Brust trommelten, und Gunhilds gekrümmte Klauen mit den dicken, gelben Nägeln, die an ihren Kleidern zerrten, ihr ins Gesicht fuhren oder ihr die Arme zerkratzten, wenn die Alte sich dagegen wehrte, dass man sie wusch oder ihr die Windeln wechselte. Undankbar waren sie, alle beide, und Petter war es ebenso. Er nahm es als selbstverständlich hin, dass sie sich um alles kümmerte, den ganzen Tag schuftete, um das Haus in Ordnung zu halten und die beiden Kinder, das alte und das junge, wenigstens halbwegs ruhigzustellen. Meinte, dass es reichte, wenn er das Geld nach Hause brachte und sich abends ein bisschen um Lisbet kümmerte und ihr eine Gutenachtgeschichte vorlas.

Angefasst hatte er sie schon lange nicht mehr. Dabei war er am Anfang so gierig danach gewesen. So übereifrig und stürmisch, dass die eigentliche Sache meist schon nach ein paar Minuten erledigt war. Doch diese Zeiten waren lange vorbei.

Hjördis schloss die Augen. Ließ sich von Magnus' Worten einlullen, ohne sie richtig zu hören, und sog die Wärme seiner großen Hände in sich auf.

Wenn sie doch einfach die Zeit anhalten und bis in alle Ewigkeit so in ihrer kleinen Küche sitzen könnte, eingehüllt in diesen schützenden Mantel aus Hoffnung und Zuversicht, den Magnus ihr umgelegt hatte.

Den Gedanken an Lisbet verdrängte sie. Irgendwie würde die Sache schon gut ausgehen. Aber jetzt, in dieser Sekunde, wollte sie endlich einmal nur an sich denken.

Ein schrilles Klingeln ertönte und fraß sich durch die Blase, die Magnus und sie umschloss, in ihren Kopf. Sie kniff die Augen fester zusammen, weil sie es nicht hören wollte. Magnus verstummte, sie spürte, wie er sich anspannte. Die Glocke läutete erneut.

»Jetzt nicht«, murmelte sie beschwörend.

Magnus zog seine Hände zurück, und Hjördis war, als würde sich ein Kübel Eiswasser über sie ergießen.

»Was ist das?«

Hjördis öffnete widerstrebend die Augen.

»Gunhild. Sie zieht an der Schnur neben ihrem Bett, damit ich komme.«

Magnus stand auf.

»Dann solltest du das tun. Deine Mutter ist eine alte und kranke Frau. Es ist deine Aufgabe, dich um sie zu kümmern und ihr das Leben so leicht zu machen, wie du es vermagst.«

Hjördis biss die Zähne zusammen. Sie hätte wissen müssen, dass von Magnus nichts anderes zu erwarten war. Er war kein Mann, der Dinge infrage stellte. Wenn es darauf ankam, versteckte er sich hinter seiner Bibel.

Widerwillig erhob sie sich und ging die Treppe hinauf. Magnus folgte ihr. Die Klingel schrillte zum dritten Mal.

Gunhild hatte das Rückenteil ihres Pflegebetts fast senkrecht gestellt. Der Fernseher lief, und sie umklammerte die Fernbedienung.

»Jetzt ist es weg«, keifte sie, als Hjördis den Raum betrat. Sie gestikulierte zum Bildschirm hin. »Da war ein Foto von Lisbet in den Nachrichten. Sie behaupten, sie sei weggelaufen.«

»Ja.«

»Warum sagt mir niemand Bescheid?«, beschwerte sich die alte Frau. Ihre dünnen grauen Haare waren am Hinterkopf zu einem festen Knoten gebunden. Das Gesicht war faltig, die Augen lagen tief in den Höhlen, und die Lippen waren fast farblos.

»Aus dem Fernsehen muss ich erfahren, was in der eigenen Familie passiert. Meinst du, das geht mich nichts an?«

Sie bemerkte Magnus, der hinter Hjördis ins Zimmer getreten war. »Ach. Pfarrer Sandström. Lange nicht gesehen. Keine Zeit mehr für die alte Gunhild, die all die Jahre, als sie noch laufen konnte, Sonntag für Sonntag in deine Kirche gekommen ist?«

Magnus trat an ihr Bett und nahm ihre Hände in seine. Hjördis verspürte einen Stich. Die Geste war nichts Besonderes, sondern einfach nur Teil seiner seelsorgerischen Routine. Er verteilte sie mit einer Großzügigkeit, die den Einzelfall nahezu bedeutungslos machte.

»Wir hatten in der letzten Zeit viel zu tun«, entschuldigte sich Magnus. »Unsere Gemeinde ist gewachsen, nicht zuletzt durch die vielen Einwanderer, um die wir uns kümmern müssen.«

Gunhild ruckte ihr Kinn in Richtung Fernseher.

»Ich weiß Bescheid. Schmarotzer, die wie Heuschrecken bei uns einfallen, um das schwedische Sozialsystem auszusaugen.«

Das Lächeln auf Magnus' Lippen gefror.

»Nein, Gunhild. Es sind Menschen in Not. Sie brauchen unsere Hilfe.«

Die alte Frau lachte krächzend.

»Deine bestimmt nicht. Sie haben ja nicht einmal den rechten Glauben.«

Hjördis sah, dass Magnus sich beherrschen musste, um ruhig zu bleiben.

»Gott lehrt uns Nächstenliebe. Wir stehen auch jenen bei und reichen ihnen die Hand, die nicht an ihn glauben.«

»Pah.« Gunhild entzog ihm ihre Hände und drückte mit ihrem geschwollenen, knotigen Daumen auf den Knöpfen der Fernbedienung herum. Der Bildschirm wurde schwarz. »Du brauchst mir nichts zu erzählen. Ich habe genug gesehen. Das ganze Land geht vor die Hunde. Schweden war immer ein guter und sauberer Ort, und was haben wir jetzt? Überall Angst, Hass und Schlägereien. Es brennt an allen Ecken, und wir kommen mit dem Löschen nicht hinterher.« Sie holte zitternd Luft. »Für die Ausländer spannt ihr ein weiches Netz auf, aber eine alte, kranke Frau wie ich kann in ihrem Bett verrecken, und keiner kümmert sich darum.«

Magnus fand anscheinend, dass es klüger war, die Diskussion nicht zu vertiefen.

»Jetzt bin ich ja hier.«

»Hm.« Gunhild bemerkte, dass sie es nicht zu weit treiben durfte, wenn sie ihn nicht vergraulen wollte. Sie wechselte das Thema.

»Also, was ist mit Lisbet?«

Magnus hob die Hände.

»Wir wissen es nicht. Die Polizei sucht sie auf der ganzen Insel. Bisher haben sie keine Spur.«

Gunhild drehte ihren Kopf zu Hjördis.

»Das ist deine Erziehung. Du hast das Mädchen nicht im Griff. Frech und aufmüpfig. Hat nicht gelernt, zu gehorchen. Wenn ich noch könnte, wie ich wollte …«

Hjördis spürte, wie sich etwas in ihrem Inneren regte.

Oh ja! Sie wusste, was Gunhild tat, wenn ein Kind nicht spurte. Sie hatte es oft genug am eigenen Leib erlebt.

Der Hass auf die alte Frau kam so plötzlich, dass er ihr die Kehle zuschnürte. Am liebsten hätte sie ihr ein Kissen auf das Gesicht gedrückt, damit sie endlich, endlich still war. Magnus sah wohl, was in ihr vorging, und legte ihr sanft die Hand auf die Schulter.

Hjördis biss die Zähne zusammen, wie sie es schon immer getan hatte. Gunhild musterte sie verächtlich.

»Kannst wohl die Wahrheit nicht vertragen? Deine Lisbet ist ein verzogenes Gör. Keinen Anstand im Leib und keinen Respekt vor dem Alter.«

»Lass es gut sein, Gunhild.«

Magnus hob die Hand, und tatsächlich verstummte die alte Frau. Magnus schob Hjördis zur Tür.

»Ich kümmere mich um sie.«

Er trat wieder ans Pflegebett und nahm Gunhilds Hände. »Lass uns beten.«

Hjördis drehte sich um und verließ das Zimmer. Mit zitternden Knien stieg sie die Treppe hinunter. Ihr war immer noch flau von der Flut der Gefühle, die sie plötzlich überschwemmt hatte. All die Jahre hatte sie es unterdrückt, aber jetzt konnte sie einfach nicht mehr.

Sie löste den Knoten in ihrem Rücken und zog die Schürze über den Kopf. Begann, sie glatt zu streichen und ordentlich zu falten, und verlor schließlich die Geduld. Sie knüllte den Stoff zusammen und warf ihn auf die Sitzbank im Flur. Dann öffnete sie die Haustür.

Sie musste hier raus.

Hinter dem Haus fielen die Felsen flach zum Wasser ab. Es war eines der letzten am südlichen Ende der Insel, kleiner als die Nachbarhäuser und ein gutes Stück von jenen entfernt, aber mit einer sauberen weißen Fassade, die offenbar erst kürzlich frisch und äußerst fachmännisch gestrichen worden war, wie Frederik nicht ohne Neid feststellte. Über dem Dach kreiste eine Möwe. Die hoch stehende Sonne glänzte auf den roten Ziegeln.

Er verspürte ein mulmiges Gefühl im Magen, als er den Roller auf dem Vorplatz abstellte.

Wie begegnete man den Eltern eines Mädchens, das sich möglicherweise in der Gewalt eines brutalen Sexualverbrechers befand? Aber noch stand ja nicht im Geringsten fest, was geschehen war. Lisbet konnte einfach beim Spielen die Zeit vergessen haben. Nachdem man bereits seit Stunden nach ihr suchte, war das allerdings unwahrscheinlich. Die Insel war klein, kaum mehr als einen Kilometer lang und vielleicht einen halben

Kilometer breit. Würde sie nur irgendwo herumtrödeln, hätte man sie längst entdeckt.

Plausibler war, dass sie ausgerissen war und sich versteckte. Kinder waren einfallsreich. Vielleicht hatte sie einen Ort entdeckt, den die Erwachsenen, die nach ihr Ausschau hielten, gar nicht zur Kenntnis nahmen. Auf der Insel gab es zahllose kleine Hütten, Schuppen und verschließbare Unterstände und darüber hinaus im Norden rund um den Sportplatz herum eine kleine Wildnis mit dichtem Gestrüpp. Man müsste herausfinden, welche Lisbets bevorzugte Plätze waren, und natürlich auch, was ihr Antrieb gewesen war. Gab es Streit in der Familie? Häusliche Gewalt, oder, schlimmer noch, sexuellen Missbrauch? Mussten sie nur auf Kalvsund nach ihr suchen, oder war sie womöglich mit der Fähre auf eine der Nachbarinseln oder gar aufs Festland gefahren, weil sie nicht nur für ein paar Stunden allein sein wollte, sondern die Absicht hatte, gar nicht zurückzukommen? Für die Fähre zwischen Björkö und Öckerö, die auf Kalvsund einen Zwischenhalt einlegte, brauchte man zwar eine Fahrkarte, doch er nahm an, dass es für ein hübsches Mädchen wie Lisbet ein Leichtes war, sich in der Nähe anderer Eltern aufzuhalten und so zu tun, als gehöre sie zur Familie.

Frederik schaute auf sein Smartphone und sah, dass Viveka ihm bereits eine E-Mail mit den Eckdaten geschickt hatte.

Petter Larsson arbeitete als Buchhalter einer Drogeriemarktkette auf dem Festland, seine Ehefrau Hjördis war nicht berufstätig. Gegen keinen der beiden lag etwas vor, auch beim Jugendamt waren sie nicht aktenkundig. Aber das musste nichts bedeuten. Das wenigste von dem, was hinter verschlossenen Türen geschah, fand seinen Weg auf die Schreibtische der Sachbearbeiter. Gerade auf den Schären waren die Menschen noch traditionell eingestellt. Familienangelegenheiten gingen niemanden etwas an, und was die Nachbarn dachten, war wichtiger als alles andere. Jeder tat sein Bestes, um sich in der Öffentlichkeit vorbildlich zu präsentieren.

Petter und Hjördis waren seit dreizehn Jahren verheiratet, Lisbet war vor zwölf Jahren auf die Welt gekommen, zwei Monate nach der Hochzeit. Hatten die beiden heiraten müssen, oder war Lisbet ein Kind der Liebe gewesen? Fragen, die die Polizei stellen musste, auch wenn es für die Eltern unangenehm war.

Anna zerrte den Helm vom Kopf und reichte ihn Frederik, der ihn zusammen mit seinem eigenen unter der Sitzbank des Rollers verstaute.

»Ich hoffe nur, sie finden ihn, bevor er Lisbet etwas antut.« Anna schaute finster auf die Haustür und ballte die Fäuste. »Ich will der Familie nicht sagen müssen, dass er sie missbraucht und getötet hat.«

»Du sprichst von Kroon?«

Anna schnaubte.

»Es liegt doch auf der Hand, dass er es war, oder nicht?«

Frederik hob die Schultern.

»Das ist eine Möglichkeit. Mir fallen aber auch noch ein paar andere Erklärungen ein.« Er erläuterte, worüber er während der Fahrt nachgedacht hatte.

»Außerdem wäre da noch Rune Dahlberg, und zu guter Letzt dürfen wir auch die Eltern nicht ausschließen«, fügte er an. »Die meisten Verbrechen gegen Kinder werden in der Familie begangen.«

»So sagt es die Statistik.« Anna warf ihre roten Haare zurück, die ihr der Wind ständig ins Gesicht wehte. »Aber das sind Dinge, die in den eigenen vier Wänden passieren. Eltern verschleppen ihre Kinder gewöhnlich nicht und melden sie dann als vermisst.« Ihr Blick wurde nachdenklich. »Andererseits könnten sie Lisbet natürlich getötet und irgendwo verscharrt haben und versuchen nun, es zu vertuschen, indem sie behaupten, sie sei weggelaufen.«

Frederik hatte plötzlich einen trockenen Mund. Was Anna da entwarf, war die schrecklichste aller Möglichkeiten, aber ausgeschlossen war es nicht. Unwillkürlich musste er an Emma denken. Vielleicht war es ihr Glück, dass sie im Heim lebte. Es war schon kaum zu ertragen, was Arvid Ekström ihrer Mutter antat. Wie er reagieren würde, wenn sich Ekström an Emma vergriff, wollte er sich lieber nicht ausmalen.

»Hoffen wir, dass es nicht so ist«, sagte er zu Anna. »Aber du hast recht. Das Kind ist immer das schwächste Glied. Wenn ein Elternteil frustriert oder wütend ist, weil es Ärger bei der Arbeit gibt oder das Kind nicht spurt ... Da knallt es schnell mal.«

»Die sollte man alle wegsperren.« Anna drückte auf den Klingelknopf neben der Haustür.

Frederik betrachtete sie. Eine attraktive Frau, dachte er, aber da war auch etwas Düsteres um sie. Ihr ganzer Körper war angespannt, die Kiefer mahlten unablässig. Nun, zumindest nahm sie den Fall ernst. Trotzdem vermisste er Torun. Sie hatten fast zehn Jahre zusammengearbeitet und einander blind vertraut. Bis zu dem Tag, als ein Kugelhagel ihre Brust zerfetzt hatte. Die Waffe, aus der er abgefeuert worden war, gehörte zu denen, die Arvid Ekström ins Land geschmuggelt hatte. Deswegen hatte er ihn drei Jahre lang gejagt.

Frederik schüttelte leicht den Kopf. Es war vorbei. Er musste wieder nach vorn blicken, auch wenn Arvid Ekström als freier Mann in seiner Göteborger Villa saß und seine Frau tyrannisierte, anstatt in der Zelle zu hocken, wie er es verdient hätte. Aber hier war ein anderes Kind, das seine Hilfe brauchte. Die Vergangenheit konnte er nicht mehr ändern, die Zukunft vielleicht schon.

Anna klingelte erneut, und endlich waren Schritte auf der

Treppe zu hören. Die Tür öffnete sich. Vor ihnen stand ein Mann im schwarzen Anzug mit weißem Priesterkragen. Halblange blonde Haare hingen ihm in die Stirn. Er wirkte jugendlich, doch die Falten um die Augen herum ließen vermuten, dass er schon älter war. Ende vierzig, Anfang fünfzig, schätzte Frederik.

»Ja, bitte?«

»Frederik Forsberg, Reichspolizei Göteborg. Meine Kollegin Anna Jordt.« Frederik streckte ihm die Hand hin.

»Magnus Sandström. Ich bin Pfarrer auf Öckerö. Die Larssons gehören zu meiner Gemeinde. Petter hat mich angerufen. Er meinte, Hjördis brauche meinen Beistand.« Er gab auch Anna die Hand.

»Es ist gut, dass Sie da sind.« Frederik deutete an, dass sie gerne eintreten wollten, und Magnus machte einen Schritt zur Seite.

Sie kamen in einen dunklen Hausflur, in dem eine zusammengeknüllte Küchenschürze auf der Sitzbank lag. Magnus dirigierte sie in die Küche.

»Hjördis und Petter sind nicht da. Nur Hjördis' Mutter Gunhild und ich. Gunhild liegt oben in ihrem Pflegebett. Sie hat schweres Rheuma, kann nicht mehr aufstehen.«

Frederik versuchte, sich nicht anmerken zu lassen, dass er befremdet war. Sollte man nicht erwarten, dass die Eltern eines verschwundenen Kindes sehnsüchtig auf das Eintreffen der Polizei warteten? Aber vielleicht hatten sie die Ungewissheit nicht ausgehalten und sich selbst auf die Suche gemacht.

»Sie kennen die Familie gut?«

Der Pfarrer ließ sich auf einen Küchenstuhl sinken und trank einen Schluck aus der Kaffeetasse, die noch auf dem Tisch stand. Seinem Gesichtsausdruck nach zu urteilen war der Inhalt längst kalt und bitter.

»Früher, ja. Gunhild hat mit ihrem verstorbenen Mann und ihrer Tochter regelmäßig den Gottesdienst besucht. Hjördis und Petter haben diese Tradition leider nicht fortgesetzt. Eine Weile habe ich noch Hausbesuche gemacht, Gunhild zuliebe, aber seit einiger Zeit schaffe ich es nicht mehr.«

Frederik sah sich in der Küche um.

»Seit wann sind Sie hier?«

»Petter hat mich vor einer Stunde an der Fähre abgeholt. Wir haben gemeinsam mit Hjördis gebetet, aber Petter ist kein großer Anhänger der Kirche; nach ein paar Minuten ist er aufgestanden und gegangen.«

Er drehte die Tasse in den Händen und schien unschlüssig, ob er weitersprechen sollte, tat es dann aber doch.

»Hjördis und ich waren oben. Gunhild hat ihr Vorwürfe gemacht. Sie meint, ihre Erziehung sei schuld, dass Lisbet nicht gehorcht. Daraufhin hat Hjördis das Haus verlassen.«

Frederik stellte seine Umhängetasche auf einen der beiden freien Stühle und nahm sein Notizbuch heraus.

»Lisbet ist ein Kind, das nicht immer tut, was es soll?«

»Wenn es nur das wäre.« Magnus holte tief Luft. »Ich habe sie ja nicht oft gesehen, und mir gegenüber war sie brav wie ein Engel. Aber Hjördis sagt, sie hat zwei Gesichter. Petter und Hjördis streiten sich ständig deshalb. Wenn Petter zu Hause ist, ist sie lieb. Wenn Hjördis mit ihr allein ist, führt sie sich auf wie verrückt.«

Das war, wie Frederik wusste, bei Mädchen an der Schwelle zur Pubertät keine Seltenheit. Sie vergötterten ihre Väter und konkurrierten mit den Müttern. Interessant war es trotzdem.

»Es wäre also denkbar, dass Lisbet weggelaufen ist, weil es Streit mit ihrer Mutter gab?«

Der Pastor faltete die Hände vor sich auf dem Tisch und schaute darauf.

»Das möchte man hoffen, nicht wahr? Die Alternative wäre ja wohl, dass dieser entflohene Sexualstraftäter – Kroon? – sie in seiner Gewalt hat.«

Das Grummeln in Frederiks Magen verstärkte sich. Sie kamen nicht weiter, solange sie nicht mit den Eltern gesprochen hatten.

»Haben Sie eine Idee, wo wir Hjördis oder Petter finden?«

Magnus schaute auf.

»Bei Hjördis kann ich es nicht sagen. Aber Petter ist sicher bei seinem Boot. Das liegt gleich hinter dem Haus auf den Felsen.«

»Also suchen wir dort nach ihm.« Frederik verstaute sein Notizbuch wieder in der Tasche. »Sie bleiben noch hier?«

Der Pastor schien einen Moment mit sich zu ringen. Dann nickte er.

»Ich nehme an, ich werde hier dringender gebraucht als irgendwo sonst.«

9

Der Schmerz hörte nicht auf. Immer noch quoll Blut aus ihrem Unterleib und verschmierte das Laken, auf dem sie lag. Ein heftiger Krampf durchfuhr sie, und etwas Feuchtes und Glitschiges glitt aus ihr heraus.

Im ersten Augenblick glaubte sie, es sei ein weiteres Kind. Hoffnung flammte in ihr auf. Vielleicht war doch noch nicht alles verloren. Dann begriff sie, dass es nur die Nachgeburt war. Die Plazenta, der Mutterkuchen. Die Nahrung für ihr Baby, die nicht ausgereicht hatte. Was hatte sie nur verbrochen, dass sie ein totes Kind zur Welt gebracht hatte?

Natürlich kannte sie die Antwort.

Sie liebte einen Mann, den sie nicht begehren durfte. Aber konnte etwas, das so rein, so vollkommen, so überirdisch schön war wie die Zärtlichkeit zwischen ihnen, tatsächlich Sünde sein? Seine Ehe war ein Irrtum, das wussten sie beide. Er hatte alles in Ordnung bringen wollen, sobald sie alt genug war.

Doch nun hatte sie den kostbaren Schatz verloren, für den er sein Versprechen abgegeben hatte. Sie hatte es nicht geschafft, sein Kind am Leben zu erhalten.

Würde er trotzdem seine Zukunft mit ihr teilen wollen? Oder war er froh, dass ihm die Entscheidung abgenommen worden war?

Sie spürte, wie ihre Zuversicht dahinschmolz, wie sie zusammen mit all dem Blut aus ihrem weit geöffneten Muttermund strömte. Ihr wurde flau, ihre Gedanken flossen nur noch träge dahin. Müsste es nicht irgendwann aufhören zu bluten? Wie viel Blut hatte ein Mensch überhaupt? Wie viel davon durfte man verlieren?

Panik erfasste sie plötzlich. Er war einfach gegangen, hatte den toten Säugling hinausgetragen und sie allein gelassen. Was sollte sie tun, wenn er nicht zurückkam? Sie hatte keine Kraft, aufzustehen, und um Hilfe zu rufen wäre sinnlos. Er hatte dafür gesorgt, dass sie ihr Kind an einem Ort gebar, an dem niemand sie sehen oder hören konnte.

Der Nebel in ihrem Kopf wurde immer dichter. Er machte ihr Angst, doch zugleich hieß sie ihn auch willkommen, weil er sich wie eine weiche Decke über den scharfen Schmerz in ihrem Bauch und in ihrem Herzen legte.

Wäre es nicht das Beste, wenn sie einfach einschliefe? Sich all die Enttäuschungen ersparte?

Ein Teil von ihr wollte genau das, doch zugleich klammerte sich irgendetwas in ihr verzweifelt an das Leben. Sie war doch noch so jung, und sie hatte noch so viele Träume!

Ehe sie den Gedanken zu Ende denken konnte, wurde ihr schwarz vor Augen.

Der Tischventilator drehte sich träge, bewirkte aber kaum etwas. In dem kleinen Büro in der Göteborger Polizeibehörde, das man ihr zugewiesen hatte, war es so heiß wie im Tropenhaus. Die Jalousie klemmte und ließ sich nicht richtig schließen, die Sonne brannte durch die Scheibe. Die Tastatur unter ihren Fingern fühlte sich klebrig an.

Viveka zog die Jacke ihres grauen Kostüms aus und hängte sie ordentlich über die Lehne des zweiten Stuhls im Raum. Sie zupfte an der weißen Bluse, die ihr an der Haut klebte, und warf einen Blick in den Spiegel über dem Waschbecken. Ihre langen blonden Haare hingen schlaff herunter, und das Make-up, das sie am Morgen so sorgsam aufgetragen hatte, löste sich auf.

Seufzend öffnete sie ihre Handtasche, nahm ein paar Kosmetiktücher heraus und machte sich daran, ihr Styling aufzufrischen.

Der Auftrag, den Forsberg ihr gegeben hatte, war schnell erledigt gewesen. Sie hatte die Datenbanken abgefragt und die Ergebnisse zusammengeschrieben. Jetzt wusste sie nicht so recht, wie sie weitermachen sollte.

Sie brauchte etwas, mit dem sie bei Frederik punkten konnte. Es wurmte sie maßlos, dass er nicht sie, sondern diese Ledertussi mit nach Kalvsund genommen hatte. Ihr Vater würde alles andere als begeistert sein. Er erwartete, dass sie ihm nacheiferte. Nie wurde er müde zu betonen, dass es allein seiner beharrlichen Anstrengung zu verdanken war, dass man ihn zum Polizeichef von Westschweden ernannt hatte. Sie musste besser, fleißiger, disziplinierter sein als alle anderen. Engagiert und kreativ. Und sie musste Eigeninitiative zeigen.

Dass man sie in Stockholm ausgemustert hatte, war ein herber Rückschlag gewesen; dass sie wieder bei ihren Eltern einziehen musste, weil sie auf die Schnelle keine Wohnung in Göteborg gefunden hatte, eine Demütigung. Ihr Mädchenzimmer mit der rosafarbenen Tapete, all dem Glitzerkram und den unzähligen Barbiepuppen passte nicht mehr zu der eleganten jungen Frau, zu der sie geworden war. Es war, als hätte man sie direkt in die Schulzeit zurückkatapultiert. Kein gutes Gefühl, weil es sie an den Schlamassel erinnerte, in den sie sich mit ihren Freundinnen geritten hatte, schlimmer noch als jener, den sie in Stockholm angerichtet hatte. Ihr Vater hatte sie damals aus der Sache herausgeholt, aber seitdem hatte er ein wachsames Auge auf sie, und sie musste ihm ewig dankbar sein. Zumindest bis sie ihm bewiesen hatte, dass sie aus eigener Kraft etwas erreichen konnte. Mit dem Wechsel nach Stockholm war sie seinem strengen Blick entkommen, doch nun stand sie wieder unter permanenter Beobachtung. Und das alles nur, weil ihre missgünstige Kollegin sie beim Chef angeschwärzt hatte.

Als sie die Wimperntusche auftrug, kam ihr ein Gedanke. Schnell schraubte sie die Kappe mit der kleinen Bürste wieder auf die Flasche und griff zum Telefon.

Ungeduldig trommelte sie mit den künstlichen, weiß lackierten Nägeln auf der Tischplatte, bis man sie zum gewünschten Gesprächspartner durchgestellt hatte. Nachdem sie ihr Anliegen vorgetragen hatte, wartete sie, bis am anderen Ende die entsprechenden Vorgänge durchgesehen worden waren. Schließlich nahm die Frau, mit der sie gesprochen hatte, den Hörer wieder auf.

»Sie hatten recht«, sagte sie. »Wir haben hier tatsächlich etwas.«

Viveka hörte gespannt zu und merkte, wie sie immer aufgeregter wurde.

Damit würde sie Frederik auf jeden Fall beeindrucken.

Im Haus war es angenehm kühl gewesen. Vor der Tür dagegen traf sie die Hitze wie eine Wand. Trotzdem war sie froh, als sie ins Freie traten. Im Inneren war es sauber und ordentlich, aber die abgenutzten Möbel und die verblichenen Tapeten verbreiteten eine Aura, die sie bedrückte.

Frederik blieb stehen und drehte sich zu ihr um, sagte aber nichts. Er musterte sie nur, und der Blick seiner grauen Augen schien tief in sie einzudringen. Sie merkte, wie sich ihr Magen verkrampfte.

Bisher hatten sie kaum geredet. Wenn man hintereinander auf einem Motorroller saß, war das auch kaum möglich. Aber selbst auf der Fähre war er stumm geblieben. Er schien ein Mann zu sein, der keine überflüssigen Worte machte. Vielleicht war er aber auch nur voreingenommen, weil ihm Birger, der

Chef der Abteilung, erzählt hatte, weshalb man sie aus Malmö abgeschoben hatte.

Sie wusste nicht, was er von ihr erwartete. War sie ihm zu forsch gewesen, als sie Rune Dahlberg angegangen hatte, damit er die Jacke anprobierte? Oder war er enttäuscht, weil sie darüber hinaus kaum Initiative zeigte und ihm das Reden überließ? Sie fühlte sich unsicher, wollte nicht die gleichen Fehler machen wie bei ihrem früheren Vorgesetzten.

Leider war Forsberg ein Typ, der sich schwer einschätzen ließ. Mittelgroß und sportlich wie die meisten Schweden, kurze blonde Haare und ein Dreitagebart, wie ihn viele trugen, graue Chinos und ein leichtes Jackett über dem offenen Hemd. Einer, der sich nicht nach vorn drängte, sondern danebenstand und beobachtete. Das einzig Auffällige an ihm war sein Blick, der wach und intelligent war. Er schien ein gutes Gespür zu haben, ließ sich aber nicht anmerken, was er dachte und fühlte.

»Man kann sich kaum vorstellen, dass die Menschen, die in diesem Haus leben, glücklich sind, findest du nicht auch?«, sagte er.

Anna nickte überrascht. Ihr alter Chef hatte sie nie nach ihrer Meinung gefragt. Oder war das nur ein Test?

»Ich fand es beklemmend. Da hing so eine Düsternis in den Wänden«, stimmte sie zu und hätte sich gleich darauf am liebsten geohrfeigt. Was für eine alberne, unsachliche Beschreibung. Doch Frederik lächelte.

»Das hast du gut formuliert.«

Er wandte sich um und ging um das Haus herum.

Dahinter begannen die Felsen, die dreißig Meter weiter aufs Meer trafen. Auf einer Steinplatte am Ende lag ein Boot mit einer blauen Persenning. Eine Person konnten sie nicht entdecken. Erst als sie um den Rumpf herumtraten, sahen sie den Mann.

Er hockte auf dem kahlen Felsen, den Rücken gegen das Boot

gelehnt, die Knie angezogen. Das Gesicht hatte er in den Händen vergraben.

»Petter? Petter Larsson?«, fragte Frederik.

Der Mann ließ die Arme sinken. Sein Blick war stumpf, die Augen waren gerötet. Die Wangen glänzten nass vom Weinen.

»Ja?«

Frederik nannte seinen und Annas Namen.

»Wir sind von der Reichspolizei Göteborg und müssen Ihnen ein paar Fragen stellen.«

Da Petter keine Anstalten machte, aufzustehen, setzten sie sich zu ihm auf die Felsplatte. Der Stein hatte sich in der Sonne aufgeheizt und wärmte Annas Beine durch das Leder der Hose hindurch.

»Schildern Sie uns doch bitte den Ablauf des Vormittags so genau wie möglich.«

Petter berichtete, wie er gegen fünf aufgestanden war und sich entschlossen hatte, mit dem Boot hinauszufahren. Hjördis und Lisbet hatten noch geschlafen, und er hatte sich hinausgeschlichen, um sie nicht zu stören. Er war ein Stück nach Norden gesegelt, in Richtung Marstrand, hatte sich in einer freien Bucht auf einer der vorgelagerten unbewohnten Schären niedergelassen und die Brote gegessen, die er sich am Morgen in der Küche zurechtgemacht hatte. Eine Weile hatte er in der Sonne gesessen und war dann nach Kalvsund zurückgesegelt, zwischen Hälsö und Öckerö auf der einen und Björkö auf der anderen Seite hindurch. Er hatte Kalvsund im Süden umrundet und schließlich das Boot wieder an Land gezogen.

»Dann bin ich nach Hause gegangen. Ich wollte vor dem Essen noch ein bisschen mit Lisbet im Garten spielen. Sie war jedoch nicht da. Ich habe Hjördis gefragt, aber sie war den ganzen Morgen mit ihrer Mutter und dem Essen für den Mittsommertag beschäftigt. Sie hatte Lisbet gegen acht geweckt, und dann gab es wohl Streit, weil sie Lisbet gebeten hat, ihrer Großmutter das Frühstück zu bringen. Lisbet wollte das nicht und ist weggelaufen.«

Frederik öffnete seine Umhängetasche. Er nahm sein Notizbuch heraus und schrieb sich Petters Angaben auf.

»Was haben Sie dann unternommen?«

»Ich bin zum Kiosk gegangen. Dachte, sie trifft sich da vielleicht mit den anderen Kindern. Eigentlich darf sie nicht allein dorthin gehen, aber sie hat ihren eigenen Kopf.« Er lächelte schwach. »Ich finde das gut. Hjördis ist so übervorsichtig mit ihr, dabei ist Lisbet ein ganz vernünftiges Mädchen. Und es ist ja wirklich nicht weit, nur ein paar Hundert Meter.«

»Aber Sie haben sie nicht gefunden?«

Petter schüttelte den Kopf.

»Es waren eine Menge Kinder dort und auch viele Erwachsene. Doch Lisbet nicht. Ich habe jeden gefragt. Niemand hatte sie gesehen.«

»Wie ging es dann weiter?«

»Die Nachbarn haben sich sofort erboten, nach ihr zu suchen. Das ist so auf den Inseln. Wenn jemand in Not ist, wird nicht lange gefragt. Man tut, was nötig ist.« Er seufzte. »Ich bin zurückgegangen, weil ich Hjördis sagen musste, dass sie weg ist. Und dann haben wir die Polizei gerufen.«

Frederik erhob sich und strich mit der Hand über die Persenning.

»Wann haben Sie das Boot abgedeckt?«

Anna sah, wie sich Petters Adamsapfel ruckartig auf und ab bewegte. Für einen Moment hatte sie eine schreckliche Vision: das Mädchen, das tot und verkrümmt im Boot lag, versteckt unter der blauen Plane.

»Vor einer Stunde vielleicht. Als ich es drinnen nicht mehr ausgehalten habe.«

»Warum?«

»Magnus' Gebete. Dieses Demütige. Alles ist Gottes Wille. Man kann nichts ändern. Keine Chance, das Leben selbst in die Hand zu nehmen.« Petters Augen füllten sich erneut mit Tränen.

Frederik lächelte leicht.

»Ich meinte eigentlich, warum Sie das Boot abgedeckt haben. Das Wetter ist gut, wir erwarten weder Sturm noch Regen.«

Petter wischte die Tränen mit dem Handrücken ab.

»Das mache ich immer so. Die Sonne und die salzhaltige Luft fressen das Material an.«

Frederiks Hand ruhte noch auf der Plane.

»Würden Sie uns das Boot zeigen?«

Zwingen konnten sie Petter nicht. Sie hatten keinen Durchsuchungsbeschluss. Bisher gab es auch keine Anhaltspunkte, dass die Eltern etwas mit dem Verschwinden des Mädchens zu tun hatten, und persönlich glaubte sie es auch nicht. Am Freitag floh Carl Kroon aus der Skogome-Anstalt und begab sich auf die Fähre nach Kalvsund, am Samstag verschwand ein Mädchen auf der Insel, das war doch kein Zufall. Trotzdem war da diese Vision.

Petter erhob sich mühsam und löste die Knoten der Persenning. Widerwillig, schien es Anna, und so umständlich, als wolle er den Moment der Enthüllung so lange wie möglich hinauszögern. Endlich hatte er es geschafft und zerrte die Plane vom Bootsrumpf. Anna hielt den Atem an, als sie in die offene Bilge schaute und durch das schmale Fenster in die niedrige Kajüte spähte.

In der nächsten Sekunde atmete sie wieder aus. Das Boot war leer.

Nachdem sie zum dritten Mal von einer älteren Nachbarin angesprochen worden war, die wortreich ihr Mitgefühl ausgedrückt hatte, ohne dabei ihre lüsterne Sensationsgier hinreichend verbergen zu können, hatte Hjördis die Nase voll. Sie hätte nicht den Weg zur Fähre einschlagen, sondern lieber einen ihrer vertrauten Plätze an der Westküste aufsuchen sollen. Dorthin zurückkehren, wo sie früher geprobt und dem Meer ihre Verse entgegengerufen hatte. Es schien Lichtjahre her zu sein. Eine andere Welt, ein anderes Leben, unscharf und verschwommen. Heute fiel es ihr schwer zu glauben, dass sie diese Person gewesen war, die dort von einer großartigen Zukunft geträumt hatte.

Sie war so jung gewesen und so dumm. Hatte geglaubt, den Himmel auf Erden zu erleben, als er sie das erste Mal berührt hatte. Dabei war es der Anfang vom Ende gewesen.

Danach hatte sie die Einsamkeit der rauen Felsen gemieden. Sie hatte auch keine Zeit mehr gehabt, sich um ihre Träume zu kümmern. Der Vater im Rollstuhl, und dazu die strenge Mutter, die sie unter ihrer Fuchtel hielt. Das Leben war eben kein Wunschkonzert, das hatte sie auf die harte Tour gelernt.

Es hatte auch keinen Sinn, wegzulaufen. Die Wahrheit änderte sich nicht, wenn man vor ihr floh. Sie konnte also genauso gut nach Hause zurückgehen und sich der Sache stellen.

Sie spürte mehr, als dass sie sah, wie sich jemand näherte, als sie die Hintertür öffnete. Die Angst fuhr ihr unvermittelt in die Glieder. Schnell wirbelte sie herum und keuchte, als sie begriff, wer da vor ihr stand. Mit fettigen Haaren und unrasiert wie immer, das fleckige Hemd nur halb zugeknöpft, den Mund mit den hässlichen braunen Zähnen zu einem breiten Grinsen verzerrt.

»Hallo, Hjördis.« Ihr wurde fast schlecht, als sie seinen alkoholgeschwängerten Atem roch.

Er drängte sich an ihr vorbei in den Flur und nahm die Treppe nach oben, als wäre er hier zu Hause.

»Rune.« Sie lief hinter ihm her. »Was soll das, verdammt noch mal?«

Er ging zu dem Raum, aus dem laut der Fernseher plärrte, spähte kurz hinein und zog die Tür dann wieder zu.

»Du bist allein. Das ist gut.«

»Bin ich nicht. Petter …«

»Petter ist unten bei seinem Boot und unterhält sich mit der Polizei.« Er deutete mit dem Daumen in Richtung Meer. »Deine Mutter ist beschäftigt. Und Magnus steht vor der Tür und raucht. Sein altes Laster.« Wieder grinste er. »Ich hab das alles gecheckt.«

»Schön.« Hjördis holte tief Luft. »Ich bin allein. Und?«

Im Notfall würde sie mit Rune fertigwerden, all die Arbeit im Haus und die Pflege der kranken Eltern hatten ihr kräftige Arme beschert, und Rune war ein Hänfling. Das Einzige, was bei ihm groß war, war seine Klappe.

»Ich habe was für dich. Einen Deal.«

»Ach so? Und was, meinst du, kannst du mir anbieten, das für mich von Interesse wäre, Rune Dahlberg?«

Runes Augen blitzten.

»Ich weiß, wo deine Tochter ist.«

Ihr Herz begann zu galoppieren.

»Du?«

Sie wollte nach seinem Kragen greifen, aber er hob die Hände und wehrte sie ab.

»Die Sache kostet dich eine Kleinigkeit. Und du wirst mit niemandem darüber reden.«

Hjördis hatte das Gefühl, keine Luft mehr zu bekommen. Früher, als er fünf war und sie elf, hatte sie Rune niedlich gefunden. Sie hatte gelegentlich auf ihn aufgepasst, um ihr Taschengeld aufzubessern. Meistens hier im Haus ihrer Eltern, weil sie dann nebenbei ihre Aufgaben im Haushalt erledigen konnte.

Und seinen Eltern war es auch lieber, wenn sie nicht allein in deren Haus waren. Sie legten Wert auf Ordnung und Sauberkeit. Damit hatte Rune schon als Kind nicht viel anfangen können.

Rune war ein netter Junge gewesen, mit einem hinreißenden Zahnlückenlächeln, verspielt und zutraulich wie ein junger Hund. Hjördis hatte sich wie seine große Schwester gefühlt, die ihm die Welt erklären durfte. Es hatte ihr gefallen.

Verändert hatte er sich erst später, als sich sein Bruder aufgehängt hatte. Da war Rune zwölf gewesen.

Er war ein jugendlicher Rebell geworden, mit zerrissenen Kleidern und einer wilden Mähne. Hatte angefangen zu rauchen und zu trinken und sich immer öfter aufs Festland abgesetzt, um mit anderen aufsässigen Typen um die Häuser zu ziehen. Eine Fassade, das hatte sie wohl begriffen und dahinter immer noch den kleinen Jungen gesehen. Mit sechzehn war er ausgerissen und nicht zurückgekehrt. Später hatte sie gehört, dass er sich wohl irgendwie als Hilfsarbeiter durchschlug. Die Familie hatte sich zurückgezogen, kaum noch am Inselleben teilgenommen, eingesponnen in die Trauer um die beiden verlorenen Söhne. Hjördis hatte dann nichts mehr von Rune gehört. Bis sie vor acht Jahren sein Bild in der Zeitung entdeckt hatte.

Sie war entsetzt gewesen. Ihr kleiner Rune ein Pädophiler, der sich an minderjährigen Mädchen vergriff! Verurteilt zu fünf Jahren Haft. Seine Eltern waren aus Scham von Kalvsund weggezogen.

Der Rune, der jetzt vor ihr stand, war ihr fremd, und er widerte sie an. Aber anscheinend hatte sie keine andere Wahl, als auf ihn einzugehen.

Frederik ging um den Rumpf herum. Am Bug blieb er stehen und streckte die Hand aus. Anna folgte ihm und entdeckte einen Riss in der Außenhaut, den er gerade betastete.

»Was ist da passiert?«

Petter lachte nervös.

»Ach, ich war in Gedanken und habe nicht aufgepasst. Ich bin mit einem kleinen Felsen kollidiert. Heute Morgen, als ich schon fast wieder zu Hause war. Ich dachte erst, ich saufe ab. Aber die Lenzpumpe hat gute Arbeit geleistet. Zum Glück. Ich habe das letzte Stück zurücksegeln können.« Er hob die Hände und ließ sie wieder fallen. »Jetzt muss ich es flicken lassen, bevor ich wieder rauskann. Mir selbst fehlt leider jedes Talent dazu. Aber ich habe einen Nachbarn, der mir hilft.« Er deutete unbestimmt nach Westen.

Frederik wandte sich zu ihm um.

»Darf ich mir das ansehen?«

Petter protestierte nicht. Frederik kletterte ins Boot und verschwand in der flachen Kajüte. Zwei Minuten später tauchte er wieder auf, seine Miene so undurchsichtig wie immer.

»Sie haben wirklich Glück gehabt«, sagte er. »Das ist ein ganz schön großes Loch.« Er schaute nachdenklich in den blauen Himmel, von dem die Sonne erbarmungslos herunterbrannte. »Man muss ja aufpassen. Denn wenn es nicht richtig abtrocknet, kann das Salzwasser schnell die Einrichtung anfressen. Aber bei der Wärme momentan geht es rasch, nicht wahr?«

Petter nickte, doch Anna hatte den Eindruck, dass sein Blick flackerte. Sie verstand allerdings nicht, weshalb. Wenn Frederiks Bemerkung eine Botschaft enthalten hatte, war sie ihr entgangen. Vielleicht hatte sie sich auch getäuscht, denn Frederik sagte nichts weiter, sondern schlug den Rückweg zum Haus ein. Petter folgte ihm mit hängenden Schultern, und Anna schloss sich den beiden Männern an. Die Persenning blieb neben dem Boot liegen und flatterte im Wind.

Als sie auf das Haus zugingen, kamen ihnen die beiden Beamten entgegen, die sie bei Rune Dahlberg getroffen hatten. Frederik trat auf sie zu.

»Ist die Spurensicherung schon da?«

Die Polizistin schüttelte den Kopf.

»Die Kollegen sind noch an einem anderen Tatort. Sie müssen ihre Arbeit dort erst beenden. Sie tun, was sie können, aber es dauert noch mindestens ein, zwei Stunden.«

Frederik nickte. Er verstand das, aber es ärgerte ihn trotzdem. Die Zeit drängte. Bei der Suche nach Lisbet kam es auf jede Minute an.

»Wart ihr im Haus?«, erkundigte er sich.

»Klar. Gleich nachdem Petter uns informiert hatte.« Der Polizist deutete auf den Angesprochenen. »Wir sind zusammen durch alle Räume gegangen. Haben in jeden Winkel und jeden Schrank und unter sämtliche Betten geschaut. Wir waren auch im Schuppen und haben den kompletten Verschlag ausgeräumt, in dem Petter die Sachen für das Boot aufbewahrt. Hätte ja sein können, dass sie sich dort versteckt. Aber keine Spur.«

»Okay.« Frederik sah Petter Larsson an, der mit hängenden Schultern neben ihm stand. Falls er begriffen hatte, dass man auch ihm nicht traute, ließ er sich zumindest nichts anmerken. Frederik wandte sich wieder den Beamten zu.

»Ihr habt mit den Nachbarn gesprochen?«

Die Polizistin zerrte am engen Kragen ihres Uniformhemds. Ihr Gesicht war gerötet, von der Sonne oder weil ihr in der steifen Montur zu heiß war, oder auch vor Aufregung.

»Wir haben an jeder Tür geklingelt. Niemand hat Lisbet gesehen. Es ist, als wäre sie vom Erdboden verschluckt.«

Der ältere Kollege blickte über die Felsen zum Meer.

»Vielleicht …«

Frederik wandte sich an Petter.

»Kann sie schwimmen? Könnte sie ins Wasser gegangen sein?«

Petter fuhr sich mit der flachen Hand über das Gesicht.

»Nein. Ich meine: ja. Sie kann schwimmen. Aber sie weiß, dass sie nicht allein gehen darf.« Er hob hilflos die Arme. »Sie könnte natürlich trotzdem … Dann hätte man aber doch ihre Sachen irgendwo finden müssen.«

»Können wir nachsehen, ob sie ihren Badeanzug mitgenommen hat?«

»Natürlich. Ich weiß nur nicht …« Er verstummte, weil sich hinter ihnen die Tür öffnete und zwei Personen aus dem Haus traten, eine schlicht gekleidete Frau mit müdem Gesicht und ein Mann mit offenem Hemd und fettigen Haaren.

»Herr Dahlberg? Was tun Sie hier?« Frederik musterte das seltsame Paar. Was wollte ein Mann, der im Verdacht stand, ein Kind entführt zu haben, bei der Mutter des Mädchens, denn um jene musste es sich bei der Frau doch wohl handeln?

Rune entblößte seine verfärbten Zähne.

»Ich wollte Hjördis nur sagen, dass sie auf mich zählen kann, wenn sie Hilfe braucht. Wir kennen uns schon ewig. Sie hat früher manchmal auf mich aufgepasst, als ich noch klein war.«

Frederik hatte erhebliche Zweifel, dass das der Wahrheit entsprach. Die Spannung zwischen den beiden war mit Händen zu greifen. In Hjördis' Augen meinte er heißen Zorn zu erkennen. Rune dagegen wirkte auf unangenehme Weise zufrieden. Aber Hjördis nickte.

»Ja. Danke, Rune«, sagte sie.

Rune tippte sich mit zwei Fingern an die Stirn und grinste die Polizisten an, ehe er davonging.

»Frau Larsson.« Frederik stellte sich und seine Kollegen vor und wies dann in die Richtung, in die Rune schlenderte. »Was wollte er wirklich?«

Hjördis verschränkte die Finger. Kräftige Hände, stellte Frederik fest, die sicher ordentlich zupacken konnten, die Haut gerötet und rau von der vielen Arbeit, die sie zu verrichten hatte.

»Wie er gesagt hat: Er wollte mich trösten. Im Grunde ist er ein guter Kerl.«

Petter holte tief Luft.

»Das ist er nicht, und das ist dir auch klar, oder?«

»Du musst es ja wissen.« Hjördis drehte sich abrupt um und ging zurück ins Haus.

Frederik, Anna und Petter folgten ihr in den dunklen Flur, die beiden uniformierten Beamten blieben draußen. Auf der anderen Seite des Ganges öffnete sich die Haustür, und der Pfarrer trat ein. Er schien etwas verwirrt über die vielen Personen, die ihm durch den Hintereingang entgegenkamen, fing sich aber schnell.

»Ich sehe, Sie haben die beiden gefunden.«

Anna folgte Hjördis und Petter in die Küche. Als sich der Pfarrer anschließen wollte, hielt Frederik ihn auf.

»Wir würden gern mit den Eltern unter vier Augen sprechen, wenn es Ihnen nichts ausmacht.«

»Natürlich. Ich warte draußen.« Magnus neigte den Kopf, aber Frederik sah das Zucken in seinen Mundwinkeln. Es gefiel ihm nicht, dass er ausgeschlossen wurde.

Wie um Frederiks Eindruck zu bestätigen, steckte er sich eine Zigarette zwischen die Lippen, noch ehe er aus der Tür war.

Frederik schaute sich im Flur um. Überall an den Wänden hingen gerahmte Fotos. Fast alle zeigten Lisbet. Sie stand auf Petters Segelboot, fuhr mit dem Fahrrad die Straße entlang oder schaukelte im Garten. Oft schien sie vollkommen in Gedanken versunken, hüpfte herum, dass ihre Pippi-Langstrumpf-Zöpfe flogen. Manchmal posierte sie auch. Immer trug sie ein breites Lächeln auf den Lippen, nur auf den wenigen Bildern, auf denen sie gemeinsam mit ihrer Mutter zu sehen war, machte sie ein ernstes Gesicht.

Als er die Küche betrat, diskutierte man gerade über den Badeanzug.

»Ich gehe nachsehen«, erklärte Hjördis und drängte sich an Frederik vorbei in den Flur.

Petter setzte sich auf einen Stuhl und sprang sofort wieder auf.

»Wollen Sie einen Kaffee?«

»Ja, gern.«

»Für mich nicht«, wehrte Anna ab.

Petter öffnete planlos einige Schränke und fand schließlich eine Dose mit Kaffeepulver. Er setzte Wasser auf und faltete ein Filterpapier. Frederik hatte den Eindruck, dass er sich nicht besonders gut in der Küche auskannte, vermutlich war dies der Bereich seiner Frau, den er normalerweise nicht betrat. Er löffelte Pulver in den Filter, viel zu viel. Von dem Kaffee würde man zweifellos Herzrasen bekommen. Als er den Deckel wieder auf die Dose setzen wollte, glitt sie ihm aus den Fingern, und das Kaffeepulver ergoss sich über die Spüle und den Fußboden. Petter fluchte leise und fegte das Pulver von der Arbeitsplatte zurück in die Dose.

Es war genau der Moment, in dem Hjördis zurückkam. Sie verdrehte die Augen und schnaufte.

»Was machst du denn nur?« Sie drängte Petter auf seinen Stuhl und begann, das Malheur zu beseitigen.

»Lisbets Badeanzüge liegen alle im Schrank«, berichtete sie nebenbei. »Es fehlt auch kein Handtuch.«

Also konnten sie wohl ausschließen, dass das Mädchen schwimmen gegangen war. Frederik war erleichtert. Er konnte sich kaum etwas Schlimmeres vorstellen, als ein lebloses Kind aus dem Wasser zu fischen. Auch wenn die Alternative – dass sie sich in der Gewalt eines Sexualverbrechers befand – nicht viel besser war. Aber zumindest bestand dann Hoffnung, dass sie noch lebte.

Hjördis spülte den Lappen aus und hängte ihn über den Wasserhahn. Sie nahm den Kessel vom Herd, goss den Kaffee auf und stellte Tassen auf den Tisch, alles mit den sparsamen, routinierten Bewegungen einer Frau, die ihr halbes Leben am Herd verbracht hatte.

Der Kaffee war bitter, doch Frederik trank ihn trotzdem. Es passte zur Situation.

»Was glauben Sie, was passiert ist?«, fragte er, nachdem sich Hjördis zu ihnen gesetzt hatte. Anna war neben dem Fenster stehen geblieben, weil es nur drei Stühle gab. Sie spähte nach draußen, wo eine dünne Rauchfahne vorbeizog. Der Pfarrer musste seine Nerven offenbar gründlich beruhigen.

Hjördis presste die Finger auf die Augenlider. Eine Träne quoll darunter hervor und lief ihr über die Wange.

»Dieser Verbrecher, den sie im Fernsehen gezeigt haben. Der muss sie entführt haben.«

»Entschuldigung.« Frederik hob die Hand. Das Smartphone in seiner Jackentasche vibrierte. Rasch zog er es hervor und warf einen Blick auf das Display. »Das ist wichtig.« Er drückte auf den grünen Button. »Hallo, Viveka. Was gibt es?«

Mit wachsendem Erstaunen lauschte er, was die junge Kollegin zu berichten hatte.

»Danke«, sagte er schließlich und verabschiedete sich. »Das war sehr gute Arbeit.«

Er wandte sich wieder an Hjördis und schaute sie eindringlich an.

»Sie können sich nicht vorstellen, dass Lisbet weggelaufen ist und sich irgendwo versteckt?«

Anna reichte ihr ein Taschentuch, und Hjördis wischte sich

die Tränen vom Gesicht. Mechanisch, nicht so, wie Frauen es üblicherweise taten, wenn sie ihr Make-up nicht ruinieren wollten. Bis auf den Lippenstift verwendete sie wohl keine Schminke, jedenfalls verschmierte bei Hjördis nichts. Ihr Blick war stumpf, trotzdem sah Frederik, dass sie sehr schöne blaue Augen hatte. Jetzt allerdings waren sie rot gerändert und von geplatzten Äderchen durchzogen.

»Warum sollte sie das tun?«

»Wir haben gehört, dass es Streit gab«, sagte jetzt Anna.

»Den haben wir andauernd. Ich bin der Ansicht, dass Lisbet alt genug ist, um Verantwortung zu übernehmen. Sie könnte mithelfen und sich um ihre kranke Großmutter kümmern. Deshalb gibt es ständig Geschrei. Aber am Ende setzt sie immer ihren Kopf durch, und Petter stärkt ihr auch noch den Rücken.« Hjördis' Miene wurde säuerlich. »Er findet, sie sollte ihre Kindheit genießen.«

Ihr selbst, so lautete die unausgesprochene Botschaft, war dieser Luxus nicht vergönnt gewesen.

»Lisbet hätte also keinen Grund, wegzulaufen?«

»Nein.«

Frederik lehnte sich zurück, um Hjördis und Petter beide im Blick zu haben.

»Wie war das damals? War Lisbet ein Wunschkind? Oder mussten Sie heiraten?«

Hjördis runzelte die Stirn.

»Was spielt das für eine Rolle?«

Petter musterte sie, als versuchte er, hinter ihrer abweisenden Fassade etwas wiederzufinden, das längst verloren war.

»Hjördis war meine große Liebe. Schon immer.«

Frederik richtete seine Konzentration nun auf Hjördis. Die schaute nicht ihn an, sondern starrte auf ihre abgearbeiteten Hände.

»Natürlich wollten wir das Kind«, sagte sie schroff. »Man muss ja nicht schwanger werden.«

Frederik schwieg, bis die Stille in der Küche erdrückend wurde. Nur die Uhr über der Tür tickte. Hjördis begann unruhig auf ihrem Stuhl herumzurutschen. Frederik beugte sich vor.

»Sie wollen sich scheiden lassen?«

Anna schnappte hörbar nach Luft. Petters Gesichtszüge entgleisten, Hjördis' Miene verfinsterte sich.

»Ja.« Petters Stimme war so leise, dass sie beinahe versickerte.

»Weshalb?«

Hjördis schnaubte.

»Das geht Sie nicht das Geringste an.«

Frederik lächelte entschuldigend.

»Normalerweise nicht. Aber unter diesen Umständen ...« Er wandte sich wieder an Petter. »Meine Kollegin, die eben anrief, berichtete mir, dass Sie bei Gericht das alleinige Sorgerecht für Lisbet beantragen. Können Sie uns das erklären?«

Petter schluckte ein paarmal und griff nach seiner Kaffeetasse. Er kippte den gesamten Inhalt auf einmal hinunter. Als er die Tasse wieder absetzte, klapperte sie auf dem Untertellen, weil seine Hand so zitterte.

»Ich will hier weggehen. Zusammen mit Lisbet. Sie soll nicht immer hin- und hergerissen sein, ein paar Tage hier, ein Wochenende in Stockholm oder Uddevalla oder wo immer man mich hinversetzt. Ich möchte, dass sie ein stabiles Umfeld hat.«

»Das hätte sie, wenn du sie hierlässt.« Hjördis krallte ihre Hände um die Kaffeetasse. Ihre Kiefer mahlten. Sie presste die Lippen so fest zusammen, dass sie fast nicht mehr zu sehen waren.

Petter lachte auf.

»Du beklagst dich doch immer, dass du nicht mit ihr zurechtkommst. Angeblich fliegen die ganze Zeit die Fetzen, wenn du mit ihr allein bist.«

»Trotzdem ist sie meine Tochter.«

Frederik beobachtete die beiden, während er versuchte, das Ungesagte hinter den Anschuldigungen zu hören. Er spürte jede Menge negativer Gefühle auf beiden Seiten – Wut, Enttäuschung, Erbitterung. Gab es dazwischen auch Zärtlichkeit und Liebe für das Kind, oder war Lisbet lediglich der Spielball, dessen Besitz darüber entschied, wer als Sieger und wer als Verlierer aus diesem Kampf hervorging?

Er schaute zu Petter.

»Sie begreifen wohl, wonach das aussieht?«

Petter blinzelte.

»Ich weiß nicht, was Sie meinen.«

Frederik seufzte. Die Situation erinnerte ihn viel zu sehr an seinen eigenen Kampf gegen Arvid Ekström. Wie oft hatte er schon mit dem Gedanken gespielt, Emma nach einem Ausflug nicht wieder ins Heim zurückzubringen, sondern stattdessen mit ihr an Bord der Fähre zu gehen. Schon am nächsten Morgen wären sie in Kiel. Emma könnte bei seinen Großeltern leben. Sie würden dem Kind die gleiche Liebe zuteilwerden lassen, die er selbst nach dem Tod seiner Mutter erfahren hatte. Nicht einen Gedanken würden sie daran verschwenden, sie wegen ihrer Behinderung in ein Heim zu geben. Für Emma wäre es das Beste. Aber er durfte es Lea nicht antun. Sie würde daran zerbrechen.

Würde sie Ekström verlassen, sähe die Sache anders aus. Aber sie blockte jeden seiner Vorstöße in diese Richtung ab.

»Es ist nicht unbedingt üblich, dass Väter das alleinige Sorgerecht erhalten. Im Zweifel entscheidet das Gericht meistens zugunsten der Mutter. Dann könnten Sie nicht mit Lisbet weggehen, sondern sie nur gelegentlich besuchen.«

Petter atmete schwer.

»Das werden wir ja sehen.«

Anna, die im Gegensatz zu Petter verstanden hatte, worauf Frederik hinauswollte, beugte sich zu ihm hinab.

»War es nicht vielleicht so, dass Sie dachten, Sie könnten die Sache abkürzen, indem Sie Lisbet entführen?«

In Hjördis' Augen blitzte etwas auf. Sie fuhr zu ihrem Mann herum und schlug mit beiden Fäusten auf ihn ein.

»*Du?* Du warst das?«

Frederik sprang auf und hielt sie zurück.

Petter saß mit hängenden Armen da. Er hatte nicht einmal den Versuch unternommen, sich zu wehren.

»Nein«, sagte er leise. »Ich habe das nicht getan.«

Hjördis funkelte ihn wütend an.

»Dieser ganze Schlamassel ist deine Schuld! Du setzt ihr diese Flausen in den Kopf. Dass sie aus ihrem Leben etwas machen kann. Aber so einfach ist das nicht. Besser, sie begreift das jetzt, als dass sie später daran zerbricht.«

Petters Augen wurden schmal.

»So wie du?« Er fuhr sich mit beiden Händen übers Gesicht. »Meinst du nicht, dass man etwas ändern kann? Dass es nicht immer so weitergehen muss?«

Hjördis schnaufte.

»Ja, für dich ist das leicht. Du ziehst dich einfach aus der Affäre. Aber glaub ja nicht, dass du mich hier sitzen lassen kannst ohne Lisbet.«

Petter ballte die Fäuste.

»Ich begreife nicht, warum du sie unbedingt bei dir haben willst. Oder ist es das Geld? Weil du keinen Unterhalt für sie bekommst, wenn sie bei mir lebt?«

Hjördis' Atem wurde immer flacher, und ihr Gesicht nahm eine ungesunde Röte an.

»Geld. Natürlich. Das ist es, worum es dir geht. Der wahre Grund, warum du sie mir wegnehmen willst. Damit du nicht für sie zahlen musst.«

Petter schnellte von seinem Stuhl hoch.

»Das ist nicht wahr! Ich würde alles für Lisbet tun, das weißt du.«

Frederik verspürte ein unangenehmes Ziehen im Magen. Wie konnten die beiden sich gegenseitig zerfleischen, während ihre Tochter vermisst wurde? Aber vielleicht war es einfacher, die Wut zuzulassen als die Angst, dass ihr etwas zugestoßen war.

Er befand, dass sie hier im Augenblick nicht weiterkamen.

»Wir würden uns gern noch Lisbets Zimmer ansehen«, sagte er.

Hjördis und Petter warfen ihm nur kurze Blicke zu.

»Oben. Die letzte Tür links auf dem Flur.«

Frederik bedeutete Anna, ihm zu folgen, und verließ die Küche. Kaum war die Tür hinter ihnen zugefallen, nahmen Petter und Hjördis ihren Streit wieder auf.

»Bah. Wie kann man nur so sein?«, empörte sich Anna. »Lieben die ihre Tochter denn nicht?«

Frederik, der das Gleiche gedacht hatte, hob die Schultern.

»Vermutlich ist es die Anspannung. Angst und Sorgen bringen nicht immer die besten Seiten in den Menschen zum Vorschein.«

Sie kamen an einem Raum vorbei, dessen Tür nur angelehnt war. Durch den Spalt sah Frederik eine winzige Gestalt in einem riesigen Pflegebett. Das musste Hjördis' Mutter Gunhild sein. Auch sie würde man noch befragen müssen, doch er würde das auf später verschieben. Großmutter und Enkelin hatten kein gutes Verhältnis, sodass sich Lisbet ihr kaum anvertraut hätte, wenn sie plante, davonzulaufen. Und da sich Gunhild offensichtlich nicht bewegen konnte, konnte sie persönlich nichts mit dem Verschwinden des Mädchens zu tun haben. Im Augenblick gab es vielversprechendere Fährten, die es zu verfolgen galt.

Er öffnete die letzte Tür auf der linken Seite und stand gleich darauf in einem Zimmer, das jedes Klischee erfüllte, das man von einem Mädchenzimmer haben konnte. Alles war rosa, von den Tapeten über die Gardinen und den Fußboden bis zur Bettwäsche. An den Wänden hingen Bilder von Popstars und Pferdeposter, auf einem Regal reihten sich etliche Puppen und Stofftiere. Auf dem weißen Schreibtisch lag ein Tablet in einer pinkfarbenen Hülle mit einem glitzernden Pferdebild auf der Vorderseite. Das Lieblingsspielzeug befand sich wie bei seiner Tochter Emma im Bett: kein Plastikauto, sondern ein rosafarbenes Einhorn. Der Plüsch war abgegriffen und schmutzig, typisch für ein Lieblingstier, das auf keinen Fall in die Waschmaschine durfte. Eines der aufgeklebten Augen fehlte und war durch einen kleinen Perlmuttknopf ersetzt worden, was dazu führte, dass ihn das Fabelwesen anschielte.

Frederik sank das Herz. Wenn Lisbet weggelaufen wäre, hätte sie ihren besten Freund und das Tablet doch sicher mitgenommen.

Anna stöberte in den Schubladen des Schreibtisches, an dem Lisbet offenbar ihre Schularbeiten erledigte. Einige Hefte lagen in einem unordentlichen Stapel darauf. Frederik blätterte darin.

Lisbet hatte eine hübsche runde Kinderschrift, gab sich beim Schreiben aber nicht viel Mühe. Die Buchstaben tanzten über die Linien hinaus, schwebten mal darüber und rutschten an anderen Stellen darunter. Ihre Noten waren mittelmäßig, Heimatkunde schien ihr mehr zu liegen als Mathematik.

»Kein Tagebuch«, sagte Anna enttäuscht, nachdem sie mit den Schubladen fertig war und auch in den üblichen Verstecken – unter der Matratze, hinter dem Schrank und in der Wäscheschublade – nachgesehen hatte.

Lisbets Garderobe war übersichtlich, aber hübsch und gepflegt. Sie mochte offenbar Kleider; unter den ganzen Sachen war nur eine einzige Hose. Man sah, dass die Eltern Wert darauf legten, dass sie ordentlich gekleidet war; alles roch sauber und war gebügelt.

»Sieht nicht nach häuslichen Missständen aus«, sagte Anna. »Abgesehen davon, dass die Eltern wohl einiges auszutragen haben. Aber nichts, was auf Misshandlung oder Missbrauch hinweist.«

Frederik konnte ihr nur zustimmen. Doch was sie hier sahen, war nicht mehr als die Oberfläche.

Er trat an einen kleinen Tisch, auf dem ein Spiegel stand. Eine Bürste, in der ein paar blonde Haare hingen, und eine Tube Gesichtscreme lagen darauf. Frederik zog einen Plastikbeutel mit Klipverschluss aus der Tasche und verstaute die Bürste darin. Sie brauchten Lisbets DNA, um sie mit Spuren, die sie eventuell fanden, zu vergleichen.

Er nahm das Einhorn und ging gemeinsam mit Anna zurück zu den Eltern. Sie stritten immer noch, verstummten aber, als die Beamten die Küche betraten. Frederik hielt ihnen das Einhorn hin.

»Ist das Lisbets Lieblingsstofftier?«

Hjördis verzog den Mund, wahrscheinlich missfiel ihr der Zustand des Spielzeugs. Petters Augen wurden glasig.

»Fluffy. Ja. Er ist so etwas wie ihr Glücksbringer. Wenn sie eine wichtige Arbeit in der Schule schreibt, nimmt sie ihn mit. Heimlich natürlich, damit die anderen Kindern ihn nicht sehen und sie auslachen.«

»Sie hätte ihn also auch mitgenommen, wenn sie weggelaufen wäre?«

Hjördis schlug die Hand vor den Mund. Petter japste. Beiden wurde wohl in diesem Moment klar, was das bedeutete. Frederik legte das Einhorn auf den Küchentisch.

»Wir müssen jetzt gehen. Sie hören von uns, wenn wir etwas Neues wissen.« Mit diesen Worten verabschiedete er sich, und Petter und Hjördis nickten stumm. Während Frederik und Anna durch den Flur traten, blieb es still, doch kaum hatten sie die Haustür geöffnet, flammte der Streit in der Küche wieder auf, lauter noch als zuvor. Frederik trat hinaus und holte tief Luft.

Magnus Sandström stand noch immer vor dem Küchenfenster und rauchte. Frederik deutete auf die Tür.

»Sie sollten vielleicht hineingehen, bevor sich die beiden die Köpfe einschlagen.«

Der Pfarrer ließ seine Zigarette fallen und trat sie aus. Zweifelnd schaute er auf das Haus.

»Ich hoffe nur, sie sind nicht längst von Gott verlassen«, murmelte er und warf einen Blick zum Himmel, ehe er hineinging.

Frederik klappte die Sitzbank des Rollers hoch, holte die beiden Helme heraus und reichte Anna einen davon. Sie nahm ihn, setzte ihn aber nicht auf.

»Hat er eine Chance? Petter, meine ich? Könnte er das Sorgerecht für Lisbet bekommen?«

In Frederiks Brust machte sich ein Ziehen bemerkbar. Vielleicht war es tatsächlich richtig, zu kämpfen? Machte er selbst es sich zu leicht, indem er sich den Umständen beugte? Aber seine Situation war ja eine vollkommen andere.

»Wenn es keine gravierenden Gründe gibt … Vernachlässigung, Misshandlung, Missbrauch … Dass sich Mutter und Tochter streiten, reicht wohl kaum aus bei einem Mädchen, das gerade in die Pubertät kommt.«

Er seufzte tief, und Anna nahm es als Antwort auf ihre Frage.

»Meinst du, er könnte seine Tochter entführt haben?«

Frederik schob den Gedanken an Emma beiseite.

»Zumindest denke ich, dass er gelogen hat.« Er wies in Richtung Meer, wo Petters Boot auf dem Felsplateau lag. »Ich bezweifle, dass er heute Morgen überhaupt damit unterwegs war. Die Kajüte ist knochentrocken. Angesichts der Größe des Lochs im Rumpf müsste es im Inneren feucht sein, selbst bei der derzeitigen Hitze. Stattdessen könnte er mit seiner Tochter auf die Fähre gegangen sein und sie aufs Festland oder auf eine der anderen Inseln gebracht haben.«

»Warum hast du ihn nicht danach gefragt?«

Frederik überlegte. Er war einem Impuls gefolgt. Was waren es für Gedanken gewesen, die ihm in dieser Sekunde durch den Kopf gegangen waren? Er versuchte, es Anna zu erklären.

»Petter hätte geleugnet, und wir können ihm nichts beweisen. Er hätte uns nur eine weitere Lügengeschichte aufgetischt. Es ist besser, wenn er denkt, dass wir ihm glauben. Das gibt uns die Möglichkeit, ihn zu beobachten, ohne dass er misstrauisch wird.«

Anna sah nicht so aus, als sei sie damit einverstanden. Sie hätte Petter wohl gern am Kragen gepackt und so lange geschüttelt, bis er mit der Wahrheit herausrückte. Aber Frederik hatte Angst vor einer Trotzreaktion. Dass Petter dichtmachte und Lisbet dort, wo er sie hingebracht hatte, ihrem Schicksal überließ, damit man ihm nicht auf die Schliche kam. Sofern er tatsächlich derjenige war, der für ihr Verschwinden verantwortlich war.

»Wenn er Lisbet entführt hat, warum ist er dann zurückgekommen?«

»Ich weiß es nicht.« Frederik blickte über die kahlen Felsen zum Meer, das blau und verführerisch in der Sonne glitzerte. Es war der perfekte Tag, um mit dem Boot hinauszufahren. Emma hätte sicher Freude daran. Aber sie musste warten, bis das andere Kind gerettet war.

»Vielleicht hat er etwas vergessen. Es könnte ein spontaner Entschluss gewesen sein. Er hat sie irgendwohin gebracht, wo man sie nicht findet. Jetzt fängt er an zu planen.« Er holte sein Smartphone hervor. »Wir lassen ihn observieren. Wenn er sie irgendwo versteckt, finden wir sie, sobald er zu ihr zurückkehrt.«

Anna starrte auf das Haus der Larssons, während er das Gespräch führte.

»Und wenn er sie umgebracht hat?«, fragte sie, nachdem er sich von dem zuständigen Kollegen verabschiedet hatte.

Frederik wurde die Kehle eng. Ausschließen konnten sie auch das nicht. Aber er hatte den Eindruck gewonnen, dass Petter seine Tochter am Herzen lag. Er konnte sich vorstellen, dass er sich in seiner Verzweiflung in eine Situation manövriert hatte, die ihm jetzt aussichtslos erschien, aber nicht, dass er dem Kind gegenüber gewalttätig geworden war. Oder wollte er es sich nur nicht ausmalen?

Er schüttelte den Kopf, um das Bild, das sich ihm aufdrängte, zu vertreiben. Man konnte nicht ermitteln, wenn man sich zu sehr berühren ließ. Es war wichtig, sich in die Beteiligten einzufühlen, aber dennoch musste eine emotionale Distanz gewahrt bleiben. Wenn man zu nah dran war, verlor man den Blick für das Ganze.

Er schaute zurück zu dem weißen Haus mit dem roten Dach, das malerisch auf den Felsen vor dem Meer lag. Es sah so friedlich aus, man konnte kaum glauben, welches Drama sich hinter der verschlossenen Tür abspielte. Aber man brauchte nur etwas näher heranzugehen, dann hörte man die schrillen Stimmen, die immer noch aus der Küche nach draußen drangen.

Frederik dachte an die sonderbare Begegnung, die sie vorhin hinter dem Haus gehabt hatten.

»Petter ist wohl nicht der Einzige, der gelogen hat«, überlegte er laut. »Ich wüsste zu gern, was Rune Dahlberg wirklich bei Hjördis wollte.«

Anna stülpte den Helm über den Kopf und kletterte auf den Sozius.

»Fragen wir ihn. Ich glaube sowieso, dass es eine dieser kranken Gestalten war. Rune Dahlberg oder Carl Kroon, oder beide gemeinsam.«

Frederik setzte sich hinter den Lenker und schaute auf die Uhr. Vielleicht hatten sie Glück, und die Spurensicherung war mittlerweile vor Ort.

10

Es gab sicher Menschen, die für diesen Blick gemordet hätten. Von der strahlend weißen Terrasse mit dem Holzdach und den griechisch anmutenden Säulen über die weite, gepflegte Rasenfläche bis zum Wald und dem kleinen See, der hinter all den grünen Blättern glitzerte. Kein anderes Haus und kein Mensch waren von hier aus zu sehen, und das alles am Stadtrand von Göteborg.

Die zugehörige Villa war ebenso großzügig, mit hohen, lichtdurchfluteten Räumen, sparsam und geschmackvoll eingerichtet mit Möbeln, von denen so manches Stück mehr kostete, als normale Leute im Jahr verdienten. Es gab eine Haushälterin, die für alles sorgte, und einen Gärtner, der sich um die Außenanlage kümmerte. Solange sie da waren, war alles gut. Abends und an den Wochenenden dagegen, wenn sie fort waren, verlor sich der trügerische Frieden, und die Schwärze kroch hervor und verschlang sie.

Alles stand und fiel damit, ob Arvid zu Hause war.

Solange er sich in der Firma aufhielt, konnte sie die Musik aufdrehen, durch die Räume tanzen und sich vorstellen, sie hätte den Sprung auf den Laufsteg geschafft, von dem sie einst geträumt hatte, oder mit den wenigen Freundinnen telefonieren, die ihr geblieben waren. Wenn er hier war, versuchte sie zu fliehen. Sie zog die Joggingschuhe an und rannte durch den Wald, so lange und so weit, wie sie nur konnte. Sie ging zu jeder Vernissage, jeder Wohltätigkeitsveranstaltung, jeder Theaterpremiere, die irgendwo in Westschweden stattfand. Arvid hatte nichts dagegen, es gefiel ihm, dass sich seine Frau zeigte und

Werbung für seinen Namen machte. Nur bei den seltensten Gelegenheiten begleitete er sie, wenn sich zugleich die Möglichkeit bot, Geschäftspartner zu treffen. Doch die meisten seiner Kontrakte wurden hinter den verschlossenen Türen seines Büros in der Spedition geschlossen.

Aber wo sie auch hingeng, irgendwann musste sie zurückkehren. Dann war sie ihm ausgeliefert und hatte zu erdulden, dass er ihr immer weiter die Flügel stutzte.

Dabei hatte sie so große Pläne gehabt. Die ganze Welt hatte sie sehen wollen und die Menschen, die darin lebten, auf irgendeine Weise glücklich machen. Mit ihrer Schönheit, ihrer Anmut und ihrem großen Herzen. Die Eltern hatten sie in allem unterstützt und sie auch aufgefangen, als sich der Fotograf, der ihr die große Modelkarriere versprochen hatte, als Windhund erwies. Geduldig hatten sie zugesehen, während sie andere Wege ausprobierte. Sie hatte angefangen zu studieren, und es hatte ihr Spaß gemacht. Nebenbei hatte sie als Messehostess gearbeitet, um eigenes Geld zu verdienen. Auf einer dieser Veranstaltungen hatte sie Arvid kennengelernt.

Er sah unglaublich gut aus, mit den streng zurückgekämmten blonden Haaren und den leuchtend blauen Augen. Er war gebildet und charmant, so viel reifer und erwachsener als ihre Kommilitonen. Die Welt, in die er sie entführte, war ihr wie ein Film erschienen. Rauschende Feste in der High Society, Wochenenden in London, Paris und Rom, Schmuck und die schönsten Kleider, die sie je gesehen hatte.

Sie hatte geglaubt, ins Paradies einzutreten, und nicht begriffen, dass es in Wirklichkeit ein Gefängnis war. Nachdem sie ihm das Jawort gegeben hatte, begann er, sie nach seinen Wünschen zu formen, erst sanft und zärtlich, dann mit wachsender Ungeduld. Als er sie das erste Mal schlug, wollte sie ihn verlassen, doch es war längst zu spät. Arvid brach ihr den Arm, als er sie beim Kofferpacken erwischte, und danach versuchte sie es nicht wieder.

Jetzt wagte sie nicht einmal mehr, daran zu denken. Wenn sie ging, würde er ihr Emma nehmen, und das könnte sie nicht ertragen.

Sie lief barfuß über den weichen Teppich im Wohnzimmer in die Küche, füllte ein Glas mit Eiswürfeln und Wasser aus dem Krug und setzte sich wieder in den Korbstuhl auf der Terrasse. Zögernd griff sie nach dem Telefon.

Als ihre Mutter sich meldete, stiegen ihr Tränen in die Augen. Sie schloss die Lider und atmete tief durch, um sie zurückzudrängen.

»Mama.«

»Lea, mein Schatz. Ist alles in Ordnung bei dir?«

Am liebsten hätte sie ihr alles erzählt, aber sie konnte es nicht. Es war viel zu gefährlich. Wenn sie ihr Geheimnis preisgab, hätte sie es nicht mehr unter Kontrolle. Ihre Eltern würden nicht zögern, etwas zu unternehmen. Sie selbst würde die Antwort darauf als Erste zu spüren bekommen, aber auch ihre Eltern wären in Gefahr. Wenn Arvid wütend war, kannte er keine Grenzen. Was das für Emma bedeutete, daran wollte sie lieber gar nicht denken.

»Danke, es geht schon, Mama. Ich war nur heute Nachmittag bei Emma. Das macht mich immer so traurig.«

Mehr durfte sie nicht sagen. Ihre Eltern wussten nichts von Frederik, und das musste auch so bleiben.

»Wollt ihr sie nicht wieder zu euch holen? Ihr habt doch Platz, und ihr könntet jemanden einstellen, der sie betreut. Jemanden mit der entsprechenden Ausbildung. Wäre das nicht besser, als sie im Heim zu lassen? Ein Kind braucht seine Mutter. Gerade ein Kind wie Emma.«

Lea konnte die Tränen nicht länger zurückhalten. Sie liefen ihr über die Wangen, und heftiges Schluchzen schüttelte sie.

»Ich würde ja gern«, platzte es aus ihr heraus. »Aber Arvid …«

Der Schlag auf den Hinterkopf traf sie vollkommen unvorbereitet. Sie hatte nicht gehört, dass er nach Hause gekommen war. Er hatte die Schuhe im Flur ausgezogen und war auf Socken über den Teppich gelaufen.

Grob riss er ihr das schnurlose Telefon aus der Hand.

»Entschuldige. Lea hat einen ihrer Migräneanfälle. Sie kann nicht länger mit dir sprechen.«

Er drückte auf den roten Knopf und warf das Mobilteil auf den Beistelltisch. Gleich darauf vergrub er seine Hand in ihren Haaren und zog sie aus dem Sessel hoch. Er drückte ihren Kopf nach unten, wollte sie in die Knie zwingen, aber noch tat sie ihm den Gefallen nicht.

Das Telefon auf dem Beistelltisch klingelte – bestimmt ihre Mutter, die nachfragen wollte, ob alles in Ordnung war. Arvid ignorierte es.

»Du begreifst wohl, dass du das wiedergutmachen musst«, flüsterte er ihr ins Ohr.

Er drängte sie ins Wohnzimmer und verriegelte die Terrassentür. Seine Finger fuhren an ihrem Rückgrat entlang. Dann versetzte er ihr einen Stoß und schob sie unsanft die Treppe zum Schlafzimmer hinauf.

»Da bist du ja endlich.« Eine Hand schoss hinter der Wand hervor und packte ihn am Kragen. Dann folgte der Arm mit dem Stacheldraht-Tattoo, und in der nächsten Sekunde baute sich Carls massige Gestalt vor ihm auf.

Rune schnappte nach Luft. Carl zog den Kragen so eng, dass er fast keine Luft mehr bekam. Er versuchte mit beiden Händen, seine Finger aufzubiegen, hatte aber keine Chance. Carl hatte jahrelang in der Skogome-Anstalt in jeder freien Minute trainiert. Sein Griff war wie ein Schraubstock.

»Hast du mit Hjördis gesprochen?«

Rune ruderte mit den Armen. Begriff Carl denn nicht, dass er nicht antworten konnte, wenn er ihm den Hals zudrückte?

Sein ehemaliger Beschützer zerrte ihn am Kragen hinter das rote Holzhaus des Sportvereins. Heute war der Platz mit dem satten Grün leer, niemand trieb am Mittsommertag Sport. Vom Kattegat wehte ein leichter Wind über die Westküste, der die ärgste Hitze vertrieb, doch die Luft über den glatten Felsen flirrte trotzdem. Oder schien es ihm nur so, weil Carl ihm die Luft abschnürte?

Die Polizei und ein paar Nachbarn, die nach Lisbet und Carl suchten, waren längst hier gewesen und wieder gegangen. Das Haus und die Nebengebäude waren verriegelt und die Fensterläden wieder geschlossen worden, nachdem der Vereinswart alles geöffnet hatte, damit sich die Polizisten versichern konnten, dass sich niemand hier versteckte und niemand gefangen gehalten wurde. So schnell würden sie nicht wieder vorbeikommen.

Das Gelände verschwamm vor Runes Augen. Die Farben verwischten. Alles begann sich zu drehen. Wattewolken füllten seinen Schädel aus. Und dazwischen drehte sich eine Gestalt, leuchtend im hellen Licht wie von einem Scheinwerfer angestrahlt. Sein Bruder, der mit dem Strick um den Hals am Dachbalken baumelte. Er meinte, die Hand zu spüren, die ihn von dem Anblick wegriss. Dieselbe Hand, die anschließend jede Nacht unter seine Decke geschlüpft war und sich an ihm zu schaffen gemacht hatte. So sehr hatte er es gehasst und sich doch nicht wehren können. Wie gern wäre er seinem Bruder gefolgt, fand aber nicht den Mut dazu. Er war doch erst zwölf!

Carl knallte ihn mit dem Rücken gegen die Hauswand. Er ließ endlich seinen Kragen los, nagelte ihn aber stattdessen fest, indem er mit seiner mächtigen Pranke drohend Runes Kehle umklammerte und von unten gegen sein Kinn drückte.

Rune japste. Langsam lichtete sich der Nebel in seinem Kopf wieder.

Warum hatte er sich überhaupt auf die Sache eingelassen? Er hätte zu Hause bleiben sollen, nachdem Carl durch das Fenster geflohen war. So bald wäre er doch nicht zurückgekehrt.

Aber Carl hatte ihm mehr als einmal den Arsch gerettet. War es also so etwas wie Ganovenehre? Oder doch bloß Schiss, dass Carl irgendwann wiederkommen und ihn teuer dafür bezahlen lassen würde, wenn er ihn jetzt hängen ließ?

Zuerst war er froh gewesen, als er ihn gefunden hatte, in einem der Geräteschuppen neben dem Sportplatz, dessen Tür er aufgebrochen hatte. Weil sich herausgestellt hatte, dass Carl etwas aus seinem Haus mitgenommen hatte, das er dringend zurückhaben musste. Wenn es der Polizei in die Hände fiel, wären ihm ein paar weitere Jahre in der Skogome-Anstalt sicher.

Die Sache hatte jedoch ihren Preis. Weil es ihm an finanziellen Mitteln fehlte, war er auf den Gedanken verfallen, Hjördis auszupressen. Carl war sofort in Hochstimmung gewesen. Ihm selbst dagegen wurde fast schlecht, wenn er daran dachte, um wie viel heißer das Feuer, mit dem er spielte, dadurch wurde. Doch nun konnte er nicht mehr zurück.

»Zahlt sie?« Der Blick aus Carls braunen Augen bohrte sich in seine. Die Augen passten eigentlich nicht zu ihm, wirkten viel zu weich und warm. Dabei war er doch eiskalt.

»Ja«, presste er hervor, und endlich ließ Carl ihn los. Rune rieb sich den schmerzenden Hals.

»Wann?«

Rune zuckte mit den Schultern.

»Sie kommt, sobald sie kann. Aber sie muss aufpassen, dass die Polizei sie nicht sieht.«

Carl fuhr sich über den kahlen Schädel und blickte sich um.

»Okay. Du wartest auf sie. Ich hau mich in der Hütte aufs

Ohr.« Er brachte seine Nase dicht vor Runes und stach mit dem Zeigefinger zwischen Runes Rippen. »Aber ich warne dich. Verarsch mich nicht.«

»Ehrensache.« Rune rang sich ein Lächeln ab.

Carl schnaubte leise, drehte sich um und verschwand im Geräteschuppen. Rune ließ den Hinterkopf gegen die Hauswand sinken.

Wie hatte das nur passieren können? Am Morgen war seine Welt noch in Ordnung gewesen, so weit jedenfalls, wie es möglich war, wenn man als Aussätziger auf einer kleinen Insel lebte. Aber dann war alles aus den Fugen geraten.

Es war diese verdammte Sehnsucht, die er nicht in den Griff bekam, auch mit den Tabletten nicht. Dieser Psycho-Fuzzi in der Skogome-Anstalt hatte recht behalten. Er war nicht stabil genug. Sie hätten ihn gar nicht rauslassen dürfen.

Aber jetzt war er hier, und irgendwie musste er die Sache durchstehen.

Rune leckte sich die Lippen. So schnell käme Hjördis sicher nicht. Zeit genug, vorher noch schnell etwas zu unternehmen, das seine Nerven beruhigte.

Ein Blick auf die Armbanduhr enthüllte, dass es bereits nach sechs Uhr abends war. Fünf Stunden, seit Lisbet vermisst gemeldet worden war, fast zwölf, seit ihre Mutter sie zuletzt gesehen hatte. Frederik glaubte nicht, dass das Mädchen noch auf Kalvsund war, sonst hätte man es längst gefunden, auch wenn es im Norden viel struppiges Dickicht und in den Gärten der Häuser unzählige Unterstände, Schuppen und Hütten gab. Die Insel war klein, und sämtliche Bewohner der Schäre hatten die Polizei bei der Suche unterstützt, verschlossene Türen geöffnet und jedes Gestrüpp mehrfach durchstöbert. Ein Kind, das aus freien Stücken von zu Hause fernblieb und sich versteckte, wäre auf diese Weise mit ziemlicher Sicherheit entdeckt worden. Das Gleiche galt im Übrigen auch für Kroon. Nachdem er bei Dahlberg aus dem Fenster gesprungen war, musste er einen Weg gefunden haben, sich ungesehen abzusetzen. Vielleicht hatte er ein Boot gestohlen, dessen Verschwinden noch nicht aufgefallen war, weil sich alle auf die Suche nach Lisbet konzentrierten.

Das alles musste noch nicht bedeuten, dass sie es mit einem Verbrechen zu tun hatten. Zwischen Lisbet und Hjördis hatte es offensichtlich Streit gegeben; das Mädchen hätte einen Grund gehabt, wegzulaufen. Es war denkbar, dass sie sich heimlich auf die Fähre geschlichen hatte und auf eine der Nachbarinseln gefahren war. Der quälende Druck in der Magengegend sagte Frederik allerdings etwas anderes, auch wenn er immer noch hoffte, dass Lisbet tatsächlich nur wutentbrannt davongerannt war und sich irgendwo auf Björkö oder Öckerö in einem Bootsschuppen versteckte.

Doch mit jeder weiteren Stunde ohne ein Lebenszeichen wuchs die Wahrscheinlichkeit, dass Lisbet entführt worden war. Vermutlich nicht, um Geld zu erpressen, denn in dem Fall hätte sich der Täter längst gemeldet. Wenn Petter der Verantwortliche war, ging es um das Sorgerecht. Im Fall von Kroon oder Dahlberg …

Frederik kniff die Augen zusammen, weil er den Gedanken nicht zulassen wollte. Lieber beschäftigte er sich mit den geografischen Erwägungen.

Natürlich konnte man nicht ausschließen, dass jemand Lisbet in einem Haus auf Kalvsund gefangen hielt. Das konnten sie im Moment nicht überprüfen. Außer bei ihrem Elternhaus und dem Haus von Rune Dahlberg waren sie auf den guten Willen und die Aufrichtigkeit der Bewohner angewiesen. Einen Durchsuchungsbeschluss für die komplette Insel würden sie nicht bekommen. Doch die Wahrscheinlichkeit war mehr als gering.

Außer den bekannten Verdächtigen gab es, ihrem derzeitigen Kenntnisstand nach, niemanden auf Kalvsund, der ein Motiv hatte.

Man musste davon ausgehen, dass Kroon, Dahlberg oder Petter Larsson der Verantwortliche war. Und jeder der drei hätte Lisbet in ein entferntes Versteck gebracht, bevor auf der Insel bekannt wurde, dass sie verschwunden war. Kalvsund war einfach zu klein, und wenn es eng wurde, kam man schlecht von hier weg. Da es keine Autofähre gab, konnte man das Mädchen auch nicht heimlich im Kofferraum eines Wagens transportieren. Die naheliegendste Lösung wäre ein Boot. Dahlberg und Kroon besaßen allerdings keines, und das von Petter Larsson hatte ein Loch im Rumpf. Seit wann, würde man noch herausfinden müssen, wie es auch zu klären galt, wo Petter Larsson am Morgen tatsächlich gewesen war, wenn er nicht zwischen den Schären herumgesegelt war.

Vermutlich befand sich Lisbet also nicht mehr auf Kalvsund, sondern auf Björkö oder Öckerö, vielleicht auch auf dem Festland. Es sei denn, sie war bereits tot, aber diesen Gedanken wollte er genauso wenig zulassen wie den, was Kroon oder Dahlberg mit ihr anstellen könnten.

Er stoppte den Roller vor Runes Haus. Die Kriminaltechniker waren eingetroffen, sie standen mit ihren Gerätschaften in Runes Garten und nahmen die Verteilung der Aufgaben vor. Frederik wandte sich an Anna.

»Es wäre mir lieb, wenn du dich um die Spurensicherung kümmerst.«

In Annas Augen blitzte etwas auf.

»Warum? Willst du nach Hause? Ein Feierabendbier trinken?«

Frederik war überrascht von der Bitterkeit in ihrer Stimme. Hatte sie mit ihrem früheren Chef solche Erfahrungen gemacht?

Er widerstand dem Impuls, die Attacke zu parieren. Natürlich würde er nicht die Füße hochlegen, solange ein Kind vermisst wurde.

»Ich möchte noch einmal mit Mats Lundgren sprechen, dem Psychologen in der Skogome-Anstalt. Er hat Carl Kroon behandelt, aber auch Rune Dahlberg. Vielleicht bekommen wir von ihm ein paar Informationen, die uns helfen. Ich wüsste auch gern, ob er sich vorstellen kann, dass Kroon und Dahlberg das Mädchen gemeinschaftlich entführt haben.«

»Okay.« Anna senkte den Blick.

»Danach tausche ich den Roller gegen mein Segelboot. Ich will heute Nacht vor Ort sein, wenn es nötig ist. Du kannst nach Hause fahren, sobald ich zurück bin.«

Anna schaute auf.

»Ich bleibe hier.«

Frederik hob die Hand, um sie am Weiterreden zu hindern. »Wir müssen alle ein paar Stunden schlafen. Diese Sache hier kann sich über Tage hinziehen. Ich möchte nicht, dass wir Fehler machen, weil wir übermüdet sind.«

»Ich könnte bei dir auf dem Schiff übernachten.«

»Nein.« Frederik lächelte, um der Abfuhr die Schärfe zu nehmen. »Dann bekäme ich keinen Schlaf.« Er nahm ihr den Helm aus der Hand und verstaute ihn unter der Sitzbank. Dann schwang er sich auf den Sattel und gab Gas. Im Rückspiegel sah er, wie Anna ihm wütend hinterherstarrte.

Auf dem Weg zur Fähre kam er an Kalvsunds Kiosk vorbei. Die meisten Inselbewohner hatten sich schließlich dort eingefunden, nachdem ihre Suche nach Lisbet ohne Erfolg beendet wurde und sie nicht mehr wussten, wo sie noch nachsehen sollten. Jetzt blieben nur noch Keller und verschlossene Schuppen, doch dort konnte nur die Polizei mit einem entsprechenden Beschluss tätig werden, wenn man sich nicht strafbar machen wollte. Man mochte seinen engsten Nachbarn auch nicht mit Misstrauen begegnen. Auf dieser Insel kannte jeder jeden. Bei Rune hatten sie eine Ausnahme gemacht und sich über die Regeln hinweggesetzt, doch nachdem die Polizei sie ermahnt hatte, waren keine weiteren Übergriffe erfolgt.

Die Mittsommerstange war wunderschön geschmückt, doch es tanzten nur wenige Kinder drum herum, darunter zwei Mädchen mit weißen Kleidern und Blumenkränzen auf den geflochtenen blonden Haaren, die Lisbet auf dem Foto vom gestrigen Mittsommerabend ähnelten, das Petter der Polizei zur Verfügung gestellt hatte. Die meisten Jugendlichen standen mit bangen Gesichtern bei ihren Eltern. Alle trugen ihre Trachten, doch sie wirkten verloren. Über dem Ganzen hing eine schwermütige Stimmung, die auch die Helligkeit und Wärme dieses Bilderbuchabends nicht zu vertreiben vermochten. Die Gedanken an Lisbet ließen sich nicht verdrängen. Niemandem war in dieser Situation nach Feiern zumute. Getrunken wurde trotzdem. Das war etwas, das man in Schweden beherrschte. Die Gefühle zu betäuben, wenn sich die Dunkelheit auf die Seele legte, sei es nun die undurchdringliche Schwärze einer langen Winternacht oder eine Schreckensvision, die man nicht sehen wollte.

Er hatte Glück; die Fähre machte sich gerade zur Abfahrt bereit, als er zum Anleger kam. In letzter Sekunde rollte er über die Klappe aufs Schiff. Dann ertönte auch schon das Horn, der Schiffsmotor dröhnte, und die Fähre nahm Fahrt auf.

Während der kurzen Passage nahm Frederik sein Headset aus der Tasche und verband es mit seinem Smartphone. Er hatte noch nichts von seinen Kollegen gehört, weder von Hedda, die alle eingehenden Anrufe entgegennehmen sollte, noch von Göran und Khalid. Natürlich war noch nicht besonders viel Zeit vergangen, seit sie nach Kalvsund aufgebrochen waren, doch irgendetwas mussten sie doch in Erfahrung gebracht haben.

Als Erstes wählte er Heddas Nummer. Sie meldete sich sofort und berichtete, dass etliche Personen angerufen hatten, die glaubten, Lisbet gesehen zu haben. Sie hatte die Informationen direkt an die Verantwortlichen der Suchteams weitergegeben, doch keiner der Hinweise hatte zu einem Erfolg geführt.

»War das falsch?«, erkundigte sie sich, und Frederik hörte trotz des Fahrtwinds ein Zittern in ihrer Stimme. »Hätte ich dich persönlich informieren sollen?«

»Nein, schon gut«, beruhigte er sie und verabschiedete sich. Wenn sie Lisbet und Kroon gefunden hatten, würde er sich näher mit seinen neuen Kollegen beschäftigen müssen. Es war nur ein erster Eindruck, doch Hedda schien etwas auf der Seele zu lasten, das ihr die Kraft raubte. Vielleicht interpretierte er aber auch zu viel in die Sache hinein, und sie war einfach nur eine unsichere Person, die Angst hatte, auf ihrer neuen Stelle einen Fehler zu machen.

Als Nächstes war Göran an der Reihe. Es klingelte etliche Male, ohne dass der Kollege das Gespräch annahm. Frederik wollte die Verbindung schon unterbrechen, als er sich doch noch meldete.

»Ja?«

»Göran? Hier ist Frederik. Ich warte auf einen Bericht von dir.«

Als Antwort kam ein schweres Seufzen. Seine Einschätzung, dass der übergewichtige Kollege die Arbeit als Last empfand, war wohl nicht falsch gewesen. Und wer wusste, was ihn darüber hinaus noch bedrückte? Göran schien einiges mit sich herumzuschleppen, und Frederik dachte dabei nicht in erster Linie an dessen überflüssige Kilos. Aber jetzt war nicht der richtige Zeitpunkt, um sich darüber Gedanken zu machen.

»Sag schon. Wie steht es?«

Wieder seufzte Göran.

»Ja. Also. Ich habe mir dann die Strafregister vorgenommen, wie du gesagt hast. Alle Sexualstraftäter aus der Gegend, die in den letzten Jahren auffällig geworden sind.«

Frederik wartete darauf, dass er weitersprach. Eine ganze Weile kam nichts, und er fragte sich schon, ob der Kollege eingeschlafen war, aber schließlich räusperte er sich.

»Das ist wirklich widerliches Zeug, weißt du?«

»Ja.« Frederik lehnte sich an die Reling und schaute über das Wasser. Die Sonne stand immer noch hoch am Himmel und arbeitete sich langsam in Richtung Norden vor.

»Um es kurz zu machen: Diejenigen, die wir hier in der Gegend in den letzten Jahren erwischt haben, sitzen alle in der Skogome-Anstalt. Abgesehen von Rune Dahlberg natürlich.«

»Bei dem waren wir. Die Spurensicherung ist gerade dabei, sein Haus zu untersuchen.« Frederik überlegte. »Hast du in der Anstalt angerufen und gefragt, ob von den anderen jemand Freigang hatte?«

Göran brummelte irgendetwas Unverständliches.

»Wie bitte? Kannst du das noch mal sagen? Ich bin auf der Fähre, der Schiffsmotor und der Fahrtwind sind so laut.«

»Das war nicht meine Aufgabe«, verkündete Göran akzentuiert. »Du hast gesagt, ich soll eine Liste machen. Das habe ich getan.«

»Schon gut.« Frederik legte den Kopf in den Nacken und atmete tief durch. »Ich kümmere mich darum.«

»Dann kann ich jetzt Feierabend machen? Ich bin zum Grillen eingeladen. Immerhin ist Mittsommer.«

Frederik hätte ihn am liebsten angebrüllt. Auf Kalvsund wurde ein Kind vermisst, und sie waren Polizisten. Sie sollten alles tun, was in ihrer Macht stand. Aber es hatte ja keinen Sinn.

»Denk daran, dass ich dich morgen früh wieder brauche. Und schick mir vorher die Liste aufs Handy.« Er drückte das Gespräch weg, ohne sich zu verabschieden.

Die Fähre erreichte Björkö. Frederik fuhr vom Schiff und überquerte die Insel, was hier am schmalen südlichen Zipfel mit dem Roller eine Sache von einer halben Minute war. Von Framnäs, wo die Fähre nach Kalvsund abfuhr, nach Grönevik Färjeläge, dem Anleger der Fähre zum Festland, waren es nur knapp zweihundert Meter.

Der Anschluss klappte reibungslos, und gleich darauf steuerte die gelbe Autofähre auf Lilla Varholmen zu. Dorthin hatte er den Kollegen Khalid geschickt, der sich die Videoaufzeichnungen ansehen sollte. Er hatte sich ebenso wenig gemeldet wie Hedda und Göran.

Frederik schloss die Augen. Birger hatte ja angedeutet, dass sein neues Team schwierig war, und er würde schon mit ihnen zurechtkommen. Doch gerade jetzt, wo es um das Leben eines Mädchens ging, hätte er gern bessere Möglichkeiten gehabt. Wenn Torun noch lebte, wäre alles viel einfacher.

Ärgerlich über sich selbst schüttelte er den Kopf. Damit, dass er haderte und sich seinen eigenen Dämonen überließ, war Lisbet auch nicht geholfen.

Er nahm das Smartphone wieder zur Hand und tippte auf Khalids Nummer.

»Ja?«, kam es kurz angebunden vom anderen Ende.

»Khalid? Frederik hier. Ich wollte hören, ob du was hast.«

»Ich habe mir die Aufzeichnungen von allen Fähren besorgt. Von Lilla Varholmen nach Björkö und Hönö, und die Personenfähre von Björkö über Kalvsund nach Öckerö. Auf den Aufnahmen der Autofähre nach Björkö von gestern Nachmittag ist ein Mann zu sehen, bei dem es sich um Carl Kroon handeln könnte. Das Gesicht kann man nicht erkennen, weil er eine Kappe trägt.

Aber die Statur und die Jeansjacke passen. Derselbe Mann ist auch auf den Aufnahmen der Personenfähre zu sehen. Er ist in Kalvsund ausgestiegen, und er war allein.«

Frederik berichtete von der Jacke, die sie im Haus von Rune Dahlberg gefunden hatten, und von Runes Geständnis.

»Er war also heute Nachmittag noch auf der Insel. Die Frage ist, ob er danach wieder auf einer der Fähren war.«

»So weit bin ich noch nicht. Ich habe mit den Aufnahmen von gestern angefangen. Jetzt habe ich gerade den heutigen Vormittag durch. Aber ich bleibe dran.«

»Danke.« Frederik konnte keine Spur von Freundlichkeit in Khalids Stimme entdecken, doch zumindest erledigte er seinen Auftrag anscheinend gewissenhaft. »Aber mach Pause, wenn dir die Augen zufallen. Es nützt nichts, wenn du etwas übersiehst, weil du müde bist.«

»Keine Sorge.« Khalids Ton wurde noch schroffer. »Ich brauche nicht viel Schlaf.«

»Okay.« Frederik wusste nicht, was er noch sagen sollte. »Melde dich, wenn du was hast.«

»Zu Befehl.« Khalid drückte das Gespräch weg. Frederik verspürte ein Grummeln im Magen. Khalid wollte anscheinend eine Konfrontation provozieren. Auch damit würde er sich früher oder später auseinandersetzen müssen. Doch jetzt hatten andere Dinge Vorrang. Er rief das Online-Telefonbuch auf und suchte die Nummer der Skogome-Anstalt heraus.

Mats Lundgren war natürlich nicht mehr im Büro. Es war der Abend des Mittsommertags, an dem in Schweden ohnehin kaum jemand arbeitete. Der Beamte, mit dem er sprach, schickte ihm aber eine SMS mit Lundgrens privater Handynummer. Er konnte ihm auch die Frage beantworten, die im Gespräch mit Göran aufgetaucht war: Keiner der Insassen hatte an diesem Tag Freigang gehabt, und außer Carl Kroon war niemand abgängig.

Frederik öffnete die Nachricht des Gefängnisbeamten und tippte auf Lundgrens Nummer. Sekunden später hatte er ihn am Apparat und nannte seinen Namen.

»Frederik! Haben Sie Kroon gefunden?«

»Nein.« Frederik setzte den Psychologen knapp über den Stand der Dinge in Kenntnis.

»Scheiße.« Er hörte den Schock in Mats' Stimme. »Kann ich irgendwas tun?«

»Ich würde gern noch einmal mit Ihnen sprechen. Über einen anderen Ihrer Klienten. Rune Dahlberg.«

»Dahlberg?« Am anderen Ende blieb es einen Moment still. »Ja, ich erinnere mich.« Offenbar überrollte ihn die Erkenntnis. »Das Mädchen ist auf Kalvsund verschwunden, sagen Sie?« Er holte tief Luft. »Dort steht Dahlbergs Elternhaus.«

Frederik wartete, bis Mats sich gesammelt hatte.

»Können wir uns treffen? Oder sind Sie auf einer Mittsommerfeier?«

Mats lachte auf.

»Glauben Sie, dazu hätte ich Lust? Solange Kroon da draußen frei herumläuft? Und jetzt, da auch noch das Mädchen …« Wieder war es einen Moment still. »Wenn Sie wollen … Ich bin zu Hause, in Eriksberg. Wir könnten uns am Fähranleger treffen und beim Italiener einen Kaffee trinken.«

»Das trifft sich gut, ich bin gerade auf der Fähre nach Lilla Varholmen.« Frederik spähte zum Ufer, das nur noch ein paar Hundert Meter entfernt war. »Ich kann in einer halben Stunde da sein.«

»Gut.« Mats seufzte, hörbar erleichtert. »Ich warte auf Sie.«

11

Als er in das kleine Zimmer zurückkam, blieb ihm beinahe das Herz stehen. Alles war voller Blut, und ihr Gesicht war so blass wie das einer Toten. Zwischen ihren Beinen lag ein unförmiger roter Klumpen. Ekel stieg in ihm auf, und er musste würgen. So etwas sollte kein Mann sehen müssen. Schlimmer war aber noch die Angst. Was sollte er tun, wenn sie tot war?

Zitternd trat er ans Bett und legte einen Finger an ihre Halsschlagader. Ihr Puls war so schwach, dass er ihn kaum spürte, aber er war da. Erleichtert seufzte er auf.

Einen Moment lang fühlte er sich vollkommen überfordert, doch dann setzte sein Verstand wieder ein. Er knüllte die Bettdecke zusammen und schob sie ihr unter die Beine, damit das Blut in ihren Kopf floss. Anschließend erhitzte er Wasser und begann, sie zu säubern.

Zuerst kam er kaum gegen den Schwall an, der ihm entgegenströmte, doch mit der Zeit ließ die Blutung nach, bis sie schließlich ganz aufhörte. Sein Herz, das die ganze Zeit wie verrückt gehämmert hatte, beruhigte sich. Er suchte nach einer Plastiktüte und stopfte die blutgetränkten Decken und Handtücher hinein. Mit spitzen Fingern nahm er die Nachgeburt und ließ sie ebenfalls in den Beutel fallen, den er sorgfältig verschloss.

Anschließend bereitete er Kamillentee zu, den er etwas abkühlen ließ. Mit einem Teil davon tränkte er saubere Tücher, die er vorsichtig zwischen ihre Beine drückte. Dann streifte er ihr den Schlüpfer über, damit sie an Ort und Stelle blieben. Den restlichen Tee füllte er in einen Becher und setzte sich zu ihr ans Bett. Er tupfte ihr den Schweiß von der Stirn und streichelte ihre Wange.

Ihr Atem ging flach, aber gleichmäßig. Er tauchte einen Finger in den Tee und benetzte ihre Lippen damit. Ein Muskel in ihrem Gesicht zuckte, und dann öffnete sie flatternd die Lider.

Ein Leuchten trat in ihre Augen, als sie ihn sah, und sie murmelte glücklich seinen Namen. Dann kehrte die Erinnerung mit einem Schlag zurück.

»Unser Baby«, flüsterte sie, die Augen schreckgeweitet. »Ist es wirklich ... tot?«

Er brachte nur ein schwaches Nicken zustande. Der Klumpen in seiner Kehle war so dick, dass er nicht sprechen konnte. Mühsam würgte er ihn hinunter.

»Du musst etwas trinken.« Er hob ihren Kopf an und setzte ihr den Becher an die Lippen. Sie öffnete den Mund und trank in kleinen Schlucken. Langsam und geduldig flößte er ihr den gesamten Inhalt des Bechers ein und ging dann in die Küche, um neuen Tee zu kochen.

Als er zurückkam, hatten ihre Wangen wieder etwas Farbe bekommen, aber ihr Blick war verzweifelt. Er gab ihr zu trinken, bis sie die Lippen zusammenpresste und nicht mehr wollte. Also stellte er den Becher beiseite und nahm ihre Hand.

Ihre Augen suchten die seinen.

»Was wird denn nun aus uns?«, krächzte sie. »Und aus dem Baby?«

Er musste den Kopf abwenden.

»Ich habe es getauft und begraben – auf den Namen Mette, so wie du es wolltest.« Wieder musste er schlucken. »Und wir beide ... Das muss aufhören, das begreifst du ja wohl.« Er zwang sich, sie wieder anzusehen. »Das hier ... war Gottes Strafe für das, was wir getan haben. In Zukunft ...«, er räusperte sich, »... müssen wir uns voneinander fernhalten. Sonst wird uns sein Zorn vernichten.«

Er strich ihr über die Wange und das Haar, das feucht an ihrem Kopf klebte. Eine gänzlich unwillkommene Welle der Zärtlichkeit erfasste ihn. Er musste all seine Kraft aufbieten, um die Hand zurückzuziehen.

»Versprichst du mir das?«

Sie schluchzte, und ihre Augen füllten sich mit Tränen.

»Muss das wirklich sein?«

»Ja.« Er stand auf und drehte ihr den Rücken zu, weil er sonst schwach geworden wäre. Sein Herz fühlte sich so nackt und roh an wie die Nachgeburt, die er entsorgt hatte, und es blutete, genau wie sie geblutet hatte. Aber er musste jetzt hart sein, zu sich selbst ebenso wie zu ihr.

Als sie merkte, dass er nicht nachgeben würde, wurde ihr Schluchzen leiser, und schließlich verstummte es ganz.

»Also gut«, flüsterte sie. »Ich verspreche es.«

Niemand ahnte, dass er einen Schlüssel für das kleine Holzhaus am Sportplatz hatte. Er kannte die genauen Zeiten, zu denen hier trainiert wurde. Dann kamen die bewegungsfreudigen Inselbewohner, zogen sich um und holten ihr Sportgerät heraus. Wenn das Spiel vorbei war, blieb nichts als der Geruch nach Schweiß und Deodorants. Dann gehörte das Haus ihm.

Außerhalb der Trainingszeiten kam so gut wie nie jemand hier vorbei. Sicherheitshalber ließ er trotzdem die Tür und die Fensterläden verschlossen und begnügte sich mit dem Licht seiner tragbaren Campinglampe. Hier fühlte er sich frei.

Die Fotos und Filme konnte er sich auch zu Hause ansehen, doch alles andere war ihm zu heikel. Die Nachbarn würden argwöhnisch werden, wenn er am helllichten Tag die Rollläden herunterließ, und sie misstrauten ihm ohnehin. Es würde ihn nicht wundern, wenn sich der eine oder andere durch den Garten schlich, um durch eines der Fenster zu ihm hereinzuspähen. Weil sie nachschauen wollten, was der Kinderschänder in seinem Haus so trieb.

Rune hasste es, dass alle Bescheid wussten und ihn wie einen Verbrecher behandelten. Dabei konnte er doch nichts dafür. Er hatte sich das nicht ausgesucht.

Aber hier, in diesem kleinen Holzhaus neben dem Sportplatz, konnte er tun und lassen, was er wollte. Er konnte seinen Druck abbauen und brauchte keine Angst zu haben, dass ihn jemand erwischte. Selbst Carl, der nur ein paar Meter entfernt im Geräteschuppen schlief, hatte er nie etwas davon erzählt. Es war vielleicht nicht besonders vernünftig, ausgerechnet jetzt seinem Bedürfnis nachzugeben, doch er konnte nicht länger warten.

Die Angst, dass die Polizisten, die sich in seinem Haus umsahen, etwas fanden, das ihn wieder in die Anstalt brachte, kroch heiß durch seinen Körper. Er hatte mitgenommen, was er konnte, doch mehr als ein paar Speicherkarten und USB-Sticks hatte er nicht in seine Taschen stecken können, ohne dass die Beamten etwas merkten. Den Rechner und die große externe Festplatte hatte er im üblichen Versteck untergebracht. Er konnte nur hoffen, dass sie es nicht fanden.

Vielleicht hätte es einen besseren Ort für die Sachen gegeben, doch nun war es zu spät, um noch etwas zu ändern. Er konnte nichts weiter tun, als sich abzulenken, damit er nicht durchdrehte bei der Vorstellung, wie sie ihm Handschellen anlegten und zurück nach Skogome verfrachteten.

Schon als er den Schlüssel ins Schloss steckte, spürte er das heiße Pochen zwischen seinen Beinen. Er schlüpfte in die dunkle Hütte und zerrte ungeduldig am Reißverschluss, während er mit der anderen Hand die Tür verriegelte. Kurz dachte er an Hjördis. Dann machte er sich ans Werk.

Die Worte waren aufgebraucht. Fast eine halbe Stunde lang hatten sie sich angeschrien und sich gegenseitig Vorwürfe gemacht. Jetzt saßen sie am Tisch, den Blick gesenkt, und brüteten dumpf vor sich hin. Das Schweigen war beinahe noch schwerer zu ertragen als das laute Gebrüll.

Normalerweise liebte Magnus Sandström seine seelsorgerische Tätigkeit. Doch jetzt wäre er am liebsten geflohen. Er erreichte Hjördis und Petter nicht. Die Luft in der kleinen Küche war so stickig, dass er das Gefühl hatte, kaum noch atmen zu können. Petters Gesicht war leichenblass, das von Hjördis rot und nass geschwitzt. Er fragte sich, ob er einen Arzt rufen sollte. Früher oder später würde einer der beiden zusammenbrechen.

Magnus faltete die Hände und murmelte leise vor sich hin. Was sonst konnte er noch tun, als zu beten? Doch die mörderischen Blicke, die ihm Hjördis und Petter zuwarfen, brachten ihn zum Verstummen.

Ein Gefühl tiefer Dankbarkeit durchfuhr ihn, als das Schrillen der Klingel die Stille zerriss. Schnell stand er auf.

»Ich sehe nach Gunhild«, sagte er und verließ die Küche. Er stieg die Stufen in die obere Etage hinauf, klopfte an und betrat das Krankenzimmer.

Gunhild kniff die Augen zusammen.

»Bist du immer noch hier? Keine Schäfchen, die deinen Segen brauchen auf Öckerö?«

Magnus zog einen Stuhl heran und setzte sich neben Gunhilds Pflegebett. Er nahm ihre knotige Hand in seine beiden. Gunhild entzog sie ihm unwillig.

»Lass das. Sag mir lieber, was los ist. Habt ihr das Gör immer noch nicht gefunden?«

»Nein.« Magnus spürte, wie die Angst durch seine Eingeweide kroch. Er hatte geglaubt, dass Gott ihm allzeit den rechten Weg wies, doch vielleicht hatte er sich getäuscht. War dies nun die Strafe für die Fehler, die er begangen hatte?

Gunhilds Augen funkelten mutwillig.

»Sie ist nicht einfach nur weggelaufen, habe ich recht? Da war noch ein anderer Bericht im Fernsehen, über diesen Pädophilen, der aus Skogome geflohen ist. Angeblich hat man ihn auf Kalvsund gesehen. Oder war es Rune? Der mag doch auch so gern kleine Mädchen.«

Magnus keuchte. Bisher hatte er die Vorstellung beiseitegeschoben, aber jetzt drängte sich ihm mit aller Macht das Bild auf, wie einer dieser schmutzigen Männer an Lisbet herumfingerte.

»Was ist los, Magnus Sandström?« Ihre verkrümmte Hand krallte sich plötzlich um seine. »Du zitterst ja.« Gunhild verzog den Mund zu einem Grinsen, das ein braunes Gebiss mit hässlichen Lücken entblößte. »Liegt dir etwas an dem Mädchen?«

Magnus schloss die Augen. Er fragte sich, wie man so werden konnte. Es ging doch immerhin um ihre Enkeltochter. Hasste sie Lisbet? Oder war sie einfach derart verbittert über ihr eigenes Schicksal, dass sie nicht mehr in der Lage war, Mitgefühl zu empfinden? Beinahe konnte man glauben, dass es sie befriedigen würde, wenn einer der Männer dem Mädchen etwas antat.

Zugegeben, das Leben hatte es nicht besonders gut mit ihr gemeint. Die Lieblosigkeit hatte in der Familie gelegen, für ihre eigenen Eltern war Gunhild mehr Hausmagd als Tochter gewesen. Beide waren früh pflegebedürftig geworden, und Gunhild als einziges Kind hatte sich um sie kümmern müssen. Die Eltern hatten sie in die Ehe mit Sverker gezwungen – einem großen, grobschlächtigen Mann, der sie sicher nie mit Samthandschuhen angefasst hatte. Bis zu seinem Unfall hatte er in Göteborg auf der Werft gearbeitet. Danach saß er im Rollstuhl und tyrannisierte Gunhild. Kaum waren ihre Eltern gestorben, hatte sie schon den nächsten Pflegefall am Hals gehabt, bis sie schließlich selbst einer geworden war. Das waren harte Prüfungen, die der Herr ihr auferlegt hatte. Magnus überlegte, ob es einen Grund dafür gab. Falls ja, begriff er ihn nicht. Seines Wissens hatte

Gunhild keine Schuld auf sich geladen, abgesehen davon, dass sie Hjördis alles andere als eine liebevolle Mutter gewesen war. Aber die Wege des Herrn waren eben unergründlich.

Die dicken gelben Nägel bohrten sich schmerzhaft in seinen Handrücken.

»Sag schon, Magnus Sandström. Wie steht es mit dir und den kleinen Mädchen?«

Magnus riss seine Hand weg. Weil sie nicht losließ, gruben ihre Nägel tiefe Furchen in seine Haut. Vor Schmerz verzog er den Mund, aus den Schürfwunden quoll Blut.

Gunhild wirkte zufrieden, als sie es sah.

»Jetzt weißt du, wie es ist, wenn man immer nur danebensteht und zusieht. Wenn man nichts tun kann. Da helfen auch deine Gebete nicht.« Sie lachte höhnisch. »Wo ist denn dein Gott, wenn man ihn braucht?«

Magnus hielt es nicht länger aus. Er stand so ungestüm auf, dass der Stuhl mit einem Krachen umfiel. Er machte sich nicht die Mühe, ihn wieder aufzustellen, sondern floh zur Tür.

Auf der Treppe hörte er immer noch Gunhilds heiseres Lachen.

Er stieß die Tür zur Küche auf und sah, dass Hjördis verschwunden war. Petter saß allein am Tisch, eine Flasche Aquavit in der Hand. Er setzte sie direkt an den Mund; ein Glas zu benutzen schien ihm zu viel der Mühe.

»Kann ich auch einen haben?«

Petter hob nur die Augenbrauen und wies mit dem Kopf zum Kühlschrank. Seine eigene Flasche gedachte er offensichtlich nicht zu teilen.

Magnus nahm sich eine neue aus dem Kühlfach und schenkte ein Schnapsglas voll, das er in einem Zug leerte. Der Alkohol brannte in der Kehle, und er musste husten. Normalerweise trank er nichts bis auf den winzigen Schluck Wein zum Abendmahl.

Keuchend ließ er sich dann auf den Küchenstuhl fallen. Langsam breitete sich eine angenehme Wärme in seinem Magen aus.

»Wo ist Hjördis?«, fragte er.

Petter sah ihn aus glasigen Augen an. Seine Flasche war bereits halb leer. Wenn er das alles in den paar Minuten getrunken hatte, als Magnus oben bei Gunhild gewesen war …

»Sie wollte … spazieren gehen«, lallte Petter. »Meint, sie hält es hier nicht aus.« Er lachte bitter. »Was soll ich denn sagen? Wir haben uns alle so dermaßen in die Scheiße geritten, da kommen wir nie wieder raus.«

Magnus spürte eisige Finger, die nach seinem Herzen griffen. Was meinte Petter damit?

»Weißt du, wo Lisbet ist?«

Petter blinzelte. Er hob die Hand mit der Flasche und gestikulierte, wollte wohl etwas sagen, doch er brachte nur unartikulierte Laute hervor. Die Flasche glitt ihm aus den Fingern und zerschellte auf dem Boden. Ein durchdringender Schnapsgeruch breitete sich in der Küche aus. Petter starrte auf die Lache am Boden. Dann sackte er in sich zusammen. Sein Kopf fiel auf die Tischplatte, und im nächsten Moment begann er zu schnarchen.

Magnus spürte kalten Schweiß auf der Stirn. Er schaute auf seine Hand, die immer noch blutete, dann auf die Pfütze am Küchenboden. Wie konnte es sein, dass ihm plötzlich alles entglitt? Doch gerade jetzt durfte er den Glauben nicht verlieren.

Er neigte die Schnapsflasche und goss ein wenig Aquavit über seinen Handrücken. Es brannte wie die Hölle, klärte aber zugleich seinen Kopf. Bedächtig stellte er die Flasche zur Seite und faltete die Hände. Dann begann er zu beten.

Es war der reinste Hohn. Dieses schwedische Idyll, das einen glauben machte, die Welt sei gut und das Leben schön. Das

Meer schimmerte in einem unwirklichen Hellblau in der Abendsonne. Der milde Wind kräuselte die Oberfläche und ließ leichte Wellen auf die flachen Felsen laufen. Zwischen den Steinen wuchsen kleine Blumen, die gelb und violett blühten. In einiger Entfernung glitt träge ein Segelboot dahin.

Hjördis schnaubte leise. Was für eine Illusion. Vor dieser Kulisse hatte sie geprobt und geglaubt, die Zukunft hielte etwas Großes für sie bereit.

In Wirklichkeit war der Weg steinig und schwer. Sie begriff nicht mehr, wie sie früher leichtfüßig über die Felsen hatte springen können. Jetzt sah sie die Spalten und Risse. Sie keuchte, weil sie achtgeben musste, wohin sie ihre Füße setzte, und weil die Strecke an der Westküste entlang steil war.

Es wäre leichter gewesen, wenn sie die Straße genommen hätte, aber sie wollte niemandem begegnen. Keine Fragen, kein geheucheltes Mitgefühl und erst recht kein ernst gemeintes Mitleid. Das hätte sie nicht ertragen.

Im Augenwinkel meinte sie einen Schatten zu sehen und wandte den Kopf. Der nächste Schritt ging ins Leere, sie knickte um und fiel auf die Knie. Der Schmerz war so scharf, dass sie aufkeuchte. Der Beutel, den sie in der Hand trug, landete scheppernd auf einer Felsplatte. Hinter ihr flogen zwei Möwen auf.

Hjördis biss die Zähne zusammen. Sie rappelte sich mühsam wieder hoch und atmete ein paarmal tief durch, bis der Schmerz abflaute und dumpf wurde. Dann verstärkte sie den Griff um die Trageriemen der Einkaufstasche und setzte ihren Weg fort.

Sie hatte alles zusammengerafft, was sie auf die Schnelle finden konnte. Das Geld aus ihrer Handtasche, den Schmuck und die Alben mit den Münzen, die ihr Vater gesammelt hatte. An das Haushaltsgeld, das in einer alten Mehldose in der Küche steckte, kam sie nicht heran, solange Petter und Magnus dort saßen. Rune hatte sie eindringlich gewarnt, irgendjemandem etwas zu sagen. Sie hatte in seinen Augen gesehen, dass er die Drohung ernst meinte.

Viel war es nicht. Außer im Supermarkt und am Kiosk konnte man nirgendwo mehr mit Bargeld bezahlen, deshalb hob sie nie größere Summen vom Konto ab. Sverkers Münzen waren nicht besonders wertvoll, und der Schmuck war es auch nicht. Bis auf den Ring mit dem roten Rubin, den Petter ihr zur Verlobung geschenkt hatte. Hjördis hatte ihn sofort geliebt. Es tat ihr weh, ihn herzugeben, aber das war nun auch schon egal. Wenn diese Sache nur gut ausging.

Nachdem sie die Mitte der Insel erreicht hatte, wechselte sie auf den Trampelpfad, der hinter den Häusern entlangführte, bis sie die Treppe zum Valen auf der höchsten Erhebung der Insel erreichte. Sie stieg hinauf zu dem pyramidenförmigen Seezeichen mit dem Kreuz und auf der anderen Seite wieder zu den Felsen am Meer hinunter. Von dort mühte sie sich weiter die Küste entlang, bis sie endlich die sattgrüne Rasenfläche des Sportplatzes erreichte. Bis auf ein paar Fußballtore, die an den Seiten standen, war sie leer. Aber Rune hatte gesagt, dass er bei dem kleinen Holzhaus mit der Außenumkleide warten würde, also ging sie dorthin.

Rune lehnte auf der Rückseite der Hütte an der roten Wand, eine Zigarette im Mundwinkel. Als er sie sah, verzogen sich seine Lippen zu einem Grinsen. Seine Augen funkelten gierig.

»Hast du das Geld?«

Hjördis streckte ihm den Beutel entgegen.

»Das ist alles, was ich auftreiben konnte.«

Rune schaute in die Einkaufstasche. Sein Blick wurde grimmig.

»Was soll ich mit dem Schrott? Zweihunderttausend Kronen, habe ich gesagt.«

Hjördis spürte, wie sie zu zittern begann.

»Dafür muss ich zur Bank. Das geht erst am Montag.«
»Okay.« Rune warf die Kippe weg. »Montag. Punkt zwölf, genau hier. Und zu niemandem ein Wort. Sonst …«
Er fuhr sich mit zwei Fingern über die Kehle, aber die Geste wäre nicht nötig gewesen. Hjördis verstand ihn auch so.

Anna starrte angewidert auf Runes Wohnzimmertisch. Die Kollegen von der Spurensicherung hatten dort alles aufgehäuft, was sie im Haus und im Schuppen gefunden hatten. Speicherkarten und Sticks, eine mobile Festplatte, ein großes Notebook und einen ansehnlichen Stapel von Fotos im DIN-A4-Format. Die Festplatte und die schlimmsten Fotos hatten sie in einer Kiste im Schuppen gefunden, die sich unter einer Falltür im Boden befunden hatte. Bilder von kleinen Mädchen, die jüngsten vier oder fünf, die ältesten zwölf oder dreizehn Jahre alt. Einige mit kurzen Kleidchen, andere in Badesachen oder Unterwäsche, manche auch nackt. Auf etlichen Fotos waren weißliche Tupfen zu sehen.
»Was …«, setzte Anna an und schluckte dann den Rest der Frage hinunter. Man musste kein Genie sein, um sich auszumalen, woher die Flecken stammten.
Ihr Mageninhalt drängte nach oben, und sie presste die Faust vor den Mund. Der Klumpen blieb irgendwo in ihrer Kehle stecken. Sie sah, dass es dem Kollegen, der neben ihr stand, nicht besser erging.
»Der Mistkerl gehört in die Anstalt«, grollte er. »Wenn ich mir vorstelle, dass so einer meine Töchter anschaut …«
Anna holte ihr Smartphone hervor. Sie musste Frederik informieren und bei der Staatsanwaltschaft einen Haftbefehl beantragen. Dahlberg war noch auf Bewährung. Mit diesem Material konnten sie ihn mindestens für ein paar weitere Jahre hinter Gitter bringen.

»Anna?«

Ein weiterer Kollege trat ins Wohnzimmer. Er hielt etwas in der Hand, einen rosafarbenen Kinderpullover, der in einer großen Plastiktüte steckte.

»Den haben wir hinten im Garten gefunden, zwischen der Rückwand des Verschlags und dem, was früher wohl mal ein anständiger Holzzaun war. Jetzt sind es nur noch lose Latten, die von ein paar rostigen Nägeln vorm Herunterfallen bewahrt werden. Die Tüte ist von uns, der Pullover steckte ohne Hülle in dem Spalt. Nicht besonders sorgfältig versteckt, aber auch nicht auf den ersten Blick zu entdecken, wenn man nicht danach sucht.«

Anna nahm die Tüte entgegen und betrachtete das Kleidungsstück. Von der Größe her konnte es einem zwölfjährigen Mädchen passen. Ob der Pulli Lisbet gehörte, konnten nur die Eltern feststellen. Sie öffnete den Klipverschluss und roch am Material. Ein leichter Duft nach Weichspüler, dazu etwas Erdiges, das wohl vom Zaun oder vom Unterstand stammte. Keine ausgeleierten Stellen oder Risse, soweit sie das durch das Plastik erkennen konnte, also hatte man dem Kind das Kleidungsstück wohl nicht gewaltsam ausgezogen, jedenfalls nicht mit physischer Gewalt.

»Wir machen Fotos und schicken das Material ans SKL«, informierte der Spurentechniker sie und wies auf die Bilder, die von Dahlbergs perverser Leidenschaft zeugten. »Der Pullover muss auch dorthin.«

Anna nickte. Alle Spuren, die im Zusammenhang mit einem möglichen Verbrechen in Schweden gefunden wurden, kamen ins Staatliche Kriminallabor nach Linköping. Sie zog ihr Diensthandy aus der Tasche und machte ein Foto von dem Pullover, das sie der Familie Larsson zeigen konnte.

»Sonst noch irgendwas?«, fragte sie.

Die Beamten verneinten.

»Wir haben alles gründlich durchsucht. Bis auf die Bilder und den Pullover gibt es keinen Hinweis darauf, dass Dahlberg etwas mit der Entführung zu tun hat. Vorbehaltlich der Durchsicht der Daten auf den Speichermedien. Dazu können wir erst etwas sagen, wenn sich die Kollegen in Linköping das Material angeschaut haben.«

»Ich brauche Kopien davon, so rasch es geht«, bat sie. Es juckte sie in den Fingern, sich Dahlbergs Dateien anzusehen. Sie war gut im Umgang mit technischen Dingen. Aber man wusste nie, ob Speichermedien mit einem Programm gesichert waren, das die Daten zerstörte, wenn ein Fremder versuchte, darauf zuzugreifen. Es war sicherer, wenn die Spezialisten beim SKL sich damit befassten.

»Bekommst du.« Dem Kollegen war anzusehen, dass er Dahlberg ebenso dringend in die Finger bekommen wollte wie sie selbst.

»Danke.« Anna gab ihm den Pullover zurück und verabschiedete sich. Auf dem Weg zur Straße wählte sie Frederiks Nummer, überlegte es sich dann aber anders. Ehe sie ihn informierte, wollte sie mit den Eltern sprechen und herausfinden, ob der Pullover tatsächlich Lisbet gehörte. Wenn es nur darum ging, Rune Dahlberg wegen des Besitzes von kinderpornografischem Material festzunehmen, reichten die auf der Insel versammelten Kräfte aus. War er dagegen derjenige, der Lisbet entführt hatte, mussten sie schwereres Geschütz auffahren.

12

Der Stadtteil Eriksberg lag schräg gegenüber von Göteborgs Zentrum auf der anderen Uferseite des Göta älv. Er war Teil von Hisingen, dem riesigen Industriegebiet, zu dem weiter östlich der Freihafen und der Bananenpier gehörten. Bis vor einigen Jahren hatte man hier noch Schiffe gebaut. Eriksberg war die letzte der drei Göteborger Werften gewesen, die überlebt und sich dem ständigen Preissturz entgegengestemmt hatten, doch schließlich hatte man auch hier kapituliert.

Heute besiedelten vor allem Technologieunternehmen das Nordufer. Mit Lindholmen und Eriksberg waren zwei große Wohnprojekte entstanden, sechs- bis zwölfstöckige Häuser mit großen Fenstern und Balkonen zur Flussseite. Beste Lage, aber Frederik, der aus seiner Jugendzeit in Deutschland gewachsene Städte kannte, empfand den typisch schwedischen Reißbrettstil, der auch hier umgesetzt worden war, als kasernenartig. Reihenweise Gebäude mit identischen Fassaden, akkurat angeordnet. Zweifellos eine moderne Architektur, doch für seinen Geschmack blieb zu wenig Raum für Individualität.

Die Promenade dagegen war schön; aus hellem Holz gezimmert und gegenüber der Straße leicht erhöht, bot sie Platz, um sich hinzusetzen oder auszustrecken und den Blick über den Fluss auf die gegenüberliegenden Anlegeplätze zu genießen. Tagsüber lag dort die große Stena-Fähre. Jetzt befand sie sich auf See, auf ihrer fünfzehnstündigen Passage durch Kattegat und südliche Ostsee, zwischen Schweden und Dänemark entlang nach Kiel.

Frederik warf einen kurzen Blick zum leeren Anleger hinüber, während er den Roller in der Nähe der kleinen Fähre *Älvsnabben* des öffentlichen Nahverkehrs abstellte. Er vermisste seine Großeltern, die Ruhe und Zuversicht, die sie ausstrahlten. Sie gingen beide auf die neunzig zu, wohnten aber immer noch im eigenen Haus und kamen gut zurecht, auch wenn sein Opa ein wenig vergesslich wurde und seine Oma nicht mehr besonders gut sah.

Er hatte sich schlecht gefühlt, als er ihnen sagte, dass er wegen Emma und Lea zurück nach Schweden wollte, doch sie hatten ihn verstanden und sogar ermutigt. Seine Oma hatte ihn fest gedrückt.

»Wenn dir etwas wichtig ist, kämpfe dafür«, hatte sie gesagt. »Warte nicht, bis es zu spät ist.«

Frederik nahm sein Smartphone aus der Tasche und schaute auf das Display. Von seinen Kollegen hatte sich noch keiner gemeldet, seit er die Fähre verlassen hatte und nach Eriksberg gefahren war, also wandte er sich nach Westen und ging zum italienischen Eiscafé.

Mats Lundgren saß bereits auf der kleinen Terrasse, auf dem Stuhl, der dem Eingang am nächsten stand. Er hatte die Beine übereinandergeschlagen und wippte nervös mit dem Fuß. Als er Frederik entdeckte, sprang er auf.

Nachdem sie sich begrüßt hatten, deutete Mats nach innen, wo in einer großen verglasten Verkaufstheke nicht nur Eis, sondern auch vielerlei Kuchen und belegte Brötchen angeboten wurden.

»Ich schlage vor, wir holen uns einen Kaffee und setzen uns neben dem Haus auf die große Bank.« Er lächelte entschuldigend. »Im Grunde darf ich Ihnen ja ohnehin nichts sagen, aber wenn ich schon gegen die Regeln verstoße, dann zumindest nicht in der Öffentlichkeit.«

Frederik nickte stumm. Das war ganz in seinem Sinn.

Anna rannte, obwohl ihr in der Lederkluft zu heiß war und ihr der Schweiß in Strömen über den Rücken lief. Aber ausziehen mochte sie die Jacke auch nicht. Sie fühlte sich immer noch verwundbar.

Die Straße war verlassen; auch in den Gärten, an denen sie vorbeikam, war niemand. Zu guter Letzt waren wohl doch alle zum Kiosk gegangen, um mit der Sorge um das verschwundene Mädchen zumindest nicht allein zu sein.

Auf ihr Klingeln reagierte niemand, aber die Haustür war nicht verschlossen. Sie trat in den düsteren Hausflur und ging direkt in die Küche. Ein lautes Klingeln schrillte durch den Raum, doch der Mann, dessen Kopf auf dem Küchentisch ruhte, schien es nicht zu hören. Anna bemerkte die zerbrochene Flasche auf dem Boden und die farblose Pfütze, von der ein starker Alkoholdunst aufstieg.

Sie rüttelte an Petters Schulter.

»Herr Larsson!«

Petter kam langsam zu sich. Er hob den Kopf und schnitt eine Grimasse, als erneut das laute Schrillen ertönte. Anna sah sich vergeblich nach der Quelle um.

»Wo kommt das her?«

Er hob den Arm und deutete zur Decke.

»Meine Schwiegermutter«, brachte er mühsam hervor. »Sie muss läuten, weil sie allein nicht mehr aufstehen kann.«

Anna nahm die Thermoskanne, die auf der Spüle stand, und goss einen Becher Kaffee ein, den sie Petter in die Hand drückte.

»Trinken Sie das. Ich kümmere mich darum.«

Eilig stieg sie die Stufen hinauf und ging in den Raum, an dem sie schon vorbeigekommen waren, als sie sich Lisbets Zimmer angesehen hatten. Die alte Frau lag im Bett, eine Hand um die Klingelschnur gekrallt, an der sie zerrte. Als Anna eintrat, ließ sie die Schnur los.

»Wer sind Sie? Was wollen Sie?«

»Anna Jordt von der Reichspolizei Göteborg. Brauchen Sie Hilfe?«

»Nein. Ich will nur, dass mir jemand sagt, was los ist. Aber Magnus kann ja nichts anderes als beten, und Hjördis will der Wahrheit nicht ins Auge sehen.«

»Was ist denn die Wahrheit?«

»Dass sie Lisbet keine Disziplin beigebracht hat. Sonst wäre sie jetzt nicht weg.«

»Sie glauben, dass das Mädchen aus freien Stücken weggelaufen ist?«

»Was denn sonst?« Verächtlich sah sie zu der jungen Polizistin hoch. »Meinen Sie, es war dieser Verbrecher, den sie im Fernsehen gezeigt haben? Dieser Carl Kroon?«

Anna, die genau davon überzeugt war, staunte, dass Lisbets Großmutter anscheinend nicht daran glaubte.

»Wir halten es für möglich. Was denken Sie? Würde Lisbet mit einem Fremden mitgehen?«

»Bei diesem verzogenen Gör kann ich mir alles vorstellen. Sie hört ja nie. Macht, was sie will.«

»Und Sie denken, sie hatte einen Grund, wegzulaufen?«

»So, wie Hjördis und Petter immer streiten ...« Die Alte schüttelte den Kopf.

»Wussten Sie, dass die beiden sich scheiden lassen wollen?«

Die dünnen Augenbrauen wanderten nach oben und fügten der zerfurchten Stirn weitere Falten hinzu.

»Er will sie also sitzen lassen, allein mit dem Kind?«

»Nein. Er möchte Lisbet mitnehmen. Er hat das alleinige Sorgerecht beantragt.«

Gunhild hustete.

»Er wird es nicht bekommen«, urteilte sie abschätzig.

»Warum nicht?«

Die Alte schürzte die Lippen. »Ich weiß, was ich weiß.«

Anna beschloss, das Thema zu wechseln.

»Kennen Sie Rune Dahlberg?«

Ein verbitterter Zug erschien um den schmalen Mund.

»Wir sind auf Kalvsund. Da kennt jeder jeden. Rune sowieso. War mal ein zuckersüßer kleiner Junge. Keiner hätte gedacht, dass ein widerlicher Kinderschänder aus ihm wird.«

»Hat man Lisbet vor ihm gewarnt?«

Die Alte lachte heiser.

»Jeder hier auf der Insel warnt seine Kinder vor Rune.« Ihr Blick wurde misstrauisch. »Warum fragen Sie das? Hat er vielleicht etwas mit der Sache zu tun?«

Anna zog ihr Smartphone aus der Tasche und zeigte Gunhild das Foto des rosafarbenen Pullovers.

»Kennen Sie den? Gehört der Ihrer Enkeltochter?«

Die Alte schnaubte verächtlich.

»Woher soll ich das wissen? Das Kind kommt ja nie zu mir rauf. Sie fürchtet sich vor mir, wissen Sie?« In ihren trüben Augen glomm Wut auf. »Das hätte sich Hjördis mal erlauben sollen.«

Anna merkte, dass sie hier ihre Zeit vertat.

»Warten Sie bitte eine Weile, bevor Sie wieder klingeln«, sagte sie streng. »Ich muss in Ruhe mit Hjördis und Petter reden.«

Gunhild schaute sie mit ausdrucksloser Miene an. Dann zeigte sich zu Annas Überraschung ein Lächeln auf ihrem Gesicht.

»Sie sind eine Frau mit Rückgrat. Das gefällt mir. Kommen Sie mich doch mal besuchen, wenn Sie Zeit haben.«

Sicher nicht, dachte Anna, behielt aber ihre Mimik unter Kontrolle.

»Ich werde sehen, was sich machen lässt.« Sie hob die Hand zum Abschied und kehrte eilig in die Küche zurück.

Petter saß mit dem Kaffeebecher in der Hand am Tisch und

blickte hinein, trank aber nicht. Als Anna eintrat, schreckte er auf und setzte den Becher hastig an die Lippen. Sein Adamsapfel ruckte beim Schlucken auf und ab.

Anna schaute ihm in die Augen. Sie waren wässrig und gerötet, aber zumindest schien er wieder etwas klarer im Kopf zu sein.

»Herr Larsson.« Sie legte das Handy mit dem Foto des Pullovers auf den Tisch. »Haben Sie dieses Kleidungsstück schon einmal gesehen?«

Petter nahm das Smartphone und starrte darauf. Sein Mund zuckte, und eine Träne rann ihm aus dem Augenwinkel über die Wange.

»Ja«, sagte er und hielt einen Finger über das Display, als wollte er das Bild streicheln. »Das … das ist Lisbets Lieblingspullover. Wir haben ihn an Ostern in Göteborg gekauft.«

»Danke.« Anna löste das Handy vorsichtig aus seinen Fingern. Petter sackte wieder in sich zusammen.

»Herr Larsson. Haben Sie jemanden, der für Sie da ist? Wo ist Ihre Frau? Und wo ist Pfarrer Sandström?«

»Hjördis ist irgendwo draußen. Ihr fällt hier drinnen die Decke auf den Kopf. Und Magnus?« Er schaute sich in dem kleinen Raum um, als könnte der Pfarrer plötzlich hinter der Gardine hervorspringen, und hob dann hilflos die Hände. »Er muss gegangen sein, als ich geschlafen habe.«

Anna seufzte. Sie hatte gehofft, dass Sandström der Familie beistehen würde, bis sie Lisbet gefunden hatten. Aber vielleicht war es auch ihm zu viel geworden, oder man hatte ihn zu einem anderen Notfall gerufen.

Sie zog eine ihrer alten Visitenkarten aus der Jackentasche, strich die Nummern darauf durch und schrieb ihre neue Handynummer auf die Rückseite.

»Rufen Sie mich an, wenn Sie Hilfe brauchen. Ich kann dafür sorgen, dass sich jemand um Sie kümmert«, versprach sie.

Petter nickte. Er legte die Arme auf den Tisch und bettete seinen Kopf darauf. Im nächsten Moment war er wieder eingeschlafen.

Anna ging vors Haus und rief Frederik an.

Als Erstes telefonierte er mit dem Staatsanwalt und beantragte einen Haftbefehl gegen Dahlberg. Dann setzte er sich zu Mats auf die Bank und leerte seinen Espresso in einem Zug. Er war stark und gut und belebte ihn sofort.

Mats nippte an seiner Tasse Cappuccino. Er hatte erneut die Beine übereinandergeschlagen und wippte mit dem Fuß. Sichtlich nervös wischte er sich den Milchschaum von der Oberlippe.

»Was ist passiert?«

»Meine Kollegen haben im Haus von Rune Dahlberg einen Kinderpullover gefunden. Der Vater sagt, er gehört der verschwundenen Lisbet.«

»Oh, Gott.« Mats schloss die Augen. Frederik wartete ab, bis er sie wieder öffnete.

»Wie war das mit Dahlbergs Entlassung? Haben Sie sich auch dafür ausgesprochen?«

»Nein.« Mats straffte sich. »Sehen Sie, mit Dahlberg war das eine völlig andere Sache als mit Kroon. Bei Kroon habe ich nie so recht begriffen, was ihn angetrieben hat. Rune dagegen hat genau die Geschichte, die man erwartet. Missbrauch in der eigenen Familie. Erst war der Bruder betroffen, dann er selbst. Sein Bruder hat sich deshalb das Leben genommen, als er fünfzehn war. Rune hat ihn gefunden. Er war damals zwölf. Kaum war sein Bruder unter der Erde, wurde Rune das Opfer.«

Frederik hatte plötzlich einen bitteren Geschmack im Mund.

»Wer?«

»Der Vater.« Mats schüttelte den Kopf. »Eine von diesen scheinheiligen Familien. Nach außen hin aufrechte Leute, immer auf den guten Ruf bedacht. Als Rune verhaftet wurde, haben sie den Zeitungen Interviews gegeben. Haben erklärt, wie entsetzt sie seien, und sind weggezogen, angeblich aus Scham. Immerhin haben sie Rune das Haus auf Kalvsund hinterlassen. So ein bisschen schlechtes Gewissen war wohl doch dabei.«

»Gab es keine Möglichkeit, Rune in der Einrichtung zu belassen?«

Mats schlürfte den restlichen Schaum von seinem Cappuccino.

»Er hatte seine Strafe abgesessen. Wir haben ihn in unserem System in Kategorie B eingeordnet, potenziell gefährlich, aber keine akute Gefahr. Nicht genug für eine Sicherungsverwahrung. Das geht ausschließlich mit Kategorie C. Aber dafür muss mehr vorliegen als *nur*«, er malte mit den Fingern Anführungszeichen in die Luft, »zwei Vergewaltigungen. Manchmal passiert es erst, wenn jemand stirbt.«

Frederik schaute über den Fluss. Er musste das Mitleid gewaltsam zurückdrängen, mit den Opfern ebenso wie mit den Tätern, die selbst Opfer gewesen waren.

»Können Sie sich vorstellen, dass Dahlberg und Kroon das Mädchen gemeinsam entführt haben?«

Mats wiegte nachdenklich den Kopf.

»Es würde mich zumindest überraschen«, sagte er schließlich. »Eine solche Kooperation ist bei Sexualstraftätern äußerst selten; die meisten sind ausgesprochene Einzelgänger. Sie haben ein Problem mit ihrer Sexualität, trauen sich ja oft genau deswegen nicht an erwachsene Frauen heran, weil sie Angst vor ihnen haben. Mangelndes Selbstbewusstsein und Potenzstörungen spielen häufig eine Rolle. Da will man keine Zuschauer, auch wenn es im Fall eines *Leidensgenossen*« – wieder die Anführungszeichen – »anders sein mag. Carl und Rune haben sich gut verstanden, Carl hat ihn beschützt, und Rune war so etwas wie sein willfähriger Diener. Insofern kann man vielleicht nicht ausschließen, dass Rune das Mädchen für Carl besorgt hat. Aber wirklich vorstellen kann ich es mir nicht.«

Frederik schaute übers Wasser. Er hatte sich mehr von dem Gespräch mit Mats erhofft. Aber was sollte der Psychologe schon sagen? Er war ja kein Hellseher.

Nahm man die Fakten zusammen, sprach vieles dafür, dass Carl Kroon das Mädchen entführt hatte. Rune Dahlberg war wohl eher unfreiwillig in die Sache hineingezogen worden, weil Carl bei seinem ehemaligen Mitinsassen Zuflucht gesucht hatte. Auch wenn Rune nach Mats' Beschreibung derjenige der beiden war, der seine Triebe schlechter kontrollieren konnte, erschien er Frederik als Täter unwahrscheinlich. Soweit sie wussten, hatte Rune die Insel nicht verlassen. Seine privaten Räume hatten sie durchsucht, ebenso wie alle zugänglichen Schuppen. Natürlich konnten sie nicht ausschließen, dass Rune Zugriff auf einen Ort hatte, den sie noch nicht entdeckt hatten, aber so leicht war es nicht, ein zwölfjähriges Mädchen zu verstecken. Rune müsste schon großes Glück gehabt haben, sollte es ihm tatsächlich gelungen sein, sie an der Nase herumzuführen. Auf der anderen Seite war da der Pullover in Runes Garten. Hatte er ihn selbst dort verborgen, oder war es Kroon gewesen? Auch Petter Larsson war noch nicht aus dem Rennen. Wenn er nichts mit Lisbets Verschwinden zu tun hatte, warum hatte er dann gelogen, als sie ihn danach gefragt hatten, wo er am Morgen gewesen war?

Er berichtete Mats von seiner Idee. Der Psychologe machte ein nachdenkliches Gesicht.

»Ein Vater, der unter Druck steht? Das passiert immer wieder. Meistens ist es eine Kurzschlusshandlung. Wenn die Männer darüber nachdenken würden, müsste ihnen klar sein, dass es nichts bringt. Sie können das Kind ja nicht ewig verstecken, und eine Entführung macht sich beim Kampf um das Sorgerecht nicht gut. Aber in der Hitze des Gefechts setzt das rationale Denken schon mal aus.«

Frederik, der selbst schon mit dem Gedanken gespielt hatte, Emma heimlich zu seinen Großeltern nach Kiel zu bringen, fühlte sich beschämt und ein wenig gekränkt. Aber Mats hatte ja recht.

»Was denken Sie?«, erkundigte sich der Psychologe neugierig. »Ist Petter Larsson ein Typ, der zu spontanen Reaktionen neigt?«

Frederik rief sich Petters Bild vor Augen. Ein stiller, schüchterner Buchhaltertyp. Jemand, der seine Gefühle vermutlich eher in sich hineinfraß, als sich mit ihnen auseinanderzusetzen.

»Das führt dazu, dass sich der Druck aufstaut«, erklärte Mats, nachdem er ihm seinen Eindruck geschildert hatte. »Irgendwann reicht dann ein kleiner Anlass, damit der Deckel hochfliegt. Jemand, der seine Gefühle immer verdrängt hat, wird dann von ihnen überschwemmt und kann nicht damit umgehen. Da kann es schon zu fehlgeleiteten Reaktionen kommen. Wir sprechen davon, dass die Person agiert, statt die Gefühle zu verarbeiten.«

Was unterm Strich hieß, dass Petter Larsson genauso als Täter infrage kam wie Carl Kroon und Rune Dahlberg. Sie brauchten einfach mehr Fakten, sonst würden sie nicht weiterkommen.

Frederik erhob sich und nahm Mats die leere Tasse ab, um sie ins Lokal zurückzubringen.

»Danke, dass Sie sich Zeit genommen haben.«

Mats lächelte.

»Jederzeit gern. Wenn Sie noch Fragen haben, rufen Sie mich an.«

Er gab ihm zum Abschied die Hand und schloss das Fahrrad auf, mit dem er gekommen war. In schnellem Tempo radelte er los und sauste im Slalom zwischen einer Gruppe junger Männer hindurch, die offenbar schon einiges intus hatten und leicht schwankend die gesamte Breite der Straße einnahmen.

Nachdem er hinter der nächsten Häuserecke verschwunden war, ging Frederik ins Café und studierte die Auslage. Er brauchte jetzt dringend etwas Süßes.

Es war zum Verrücktwerden. Kalvsund war im Grunde winzig, doch trotzdem schien die Insel Menschen einzusaugen wie ein schwarzes Loch. Erst war Lisbet verschwunden, und nun fehlte auch von Hjördis, Magnus und Rune Dahlberg jede Spur. Anna schnaufte wütend. Irgendwo musste der Mistkerl doch sein. Die Fähren wurden überwacht, und niemand hatte ein Boot als gestohlen gemeldet.

Die Beamten von der Spurensicherung packten die Sachen ein, die sie in Runes Haus gefunden hatten, und verstauten sie auf dem mitgebrachten Handkarren. Der Leiter des Teams verabschiedete sich von ihr, und dann zogen die Kollegen den Karren zur Fähre, um das Material von Björkö aus mit dem Wagen nach Linköping ins SKL zu bringen.

Anna stand plötzlich allein in Runes verwildertem Vorgarten. Die Sonne wärmte noch immer und heizte das schwarze Leder von Hose und Jacke auf. Die heiße Wut tat ein Übriges, um ihr Inneres zum Sieden zu bringen.

Was sollte sie jetzt tun? Was würde Frederik von ihr erwarten?

Seine Zurückweisung hatte sie verletzt. Wusste er, was in Malmö vorgefallen war? Hielt er sie deshalb auf Distanz? Aber warum hatte er dann sie mitgenommen und nicht Viveka? Sie wusste genau, wer sie war: die Tochter des westschwedischen Polizeichefs Carl-Axel Nyström. Eine Frau, die nach oben wollte. Anna war der missgünstige Blick nicht entgangen, den Viveka ihr zugeworfen hatte, als Frederik sie auswählte. Sie würde alles tun, um sich an ihr vorbeizudrängen.

Dies hier war ihre Bewährungsprobe. Aber sie hatte keine Idee, wie sie Frederik zeigen könnte, dass sie eine brauchbare Ermittlerin war und nicht nur ein Betthäschen.

Sie war gut darin, Zeugen zu vernehmen, und sie war in der Lage, technische Probleme zu lösen. Doch im Augenblick hatte sie nichts in der Hand, mit dem sie arbeiten konnte. Ob es sich lohnte, sich noch einmal in Runes Haus umzusehen? Würde sie etwas finden, das den Kollegen von der Spurensicherung entgangen war? Irgendeine Eingebung, wo Rune und das Mädchen sein könnten? Denn er musste doch derjenige sein, der Lisbet entführt hatte. Wie sonst sollte der Pullover hinter seinen Schuppen gelangt sein?

Das Klingeln ihres Smartphones erlöste sie.

»Ja, Jordt?«

»Wir haben Rune Dahlberg gefunden«, sagte eine tiefe Stimme am anderen Ende, der Polizist wahrscheinlich, den sie bei ihrer Ankunft zusammen mit seiner Kollegin in Runes Garten angetroffen hatten.

Anna ballte die Faust. Ein wildes Triumphgefühl durchströmte sie. Nun hatte sie die Chance, ihre Qualitäten als Polizistin unter Beweis zu stellen.

»Bringt ihn her. Ich nehme ihn in die Mangel, damit er uns verrät, wo er Lisbet versteckt hat.«

Der Kollege räusperte sich.

»Das wird nicht möglich sein.«

Anna blinzelte.

»Warum nicht?«

»Rune Dahlberg ist tot.«

13

Das Boot fuhr bei Weitem nicht so schnell, wie er es sich gewünscht hätte. Der Wind wehte nur mäßig und aus der falschen Richtung. Zur Unterstützung ließ er den Motor laufen, was er gewöhnlich vermied, weil ihn der Lärm störte. Doch jetzt war keine Zeit für Befindlichkeiten.

Er hatte hastig seine Zimtschnecke hinuntergeschlungen, als Anna ihm die Nachricht geschickt hatte. Kurz hatte er darüber nachgedacht, statt nach Forsbäck auf direktem Weg zurück nach Kalvsund zu fahren. Aber er brauchte das Boot. Es gab keine andere Möglichkeit, auf der Schäre zu übernachten, und früher oder später musste er ein paar Stunden schlafen.

Als er zu Hause angekommen war, hatte er den Brief entdeckt, der halb unter die Eingangstür geschoben worden war. Er hatte ihn aufgerissen, während er den Seesack aus der Kammer geholt hatte. Für einen Moment hatte sein Herz ausgesetzt.

Lea war hier gewesen. Sie hatte Zuflucht bei ihm gesucht, weil irgendetwas mit ihrem Mann vorgefallen war. Was genau, hatte sie nicht geschrieben, er konnte es nur zwischen den Zeilen lesen. Nachdem sie ihn nicht angetroffen und eine Weile vergeblich gewartet hatte, war sie wieder nach Hause gefahren.

Frederik hätte sie gerne angerufen, doch er wagte es nicht. Er wusste, dass Ekström sie kontrollierte. Wenn er eine unbekannte Nummer in der Anruferliste ihres Telefons entdeckte, würde er sie so lange bedrängen, bis sie seinen Namen preisgab. Und dann wären die Schwierigkeiten, in denen sie steckte, noch größer, als sie es ohnehin schon waren.

Trotzdem zerriss es ihm das Herz. Lea war offensichtlich in

Not. Er wollte ihr helfen und konnte es nicht. Sie müsste zumindest den ersten Schritt tun. Solange sie nicht bereit war, sich von Ekström zu trennen, waren ihm die Hände gebunden, schon allein aus Rücksicht auf Emma.

Das flaue Gefühl im Magen wurde stärker. Der Wind kam ihm direkt entgegen, und er musste kreuzen, um voranzukommen. Automatisch führte er die Bewegungen aus, die ihm in Fleisch und Blut übergegangen waren, Großschot dichtholen, Pinne herumdrücken, unter dem Baum hindurchtauchen, Segel fieren. Das Wasser klatschte gegen den Bug, die Leinwand blähte sich, unter dem Kiel blubberte es. Geräusche, die ihn für gewöhnlich beruhigten, doch heute nützte es nichts.

Energisch schob er den Gedanken an Emma beiseite und zwang sich, an das andere Kind zu denken. Es gelang nicht; stattdessen kam ihm sein Vater in den Sinn, wie jedes Mal, wenn er an der Landzunge vorbeisegelte, auf der sein Geburtsort Långedrag lag. Sein Vater, Sivard Forsberg, lebte noch immer dort. Frederik hatte seit dreißig Jahren keinen Kontakt mehr zu ihm gehabt.

Seit Sivard seine Frau, Frederiks Mutter, getötet hatte.

Frederik hatte ihren Leichnam gesehen, als er Tage nach ihrem Verschwinden angespült worden war. Zwölf war er gewesen, genau wie Rune, als dieser seinen toten Bruder aufgefunden hatte. Die Verbindung, die Frederik empfand, war stärker, als ihm lieb war.

Ärgerlich drängte er die Erinnerung zurück, und all die widersprüchlichen Gefühle, der Hass, die Wut, die Trauer und die Einsamkeit, die er nach dem Tod seiner Mutter verspürt hatte, verschmolzen wieder zu jener kleinen Kugel, die irgendwo in seinem Hinterkopf saß wie ein Dorn und nie aufhörte, ihn zu quälen.

Er musste sich jetzt auf den Fall konzentrieren.

Rune war tot. Wenn er derjenige war, der Lisbet entführt hatte, saß sie nun irgendwo in einem dunklen Versteck, und niemand brachte ihr etwas zu essen und zu trinken.

Der Druck, den Frederik verspürte, stieg.

Es war von Anfang an ein Wettlauf gegen die Zeit gewesen. Jetzt war es ein Rennen auf Leben und Tod.

Der Sportplatz sah aus, als plante man dort eine große Abendveranstaltung, doch das Flutlicht war nicht die übliche Beleuchtung. Etwas Derartiges gab es auf Kalvsund nicht. Wer hier spielen wollte, musste es bei Tageslicht tun.

Die Scheinwerfer hatten die Beamten von der Spurensicherung herbeigeschafft. Sie standen im Halbkreis um das Holzhaus mit der Außenumkleide herum und leuchteten jede Ritze in den rostroten Brettern aus. Im Nordwesten war noch schemenhaft der letzte rötliche Schimmer der untergehenden Sonne über dem Meer zu sehen.

Das gesamte Gelände war mit weiß-blauem Flatterband abgesperrt. Die Bewohner der Schäre hatten sich direkt dahinter versammelt, immer noch in ihren Mittsommertrachten. Deutlicher, schoss es Frederik durch den Kopf, als er den schmalen, zu beiden Seiten von dichtem Gestrüpp gesäumten Weg im Norden der Insel entlangging, konnten zwei Welten nicht aufeinanderprallen: hier das gute alte Schweden mit seinem Sinn für Anstand und Tradition, dort die neue Zeit, voller Gewalt und moderner Technologie.

Was für ein Blödsinn, dachte er gleich darauf, und für eine Sekunde hoben sich seine Mundwinkel. Sein Beruf hatte ihn gründlich gelehrt, dass die Wirklichkeit nicht schwarz und weiß, sondern in unzähligen Grauschattierungen getönt war.

Er schlüpfte unter der Absperrung durch und ging zu Anna, die mit verschränkten Armen vor der Hütte wartete.

»Was haben wir?«

Anna deutete ins Innere, wo mehrere weiß gekleidete Spurentechniker bei der Arbeit waren.

»Dahlberg wurde erschlagen. Die Tatwaffe ist vermutlich ein Brennballschläger. Er liegt neben dem Toten und weist Blutspuren auf.«

Frederik trat an die Tür des Holzhauses und spähte hinein. In Deutschland hatte er Brennball als Wurfspiel kennengelernt, das abseits des Schulunterrichts ein Schattendasein führte, doch hier in Schweden war es ein Nationalsport, bei dem mit Schlägern und einem Tennisball gespielt wurde. Von den Schlägern gab es mehrere in der Hütte, doch nur an einem waren rote Flecken, das ließ sich mühelos erkennen, weil die Spurensicherer auch im Inneren lichtstarke Lampen aufgebaut hatten.

»Haben wir eine Chance auf Fingerabdrücke?«

Der Kriminaltechniker, der ihm am nächsten stand, schnitt eine Grimasse.

»Schwierig. Raue Oberfläche. Wir versuchen es, aber macht euch nicht allzu viele Hoffnungen.«

Frederik nickte, er hatte nichts anderes erwartet. Sein Blick wanderte weiter und blieb an einer Einkaufstasche mit dem Aufdruck der ICA-Supermarktkette hängen.

»Was ist das?«

»Tja.« Der Kriminaltechniker hob die Tasche auf, öffnete sie und hielt sie Frederik hin. »Das ist die große Frage.«

Frederik zog sich Einweghandschuhe über und nahm die einzelnen Gegenstände aus der Tasche. Schmuck, der nicht besonders wertvoll aussah, und ein Album mit Münzen, die wohl ebenfalls nicht viel einbringen würden. Kein Bargeld und auch keine kostbaren Stücke.

»Glaubst du, das Zeug gehört Rune?«, fragte Anna. »Aber

weshalb sollte er es hierherbringen? Wenn er schon etwas aus seinem Haus entfernen wollte, wäre es doch sinnvoller gewesen, die gesammelten Kinderpornos wegzuschaffen.«

Frederik stimmte ihr zu. Anna zerrte an den Ärmeln ihrer Lederjacke, als wäre ihr kalt. Was wohl eher mit dem Anblick des Toten als mit der Temperatur zu tun hatte, die immer noch deutlich über zwanzig Grad liegen musste.

»Wem gehört das Zeug dann? Und wie kommt es hierher?«

Frederik dachte nach. Carl Kroon hatte sich bei Rune versteckt und war davongelaufen, als die Polizei ins Haus gekommen war. Sicher brauchte er Geld für seine Flucht. Vielleicht hatte er Rune genötigt, ihm etwas zu geben, und Rune hatte zusammengetragen, was er finden konnte. Doch der Schmuck passte nicht zu einem Mann wie Rune. Natürlich könnten es Stücke von seiner Mutter sein, doch welchen Grund sollte sie gehabt haben, ihm den Schmuck zusammen mit dem Haus zu überlassen?

»Meinst du, Rune hat die Sachen gestohlen?«, überlegte Anna.

Das war eine Möglichkeit, doch sie schien Frederik nicht plausibel. Wenn Rune irgendwo eingebrochen war, um Fluchtgeld für Kroon zu beschaffen, hätte er doch etwas anderes mitgenommen als ausgerechnet diese Dinge. Ihm kam ein Gedanke.

»Er könnte jemanden erpresst haben.«

»Hjördis? Oder Petter? Meinst du, einer der beiden hat Rune getötet?«

»Wahrscheinlich waren sie die Opfer. Aber sie hätten wohl die Sachen wieder an sich genommen, wenn sie Rune den Schädel eingeschlagen hätten.«

»Also war es Kroon«, schloss Anna. Sie runzelte die Stirn. »Aber warum hat er die Beute hiergelassen?«

Frederik schaute noch einmal in die Tasche. Für jemanden,

der auf der Flucht war, war der Inhalt kaum von Nutzen. Hatte Kroon Dahlberg erschlagen, weil er wütend war, dass ihm dieser nichts Besseres gebracht hatte? Eine andere Erklärung erschien ihm naheliegender.

»Ich vermute, das war nicht alles. Kroon hat sich genommen, was er brauchen konnte, und den Rest hiergelassen.«

Anna zog die Augenbrauen hoch. Anscheinend hatte er sie mit seinen Überlegungen beeindruckt. Dann verdunkelte sich ihre Miene wieder.

»Wenn er bekommen hat, was er wollte, warum hat er Dahlberg dann erschlagen?«

Frederik hob die Hände. Dieselbe Frage hatte er sich auch gestellt.

»Vielleicht gab es Streit. Dahlberg war mit der Aufteilung der Beute nicht einverstanden, und Kroon wollte nicht diskutieren.« Er dachte an die Fotos der kleinen Maja in der Akte, die er studiert hatte. Erwürgt und im Wald verscharrt hatte er das Mädchen. Carl Kroon war ein Mann, der nicht zimperlich war, wenn es um die Wahrung seiner Interessen ging.

Anna zog ihr Smartphone aus der Tasche. Sie nahm die einzelnen Stücke aus dem Beutel und fotografierte sie. Schließlich steckte sie das Telefon wieder ein und gab dem Beamten von der Spurensicherung die Tasche zurück. Frederik sprach unterdessen mit dem Rechtsmediziner Torvald Hedlund.

»Kannst du etwas über den Todeszeitpunkt sagen?«

»Zwei, maximal drei Stunden«, erwiderte dieser. »Die Körperkerntemperatur ist nur um knapp zwei Grad gesunken. Normal ist, wie du weißt, dass sich der Körper mit jeder Stunde nach dem Tod um etwa ein Grad abkühlt, aber bei der Hitze, die wir augenblicklich haben, kann es ein wenig länger dauern. Todesursache ist vermutlich die Kopfverletzung. Der Täter hat mehrfach zugeschlagen. Brutal und mit großer Wucht.«

»Mann oder Frau?«, fragte Anna.

»Tendenziell eher ein Mann. Aber das Opfer war klein und nicht besonders kräftig. Eine starke Frau hätte das auch fertiggebracht.« Torvald zwinkerte Anna zu. »Eine wie du.«

Anna wandte sich abrupt ab und lief ein paar Schritte davon bis zur Absperrung an der Seite, an der keine Schaulustigen standen. Frederik sah, dass ihre Schultern zuckten.

Torvald schaute Frederik überrascht an. Er war um die sechzig, ein ernster Mann mit gütigen Augen.

»Habe ich etwas Falsches gesagt?«

Frederik, der seit Jahren mit ihm zusammenarbeitete, hob die Schultern.

»Frag mich nicht. Birger hat ein neues Team zusammengestellt, weil Torun und die anderen nicht mehr da sind.« Seine Stimme brach, er musste sich räuspern, ehe er weitersprechen konnte. »Ich weiß nicht viel über die neuen Kollegen. Aber Birger hat angedeutet, dass sie wohl alle auf die eine oder andere Art Schwierigkeiten auf ihren bisherigen Dienststellen hatten.«

Der Rechtsmediziner wurde ärgerlich.

»Hat er nichts Besseres für dich, nach allem, was du durchgemacht hast?« Er blinzelte, sichtlich verlegen über den kleinen Ausbruch, der gar nicht zu ihm passte. »Wohl nicht. Birger weiß ja, was er an dir hat«, ruderte er zurück und legte Frederik kurz die Hand auf die Schulter. »Du schaffst das schon.«

»Ich hoffe es.« Seit seiner Niederlage gegen Arvid Ekström zweifelte er an seinen beruflichen Fähigkeiten. Aber es gab nur einen Weg, sich das verloren gegangene Selbstbewusstsein zurückzuerobern. Ein Reiter, der gestürzt war, musste wieder aufs Pferd. Ein Ermittler, dem ein Täter entkommen war, musste den nächsten fangen. Man konnte eben nicht immer gewinnen. Aber in diesem Fall durfte er einfach nicht versagen. Lisbet

Larsson musste gerettet werden. Und er würde alles dafür tun, was in seiner Macht stand.

Er ging zu Anna und stellte sich neben sie, sagte aber nichts. Eine Weile blickten sie schweigend über den Sportplatz, auf die langen, aufgefächerten Schatten, die ihre Körper, vom hellen Flutlicht angestrahlt, auf den Rasen warfen. Schließlich berührte er sie sanft am Arm.

»Lass uns zu Hjördis und Petter gehen. Wir müssen wissen, ob Rune sie erpresst hat. Wie hoch seine Forderung war. Und was sie ihm gegeben haben.«

»Zweihunderttausend.« Hjördis spuckte das Wort aus wie saure Milch. »Zweihunderttausend Kronen wollte er haben.«

Weder sie noch Petter schienen sonderlich bestürzt darüber, dass man Rune ermordet hatte, was etwas sonderbar war, da Hjördis ihn doch von Kindesbeinen an kannte und früher oft auf ihn aufgepasst hatte. Auf der anderen Seite war es vielleicht nicht verwunderlich, wenn man bedachte, dass Rune sie erpresst hatte. Zu ihrer Angst um die Tochter musste noch eine erhebliche Wut hinzugekommen sein, dass ausgerechnet ein alter Bekannter sie in diese Lage brachte. Genug, um ihm den Schädel einzuschlagen? Aber wie er es schon mit Anna diskutiert hatte, hätte Hjördis in diesem Fall wohl kaum die Einkaufstasche mit den Sachen zurückgelassen, die wie eine Leuchtspur direkt zu ihr führten.

Petter lehnte mit bleichem Gesicht an der Spüle. Die Plätze am Tisch hatte er Hjördis und den beiden Beamten überlassen.

»Warum hast du nichts gesagt?«, stieß er jammernd hervor. »Ich hätte doch rüber nach Göteborg fahren und das Geld von der Bank holen können.«

Hjördis wandte ihm den Kopf zu. Ihre geröteten Hände bearbeiteten unablässig die Tischplatte.

»Er hat mir gedroht. Zu niemandem ein Wort, sonst ...« Sie fuhr sich mit zwei Fingern über die Kehle.

Petters Adamsapfel bewegte sich rasch auf und ab. »Und du ...«

»Ich habe zusammengerafft, was ich finden konnte. Das Geld aus meiner Handtasche, den Schmuck und Vaters Münzsammlung. Und meinen Verlobungsring mit dem Rubin.«

Frederik tauschte einen raschen Blick mit Anna. Er hatte also recht gehabt. Der Inhalt der Tasche war nur ein Teil der Beute.

»Wofür wollte er das Geld?«

»Er hat gesagt, er weiß, wo Lisbet ist.«

Frederik rieb sich das Kinn. Bedeutete das nun, dass Rune das Kind entführt hatte? Oder war es Carl Kroon gewesen, und Rune hatte lediglich das Versteck gekannt? Angesichts der Summe erschien ihm Letzteres wahrscheinlicher. Zweihunderttausend Kronen waren etwa zwanzigtausend Euro. Er rechnete immer noch um, hatte sich in den letzten drei Jahren, die er überwiegend in Deutschland verbracht hatte, an die kleineren Beträge gewöhnt. Ein Entführer würde vermutlich mehr fordern als zwanzigtausend Euro, auch wenn das Opfer einer Familie entstammte, bei der offensichtlich nicht viel zu holen war. Für jemanden, der einen Tipp verkaufte, schien der geforderte Betrag passender.

So oder so, sie mussten Lisbet finden. Selbst wenn sie nicht mehr auf Kalvsund war, viel weiter als bis Björkö oder Öckerö konnte ihr Entführer nicht mit ihr gekommen sein. Weder Rune noch Carl hatten ein Auto zur Verfügung gehabt, und mit öffentlichen Verkehrsmitteln war die Sache riskant. Im Grunde konnte er sich überhaupt nicht vorstellen, wie das vonstattengegangen sein sollte. Es sei denn, Lisbet war freiwillig mit einem der Männer mitgegangen. Aber war sie ein Kind, das so etwas tat?

»Auf keinen Fall!«, sagte Hjördis empört, nachdem er die Frage laut gestellt hatte. »Wir haben ihr beigebracht, keinem Fremden zu vertrauen, und Rune Dahlberg erst recht nicht. Erst gestern Abend auf dem Festplatz hat ein Mann sie angestarrt, als sie zu den Toiletten wollte. Sie war völlig verstört deswegen.«

»Ach so?« Frederik nahm sein Notizbuch aus der Umhängetasche. Davon hatte die Familie bisher nichts erzählt. »Wie sah der Mann aus?«

Petter ließ die Schultern hängen.

»Das haben wir sie nicht gefragt. Und als wir mit ihr noch mal hingegangen sind, war er weg.«

Frederik steckte das Notizbuch wieder zurück. Der Mann könnte Kroon gewesen sein. Er hatte Lisbet beim Mittsommerabend entdeckt und war der Familie gefolgt. Und am nächsten Morgen, als Lisbet aus dem Haus gelaufen war, hatte er sie in seine Gewalt gebracht. Fragte sich, was danach geschehen war.

Oder war es doch Dahlberg gewesen? Er war zwar kein besonders angenehmer Zeitgenosse, doch er lebte auf Kalvsund. Für Lisbet war er kein Fremder. Hatte er es geschafft, dass sie ihm vertraute und mit ihm irgendwohin fuhr, obwohl die Eltern sie ausdrücklich vor ihm gewarnt hatten? Kinder, die sich zu Hause nicht verstanden fühlten, suchten sich oft seltsame Freunde. Außenseiter, die in den Augen der Gesellschaft alles andere als ein geeigneter Umgang waren, doch für die Kinder waren oft gerade die gestrandeten Existenzen attraktiv, weil sie sich in ihrer Seelennot von ihnen verstanden fühlten.

»Ich muss Sie das jetzt fragen: Wo waren Sie heute Abend zwischen sechs und neun Uhr?« Um kurz vor sechs hatten Anna und er das Ehepaar verlassen, um neun hatte der Sportwart, der in der Hütte noch einmal nach dem Rechten hatte sehen wollen, Runes Leichnam entdeckt.

»Zu Hause.« Petters Stimme war belegt. »Magnus war bis gegen halb sieben oder sieben hier, jedenfalls soweit ich mich erinnere. Diese ganze Sache macht mich vollkommen fertig. Ich habe getrunken. Aquavit. Eine halbe Flasche. Danach bin ich eingeschlafen. Ich meine …«, er fuhr sich mit der Hand übers Gesicht, »… Ihre Kollegin war zwischendurch hier.«

Anna nickte. »Das war um kurz vor halb acht.«

Petters Gesicht verzerrte sich, als die Erinnerung zurückkam. »Sie hatten doch ein Foto dabei, von Lisbets Pullover.« Er blinzelte. »Ich hab das vorhin gar nicht richtig kapiert. Wo haben Sie den denn gefunden?«

»Bei Rune Dahlberg«, teilte Anna mit.

»Also war er es?« In Petters Kopf schienen sich die Bruchstücke zusammenzufügen. »Er hat Lisbet entführt, und dann hat er Hjördis erpresst?«

Er wirkte erschüttert, doch das konnte natürlich Theater sein. Auch wenn die Indizien zurzeit in eine andere Richtung wiesen. Aber seine Aussage deckte sich jedenfalls mit dem, was Anna über die Verfassung des Mannes berichtet hatte, als sie mit dem Foto zu ihm gekommen war. Wäre er in diesem Zustand in der Lage gewesen, sich ungesehen zum Sportplatz zu schleichen und Rune zu erschlagen? Wohl eher nicht, und er hatte ja auch nichts von der Erpressung gewusst. Frederik konzentrierte sich auf Hjördis.

»Und wo waren Sie? Zwischen sechs und neun?«

Hjördis knetete ihre geröteten Finger. Kamen die leichten Schwellungen von der vielen Hausarbeit, oder deutete sich auch bei ihr schon die Arthritis an, die ihre Mutter mittlerweile ans Bett fesselte? Frederik empfand Mitleid mit der schwer geprüften Frau.

»Ich bin zum Sportplatz gegangen. Am Meer entlang, weil ich nicht wollte, dass mich jemand sieht. Es ist nicht sehr angenehm, wenn einen jemand zwingt, alles, was man besitzt, herzugeben, damit man sein Kind zurückbekommt.«

»Wann genau waren Sie dort?«

»Das muss so gegen sieben gewesen sein.«

»Und wie lief die Sache dann ab?«

»Rune stand hinter der Hütte und hat geraucht. Ich habe ihm die Tasche gegeben, mit dem Geld, dem Schmuck und den Münzen.« Ihre Stimme wurde noch bitterer. »Er hat mich ausgelacht. Das würde nicht reichen. Er wollte zweihunderttausend, aber die Sachen hat er auch behalten. Ich habe ihm gesagt, dass ich erst am Montag Geld von der Bank holen kann. Er wollte warten. Und er hat keinen Zweifel daran gelassen, dass er Lisbet etwas antut, wenn ich nicht zahle.« Sie wiederholte die Geste mit den beiden Fingern, die über die Kehle fuhren. Frederik sah, dass ihre Hand zitterte.

»Was haben Sie anschließend getan?«

»Ich bin zurück nach Hause, bin denselben Weg gegangen wie zuvor, auf den Felsen am Meer entlang. Als ich heimkam, lag Petter mit dem Kopf auf dem Tisch, und Magnus war verschwunden. Ich hätte gedacht, dass er hierbleibt und sich um Petter kümmert.«

Frederik spürte ihre Enttäuschung über das Verhalten des Pfarrers. Sie würden noch herausfinden müssen, was Sandström zum Zeitpunkt des Mordes getan hatte, auch wenn er bei ihm kein Motiv sah. Ein Pfarrer würde doch wohl nicht selbst Hand an einen Verbrecher legen und ihn bestrafen, sondern die Sache seinem Herrn überlassen.

»Danke. Das war es fürs Erste.« Frederik stand auf.

Es nützte nichts, sie kamen so nicht weiter. Für heute mussten sie die Suche einstellen. Vor dem Fenster senkte sich unerbittlich die Dunkelheit herab, und bis gegen halb vier der neue Morgen dämmerte, waren die Bedingungen zu schlecht.

»Wir sollten jetzt alle versuchen, ein wenig zu schlafen«, sagte er. »Morgen früh, sobald die Sonne aufgeht, suchen wir weiter. Wir bekommen Unterstützung. Zusätzliche Suchmannschaften und ein paar Hunde. Wir werden alles tun, was menschenmöglich ist, um Lisbet zu finden.«

Hjördis und Petter schauten ihn beide mit großen, geröteten Augen an. Sie nickten, doch keiner von ihnen brachte ein Wort heraus.

14

Sie hatte es wirklich versucht. Niemandem war schließlich daran gelegen, dass sie sich erneut in Schwierigkeiten brachten. Die Dinge waren nun einmal so, wie sie waren. Doch nun hatte sich etwas Entscheidendes geändert. Sie war endlich volljährig. An diesem Tag wollte sie etwas Besonderes unternehmen, und sie hatte so lange gebettelt, bis die Eltern schließlich nachgaben.

Nun saß sie allein in dem großen Saal. An den Wänden ringsherum hingen Bilder, großformatige abstrakte Gemälde eines Künstlers, den sie nicht kannte. Darum war es auch nicht gegangen, als sie sich Geld für eine Fahrt zu der Ausstellung in Göteborg erbeten hatte.

Es war ein Ort, an dem sie niemand kannte. Wer hierherkam, kümmerte sich nicht um die anderen Besucher, sondern widmete seine Aufmerksamkeit der ausgestellten Kunst.

Als er den Raum betrat, hatte sie das Gefühl, ganz allein mit ihm auf der Welt zu sein. Sie hatte sich herausgeputzt, ein neues Kleid, ihre besten Schuhe. Die Lippen hatte sie in einem dezenten Rot bemalt, ansonsten hatte sie auf jedes Make-up verzichtet. Sein Blick verriet ihr, dass sie es auch gar nicht nötig hatte.

Er blieb vor ihr stehen und nahm ihre Hände. Sie wusste, dass er sie zurückweisen wollte, wie er es in den beiden zurückliegenden Jahren immer wieder getan hatte. Doch bevor er den Mund öffnen konnte, stand sie auf und hauchte ihm einen sanften Kuss darauf.

Sie spürte, wie er erzitterte, und im nächsten Moment zog er sie an sich.

Das Hotel lag gleich neben der Kunsthalle. Sie hatte ein Zim-

mer reserviert, für sich und die Freundin, mit der sie angeblich die Ausstellung besuchen und anschließend einen Abend in Göteborg verbringen wollte. Zum Glück hatte Nell ebenfalls eine heimliche Liebschaft und war gerne bereit, ihr mit einem Alibi auszuhelfen, wenn sie im Gegenzug selbst eines bekam.

Als sie gemeinsam im Fahrstuhl nach oben fuhren, wusste sie schon, dass sich ihr sehnlichster Wunsch endlich erfüllen würde. Auch wenn er noch umkehren und ohne eine Schramme aus der Sache herauskommen könnte. Bisher hatte er schließlich nicht mehr getan, als sie zu ihrem Zimmer zu begleiten. Die Schwelle war noch nicht überschritten, doch in seinem Inneren war die Mauer längst eingestürzt, das sah sie an seinem glasigen Blick.

Er würde erneut von der verbotenen Frucht kosten, und wenn er es einmal getan hatte, würde er es auch wieder tun. Warum auch nicht? Sie mussten ja nur aufpassen, dass ihnen nicht noch einmal das Gleiche passierte wie vor zwei Jahren.

Damals war sie fast gestorben. Erst im letzten Moment war er zurückgekommen und hatte die Blutung gestillt. Diesen schwachen Moment hatte er ausgenutzt und ihr das Versprechen abgenommen, sich in Zukunft voneinander fernzuhalten.

Aber sie konnte es nicht. Dafür liebte sie ihn viel zu sehr.

Es war ihre erste Bewährungsprobe. Monatelang hatten sie trainiert, bis sie so weit waren. Nilla war stolz, dass sie es geschafft hatten. Zugleich graute ihr vor der Aufgabe.

Schon als sie die Ausbildung begonnen hatte, wusste sie, dass sie mit Hunden arbeiten wollte. Sie liebte diese klugen, treuen Vierbeiner. Als kleines Mädchen hatte sie Geschichten über Rettungshunde gelesen und davon geträumt, zu einem Team zu gehören, das verschollene Menschen aufspürte. Die Eltern hatten ihr einen Hund geschenkt, und sie hatte ihm beigebracht, versteckte Gegenstände aufzuspüren. Sie war fasziniert davon, wie das Tier mit seiner feinen Nase Spuren aufnahm, die für Menschen nicht wahrnehmbar waren.

Nach der Schule hatte sie sich für die Polizei entschieden. Ihr gefiel der Gedanke, zu helfen und zugleich für Gerechtigkeit zu sorgen. Außerdem war es eine Familientradition. Ihr Vater, den sie bewunderte, und ihr älterer Bruder, dem sie schon als Kind nachgeeifert hatte, waren ebenfalls Polizisten.

Nach der Grundausbildung hatte sie sich für die Hundestaffel beworben und ihren ersten Polizeihund bekommen. Freja, eine deutsche Schäferhündin. Sie war noch ein Welpe gewesen. Nilla hatte gehofft, dass sie sich zu einem Personensuchhund entwickeln würde, doch wie sich herausstellte, lag Frejas Talent auf einem etwas anders gelagerten Spezialgebiet.

Nilla war nicht begeistert gewesen. Sie wollte Leben retten und nicht erst kommen, wenn es zu spät war. Aber sie liebte die Hündin. Also hatte sie getan, was nötig war.

Sie waren mit einer der ersten Fähren herübergekommen. Seit den frühen Morgenstunden waren die Suchmannschaften wieder auf Kalvsund sowie auf Björkö und Öckerö unterwegs, den beiden Inseln, die man von Kalvsund aus direkt mit der Fähre erreichte. Nilla hoffte, dass ihr eigener Einsatz nicht nötig war, doch mittlerweile waren mehr als vierundzwanzig Stunden seit Lisbets Verschwinden vergangen. Man konnte nicht ausschließen, dass dem Kind etwas zugestoßen war.

Ihr Team startete an der Brücke, die Hönö und Öckerö verband. Die Kollegen gingen voraus, die Straße entlang. Sie durchkämmten die Gärten und schauten in alle Unterstände und Schuppen, die auf dem Weg lagen.

Nilla bildete die Nachhut und folgte den Beamten mit knapp hundert Metern Abstand. Sie ließ Freja an der langen Leine laufen und an allem schnuppern, was sie interessierte. Die Kollegen suchten nach einem Lebenszeichen. Ihre Aufgabe war es, den Tod zu finden.

Freja war eine ausgezeichnete Leichenspürhündin. Im Training hatte sie selbst die winzigsten und am besten versteckten Köder entdeckt, an denen die meisten anderen Hunde gescheitert waren. Nilla war stolz auf sie gewesen, und sie hatte sich jedes Mal riesig gefreut, wenn Freja erfolgreich war.

Doch nun wurde aus dem Spiel Ernst. Es ging nicht länger um sorgfältig präparierte und platzierte Tücher oder andere Köder, sondern um einen Menschen aus Fleisch und Blut. Natürlich hatte sie während ihrer Ausbildung bereits Leichen gesehen, doch die Vorstellung, dass ausgerechnet sie das verschwundene Mädchen tot auffinden könnte, verursachte ihr Bauchschmerzen.

Aber noch bestand ja Hoffnung. Der Einsatz der Leichenspürhunde war nur eine Sicherheitsmaßnahme.

Aufmerksam ließ sie den Blick schweifen, während sie Freja an der langen Leine folgte, und merkte, dass sie ruhiger wurde. Noch war ja nichts passiert. Die Schäre lag friedlich in der warmen Morgensonne, vom Meer kam ein milder Wind herüber, und die Holzhäuser strahlten sonntägliche Ruhe und Behaglichkeit aus. Keine düstere Stimmung wie in einem nervenzehrenden Thriller, eher die heitere Atmosphäre eines Urlaubsfilms. Auch das Funkgerät an ihrem Gürtel blieb still.

Nilla ließ sich von ihrer Hündin weiterziehen und dachte darüber nach, was wohl mit dem Mädchen geschehen war. Vielleicht war die Zwölfjährige einfach nur weggelaufen. Sie könnte mit der Fähre auf eine der Nachbarinseln gefahren sein und sich in einer der zahllosen Hütten versteckt haben. Wenn man nur lange genug suchte, würde man sie schon finden.

Der Gedanke gefiel ihr, und sie pfiff leise vor sich hin.

Vor ihnen tauchte die Kirche auf, ein wuchtiger Bau aus rotem Backstein mit einem hohen Glockenturm. Nilla spürte, wie sich die Hündin anspannte. Sie begann an der Leine zu zerren und strebte auf das Gotteshaus zu. Als sie näher kamen, spielte sie fast verrückt. Aber das war auch kein Wunder. Gleich neben der Kirche befand sich der Friedhof, und Frejas Geruchssinn musste von all den Molekülen, die dort aufstiegen, schier überflutet werden.

Nilla nahm die Leine kürzer und gab der Hündin das Signal, die Straßenseite zu wechseln, damit sie einen Bogen um die Gräber machen konnten, doch Freja drängte in die andere Richtung. Nilla ließ ihr Raum und trabte hinter ihr her. Sie hatte erwartet, dass Freja auf das Gräberfeld stürmen würde, doch die Hündin strebte stattdessen auf den Eingang der Kirche zu. Vor der hohen Tür stoppte sie und kratzte mit den Krallen am Holz.

Nilla trat neben sie und öffnete die Tür. Sie hatte plötzlich einen dicken Kloß im Hals. Das Mädchen würde doch wohl nicht tot in der Kirche liegen?

Sie schnaubte leise, weil ihr aufging, wie unsinnig der Gedanke war. Wenn sich das Mädchen in der Kirche befände, hätte man es längst entdeckt. Und wo sollte man in einem öffentlichen Raum wohl eine Leiche verstecken?

Sie betraten einen Vorraum, von dem eine weitere Tür in den eigentlichen Kirchenraum führte. Sie war geöffnet und mit einem Holzkeil fixiert, sodass Nilla einen Blick hineinwerfen konnte. Der Raum hatte hohe Fenster und ein hölzernes Tonnengewölbe, das aussah wie ein umgedrehter Schiffsrumpf. Nilla wollte schon hineingehen, doch Freja blieb im Vorraum stehen und bellte die linke Seitenwand an.

Nilla betrachtete die Wand genauer. Der kleine Raum war nicht besonders gut ausgeleuchtet, obwohl aus dem Hauptraum helles Licht hereinfiel. Nilla nahm ihr Smartphone zu Hilfe und aktivierte die Taschenlampen-App.

Jetzt sah sie, dass der Raum anscheinend erst kürzlich renoviert worden war. Die Wand, vor der sie stand, schien frisch vergipst zu sein.

Ihr Herz schlug plötzlich bis zum Hals, und ihr Mund war völlig ausgetrocknet. Konnte es wirklich sein, dass jemand hier eine Leiche eingemauert hatte? Sie wollte es nicht glauben, doch Frejas Pose war eindeutig. Die Ohren waren steil aufgestellt, die dunklen Augen auf Nilla gerichtet. Sie hatte etwas gefunden.

Mit zitternden Fingern löste Nilla ihr Funkgerät vom Gürtel. Dann informierte sie den Leiter der Suchmannschaft.

»Magnus?« Alva blinzelte, als sie die Treppe hinunterstieg. Sie hatte unruhig geschlafen und war aufgewacht, als die ersten Strahlen der Morgensonne ins Schlafzimmer gefallen waren. Es war so warm, dass sie das Fenster offen ließ und auch die Rollläden nicht geschlossen hatte, damit zumindest in der Nacht ein wenig frische Luft ins Haus kam. Statt der Decke benutzte sie nur ein Laken, trotzdem fand sie, dass selbst das dünne Nachthemd noch zu viel Stoff auf der Haut war. Aber nackt zu schlafen kam für Magnus natürlich nicht infrage.

Am Abend hatte sie vergeblich auf ihn gewartet und war schließlich allein nach oben gegangen, nachdem sie ihn auch auf seinem Diensthandy nicht erreicht hatte. Sie wusste, dass er es ausstellte, wenn er eine schwierige seelsorgerische Aufgabe zu bewältigen hatte. Normalerweise schrieb er ihr allerdings zumindest eine Nachricht, damit sie sich keine Sorgen machte. Wenn er es vergessen hatte, musste ihn etwas ernstlich erschüttert haben.

Als die Sonne sie geweckt hatte, war es kurz vor fünf. Ihr Herz hatte eine Sekunde ausgesetzt, als sie bemerkte, dass Magnus nicht neben ihr lag. Plötzlich war sie sich sicher gewesen, dass ihm etwas zugestoßen war. Doch offenbar war das nicht der Fall. Gänzlich unbeeinträchtigt war er allerdings auch nicht.

Ihr Mann saß in seinem Lieblingssessel im Wohnzimmer, in dem er auch seine Predigten vorbereitete. Er trug noch dieselben Kleider wie am Tag zuvor. Sein Gesicht sah müde aus, die Stirn war zerfurcht, die Augen waren rot, und darunter lagen dunkle Schatten.

»Was tust du da? Warum bist du nicht ins Bett gekommen?«

Magnus hob den Kopf. »Alva.«

Er streckte einen Arm nach ihr aus. Sie ging zu ihm, nahm seine Hand. Er zog sie an sich und barg seinen Kopf an ihrem Busen. Mit einem leisen Schluchzen sog er die Luft ein.

Eine ganze Weile verharrten sie so, bis er sich endlich von ihr löste.

»Ich war in der Kirche und habe gebetet.« Er berichtete stockend, was sich am Tag zuvor auf Kalvsund ereignet hatte. Alva spürte, wie sich etwas in ihrer Brust zusammenzog. Ein Kind war verschwunden und bisher nicht gefunden worden, und ein verurteilter Sexualstraftäter lief frei herum. Unwillkürlich ging ihr Blick zur Decke. Oben schliefen der vierzehnjährige Elias und die siebenjährige Maria. Sie lagen doch wohl in ihren Betten? Der Drang, sich von Magnus loszureißen und nachzusehen, wurde fast übermächtig. Magnus hielt sie fest, er verstand sie auch ohne Worte.

»Mit Maria und Elias ist alles in Ordnung. Ich habe nach ihnen gesehen, als ich nach Hause gekommen bin, und vorhin noch einmal. Sie schlafen tief und fest.«

Alva atmete auf. Die Angst legte sich.

»Ich wollte dich nicht stören«, erklärte Magnus. »Deshalb habe ich mich in den Sessel gesetzt. Eigentlich hatte ich vor, noch an der Predigt zu arbeiten, aber dann bin ich eingeschlafen.« Er schaute zu Boden, wo ein paar handbeschriebene Blätter verstreut lagen sowie der Stift, mit dem er so gerne schrieb.

Alva hockte sich vor ihn.

»Warum bist du nicht bei den Eltern geblieben? Sie brauchen doch jetzt Beistand.« Sie stellte sich vor, wie sie selbst sich fühlen würde, wenn Elias oder Maria verschwunden wären. Sofort kam die Angst zurück. Das Leben war so zerbrechlich. Sie würde es nicht ertragen, wenn man ihr den Sohn oder die Tochter nahm.

Magnus senkte den Blick.

»Ich konnte es nicht. Es wäre meine Pflicht gewesen, ich weiß. Aber ich war zu schwach.«

Die Niedergeschlagenheit in seiner Stimme berührte sie, und sie strich ihm zärtlich über die Wange.

»Du bist auch nur ein Mensch, Magnus.«

Eine steile Falte bildete sich auf seiner Stirn, und er schob ihre Hand fort.

»Du solltest es mir nicht so leicht machen. Ich habe schwere Schuld auf mich geladen. Gott weiß das, und er straft mich dafür.«

Alvas erster Impuls war, darüber zu lachen. Sie war gläubig, aber ihr Gott war wohlwollend und verständnisvoll, nicht hart und grausam. Er nahm Sünder mit offenen Armen auf und tröstete sie. Doch irgendetwas in Magnus' Augen bewirkte, dass ihr das Lachen in der Kehle stecken blieb.

Die Kollegen brauchten nur eine halbe Stunde, bis sie mit ihren Werkzeugen vor Ort waren. Sie bauten ihre Gerätschaften auf und tasteten die Wand mit einem mobilen Röntgengerät ab. Auf dem Laptop erkannte Nilla einen hellen Fleck. In der Mitte der Wand, in ungefähr einem Meter fünfzig Höhe, befand sich ein Hohlraum im Mauerwerk hinter der Gipsschicht.

Ihr Puls begann wie verrückt zu rasen. Ihre Finger waren so

feucht, dass ihr beinahe die Leine aus den Fingern geglitten wäre. Doch die Hündin saß regungslos neben ihr, ihr ganzer angespannter Hundekörper ein warnendes Ausrufezeichen.

Ein Kriminaltechniker bearbeitete die Wand mit Hammer und Meißel. Er klopfte eine Vertiefung in die Umrisse des Hohlraums, die der Kollege mit dem Röntgengerät dort angezeichnet hatte. Anschließend stemmte er vorsichtig die Gipsschicht ab. Weiße Brocken und Staub regneten auf den gefliesten Boden des Vorraums. Der Hohlraum dahinter wurde sichtbar.

Nilla sog scharf die Luft ein.

In der Höhle lag etwas, ein längliches Bündel, eingewickelt in ein gräuliches, mit schwarzer Erde bedecktes Leinentuch.

Frederik schreckte hoch, als das Smartphone neben seinem Kopf vibrierte und der laute Klingelton an sein Ohr drang. Einen Moment lang musste er sich orientieren. Dann wusste er wieder, wo er war. Er lag in der Kajüte seines Bootes, im südlichen der beiden Häfen von Kalvsund, jener Schäre, auf der sie seit gestern verzweifelt nach der kleinen Lisbet suchten. Und auf der am gestrigen Abend Rune Dahlberg erschlagen worden war.

Seine Augen waren noch zu verklebt, als dass er erkennen konnte, wer der Anrufer war, aber er schaffte es, das Hörersymbol auf dem Display beiseitezuwischen und das Gespräch anzunehmen.

»Forsberg.« Seine Stimme war so kratzig, dass er sie selbst kaum erkannte.

»Hallo, Frederik. Hedda hier.«

Er setzte sich auf und rieb sich die Augen. Dann schaute er auf die Uhr. Er hatte nicht verschlafen, wie er befürchtet hatte. Es war erst sechs, auch wenn das Licht, das durch die Fenster der Kajüte hereinfiel, taghell war.

Warum war Hedda zu dieser frühen Stunde bereits im Büro, noch dazu an einem Sonntag? Natürlich erwartete er, dass seine Mitarbeiter auch an Sonn- und Feiertagen bereitstanden, wenn sie an einem dringenden Fall arbeiteten, umso mehr, wenn es, so wie jetzt, um ein junges Mädchen ging. Trotzdem war es wichtig, dass sie zwischendurch Pausen machten.

»Warst du gar nicht zu Hause?«

»Doch. Aber ich konnte nicht schlafen. Es wird so früh hell, da dachte ich, ich kann genauso gut ins Büro fahren.«

Er merkte, dass sie ihm etwas mitzuteilen hatte, was ihr offenbar nicht leicht herauskam.

»Hast du etwas Neues?«

»Ja.« Sie holte tief Luft, und er hörte ein Geräusch, das wie ein mühsam unterdrücktes Schluchzen klang. Sofort fröstelte er. Er wollte fragen, ob sie Lisbet gefunden hatten, tot womöglich, doch er brachte die Worte nicht über die Lippen.

»Eine der Hundeführerinnen auf Öckerö. Sie hat in der alten Kirche ein Grab entdeckt, in einer Wand im Vorraum. Darin liegt ein totes Kind.«

Frederik schloss die Augen. Er meinte, keine Luft mehr zu bekommen.

»Lisbet?«, presste er hervor.

»Nein.« Hedda räusperte sich. »Ein Säugling, höchstens einen oder zwei Tage alt.« Ihre Stimme versagte, und er hörte, wie sie schluckte.

»Die Kollegen meinen, das Kind ist schon länger tot. Zehn oder sogar zwanzig Jahre vielleicht. Es … es ist ein Mädchen.« Nun brach sie in Tränen aus.

Frederik wartete, bis sie sich ein wenig gefangen hatte. Ihn selbst erschütterte die Nachricht ebenfalls, doch zugleich verspürte er Erleichterung, dass es sich nicht um Lisbet handelte. Das Schicksal des unbekannten und vor langer Zeit verstorbenen Kindes ging ihm nicht so nahe wie das des Mädchens, dessen Eltern er gestern erst kennengelernt hatte. Trotzdem hatte auch der Säugling ein Anrecht darauf, dass man herausfand, was ihm widerfahren war.

»Hedda?«, sagte er sanft.

»Ja?«

»Sind die Spurensicherung und die Rechtsmedizin unterwegs?«

»Ja.«

»Gut.« Er überlegte kurz. Er kannte Hedda kaum, hatte nur einen ersten, flüchtigen Eindruck von ihr. Aber Mitgefühl war sicher nicht falsch.

»Ich verstehe, dass dir das nahegeht«, sagte er. »Mich berührt es auch. Aber wir müssen trotzdem versuchen, uns so weit zu distanzieren, dass wir klar denken können. Das sind wir dem toten Kind schuldig. Meinst du, du schaffst das?«

Hedda schniefte noch ein paarmal, beruhigte sich dann aber. Er schien den richtigen Ton getroffen zu haben.

»Keine Sorge. Ich kümmere mich hier um alles.«

»Danke. Ich melde mich, wenn wir mehr wissen.«

Er beendete das Gespräch und legte das Smartphone beiseite. Dann fuhr er sich mit beiden Händen durch die Haare, die, wie er feststellte, in alle Richtungen vom Kopf abstanden.

Rasch zog er seine Badehose an und nahm die kleine Flasche mit dem biologisch abbaubaren Shampoo mit. Er kroch aus der Kajüte und sprang ins Meer. Einen Moment ließ er sich einfach nur auf dem Rücken im klaren und warmen Wasser treiben. Dann wusch er sich, kletterte zurück aufs Boot, trocknete sich ab und setzte Kaffee auf. Zehn Minuten später saß er an der Pinne, barfuß, in leichter Sommerhose und frischem Hemd, den Kaffeebecher in der Hand, und nahm Kurs auf Öckerö.

Anna fluchte unablässig vor sich hin, während sie in Lilla Varholmen auf die nächste Fähre wartete. Warum hatte sie gestern nicht darauf bestanden, auf Kalvsund zu bleiben? Dann wäre sie jetzt in einer halben Stunde bei der Kirche auf Öckerö gewesen. So dagegen hatte sie erst mit dem Bus zum Polizeirevier fahren und sich einen Dienstwagen besorgen müssen, mit dem sie dann zum Fähranleger gerast war.

Im Büro war sie zu allem Überfluss Viveka begegnet. Hedda hatte das ganze Team zusammengetrommelt, damit jeder bereitstand, wenn es irgendetwas zu tun gab. Bis auf Göran waren alle sofort gekommen.

Khalid hatte genauso finster dreingeblickt wie am Tag zuvor und niemanden gegrüßt. Durch die Glasscheibe seines Büros hatte sie gesehen, wie er konzentriert Videoaufnahmen von den Überwachungskameras der Fähren sichtete. Viveka im Büro daneben hatte massenweise Unterlagen ausgedruckt und fertigte am Whiteboard Übersichten über die Familienverhältnisse der Larssons an. Demnach war Hjördis ein Einzelkind, während Petter eine ganze Reihe von Geschwistern hatte.

Anna hatte gehört, wie sie telefonierte, und sie nahm an, dass Frederik in der Leitung gewesen war. Viveka hatte angeboten, nach Öckerö zu kommen, doch Frederik hatte offenbar abgelehnt und sie mit anderen Aufgaben betraut. Nun saß sie mit verbissener Miene am Rechner und feuerte wütende Blicke auf Anna ab, die, wie ihr nicht verborgen geblieben war, zum Fundort des toten Säuglings kommen durfte.

Nur Hedda, die im zentralen Raum saß, von dem die einzelnen Büros abgingen, hatte ihr freundlich zugenickt. Auch sie arbeitete irgendetwas am Computer, schien sich aber nicht recht konzentrieren zu können. Die Blätter auf ihrem Schreibtisch lagen wild durcheinander, und ihre Augen, die sie sich immer wieder rieb, waren gerötet. Offensichtlich hatte sie geweint.

Die gelbe Fähre legte an, und Anna fuhr den Dienstwagen, einen der neuen bronzefarbenen Kombis aus der Volvo-XC-70-Serie, aufs Autodeck und stellte den Motor ab.

Die Ermittlungsrunde, in der sie gelandet war, hatte mehr Ähnlichkeit mit einer Selbsthilfegruppe als mit einem funktionierenden Team. Lauter Personen, die offenbar gravierende Probleme hatten. Sie hätte gern behauptet, dass sie selbst die rühmliche Ausnahme war, doch das wäre gelogen. Anna wurde noch wütender.

Dabei war die ganze Sache überhaupt nicht ihre Schuld gewesen. Sie hatte wirklich geglaubt, er meine es ernst. Die Warnungen der Kollegen hatte sie in den Wind geschlagen, als missgünstiges Getuschel abgetan. Erst hinterher hatte sie eingesehen, dass die Zweifel berechtigt gewesen waren. Aber da hatte man sie schon abgesägt. Ein scharfer Knick in der hoffnungsvollen Karriere und ein dicker schwarzer Fleck in der zuvor makellosen Personalakte.

Wie immer, wenn sie an Malmö dachte, knirschte sie mit den Zähnen. Wie hatte sie nur so dumm sein können?

Sie fragte sich, ob Frederik davon wusste. Wahrscheinlich nicht, es war ja alles so schnell gegangen: der Ausbruch Kroons, das verschwundene Mädchen und die erste Teamsitzung. Sicherlich war er nicht dazu gekommen, Personalakten zu studieren. Sonst hätte er kaum ausgerechnet sie ausgewählt, ihn nach Kalvsund zu begleiten.

Wie würde er reagieren, wenn er die Wahrheit erfuhr?

Die Fähre erreichte den Anleger von Hönö, und Anna steuerte den Volvo an Land. Sie fuhr durch den Ort, über die Brücke nach Öckerö und weiter an der Straße entlang bis zur alten Kirche, vor der bereits mehrere Einsatzfahrzeuge standen.

Anna parkte ein Stück abseits und stieg aus. Sie zog die Lederjacke zurecht, warf die Haare zurück und schaute zum Gotteshaus hinüber.

Egal, was passiert war und was in Zukunft geschehen würde, jetzt war sie hier und hatte die Chance, alles besser zu machen als bisher. Eigentlich ein Gedanke, der sie motivieren sollte, doch stattdessen lähmte er sie plötzlich. So eilig sie es gehabt hatte, hierherzukommen, so festgeschweißt stand sie jetzt neben dem Wagen. Sie wusste einfach nicht, ob sie den Anblick, der sie erwartete, ertragen würde.

15

Der Pfarrer ging ihm ein wenig auf die Nerven. Er stand direkt an der Absperrung vor seiner Kirche, die Hände gefaltet, den Kopf gesenkt, und murmelte unablässig vor sich hin.

Frederik versuchte, die Gebete auszublenden, und wandte sich an Torvald Hedlund. Der Rechtsmediziner kniete neben dem aufgeschlagenen Stoffbündel am Boden. Der Leichnam, der darauf lag, war fast vollständig skelettiert. Nur ein paar Gewebereste hingen noch an den Knochen.

»Kannst du daraus etwas schließen?«

Torvald wiegte den Kopf.

»Eine Todesursache wird sich kaum noch feststellen lassen. Das Skelett ist intakt, insofern können wir Gewalteinwirkung vermutlich ausschließen. Aber ob wir es mit einem natürlichen Tod, plötzlichem Kindstod oder etwas anderem zu tun haben, lässt sich nicht sagen. Man könnte den Säugling erstickt oder vergiftet haben. Allerdings gibt es kaum ein Gift, das sich nach so langer Zeit noch nachweisen lässt, erst recht nicht bei dem wenigen organischen Material, das wir hier haben. Untersuchen werden wir es natürlich trotzdem.«

Frederik blickte auf den winzigen Körper. In seinem Inneren zog sich alles zusammen. Ohne dass er es wollte, schob sich das Bild von Emma vor seine Augen. Es war immer schwer, auf das zu sehen, was von einem Leben übrig blieb, aber bei Kindern war es besonders hart. All die Möglichkeiten, die im Wunder der Geburt lagen, waren mit einem Schlag erloschen.

»Was meinst du, wie lange das Kind schon tot ist?«

»Wenigstens zwanzig Jahre, denke ich. Aber ohne weitere

Untersuchungen ist das nicht mehr als eine Schätzung aus dem Bauch heraus.« Torvald lächelte traurig. »Das Einzige, was ich mit einiger Sicherheit sagen kann, ist, dass wir es mit einem Mädchen zu tun haben. Darauf deuten die Form des Beckens und der Winkel, in dem die Oberschenkelknochen damit verbunden sind. Und ...«

»Ja?«

»Das Nasenbein. Es wirkt untypisch flach. Das könnte ein Hinweis darauf sein, dass das Kind behindert war, ein Downsyndrom-Baby vielleicht.«

»Du meinst, man hat es möglicherweise deshalb getötet?« Wieder drängte sich der Gedanke an Emma auf. Die Fruchtwasseruntersuchung hatte keinen Hinweis darauf ergeben, dass etwas mit ihr nicht stimmen könnte. Erst als sie auf der Welt war, wurden die Zeichen sichtbar. Was hätte Lea wohl getan, wenn sie es vorher gewusst hätte?

»Ausschließen kann man es wohl nicht«, sagte Torvald und holte Frederik ins Hier und Jetzt zurück.

Er betrachtete das tote Kind.

»Meinst du, die Gewebereste reichen für eine DNA-Bestimmung aus?«

Der Rechtsmediziner zog die blauen Latexhandschuhe von den Fingern und verstaute sie in seiner schwarzen Arzttasche. Der Metallverschluss knackte laut, als er ihn zudrückte.

»Ich kann nichts versprechen. Aber wir werden es probieren.« Er gab den Bestattern ein Zeichen, dass sie den Leichnam wegbringen konnten, und verabschiedete sich von Frederik.

Die beiden schwarz gekleideten Männer schlugen das Tuch sorgsam um das winzige Skelett und hoben es in den Kindersarg, den sie mitgebracht hatten. Dann trugen sie ihn zu ihrem Wagen. Es war wie ein Hohn – der strahlend blaue Tag und das Glitzern des Meeres und dazu der schwarze Leichenwagen und die beiden starken Männer mit dem winzigen Sarg, der aussah, als wäre er für eine Puppe gemacht.

Frederik wandte den Blick ab und entdeckte Anna, die scheinbar unschlüssig neben dem bronzefarbenen Volvo aus der Göteborger Dienstwagenflotte stand, mit geballten Fäusten und zusammengepressten Lippen. Wie am Vortag trug sie ihre schwarze Ledermontur. Frederik begriff nicht, wie sie es darin aushielt. Sie musste sich doch fühlen wie in einem Backofen. War das eine Art der Selbstbestrafung, oder brauchte sie den Schutz des festen Materials so dringend, dass sie die Hitze dafür in Kauf nahm? Er winkte sie heran und sah, wie sie tief durchatmete. Dann kam sie mit energischen Schritten auf ihn zu.

Frederik berichtete ihr, was der Rechtsmediziner gesagt hatte.

Anna betrat den Vorraum der Kirche; die Spurensicherer waren mit ihrer Arbeit fertig und hatten den Fundort freigegeben. Sie blieb vor dem Loch stehen, das die Kollegen in die Wand gestemmt hatten, und betastete den Gips, mit dem das umliegende Mauerwerk versiegelt war. Frederik sah ihr von der offenen Tür aus zu.

»Das ist vor nicht allzu langer Zeit gemacht worden«, stellte sie fachmännisch fest. Ihre Augen schweiften kurz durch den Raum. Dann ging sie zu Sandström und riss ihn aus seinem Dauergebet.

»Sie sind seit etlichen Jahren hier der Gemeindepfarrer, richtig?«

Magnus ließ die Hände sinken.

»Ja. Aber so etwas habe ich noch nicht erlebt.«

Anna ignorierte seine Betroffenheit.

»Wann hat die letzte Renovierung stattgefunden?«

Der Pfarrer rückte seinen weißen Kragen zurecht. Er war ihm wohl zu eng und behinderte die Atmung.

»Vor drei Monaten. Zur selben Zeit, als auch das Gräberfeld erweitert worden ist.«

Frederik trat ein paar Schritte zurück auf den Vorplatz, sodass er um die Kirche herumsehen konnte. Aufmerksam blickte er über den Friedhof. Im hinteren Teil standen die Grabsteine in langen Reihen. Sie waren verwittert und mit Flechten bewachsen. Der vordere Bereich war erst jüngst umgegraben worden, nur in der ersten Reihe hatte man schon Menschen beigesetzt. Die Steine waren sauber und glatt, die Gräber deutlich kleiner als die alten.

Er dachte an die Erdspuren auf dem Tuch, in das der Säugling eingewickelt war. Eine Ahnung, wie es sich womöglich abgespielt hatte, stieg in ihm auf. Das Kind hatte wahrscheinlich bis vor Kurzem auf dem Friedhof gelegen. Dann war die Erweiterung der Gräberfläche beschlossen worden, und derjenige, der den Säugling dort heimlich zur letzten Ruhe gebettet hatte, war zum Handeln gezwungen gewesen, damit man das Kind nicht fand. Die Mauer im Vorraum, die etwa zur selben Zeit neu verputzt worden war, musste ihm als Wink des Schicksals erscheinen sein.

Die Erdschicht auf dem Friedhof war nicht besonders dick, dicht unter der Oberfläche lagen schon die Felsen. Deshalb bestanden die Gräber im Wesentlichen aus Stein. Um einen Säugling zu bestatten, mochte die Tiefe ausgereicht haben, doch bei den Arbeiten zur Erweiterung der Gräberfläche wäre der Leichnam wohl unweigerlich entdeckt worden.

Derjenige, der das Kind begraben hatte, musste ein Bewohner Öckerös sein, damals wie heute, und er musste von den aktuellen Entwicklungen Kenntnis gehabt haben.

Anna hatte offensichtlich den gleichen Gedanken. Sie trat so nah an den Pfarrer heran, dass dieser unwillkürlich zurückwich. Auf seiner Stirn bildeten sich Schweißperlen, und er strich nervös die blonde Haarsträhne beiseite, die ihm ständig über die Augen fiel.

»Besser, Sie sagen uns gleich, was Sie darüber wissen«, ging sie ihn an. »Sonst kommt eine Menge Ärger auf Sie zu. Ungenehmigtes Begräbnis im besten Fall, aber es könnte auch auf fahrlässige Tötung hinauslaufen oder sogar auf Mord.«

Magnus' Augen weiteten sich erschrocken.

»Aber ... nein ... ich habe das Kind doch nicht umgebracht!«, stammelte er. Er legte die gefalteten Hände an den Mund, doch es gelang ihm nicht, die Worte zurückzuhalten, die unbedingt herauswollten. Viel zu lange hatte er sie verdrängt, das konnte Frederik ihm an den Augen ablesen. Er sah Angst und Scham darin, aber auch Erleichterung.

»Es ist schon tot auf die Welt gekommen«, seufzte der Pfarrer und ließ die Hände sinken. »Ich habe es nur getauft und begraben.«

»Warum heimlich?« Anna verkürzte erneut den Abstand zu ihm. »Weshalb hat es kein anständiges Begräbnis und keinen Stein bekommen?«

Magnus fuhr sich mit beiden Händen übers Gesicht. Er war so bleich, dass Frederik fürchtete, er könnte in Ohnmacht fallen.

»Es war ein uneheliches Kind. Aus einer Affäre mit einem verheirateten Mann. Die Mutter hat ihre Schwangerschaft verheimlicht. Sie hat das kleine Mädchen in aller Abgeschiedenheit zur Welt gebracht, und sie hatte keinen Plan, wie es danach weitergehen sollte. Aber nachdem das Baby tot war, gab es keinen Grund, die Sache öffentlich zu machen.«

Auch Frederik trat nun einen Schritt näher.

»Wie war der Name?«

»Der Name?«

»Sie sagten, Sie hätten das Mädchen getauft.«

Magnus schloss die Augen. »Mette«, flüsterte er. Frederik hörte den Schmerz in seiner Stimme. Er war sich ziemlich sicher, dass der Pfarrer mehr getan hatte, als nur das Kind zu beerdigen.

»Der Name der Mutter?«, forderte Anna.

Magnus öffnete die Augen wieder. Alles Weiche war daraus verschwunden, sie blickten jetzt dunkel und hart.

»Ich habe geschworen, darüber zu schweigen.«

»Und der Vater?«

»Wie gesagt.« Der Pfarrer hob ihnen die offenen Handflächen entgegen. »Ich darf es nicht verraten.«

»Sagen Sie uns wenigstens, wann es geschehen ist.«

Magnus schien kurz nachzurechnen.

»Es werden jetzt siebenundzwanzig Jahre.«

»Und mehr möchten Sie dazu nicht sagen?«

»Nein. Ich kann es nicht. Sie müssen das verstehen.«

Frederik schaute zur Straße. Er sah, dass Torvald noch in der offenen Tür seines Wagens saß und in sein Notizbuch schrieb, und winkte ihm zu. Der Rechtsmediziner bemerkte die Bewegung und hob den Kopf. Frederik signalisierte ihm, dass er ihn noch einmal brauchte. Torvald legte den Block beiseite und kam mit seinem Arztkoffer zu ihnen zurück.

Frederik deutete auf Sandström.

»Der Pfarrer möchte uns freundlicherweise eine DNA-Probe geben«, sagte er und lächelte Magnus an. »Sie haben doch nichts dagegen?«

Der Pfarrer blinzelte. »Ich wüsste nicht, weshalb das nötig sein sollte.«

»Nur zur Sicherheit. Um die Identität des toten Säuglings zu klären. Und, wenn wir schon einmal dabei sind, um sicherzustellen, dass sich keine Spuren von Ihnen an dem Pullover von Lisbet Larsson befinden, den wir bei Rune Dahlberg sichergestellt haben. Sie sind selbstverständlich nicht dazu verpflichtet, aber ich denke, der Untersuchungsrichter wird nicht zögern, einen entsprechenden Beschluss zu erlassen, wenn Sie sich weigern.«

Er sah Magnus an, dass er ihn in eine Zwickmühle gebracht hatte. Zumindest was Lisbet anging, konnte er die Zusammenarbeit nicht verweigern, ohne sich in höchstem Maß verdächtig zu machen. Frederik überlegte, ob er tatsächlich als Verdächtiger infrage kam. Bisher hatte er den Pfarrer nur als Nebenfigur betrachtet. Aber Magnus kannte die Familie Larsson seit vielen Jahren und wohnte nur ein paar Minuten mit der Fähre entfernt. Frederik hatte persönlich keine Vorurteile, aber in den letzten Jahren hatte man zu viel über die abseitigen Neigungen von Geistlichen gehört, um nicht an diese Möglichkeit zu denken. Magnus schien das bewusst zu sein.

»Ich habe nicht gesagt, dass ich mich weigere. Selbstverständlich tue ich alles, was möglich ist, um Ihnen bei der Aufklärung Ihrer Fälle zu helfen.«

Frederik bemerkte, dass Anna wegen des pathetischen Beiklangs die Augen verdrehte, und bedeutete ihr mit einem knappen Heben der Augenbrauen, sich zurückzuhalten. Sie schien darüber verärgert, protestierte aber nicht.

Torvald Hedlund entnahm seiner Arzttasche ein Glasröhrchen mit einem eingeschraubten Wattestäbchen. Magnus öffnete mit Märtyrermiene den Mund, und Torvald bekam seinen Abstrich.

»Danke.« Er verstaute das Röhrchen wieder in der Tasche. »Braucht ihr sonst noch was von mir?«

»Nein, danke. Sieh bitte zu, dass man sich beim SKL so schnell wie möglich um den Abgleich der Proben kümmert.«

»Keine Sorge.« Der Rechtsmediziner hob zum Abschied die Hand. »Entführungen haben immer Vorrang, erst recht, wenn es um Kinder geht.«

Er lief zurück zu seinem Wagen, verstaute die Sachen im Kofferraum und fuhr in Richtung Hönö davon.

Frederik wandte sich wieder an den Pfarrer. Er war sich alles andere als sicher, dass die wenigen Gewebefetzen, die noch am Leichnam des Kindes hafteten, für eine Bestimmung der DNA ausreichen würden, hatte aber nicht die Absicht, Sandström das wissen zu lassen.

»Sie könnten die Sache abkürzen«, schlug er vor. »Wenn Sie der Vater des toten Säuglings sind, finden wir das ohnehin heraus. Wir würden also eine Menge Zeit sparen, wenn Sie uns die Wahrheit sagten.«

Doch Magnus hatte sich nun wieder unter Kontrolle.

»Ich habe mein Wort gegeben. Meine Lippen sind versiegelt. Die Wahrheit kennt nur der Herr, und er allein ist es, der über mich richtet.«

Dieses Mal hätte Frederik beinahe selbst die Augen verdreht, schaffte es aber gerade noch, seine Mimik im Zaum zu halten. Aus dem Augenwinkel meinte er zu sehen, dass Anna Mühe hatte, sich ein Grinsen zu verkneifen.

»Wie Sie meinen.« Frederik schob die Hände in die Hosentaschen und neigte den Kopf. »Sprechen wir über etwas anderes. Wo waren Sie gestern Abend zwischen neunzehn Uhr dreißig und einundzwanzig Uhr?«

Der Pfarrer runzelte die Stirn.

»Weshalb wollen Sie das wissen? Dieses Kind«, er deutete in die Richtung, in die der Leichenwagen davongefahren war, »ist doch schon viel länger tot.«

Anna gab ihre stumme Zurückhaltung auf.

»Es geht auch nicht um das Kind. Es geht um Rune Dahlberg.«

Frederik beobachtete den Pfarrer genau. Die Überraschung auf seinem Gesicht schien echt.

»Rune?« Magnus' Lippen kräuselten sich. »War er es? Hat er Lisbet entführt?« Ein Flehen trat in seinen Blick. »Wenn Sie etwas wissen, sagen Sie es mir bitte.«

»Wir wissen nichts«, erwiderte Anna schroff. »Es deutet einiges darauf hin, dass Rune Dahlberg der Entführer ist, aber wir können es nicht mit Sicherheit sagen. Fragen können wir ihn ja leider nicht mehr.«

Der Pfarrer kniff die Augen zusammen. »Warum? Ist er abgetaucht?«

»So könnte man es sagen, ja. Jemand hat ihn erschlagen. Er ist tot«, teilte ihm Anna mit.

Magnus schnappte nach Luft und bekreuzigte sich. Dann fuhr seine Hand in die Jackentasche. Mit zitternden Fingern steckte er sich eine Zigarette an. Gierig nahm er einen tiefen Zug und blies den Rauch in einer langen Fahne wieder aus.

»Mein Gott.«

»Wären Sie so freundlich, die Frage zu beantworten?«, bohrte Frederik sanft. »Wo waren Sie gestern Abend?«

»Sie denken doch nicht etwa, dass ich Rune ermordet habe?« Ein weiterer hektischer Zug an der Zigarette, während Magnus versuchte, sich zu sammeln. »Ich war bei Hjördis und Petter, bis gegen sieben, denke ich. Gunhild hatte geklingelt, ich war oben bei ihr und habe kurz mit ihr geredet. Als ich wieder nach unten kam, war Hjördis verschwunden, und Petter hatte ungefähr eine halbe Flasche Aquavit geleert. Er ist am Tisch eingeschlafen. Ich habe noch eine Weile bei ihm gesessen. Dann habe ich das Haus verlassen und bin mit der Fähre zurück nach Öckerö gefahren. Ich wollte Gott nahe sein, deshalb bin ich in die Kirche gegangen. Die halbe Nacht habe ich für Lisbet, Hjördis und Petter gebetet. Irgendwann bin ich nach Hause gelaufen und im Wohnzimmer im Sessel eingeschlafen. Zwischendurch habe ich zweimal nach den Kindern gesehen.

Sie können meine Frau fragen, sie hat mich heute Morgen dort gefunden.«

Frederik holte sein Notizbuch aus der Umhängetasche und schrieb sich ein paar Stichworte auf. Magnus' Aussage deckte sich mit dem, was Hjördis und Petter zu Protokoll gegeben hatten, aber sie würden trotzdem prüfen, ob ihn in der fraglichen Zeit jemand auf Kalvsund oder Öckerö gesehen hatte und ob er auf der Videoüberwachung der Fähre zu entdecken war.

Er dachte nach, sah aber ein, dass sie hier im Augenblick nicht weiterkamen. Ohne die Ergebnisse der Rechtsmedizin und der Spurensicherung fehlte es ihnen an Anhaltspunkten. Das Einzige, was sie tun konnten, war, weiter nach Lisbet zu suchen. Der Gedanke an das Mädchen schnürte ihm die Kehle zu. Welche Angst musste Lisbet ausstehen, wenn sie irgendwo allein an einem dunklen Ort saß, hungrig und durstig und ohne einen Menschen an ihrer Seite, der ihr sagte, dass alles gut werden würde? Wenn es nicht schon zu spät war und ihr etwas widerfahren war, das sich niemals wiedergutmachen ließ.

Hjördis und Petter mussten ebenfalls Höllenqualen leiden. Wenn er sich vorstellte, dass man ihm Emma wegnahm …

Er spürte, wie der Gedanke ihn schwächte, und rieb sich energisch über die Stirn, um ihn zu vertreiben. Anna verspürte wohl ein ähnliches Unbehagen und unternahm einen letzten Versuch, an Magnus' Gewissen zu appellieren.

»Wenn Sie irgendetwas wissen, das uns weiterhilft, sollten Sie es jetzt sagen«, fuhr sie den Pfarrer an. »Sie wollen doch nicht dafür verantwortlich sein, dass einem kleinen Mädchen etwas Schreckliches geschieht?«

Magnus verzog schmerzlich den Mund.

»Ich kann Ihnen nicht helfen, so gern ich es täte. Das müssen Sie mir glauben.«

Frederik sah den Zweifel in Annas Augen, den gleichen, den er selbst auch verspürte, doch es gab nichts weiter zu tun.

Sie verabschiedeten sich und gingen gemeinsam zum Wagen. Anna warf einen Blick zurück und schnaubte.

»Mit den Zehn Geboten nimmt er es wohl nicht so genau. Du sollst nicht lügen ... Pah!« Sie ballte die Fäuste. »Was machen wir denn jetzt?«

Frederik deutete zum Fähranleger.

»Ich fahre zurück nach Kalvsund. Ich will mir das alles noch einmal in Ruhe ansehen. Die Toiletten am Kiosk, wo Lisbet den Fremden getroffen hat. Den Sportplatz und das Haus, in dem man Dahlberg gefunden hat. Den Weg, den Hjördis gegangen ist. Und wir befragen noch einmal die Nachbarn. Irgendjemand muss doch etwas gesehen haben! Ein solches Verbrechen auf einer so kleinen Insel – das kann nicht unbemerkt bleiben.«

Anna stimmte ihm zu und deutete auf den Volvo.

»Ich bringe den Wagen zurück nach Lilla Varholmen und fahre von dort mit der Björkö-Fähre nach Kalvsund. Dann muss ich später nicht über Öckerö und Hönö zurück. Und wir kommen schneller nach Göteborg, wenn es nötig sein sollte.«

»In Ordnung.« Frederik nickte, obwohl ihre Argumentation nicht ganz stichhaltig war. Der Weg über Björkö war zwar kürzer, aber der Zeitgewinn war dahin, wenn sie die Strecke jetzt doppelt fuhr.

Vermutlich wollte sie einfach nur eine Weile allein sein, um die Gedanken an das eingemauerte Kind aus ihrem Kopf zu vertreiben. Ihm war das recht. Er brauchte ebenfalls einen Augenblick, um sich wieder zu fokussieren.

Er sah zu, wie sie in den Dienstwagen stieg und davonfuhr. Anschließend machte er sich auf den Weg zu seinem Boot, das er im Hafen neben der Fähre festgemacht hatte. Kurz bevor er dort ankam, klingelte sein Smartphone. Es war einer der Kollegen von der Spurensicherung.

»Nur schon mal ein kurzer Bericht vorab«, sagte er. »Wir haben festgestellt, dass einer der Geräteschuppen auf dem Sportplatz aufgebrochen worden ist. Dort haben wir Spuren sichergestellt, die sich eindeutig Carl Kroon zuordnen lassen. In dem Haus, in dem der Tote lag, gab es allerdings keine, zumindest können wir es bisher noch nicht sagen. Das muss aber nichts heißen. Es sieht so aus, als hätte er sich im Schuppen länger aufgehalten. Vermutlich hat er dort übernachtet. Für den Mord dagegen müsste er das Haus nur kurz betreten haben. Wenn er dann noch Handschuhe getragen hat …«

Der Mann sprach nicht weiter, aber Frederik verstand auch so, was er meinte: Kroon konnte einfach Glück gehabt haben, dass er keine Hinweise auf seine Anwesenheit hinterlassen hatte. Oder er war tatsächlich nicht dort gewesen.

Es ärgerte ihn, dass Kroon sie offenbar ausgetrickst hatte. Hielt er sich womöglich immer noch auf Kalvsund auf? Wenn er es geschickt anstellte und regelmäßig sein Versteck wechselte, könnte er ihnen allen Anstrengungen zum Trotz durchs Netz gegangen sein. Aber mehr, als ihn zu suchen, konnten sie ja nicht tun.

»Was ist mit Lisbet? Gibt es auch Spuren von ihr? In der Hütte? Oder im Geräteschuppen?«

»Bisher nicht, aber wir sind auch noch längst nicht durch.«

»Okay.«

Er bedankte sich bei dem Kollegen und steckte das Telefon wieder in die Tasche. Dann ging er weiter. Das Meer glitzerte verheißungsvoll im hellen Sonnenlicht, doch ihm war, als marschierte er geradewegs auf den Unterweltfluss Styx zu – *Wasser des Grauens …*

Nachdem er das Boot im südlichen Hafen von Kalvsund festgemacht hatte, ging er eine Runde über die Insel.

Am Kiosk und in den Häfen war viel Betrieb, zahllose Boote lagen vor Anker, Freizeitskipper und Urlaubsgäste saßen auf den Holzbänken, verspeisten Eis und Snacks und genossen die Sommersonne. Kinder spielten auf dem kleinen Spielplatz. Es war eine entspannte, behagliche Atmosphäre, das typische Sommeridyll auf den Göteborger Schären. Trotzdem fehlte etwas von der Leichtigkeit, die man für gewöhnlich hier empfand. Jeder wusste, was geschehen war, und unter der Oberfläche lauerte die Angst, vielleicht auch ein wenig Sensationsgier. Die Eltern behielten ihre Kinder besser im Auge als sonst. Die Jugendlichen umringten das Polizeiboot, das im Hafen lag.

Ähnlich viele Menschen mussten auch am Mittsommerabend hier gewesen sein, als Lisbet den fremden Mann neben den Toiletten gesehen hatte. War es Kroon gewesen? Oder nur ein Betrunkener, der gar nichts von ihr gewollt hatte?

Frederik kaufte sich eine Flasche Wasser und schlenderte dann den schmalen, zu beiden Seiten mit dichtem Gestrüpp bewachsenen Weg zum Sportplatz entlang. Das blau-weiße Flatterband hatte man wieder entfernt, nur die Löcher im Rasen waren noch zu sehen, wo die Kriminaltechniker ihre Scheinwerfer aufgestellt hatten. Das gesamte Gelände war menschenleer. In einer anderen Situation hätte Frederik die Stille und den Blick über das Kattegat als beruhigend empfunden, doch nun erschien ihm die Stimmung drückend. Er trat auf die Veranda des Holzhauses, in dem man Rune gefunden hatte. Die Tür war wieder verriegelt, ein stabiles Schloss hing davor, genau wie vor dem Geräteschuppen, in dem Spuren von Carl Kroon entdeckt worden waren.

Frederik versuchte, sich das Szenario vorzustellen.

Am Freitagnachmittag war Kroon mit der Fähre nach Kalvsund gefahren. Der Grund dafür konnte eigentlich nur sein, dass er zu Dahlberg gewollt hatte. Generell war die kleine Schäre für einen Mann auf der Flucht kein besonders geeigneter Ort. Vermutlich war ihm Rune noch etwas schuldig. Kroon hatte ja nichts. Er brauchte Geld, wenn er über die Runden kommen wollte.

Hatten die beiden daraufhin den Plan entwickelt, Lisbet zu entführen und Hjördis zu erpressen? Oder war Kroon am Kiosk gewesen, hatte Lisbet dort entdeckt und sie verfolgt, bis er sie am nächsten Tag in die Finger bekam, weil er seinen Trieb einfach nicht kontrollieren konnte?

Frederik verließ den Sportplatz und ging an den großen, fast protzigen Neubauten vorbei zurück zum Hafen. Dort wandte er sich nach Süden und erreichte kurz darauf die Treppe, die zum Valen hinaufführte. Sie war steil, aber der Aufstieg lohnte sich. Von oben hatte man einen herrlichen Blick über die Insel und den Göteborger Schärengarten.

Es gab einfach zu viele Möglichkeiten; auch Rune könnte das Mädchen im Alleingang entführt haben, weil ihn Kroons Auftauchen derart unter Druck gesetzt hatte, dass er ein Ventil brauchte. Oder die beiden hatten überhaupt nichts mit der Entführung zu tun, und Rune war bloß ein Trittbrettfahrer. Vielleicht hatte er gar nicht gewusst, wo Lisbet war, sondern Hjördis nur etwas vorgemacht.

Frederik stieg die alte Treppe auf der anderen Seite des Hügels hinunter und schlängelte sich an den Gärten entlang, bis er zu Runes Haus kam. Der Verschlag, hinter dem sie Lisbets Pullover entdeckt hatten, stand genau an der Grundstücksgrenze. Frederik betrachtete den Spalt zwischen Hütte und Zaun. Jeder hätte den Pullover dort verstecken können. Man brauchte dazu nicht einmal das Grundstück zu betreten.

Er öffnete die Wasserflasche und trank sie zur Hälfte leer. Der Schweiß stand ihm auf der Stirn, und in seinem Inneren rumorte es.

Petter stand seit Samstagnachmittag unter Beobachtung und hatte das Haus seitdem nicht verlassen. Aber wenn er derjenige war, der Lisbet entführt hatte, hätte er Rune den Pullover auch schon am Vormittag unterschieben können. Jeder auf der Insel kannte schließlich Runes Geschichte. Er war der perfekte Sündenbock.

Doch würde Petter seine Tochter wirklich so lange allein lassen? Selbst wenn er sie mit Getränken und Nahrungsmitteln versorgt hatte, müsste er doch das Bedürfnis verspüren, nach ihr zu sehen. Es sei denn, es gab einen Komplizen, von dem sie noch gar nichts wussten.

Die beiden Jungen rangelten um die Schachtel mit den Frühstücksflocken, und das Ende vom Lied war, dass der Karton entzweiriss und die Cornflakes sich über die Tischplatte verteilten. Der Krug kippte um, und sofort entstand ein Milchsee, in dem die Flocken schwammen. Ein dünnes Rinnsal lief zur Kante, tropfte auf den Boden und auf das Kleid seiner Tochter, die aufschrie und ihre Brüder zu beschimpfen begann.

Normalerweise hätte Knut die beiden scharf zur Ordnung gerufen, sie das Malheur beseitigen lassen und sie anschließend ohne Frühstück auf ihre Zimmer geschickt, damit sie bis zum Mittag darüber nachdenken konnten, wie man sich bei Tisch benahm. Heute aber stand er nur auf, strich seiner Tochter tröstend übers Haar und nahm den Lappen von der Spüle.

»Hört auf zu streiten«, sagte er. »Es gibt genügend Cornflakes und Milch für alle. Und der Fleck geht mit ein bisschen Wasser und Seife raus.«

Die Kinder, die mit der üblichen Standpauke gerechnet hatten, verstummten erstaunt. Knut suchte den Blick seiner Frau und sah, dass sie verstand, was in ihm vorging.

Was im Haus nebenan geschehen war, hatte auch ihn berührt. Der Gedanke, dass ein Kind von einem Moment auf den anderen einfach verschwinden konnte, machte ihm Angst. Dass seine Kinder gesund und unversehrt waren, ließ Dinge wie verschüttete Milch und Cornflakes, die ihn noch vor zwei Tagen unweigerlich auf die Palme gebracht hätten, mit einem Mal vollkommen unwichtig erscheinen.

Er hielt eine Plastikschüssel an die Tischkante und wischte Milch und aufgeweichte Cornflakes mit dem Lappen hinein. Seine Frau stand auf, holte eine neue Schachtel Frühstücksflocken aus dem Schrank und füllte den Krug wieder mit Milch.

Knut beförderte die Pampe aus der Schüssel in den Müll und sah nebenbei aus dem Fenster.

Im Haus gegenüber ging die Tür auf, und Petter trat heraus. Er war nie ein imposanter Mann gewesen, aber jetzt wirkte er noch blasser und schmaler als gewöhnlich. Die sonst stets ordentlich gekämmten blonden Haare hingen ihm wirr um den Kopf, und die Brille saß schief. Er schien in den letzten vierundzwanzig Stunden um Jahre gealtert zu sein. Ein wenig unschlüssig rieb er die Hände an der Hose und kam dann auf Knuts Haus zu.

Normalerweise war er ein gern gesehener Gast, ein freundlicher und umgänglicher Mann, mit dem man gut bei ein, zwei Flaschen Leichtbier am Kamin oder auf der Terrasse sitzen und über Boote und Segeltouren fachsimpeln konnte. Petter war handwerklich unbegabt und konnte kaum etwas am Boot selbst machen, aber er kannte die schönsten Routen und hübsche, einsam gelegene Schären, auf denen man ganze Tage verbringen konnte, ohne dass eine Menschenseele auch nur in die Nähe kam.

Doch heute wollte Knut ihn nicht im Haus haben. Als ob das Schicksal, das die Familie Larsson ereilt hatte, ansteckend wäre. Rasch trocknete er sich die Hände am Geschirrtuch ab.

»Petter ist auf dem Weg zu uns. Ich gehe und frage ihn, was er will«, informierte er seine Frau. Sie versteifte sich augenblicklich und nickte, sie wollte wohl auch nicht, dass Petter sein Leid in ihre Küche trug.

Knut öffnete die Tür, als Petter gerade die Hand hob, um anzuklopfen.

»Petter.« Knut legte ihm kurz die Hand auf die Schulter. Es mangelte ihm nicht an Mitgefühl, aber er war nicht gut darin, so etwas in Worte zu kleiden.

»Knut.« Petter schien die kleine Geste zu genügen. Er nahm seine Brille ab und putzte sie geistesabwesend mit einem Zipfel seines Hemds, das nachlässig aus der Hose hing. Noch ein Indiz dafür, dass in Petters Welt nichts mehr in Ordnung war. Gewöhnlich war er stets korrekt gekleidet, selbst wenn er nur mit dem Boot hinausfuhr, ein typischer Buchhalter eben.

»Ich habe ein kleines Problem«, sagte er schließlich und setzte die Brille wieder auf.

Knut merkte, wie er sich verspannte. Man hatte noch nicht viele Informationen darüber, was eigentlich geschehen war, und persönlich konnte er sich auch nicht vorstellen, dass Petter etwas mit Lisbets Verschwinden zu tun hatte, aber was wusste man schon? Auf keinen Fall wollte er in irgendeine ungute Sache hineingezogen werden.

»Mir ist da beim Manövrieren ein Missgeschick passiert«, erklärte Petter. »Ich habe einen Felsen unter der Wasseroberfläche gerammt. Hat ein ziemliches Loch ins Boot gerissen. Ich dachte, du könntest dir das vielleicht mal ansehen.«

»Klar.« Knut lächelte. Die ganze Anspannung hatte sich mit einem Schlag aufgelöst. Petters Besuch hatte überhaupt nichts mit Lisbet zu tun. Knut wollte sich gerade in Bewegung setzen, als ihm aufging, wie seltsam dies doch war. Petter hatte doch wohl andere Sorgen.

Sein Nachbar las ihm die Gedanken offenbar von der Stirn ab.

»Du findest vielleicht, das sei jetzt nicht wichtig, aber ich kann einfach nicht die ganze Zeit darüber nachgrübeln, was mit Lisbet passiert ist. Ich werde sonst noch verrückt.«

Knut nickte. Das konnte er verstehen. Er selbst hätte es wahrscheinlich nicht anders gemacht. Wenn einem der Kopf zu platzen drohte, musste man sich irgendwie ablenken.

Er zog die Haustür hinter sich zu und legte Petter kameradschaftlich den Arm um die Schultern.

»Komm. Wir schauen uns das an.«

Die Sache mit dem Boot ging Frederik nicht aus dem Kopf. Er war sich einigermaßen sicher, dass Petter gelogen hatte. Entweder war er gestern Morgen überhaupt nicht mit der Jolle draußen gewesen, oder er war weitaus früher zurückgekommen, als er behauptet hatte. Wäre er tatsächlich erst gegen Mittag zurückgekehrt, hätte das Innere des Segelboots noch nass sein müssen. Selbst in der Sommerhitze konnte eine Kajüte nach dem Eindringen von Wasser durch ein solches Loch, wie es Petters Boot aufwies, innerhalb von so kurzer Zeit nicht vollständig abtrocknen, davon war er überzeugt.

Was ihn zu der zweiten Frage führte, wie der Schaden überhaupt entstanden war. Es erschien ihm mehr als unwahrscheinlich, dass ein erfahrener Segler in einem Gewässer, das ihm vertraut war, versehentlich auf einen Felsen auffuhr. Er müsste schon erheblich abgelenkt – oder vollkommen mit den Nerven am Ende gewesen sein.

Weil er am Morgen nicht, wie er behauptet hatte, allein losgefahren war, sondern die Tochter mitgenommen und sie in irgendein Versteck gebracht hatte? Das könnte erklären, warum er unkonzentriert gewesen war und einen groben Fehler bei den Segelmanövern begangen hatte. Und weshalb er nun alles daransetzte, diesen Umstand zu vertuschen.

Frederik nahm sein Smartphone aus der Tasche und rief wieder einmal die Kollegen von der Spurensicherung an. Er hatte Glück, sie waren vor ein paar Minuten mit der Fähre in Lilla Varholmen angelangt und erst ein paar Kilometer in Richtung Göteborg gefahren. Er bat sie, noch einmal umzukehren und nach Kalvsund zu kommen.

Er musste wissen, ob es Spuren von Lisbet in Petters Boot gab, auch wenn es schwierig wäre, nachzuweisen, dass sie frisch waren. Immerhin war Petter wohl öfter mit Lisbet hinausgefahren. Aber sie mussten es zumindest versuchen. Auch wenn Kroon nach allem, was sie momentan wussten, mit größter Wahrscheinlichkeit der Täter war – sowohl für die Entführung als auch für den Mord an Dahlberg. Sie durften einfach keine Möglichkeit außer Acht lassen.

Knut sah sofort, dass da nicht viel zu machen war. Das Loch war zu groß, als dass er es mit seinem Material und seinen Werkzeugen flicken könnte. Trotzdem nahm er sich Zeit. Er ging um das Boot herum, klopfte gegen die Außenhaut und schaute sorgfältig unter den Rumpf. Anschließend kletterte er in die Bilge und von dort in die Kajüte. Er wollte Petter nicht auf der Stelle wieder nach Hause schicken, wo er doch nur herumsitzen und grübeln würde. Lieber blieb er eine Weile mit ihm an der frischen Luft und fachsimpelte ein wenig, um ihn mit anderen Dingen zu beschäftigen.

Er betastete prüfend die Bootswand um das Loch herum und das Holz in der Kajüte, sah dann aber ein, dass er kaum vorgeben konnte, die Sache würde ihn länger als zehn Minuten beschäftigen. Seufzend kroch er wieder aus der Kajüte und sprang vom Boot auf den nackten Felsen.

»Tut mir leid«, sagte er. »Aber damit musst du in die Werft. Das kann ich hier nicht machen.«

Petter nickte, als hätte er nichts anderes erwartet. Sein Blick war trüb, als er an Knut vorbei aufs Meer hinaussah.

»Ich wünschte, ich könnte die Zeit zurückdrehen. Zwei Tage nur. Ist das zu viel verlangt?« Er nahm die Brille ab und wischte sich über die Augen. »Wenn ich nur noch einmal die Chance hätte. Ich würde alles anders machen.« Ein Schluchzen schüttelte ihn.

Knut spürte, wie sich sein Magen verknotete. Was sagte Petter da? War er etwa doch derjenige, der Lisbet entführt hatte, warum auch immer? Knut konnte sich keinen vernünftigen Grund dafür vorstellen, aber was hieß das schon? Oder war es etwa noch schlimmer? Hatte er das Mädchen womöglich getötet? Ihm wurde ganz heiß.

Die Fragen brannten ihm auf den Lippen, doch er schaffte es nicht, sie Petter zu stellen. Weil er die Antwort nicht hören wollte. Sie waren Nachbarn, pflegten so etwas wie eine lockere Freundschaft, aber sie waren immer auf Distanz geblieben, hatten einander nie ihre Gedanken, Träume und Erinnerungen anvertraut. Weil sie es nicht wollten, es lag ihnen beiden nicht. Wie sollte er jetzt damit umgehen, wenn Petter ihm ein Verbrechen gestand? Einen Mord womöglich!

Er hätte beinahe laut geseufzt vor Erleichterung, als er die kleine Gruppe bemerkte, die auf sie zukam. So korrekt gekleidet, dass es sich nur um Polizeibeamte handeln konnte, und mit einem Handwagen, auf dem mehrere silberne Koffer standen.

An der Spitze ging ein bescheiden wirkender Mann, schlicht gekleidet mit hellen Chinos und einem grauen Hemd, kurzen blonden Haaren und Dreitagebart.

Petters Augen weiteten sich erschrocken, als er vor ihm stehen blieb.

»Habt ihr sie gefunden?«

»Nein. Bisher nicht.« Der Mann wies auf die Jolle. »Wir würden uns gern Ihr Boot näher ansehen, wenn Sie nichts dagegen haben.«

Petter blinzelte und setzte die Brille wieder auf. Ihm war offenbar nicht ganz wohl bei der Sache.

»Wenn Sie meinen, es hilft.«

»Wir werden sehen.« Der Polizist machte seinen Kollegen ein Zeichen. Die schlüpften in weiße Schutzanzüge und fingen damit an, das Innere der Jolle zu untersuchen. Einer wandte sich an Petter.

»Wir bräuchten auch eine DNA-Probe von Ihnen. Damit wir Ihre Spuren von möglichen anderen unterscheiden können.«

Petter öffnete folgsam den Mund, und der Beamte fuhr mit einem Wattestäbchen an der Innenseite der Wangen entlang, bevor er es wieder in das Plastikröhrchen schraubte. Knut trat zu dem Mann, den er für den Leiter der Truppe hielt.

»Sie werden wohl auch von mir eine Probe brauchen. Ich habe mir das Boot gerade angesehen, wegen des Lecks.«

Der Kollege mit dem Röhrchen holte ein zweites aus seinem Koffer und wiederholte die Prozedur bei Knut.

»Danke.« Der Chef hielt ihm die Hand hin. »Frederik Forsberg, Reichspolizei Göteborg. Darf ich Ihnen ein paar Fragen stellen?«

»Äh. Ja. Sicher.« Knut fühlte sich ein wenig überrumpelt, sah aber auch nicht, was er dagegen einwenden sollte.

»Sie helfen Herrn Larsson öfter mit dem Boot?«

Knut nickte.

»Wann hat er sich denn wegen des Lecks an Sie gewandt?« Der Beamte deutete auf das Loch im Rumpf.

»Gerade eben. Also vor einer halben Stunde ungefähr. Er kam herüber, als wir beim Frühstück saßen.«

»Haben Sie sich das Boot in den letzten Tagen einmal angesehen?«

»Nein. Es lag die ganze Woche an seinem Platz, soweit ich mich erinnere.«

»War es abgedeckt?«

»Nein. Oder …« Er warf einen raschen Blick zu Petter. Hatte er ein Nicken angedeutet? Oder war das nur Einbildung? »Wahrscheinlich doch«, korrigierte er sich. »Das ist es meistens. Petter ist da sehr sorgfältig.«

Petter wirkte erleichtert.

Der Beamte schien nachzudenken.

»Sie kennen die Tochter der Larssons? Lisbet?«

»Sicher. Unser Mittlerer ist im selben Alter. Die beiden waren früher oft zusammen unterwegs.«

»Jetzt nicht mehr?«

Knut grinste verlegen.

»Nein. Die Pubertät, Sie wissen schon. Da wollen die Jungs nicht mehr mit den Mädchen spielen. Uns war das ganz recht …« Er biss sich auf die Zunge und schielte zu Petter hinüber. Er hatte sich doch vorgenommen, den Mund zu halten. Keiner sollte wissen, was er heimlich gedacht hatte, schon gar nicht Petter und Hjördis. Doch der Polizist hatte sofort Witterung aufgenommen.

»Sie haben es nicht gern gesehen, dass die beiden etwas gemeinsam unternahmen?«

Knut schob die Hände in die Hosentaschen. »So kann man das nicht ausdrücken.«

Petters Augen verengten sich.

»Ihr habt doch immer gesagt, ihr freut euch, wenn sie rüberkommt. Stimmt das jetzt auf einmal nicht mehr?«

Knut begann zu schwitzen. Es war nicht seine Art, sich in die Angelegenheiten anderer einzumischen, und er legte Wert auf gute Nachbarschaft. Keinesfalls wollte er es sich mit Petter und Hjördis verderben. Aber er konnte den Polizisten auch nicht anlügen, der ihn aufmerksam musterte. Seine Augen schienen ihm direkt in den Kopf hineinzuschauen.

»Na ja. Sie war manchmal reichlich wild, und ständig hat sie die Jungs zu irgendwelchem Unsinn angestiftet.« Jetzt wurde er wütend, weil ihn Petter in diese unangenehme Situation brachte. »Du ziehst es ja vor, wegzuschauen und nur das zu sehen, was dir gefällt. Deinen hübschen, süßen Engel. Aber frag mal Hjördis. Wenn du nicht da bist, tanzt Lisbet ihr auf der Nase herum. Sie kann ein ganz schönes Biest sein, auch wenn du das nicht wahrhaben willst.«

Aus Petters Gesicht wich alle Farbe.

»Ich wusste nicht, dass du so denkst.« Er schüttelte traurig den Kopf. »Aber natürlich. Man sucht die Schuld ja immer gern bei den anderen. Deine Söhne dagegen sind wohl die reinsten Unschuldslämmer.«

Knut presste die Lippen zusammen. Hatte Petter recht, und er sah die Sache wirklich zu einseitig?

»Du hast recht. Entschuldige.« Er schaute auf seine Schuhe. »Das ist wohl so bei Eltern. Die eigene Brut wird bis aufs Messer verteidigt.«

»Das zeigt nur, dass Sie beide Ihre Kinder lieben«, konstatierte der Kommissar mit Wärme.

»Ja, so ist es wohl«, gab Knut zu. Er sah verlegen zu Petter und hielt ihm die Hand hin. Petter zögerte kurz, schlug dann aber ein. Das Nachbarschaftsverhältnis war offenbar noch nicht nachhaltig zerrüttet.

»Wann haben Sie Lisbet denn das letzte Mal gesehen?«, fragte der Polizist.

Knut musste nicht lange nachdenken.

»Am Mittsommerabend. Freitag. Wir haben uns auf dem Platz am Kiosk getroffen, unsere Familien meine ich. Petter und ich haben ein oder zwei Bier zusammen getrunken. Danach mussten wir weg, wir hatten noch eine Einladung auf dem Festland, bei den Eltern meiner Frau. Wir haben dort auch den Mittsommertag verbracht und sind erst heute Morgen zurückgekommen. Da haben wir dann erfahren, was passiert ist.«

Das Mitleid mit Petter überschwemmte ihn plötzlich, und er legte ihm eine Hand auf die Schulter.

»Es tut mir wirklich leid.«

»Schon gut.« Petter fuhr sich über Nase und Mund. Plötzlich schwankte er leicht, und dann kippte er einfach um. Knut konnte ihn gerade noch auffangen.

»Kommen Sie.« Der Kommissar legte sich Petters anderen Arm über die Schultern. »Wir bringen ihn ins Haus.«

Während sie ihn über die Steine schleiften, überlegte Knut, ob er dem Polizisten erzählen sollte, was Petter ihm gesagt hatte, ehe die Beamten aufgetaucht waren. Aber er würde ihn damit in Schwierigkeiten bringen, und es konnte doch wohl nicht wirklich sein, dass Petter etwas mit der Sache zu tun hatte? Bestimmt hatte er etwas ganz anderes gemeint, und Knut hatte ihn nur falsch verstanden. Es war nicht recht, ihn aufgrund einer schwachen Vermutung in Verdacht zu bringen. Er würde erst in Ruhe mit Petter unter vier Augen reden. Wenn der dann seine Zweifel nicht ausräumen konnte, würde er zur Polizei gehen. Aber bis dahin wollte er schweigen.

Als sie Petter, der wieder zu Bewusstsein gekommen war, zum Haus führten, tauchte auch Anna auf. Mit schnellen Schritten kam sie auf die Männer zu.

»Was ist passiert?«

»Kreislaufkollaps«, sagte Frederik. Er wusste nicht, ob es etwas zu bedeuten hatte, doch die Untersuchung des Bootes schien Petter nervös gemacht zu haben. Oder waren es vielmehr die offenen Worte des Nachbarn, die sein allzu rosiges Bild von der Tochter angekratzt hatten? Wenn sie wirklich ein solcher Wildfang war, wie der Nachbar meinte, konnte man auch nicht ausschließen, dass sie doch einfach weggelaufen war. Wären da nicht Carl Kroon, von dem nach wie vor jede Spur fehlte, die Erpressung und der Mord an Rune Dahlberg. So wie sich die Sache zurzeit darstellte, hatte Kroon das Mädchen entführt und Rune genötigt, die Mutter um Geld anzugehen, mit dem er seine Flucht finanzieren wollte. Anschließend hatte er Rune erschlagen, die wertvollen Stücke an sich gebracht und war geflohen.

Aber Frederik war zu lange Polizist, um dem reinen Anschein zu trauen. Was unter der Oberfläche lag, sah oft ganz anders aus, als man es sich vorstellte.

Hjördis schlug die Hände vor den Mund, als die Männer Petter hereinbrachten und ihm halfen, sich im Wohnzimmer aufs Sofa zu legen. Knut verabschiedete sich eilig und verschwand durch die Hintertür. Frederik sah durch das Fenster, wie er zu seinem eigenen Haus eilte, zurück in die Welt, die nicht aus den Fugen war.

»Habt ihr etwas Neues?« Hjördis krallte die Finger in die Schürze, die sie trug. Sie versuchte wohl, sich mit Kochen oder Backen abzulenken. »Da auf Öckerö in der Kirche? Hatte das etwas mit Lisbet zu tun?«

Frederik wunderte sich nicht. In den kleinen Küstenorten und auf den Schären sprachen sich Neuigkeiten immer schnell herum. Irgendjemand hatte bestimmt Hjördis angerufen und ihr von dem Aufruhr auf Öckerö berichtet.

»Im Augenblick deutet nichts darauf hin«, entgegnete er und fand selbst, dass es steif klang. Aber was sollte er sonst sagen?

Hjördis verließ das Zimmer und kam wenig später mit einem dampfenden Becher zurück, den sie Petter hinhielt.

»Trink das.«

Ihr Mann gehorchte. Hjördis wandte sich wieder an Frederik.

»Wie kann es sein, dass ihr immer noch keine Spur von ihr gefunden habt?«

Plötzlich senkte sich eine bleierne Müdigkeit über Frederik.

»Wir tun alles Menschenmögliche, das kann ich Ihnen versichern.«

Hjördis rollte mit den Augen.

»Was dabei herauskommt, haben wir ja gesehen.«

Frederik verstand, dass es die Angst war, die sie um sich schlagen ließ. Er wusste auch, dass es wenig Sinn hatte, zu diskutieren. Er konnte nichts weiter tun, als seine Arbeit zu machen.

»Wir bräuchten noch eine Speichelprobe von Ihnen.«

Nun sprühten die blauen Auge Blitze. »Von mir? Wollt ihr mir jetzt unterstellen, ich hätte etwas mit der Sache zu tun?«

Frederik hob beschwichtigend die Hände.

»Wir brauchen sie zum Abgleich. Wir wissen ja, dass Sie sich an der Hütte auf dem Sportplatz mit Rune getroffen haben, um ihm das Geld und den Schmuck auszuhändigen. Mit der Probe können wir Ihre Spuren ausschließen und herausfinden, wer außer Ihnen noch dort war.«

Hjördis strich ihre Schürze glatt.

»So? Dann habe ich natürlich nichts dagegen. Aber ich kann euch auch so sagen, wer Rune das Licht ausgeknipst hat. Das war dieser Gewaltverbrecher, der Lisbet entführt hat. Kroon, so heißt er doch, nicht wahr? Carl Kroon.« Sie spie den Namen aus wie bittere Galle.

»Das scheint nach dem, was wir bisher wissen, in der Tat die wahrscheinlichste Erklärung zu sein«, gab Frederik zu und war sich dabei durchaus bewusst, dass er in einen fürchterlich bürokratischen Polizeijargon verfiel. »Aber wir müssen in alle Richtungen ermitteln.«

Anna, die zwischenzeitlich den Raum verlassen hatte, kam mit einem der Spurentechniker zurück, bei dem Hjördis nun bereitwillig ihre Speichelprobe abgab. Frederik bedankte sich und ging mit den Kollegen nach draußen.

Anna sah dem weiß gekleideten Beamten hinterher, der zu Petters Boot lief, wo seine Kollegen noch bei der Arbeit waren.

»Was erhoffst du dir davon?«

»Ich möchte wissen, ob Lisbet in letzter Zeit auf dem Boot war.« Er erklärte, was er sich auf der Fähre nach Kalvsund überlegt hatte.

Anna warf einen Blick zurück zum Haus.

»Warum gehen wir nicht wieder rein und nehmen Petter in die Mangel, wenn du glaubst, dass er Lisbet entführt hat und danach so durcheinander war, dass er gegen einen Felsen gesegelt ist?«

Frederik schaute sie an. Sie war bis in die Haarspitzen angespannt. Ihre Augen funkelten.

»Mir wäre es lieber, wir hätten erst ein paar Beweise in der Hand. Außerdem ist er nicht vernehmungsfähig. Er hatte gerade einen Schwächeanfall.«

Anna schnaubte. »Bist du immer so korrekt?«

»Ja.« Mehr sagte er nicht, hätte ihr aber ebenso gut eine Standpauke halten können. Die Wirkung war dieselbe.

Sie schlug die Augen nieder und starrte auf ihre Schuhspitzen.

»Du weißt es, nicht wahr? Du hast meine Personalakte gelesen.«

»Nein.« Auch dieses Mal beschränkte er sich auf das eine Wort. Fragte nicht, was er dort erfahren haben könnte und warum sie sich offenbar davor fürchtete. Sie würde es ihm von sich aus sagen. Er wusste nicht genau, woran es lag, aber er hatte irgendetwas an sich, das andere Menschen dazu brachte, ihm ihr Herz auszuschütten, auch wenn sie es eigentlich gar nicht geplant hatten. Ganz zu schweigen davon, ob er es wollte.

Sie war überrascht. »Warst du nicht neugierig auf deine neuen Kollegen?«

Er gab ihr dieselbe Antwort wie Birger: »Doch. Aber ich ziehe es vor, mir selbst ein Bild zu machen.«

Anna verschränkte die Arme.

»Du bist ein komischer Kauz.« Sie legte den Kopf schief. »Wie kommt es, dass man dir ein solches Team gibt, hm? Was hast du verbockt?«

Frederik spürte den Schmerz, der sich wie Säure durch seinen Körper brannte.

»Ich habe es nicht geschafft, den Mann hinter Gitter zu bringen, mit dessen Waffen meine Partnerin und unser ganzes Team ausgelöscht wurden.«

Annas Gesichtszüge entgleisten.

»Was?« Sie keuchte. »Scheiße.« Ihr schien ein Licht aufzugehen. »Dieser große Prozess gegen Arvid Ekström und seine Waffenschieberfreunde. Drei Jahre internationale Ermittlungen. Das war dein Fall?«

»Ja.«

Anna schüttelte den Kopf. »Wie erträgst du das nur?«

Frederik biss die Zähne zusammen.

»Gar nicht. Ich versuche, es zu verdrängen.«

Für einen Moment wurde ihr Blick weich.

»Mann! Und ich dachte, *meine* Probleme wären heftig.«

Frederik lächelte flüchtig. So konnte man sich täuschen. Dabei wusste sie das Schlimmste noch gar nicht. Dass Ekström nicht nur sein erbitterter Feind, sondern auch der Ehemann seiner großen Liebe war – Lea, Emmas Mutter. Er musste sich zwingen, jetzt nicht daran zu denken, sonst konnte er sich nicht mehr auf den aktuellen Fall konzentrieren.

»Du musst mir nichts erzählen.«

Anna zupfte an ihrem Jackenärmel.

»Die Kurzfassung: Ich hatte was mit meinem Chef in Malmö. Dachte, es wäre was Ernstes. Er hat mich überredet, etwas für ihn zu tun. Etwas sehr Dummes ...«

Weiter kam sie nicht, weil das Smartphone in seiner Tasche vibrierte. Er riss es heraus und hob die Hand, um sie zu stoppen, ehe er das Gespräch annahm. Vielleicht gab es endlich eine Spur von Lisbet.

16

Die Luft im Zimmer war abgestanden und schal. Sie schüttelte die Kissen aus, doch der Geruch des Todes schien immer noch darin zu hängen. Dabei war es schon zwei Wochen her, dass sie die Großmutter zu Grabe getragen hatten. Endlich.

Niemals hätte sie geglaubt, dass die alte Frau so lange durchhalten würde. Ihr ganzer Körper war vom Krebs zerfressen. Sie bestand nur noch aus Haut und Knochen, ihr Gesicht glich schon seit Jahren einer Totenmaske. Aber sie war zäh. Von früh bis spät hatte sie sie auf Trab gehalten, damit sie ihr Tee brachte oder eine neue Tropfflasche mit Schmerzmitteln an dem Galgen neben dem Bett aufhängte. Ständig war irgendetwas zu tun, die Decke war nicht glatt genug, irgendwo lag ein Stäubchen herum, oder die Blumen auf dem Fensterbrett mussten gegossen werden. Wenn ausnahmsweise einmal alles zu ihrer Zufriedenheit war, wollte sie aus der Bibel vorgelesen bekommen.

Mittlerweile konnte sie ganze Passagen auswendig, doch sie gefielen ihr nicht. Immer ging es um Sünden, um Buße und Vergeltung. Ob ihre Großmutter etwas geahnt hatte? Gesagt hatte sie nie etwas, doch ihre Augen hatten sie aufmerksam verfolgt, und manchmal hatte sie seltsame Fragen gestellt.

Sie hatte angefangen, das Gefängnis zu hassen, zu dem dieses Haus geworden war. Wahrscheinlich hätte sie einfach gehen sollen, gleich nachdem sie volljährig geworden war. Stattdessen war sie geblieben, um weiterhin in seiner Nähe zu sein.

Noch immer waren es gestohlene Stunden. Sie konnten nicht voneinander lassen, doch er schaffte es nicht, sich von seiner Frau zu trennen. Wie oft hatte er schon versprochen, ihr endlich die

Wahrheit zu sagen? Jedes Mal hoffte sie, und jedes Mal wurde sie enttäuscht. Immer gab es irgendeinen Grund, weshalb er es nicht tun konnte.

Manchmal argwöhnte sie, dass er überhaupt nicht die Absicht hatte, sich zu ihr zu bekennen. Sie hatte es ihm auch schon direkt ins Gesicht gesagt. Doch dann beteuerte er, wie sehr er sie liebte, und sie ließ sich wieder und wieder erweichen. Sie solle sich nur noch ein wenig gedulden, hatte er gebettelt.

Zornig warf sie die Kissen zurück aufs Sofa und riss das Fenster auf. Die salzige Meeresluft, die hereinströmte, vertrieb den muffigen Geruch und die düsteren Gedanken. Sie schaute über das Wasser und dachte an die letzte Nacht, die sie zusammen verbracht hatten. Es waren einfach die wunderbarsten Momente ihres Lebens.

Sie würde ihm ein Ultimatum stellen. Er musste sich endlich entscheiden. Sonst würde sie ihn verlassen, egal, wie schwer es ihr fiel. Es war Zeit, ein eigenes Leben zu beginnen. Wenn nur die Sehnsucht nicht so groß wäre ...

Er hatte schon immer für Gerechtigkeit kämpfen wollen, schon als kleiner Junge. In seiner Heimat geschah so viel Unrecht. Seine Eltern waren ermordet worden, weil sie Kritik am Regime geäußert hatten, und seine große Schwester, bei der er aufgewachsen war, wagte sich kaum aus dem Haus vor Angst. Monatelang hatte er mit Engelszungen auf sie eingeredet, bis er sie endlich überzeugt hatte, dass es nur einen Ausweg gab. Damals war er gerade sechzehn geworden.

Sie hatten alles verkauft, um das Geld für die Flucht zusammenzukratzen. Um dann auf einem vollkommen überfüllten Schrottkahn durch das Mittelmeer zu fahren, der nirgendwo anlegen durfte. Nie würde er die Schreie derer vergessen, die über Bord gegangen waren, und derer, die hilflos zusehen mussten, wie ihre Liebsten ertranken.

Als sie am Ende ihrer Odyssee schließlich in Schweden ankamen, hatte er geglaubt, nun würde endlich alles gut. Doch er hatte sich getäuscht. Man wollte sie hier nicht haben. Die Flüchtlingsunterkunft, in der man sie untergebracht hatte, wurde in Brand gesetzt, und er selbst war zusammen mit einigen anderen jungen Männern von ein paar aufrechten und national gesinnten Schweden auf der Straße zusammengeschlagen worden.

Das war der Moment, in dem er beschlossen hatte, Polizist zu werden. Er wollte in diesem Land für Recht und Ordnung sorgen und ein Vorbild sein, ein Symbol für gelebte Integration. Naive Fantasien eines Sechzehnjährigen, über die er heute nur noch lachen konnte. Den Sprung zur Polizei hatte er geschafft, doch er war immer noch ein Außenseiter. Daran würde sich auch nichts ändern.

Khalid schaute durch die Scheibe seines Büros hinüber in den großen Raum, in dem Hedda saß. Sie hatte das Telefon in der Hand und sprach aufgeregt in den Hörer. Ihr Gesicht war gerötet. Als er am Morgen gekommen war, hatte er gesehen, dass sie wegen des toten Säuglings in der Kirche auf Öckerö geweint hatte, doch jetzt schien es eher Erregung zu sein. Hatte sie eine Information erhalten, die ihre Ermittlungen vorantrieb?

Er wandte den Blick wieder zum Monitor und rieb sich die Augen. Jede Fähre zwischen Lilla Varholmen und den beiden Schären Björkö und Hönö verfügte über eine Kameraüberwachung, und auch auf der kleinen Personenfähre, die zwischen Björkö und Öckerö verkehrte und einen Zwischenhalt auf Kalvsund einlegte, gab es eine. Stunden über Stunden Videomaterial. Fußgänger und Radfahrer, die auf die Fähren gingen, Autos, die hinauf- und hinunterfuhren. Wer damit unterwegs war, konnte er nicht sehen. Die Insassen stiegen in der Regel nicht aus; es lohnte nicht, weil die Überfahrten nur ein paar Minuten dauerten.

Die Aufgabe, die man ihm übertragen hatte, war damit fast

unlösbar. Auf den Aufzeichnungen vom Freitagnachmittag hatte er den Mann bemerkt, bei dem es sich um Carl Kroon gehandelt haben könnte. Er war in Kalvsund von Bord gegangen, danach aber nicht wieder aufgetaucht. Weil er immer noch auf der kleinen Schäre war? Oder weil er einen anderen Weg gefunden hatte, von dort wegzukommen?

Auch die kleine Lisbet hatte er bisher nicht entdecken können. Natürlich waren unzählige Mädchen mit den Fähren gefahren, darunter auch viele, die mehr oder weniger der Beschreibung des verschwundenen Kindes entsprachen, aber keines, das offenkundig allein oder in Begleitung eines Mannes unterwegs war, der Ähnlichkeit mit Carl Kroon oder Rune Dahlberg hatte.

Khalid studierte die Fotos der beiden an seiner Pinnwand. Er hasste Männer, die sich an wehrlosen Kindern vergriffen. Am liebsten würde er sie alle windelweich prügeln. Er spürte das Kribbeln in den Fingern und die heiße Wut in der Brust.

Und das war genau sein Problem. Er konnte sich nicht beherrschen. Deswegen saß er jetzt hier, auf Bewährung. Sein Verbleib bei der Behörde hing am seidenen Faden. Falls er noch einmal die Kontrolle verlor, würde man ihn mit einem Fußtritt hinausbefördern.

Forsberg hatte ihn überrascht. Hatte ihn freundlich behandelt, trotz seines provokativen Auftritts, und nicht erkennen lassen, dass er Vorbehalte hatte. Wahrscheinlich wusste er einfach noch nicht Bescheid, oder das Ganze war ein Trick. Trotzdem konnte er nicht verhindern, dass die winzige Flamme der Hoffnung wieder aufflackerte. Vielleicht würde er ja doch noch seinen Platz finden.

Entschlossen nahm er sich die Aufnahmen vom Samstagmorgen erneut vor, dem Zeitpunkt, zu dem Lisbet Larsson verschwunden war.

Frederik presste das Telefon ans Ohr. Er spürte, wie sich sein Herzschlag beschleunigte. Am anderen Ende war Hedda, die eine Nachricht vom örtlichen Polizeirevier erhalten hatte. Während er zuhörte, blickte er zurück zum Haus der Larssons. Von außen sah man nichts von der Not der Menschen, die darin wohnten. Aber so war es wohl immer. Er konzentrierte sich wieder auf Hedda.

»Auf Björkö, sagst du?«

»Ja.« Hedda gab ihm die Adresse und verabschiedete sich.

Frederik steckte das Telefon weg. Einen Moment lang dachte er darüber nach, was die Information für ihren Fall bedeutete. Spielte es überhaupt eine Rolle? Oder war es nur Zufall? So oder so – sie mussten die Sache prüfen.

Anna schaute ihn auffordernd an und trat dabei ungeduldig von einem Fuß auf den anderen.

»Was ist los?«

Frederik schob den Riemen der Umhängetasche, der ihm von der Schulter zu rutschen drohte, zurück an seinen Platz.

»Auf Björkö ist ein Boot gestohlen worden«, berichtete er. »Wir fahren rüber und sehen uns das an.«

Knut saß im Fernsehsessel und kaute auf seinem Daumennagel. Die Kinder sprangen um ihn herum, aber er registrierte es kaum. Seine Gedanken waren bei Petter. Was hatte er verdammt noch mal gemeint, als er von dem Fehler, den er gemacht hatte, sprach? Hatte er seine eigene Tochter entführt? Sie womöglich sogar getötet? Oder hatte er etwas ganz anderes im Sinn gehabt? Knut fehlte die Fantasie, um sich vorzustellen, was das gewesen sein könnte.

Sollte er also zur Polizei gehen? Oder die ganze Sache einfach vergessen?

Nein, es nützte nichts, er musste mit Petter sprechen. Auch

wenn sie noch nie über etwas anderes als Boote und Segeltouren miteinander geredet hatten. Sie waren keine Freunde, nur Nachbarn. Aber alles andere war keine Option. Er konnte Petter nicht bei der Behörde anschwärzen. Ebenso wenig konnte er so tun, als hätte Petter diese Bemerkung nicht gemacht. Es ging schließlich um das Leben eines jungen Mädchens.

»Knut? Was ist los?« Seine Frau stand vor ihm und hielt ihm besorgt die Hand an die Stirn. Er hatte gar nicht bemerkt, dass sie hereingekommen war. »Du bist ganz heiß.« Sie signalisierte den Kindern, die immer noch lautstark durchs Zimmer tobten, sich nach draußen zu verziehen.

»Geht spielen. Und macht keinen Lärm. Papa ist krank.«

Sofort umringten sie ihn besorgt.

»Was hast du denn?«

»Ist es schlimm?«

»Nein.« Seine Frau scheuchte sie zur Tür. »Er braucht nur ein wenig Ruhe.«

Sie trollten sich brav, und tatsächlich war kein Laut zu hören, als sie auf der Straße weiterspielten. Die Erziehung hatte wohl doch halbwegs gefruchtet.

»Also?« Seine Frau stützte die Hände auf die Armlehnen des Sessels. »Was ist es?«

Knut erzählte es ihr.

Sie schaute ihn streng an.

»Du musst das klären. Jetzt sofort.« Nachdenklich wiegte sie den Kopf. »Du hast ihn bestimmt nur falsch verstanden. Petter würde doch nie …« Sie kaute auf ihrer Unterlippe. »Andererseits: Manchmal hat er schon so etwas Komisches im Blick, meinst du nicht?«

Knut hatte nie etwas dergleichen wahrgenommen, aber er war auch alles andere als ein Experte für zwischenmenschliche Schwingungen.

»Ich weiß nicht.« Entschlossen stand er auf. Er mochte seine Fehler haben, aber er war kein Feigling.

Statt an der Haustür zu klingeln, ging er zu Petters Boot. Er wusste, dass sich der Nachbar meist dort aufhielt, wenn ihn etwas bedrückte. So war es auch dieses Mal.

Petter saß auf den Steinen, den Rücken an die Bordwand gelehnt, die Beine angezogen, den Blick aufs Wasser gerichtet. Knut setzte sich neben ihn.

»Hej.«

»Hej«, erwiderte Petter matt.

Sie schwiegen eine Weile. Dann gab sich Knut einen Ruck.

»Ich muss dich etwas fragen.«

»Ja?«

»Du hast gesagt, du hast einen schweren Fehler begangen. Und du würdest die Uhr gerne zwei Tage zurückdrehen, um ihn ungeschehen zu machen.«

»Ja.« Petter seufzte.

Knut wartete, doch Petter fügte nichts hinzu. Ihm blieb nichts anderes übrig, als deutlicher zu werden.

»Hat das etwas mit Lisbet zu tun?«

Petter riss die Augen auf.

»Was? Nein! Du glaubst doch nicht … Denkst du, ich hätte sie entführt?«

Knut horchte in sich hinein.

»Nein«, sagte er aufrichtig. »Aber deine Bemerkung geht mir nicht aus dem Sinn.«

Petter blickte sich hastig um. Dann neigte er den Kopf zu Knut.

»Ich sage es dir, aber du darfst es niemandem verraten«, flüsterte er. »Versprichst du mir das?«

»Wenn es nichts Illegales ist«, schränkte Knut zögerlich ein.

»Das ist es nicht«, beruhigte ihn Petter. »Also, pass auf …«

Er begann zu erzählen, und je länger er sprach, desto schneller purzelten die Worte aus seinem Mund heraus, als hätten sie nur darauf gewartet, endlich freigelassen zu werden. Es war, als hätte sich ein Staudamm geöffnet.

Als er fertig war, schaute er Knut an.

»Glaubst du mir?«

Knut ließ sich die Sache durch den Kopf gehen.

»Ja«, sagte er schließlich.

»Und du verrätst mich nicht?«

»Nein.« Knut stand auf. »Es ist deine Entscheidung. Ich an deiner Stelle würde es der Polizei sagen, aber letztlich spielt es wohl keine Rolle, ob sie es wissen oder nicht.«

»Danke.« Petter sah ihn mit feuchten Augen an. »Du hast was gut bei mir.«

Knut lächelte unfroh. Er hätte beim besten Willen nicht gewusst, was Petter für ihn tun könnte. Bisher war das Geben und Nehmen zwischen ihnen höchst einseitig gewesen, und daran würde sich vermutlich auch nichts ändern. Aber nach allem, was ihm Petter erzählt hatte, waren sie wohl ohnehin die längste Zeit Nachbarn gewesen.

17

Das Haus stand nur einen Steinwurf vom Meer entfernt. Es war aus Holz wie die meisten hier, zweistöckig und hellgrün gestrichen. Der Garten war groß und gepflegt. Die Familie saß auf der Terrasse in der Sonne. Als Frederik und Anna das Grundstück betraten, erhob sich der Mann und kam auf sie zu.

»Sie sind von der Polizei?«

Er führte sie zur Rückseite des Hauses, wo die Steine flach zum Meer abfielen.

»Wir sind erst vor einer Stunde zurückgekommen«, berichtete er. »Wir waren auf dem Festland bei einer Mittsommerfeier. Ich dachte, ich traue meinen Augen nicht. So ein Boot verschwindet doch nicht einfach, nicht hier auf den Schären.«

Frederik verstand seine Irritation. In der Stadt war man längst an die Gefahren der modernen Gesellschaft gewöhnt, doch in den kleinen Küstenorten und auf den Schären, wo die Zeit ein wenig stehen geblieben war, schlossen die Bewohner oft nicht einmal die Türen ab. Verbrechen kamen hier so gut wie nie vor. Geschahen sie doch, waren die Menschen verstörter als anderswo.

»Was für eine Art von Boot ist es?«, fragte er und nahm sein Notizbuch aus der Umhängetasche.

»Ein kleines Motorboot. Blau, mit zwei weißen Längsstreifen an der Seite. Offen, ohne Kajüte. Gestern am frühen Nachmittag war ich damit noch zum Angeln draußen. Anschließend sind wir mit der Fähre aufs Festland gefahren. Das war so gegen halb drei.«

»War das Boot gesichert?«

»Nur mit einem kleinen Schloss am Motor. Aber wenn man will, kann man das natürlich leicht knacken.«

Frederik notierte sich die Informationen und steckte das Buch weg. Er schaute Anna an, um zu sehen, ob sie noch Fragen hatte.

»War irgendjemand aus Ihrer Familie hier?«, erkundigte sie sich. »Oder hat jemand von den Nachbarn etwas beobachtet?«

Der Bestohlene schüttelte den Kopf.

»Nebenan wohnt mein Cousin mit seiner Frau. Wir waren alle zusammen drüben auf dem Festland.«

»Danke.« Frederik gab dem Mann zum Abschied die Hand und machte sich mit Anna auf den Rückweg.

Die beiden Häuser lagen einsam, der nächste Nachbar war weit entfernt und hatte keinen direkten Blick auf den Bootsliegeplatz des Bestohlenen. Für denjenigen, der das Boot genommen hatte, war es eine einfache Sache gewesen.

»Kroon«, sagte Anna. »Deswegen hat ihn niemand mit dem Kind gesehen. Er hat sich das Boot besorgt und Lisbet damit weggebracht.«

Frederik nickte. Das war wohl die logische Schlussfolgerung. Carl Kroon war verschwunden, ebenso wie Lisbet und das Boot. Es lag nahe, dass sie sich am selben Ort aufhielten.

Trotzdem fragte er sich, wie Kroon nach Björkö gekommen war. Warum hatte ihn Khalid nicht auf den Videoaufzeichnungen der Fähre entdeckt, wenn er noch einmal zurückgefahren war?

»Vielleicht ist er geschwommen«, schlug Anna vor.

Frederik schaute übers Wasser. Zwischen der Nordspitze von Kalvsund und dem Südzipfel von Björkö betrug die Entfernung nur etwa zweihundert Meter. Er dachte an die Hanteln in Kroons Zelle. Carl Kroon war ein durchtrainierter Mann. Er hätte die Distanz vermutlich problemlos schwimmend bewältigen können.

»Er hatte nichts zu verlieren«, argumentierte Anna. »Nachdem er bei Rune aus dem Fenster gesprungen war, wusste er, dass er die Insel verlassen muss, und die Fähre konnte er nicht nehmen. Da war ja überall Polizei. Er hat das Boot gestohlen, und danach ist er zurückgekommen. Hat sich mit Rune wegen der Beute gestritten und ihn erschlagen, und dann ist er mit Lisbet im Boot weg.«

Frederik ließ sich das durch den Kopf gehen. Es klang plausibel. Sicher hatte Kroon eine gute Portion Glück gehabt, aber im Prinzip war die Sache machbar. Kroon war nicht dumm. Wenn er tatsächlich mehrfach das Versteck gewechselt und Lisbet an Orte gebracht hatte, die gerade von den Beamten durchsucht worden waren, könnte er die Polizei ausmanövriert haben.

Er nahm sein Smartphone aus der Tasche und rief Birger an, um ihm die Beschreibung des gestohlenen Bootes durchzugeben. Die Wasserschutzpolizei hielt bereits die Augen offen, aber nachdem sie das Fahrzeug kannten, mit dem Kroon wahrscheinlich auf dem Wasser unterwegs war, konnten sie ihre Bemühungen noch besser fokussieren. Birger versprach, auch Hubschrauber über den infrage kommenden Gebieten einzusetzen und die Information in den sozialen Netzwerken zu verbreiten. Frederik war zufrieden, als er das Gespräch beendete. Selbst wenn Kroon das Glück des Teufels hatte, er konnte sich nicht in Luft auflösen. Irgendjemand musste ihn einfach gesehen haben.

Er hätte sich ohrfeigen können. Warum hatte er bei Knut diese dummen Andeutungen gemacht? Wenn sein Nachbar nicht dichthielt, käme er in Teufels Küche. Aber das war typisch für ihn. Statt sich geschickt zu verhalten, brachte er sich immer weiter in Schwierigkeiten.

Immerhin schien ihm Knut seine Geschichte abgekauft zu

haben. Mit etwas Glück würde er den Mund halten. Dann drohte zumindest aus dieser Richtung keine Gefahr mehr.

Petter rappelte sich seufzend auf und betrachtete sein Boot. Mit dem verdammten Felsen hatte alles angefangen. Sonst wäre er am Samstagmorgen einfach gesegelt, und niemand hätte irgendetwas in Zweifel gezogen.

Wenn doch nur nicht immer alles so schieflaufen würde. Dabei hatte er wirklich geglaubt, endlich die Lösung für seine Probleme gefunden zu haben. War denn das bisschen Glück, das er sich wünschte, zu viel verlangt?

Mit hängenden Schultern ging er zurück zum Haus.

Am liebsten wäre er abgehauen. Mit der nächsten Fähre nach Björkö, dann nach Göteborg und von dort immer weiter, mit dem Schiff nach Deutschland oder Norwegen oder mit dem Flieger irgendwohin in die Sonne. Aber das war ja nicht möglich. Erst musste er die Sache hier zu Ende bringen. Ohne Lisbet würde er nirgendwohin gehen.

So leise wie möglich öffnete er die Hintertür und schlich in den Flur. Er hörte, wie Hjördis in der Küche rumorte. Das war ihre Art, mit den Dingen fertigzuwerden. Sie hatten nie viel geredet, und jetzt wollte er es auch nicht mehr. Es endete ohnehin nur im Streit. Er hasste das, und er ertrug es immer schlechter. Lieber verkroch er sich und hoffte, dass sie ihn in Ruhe ließ.

Er schlüpfte ins Wohnzimmer und legte sich aufs Sofa. Zuerst tat er nur so, als schliefe er. Dann überrollte ihn eine bleierne Müdigkeit.

Es war erst kurz nach Mittag. Die Sonne stand hoch am wolkenlosen Himmel und brannte auf Kalvsund herab. Das Meer glitzerte blau in der Sonne, und ein paar Möwen kreisten kreischend über dem Hafen. Nichts deutete darauf hin, dass irgendetwas nicht in Ordnung sein könnte. Und doch war da eine

Familie, nur ein paar Hundert Meter entfernt, die Qualen litt, weil ihr Kind verschwunden war.

Unweigerlich musste er an Emma denken. Es war gerade ihre übliche gemeinsame Zeit. Er könnte nach Hause segeln, mit dem Roller nach Lilleby fahren und den abgebrochenen Ausflug nach Sillvik nachholen. Aber er hatte das Gefühl, dass er sich jetzt keine Pause gönnen durfte. Solange sie Lisbet nicht gefunden hatten, kam es auf jede Minute an.

Nein, er würde stattdessen ins Büro gehen und die Berichte lesen, die sich im Laufe der beiden letzten Tage angesammelt hatten. Vielleicht fand er irgendetwas, das er bisher übersehen hatte.

Anna hatte er nach Hause geschickt, genau wie die anderen Kollegen mit Ausnahme von Hedda, die weiter das Telefon hüten sollte. Es war abzusehen, dass sie in den nächsten Wochen einiges an Arbeit haben würden. Besser, sie gönnten sich jetzt ein wenig Entspannung, als später in der heißen Phase der Ermittlungen aus Übermüdung Fehler zu machen. Für ihn galt natürlich dasselbe, doch er sah sich nicht in der Lage, die Füße hochzulegen, ehe der Fall geklärt war. Das musste warten, genau wie der Anstrich seines Hauses. Solange nur der Hauch einer Chance bestand, Lisbet zu retten, würde er nicht ruhen.

Er entrollte das Vorsegel, löste die Zeiser, mit denen das Großsegel am Baum befestigt war, und zog es mit der Großschot hoch. Dann machte er die Leinen vom Steg los. Der leichte Wind, der aus Nordwest kam, füllte die Segel, und die Jolle glitt durch das Wasser, das leise an der Bordwand gluckerte. Frederik legte den Kopf in den Nacken und schloss für einen Moment die Augen. Selbst wenn um ihn herum ein Sturm wütete – hier auf dem Boot hatte er das Gefühl, dass jede Last von ihm abfiel.

Das Vibrieren in seiner Hosentasche unterbrach den kurzen Moment inneren Friedens. Frederik zog das Smartphone hervor und warf einen Blick auf das Display. Überrascht las er den angezeigten Namen.

»Khalid? Solltest du nicht zu Hause sein und dich ausruhen?«

»Ich war noch nicht fertig.« Khalids Tonfall war schroff wie immer, aber Frederik meinte, auch noch etwas anderes herauszuhören. Einen Eifer, durch den sich der Kollege bisher nicht ausgezeichnet hatte. Nicht was die Arbeit an sich betraf, die schien er von Beginn an gewissenhaft erledigt zu haben. Doch jetzt hatte er das Gefühl, Khalid wolle auch Teil des Teams sein. Aber vielleicht interpretierte er zu viel in die wenigen Worte hinein.

»Du sitzt immer noch an den Aufzeichnungen der Überwachungskameras?«

»Ja. Und ich habe etwas entdeckt. Keine Person, aber einen Wagen. Ich dachte, es ist einen Versuch wert, und habe mir von der Zulassungsstelle das Autokennzeichen von Petter Larsson geben lassen. Anschließend habe ich meine Liste durchgesehen, auf der ich die Kennzeichen notiert habe, die auf den Aufnahmen zu erkennen waren.«

Frederik war beeindruckt. Khalid hatte nicht nur seinen Auftrag erfüllt, er hatte eine Menge mehr als das getan. Er hatte Überlegungen angestellt und Eigeninitiative ergriffen. Anscheinend mit Erfolg.

»Und was kam dabei heraus?«

»Petters Wagen war auf der Fähre. Von Lilla Varholmen nach Björkö. Am Samstagmittag um halb zwölf. Ich habe mir dann ein Foto besorgt. Von der Homepage der Drogeriemarktkette, bei der er arbeitet. Man kann es nicht mit Sicherheit sagen, weil der Aufnahmewinkel ungünstig ist, aber ich glaube, er ist auch auf den Aufzeichnungen der 296er-Fähre.«

Das war die kleine Fähre des öffentlichen Nahverkehrs, die von Björkö nach Öckerö fuhr und auf halbem Weg auf Kalvsund anlegte.

»Hatte er ein Kind dabei?«

»Nein. Da waren nur drei Personen auf der Fähre. Sie sind alle auf dem Vorschiff geblieben, keiner ist in den großen Fahrgastraum gegangen. Der Mann, von dem ich denke, dass es Petter Larsson ist, ist mit einem weißen Hemd mit weiten Ärmeln, einer Lederweste, halblangen roten Hosen und einem Hut mit breiter Krempe bekleidet.«

Frederik erinnerte sich: Es war die Mittsommertracht, die Petter getragen hatte, als er ihm das erste Mal begegnet war.

»Das müsste er sein.« Frederik steuerte das Boot mit dem Bug in den Wind, um die Fahrt zu stoppen. »Also war er am Samstagmorgen auf dem Festland.«

Er rekapitulierte kurz die Eckdaten, die sie kannten. Petter hatte das Haus angeblich früh am Morgen verlassen. Lisbet hatte zu diesem Zeitpunkt noch geschlafen. Hjördis hatte sie kurz vor acht geweckt. Sie hatten gestritten, und Lisbet war weggelaufen, ein paar Minuten nach acht vermutlich.

War Petter zu diesem Zeitpunkt noch auf der Insel gewesen? Hatte er auf Lisbet gewartet oder sie zufällig getroffen und war dann mit ihr gemeinsam aufs Festland gefahren? Oder war er allein unterwegs gewesen?

»Was ist mit dem Hinweg?«, erkundigte er sich.

»Schwierig«, knurrte Khalid. »Da ist viel Betrieb auf den Fähren. Man kann nicht bei allen Fahrzeugen die Kennzeichen erkennen. Den Wagen von Petter Larsson konnte ich nicht eindeutig identifizieren. Es ist ein sehr verbreitetes Modell, ein weißer Volvo V60, zehn Jahre alt. Davon sind am Samstagmorgen mehrere unterwegs gewesen. Infrage kämen ein Wagen, der mit der Fähre um fünf Uhr dreißig gefahren ist, einer, der um halb acht übergesetzt hat, und einer, der um neun auf der Fähre war.«

Petter könnte also bereits auf dem Festland gewesen sein, als

Hjördis das Mädchen geweckt hatte, er könnte sich aber auch mit ihr gemeinsam auf den Weg gemacht haben. Was Khalid gefunden hatte, war großartig, reichte aber nicht aus, um den Verdacht gegen den Vater zu untermauern oder zu entkräften.

»Was ist mit der Personenfähre? Hast du ihn da am Morgen entdeckt?«

»Nein.« Khalid klang ärgerlich. »Das ist der Mist mit eurem schwedischen Verkleidungstick an Mittsommer. Da sind ständig Trachtengruppen an Bord, auf allen drei Fähren, die zu den Autofähren passen würden, auf denen ein infrage kommender weißer Volvo war. Es sind auch jedes Mal Männer mit roten Hosen und weißen Hemden dabei. Die Gesichter sieht man wegen der Hüte nicht.«

»Und wie ist es mit Kindern?«

»Jede Menge«, murrte Khalid. »Mindestens die Hälfte davon blond, mit weißen Kleidchen und Blumenkränzen auf dem Haar. Ob eines davon Lisbet ist, kann ich beim besten Willen nicht sagen. Das gibt die Qualität der Aufnahmen nicht her.«

»Trotzdem.« Frederiks Gedanken jagten. »Immerhin wissen wir jetzt, dass Petter gelogen hat. Er war nicht mit dem Boot draußen, sondern mit dem Wagen auf dem Festland. Fest steht, dass er mittags um halb zwölf mit der Fähre nach Björkö zurückgefahren ist. Und er könnte derjenige sein, der am Morgen mit der Neun-Uhr-Fähre nach Lilla Varholmen unterwegs war.«

Er warf einen Blick zurück in Richtung Kalvsund.

»Hast du einen Hinweis darauf entdeckt, dass sich in einem der Wagen ein Kind befand?«

»Nein. Die Kameras erfassen ja nur die Fähren. Was auf dem Weg zwischen den beiden Anlegern passiert, kann man nicht sehen. Keine Ahnung, ob auf dem Parkplatz ein Kind in einen der weißen Volvos gestiegen ist.«

»Okay.« Frederik versuchte, die Ruhe zu bewahren. »Es könnte also sein. Angenommen, Petters Wagen ist der auf der Neun-Uhr-Fähre. Dann könnte er Lisbet dabeigehabt haben. Er könnte sie in irgendein Versteck auf dem Festland gebracht haben, und anschließend ist er allein zurückgekehrt und hat den besorgten Vater gemimt.«

Khalid gab einen wütenden Laut von sich.

»Wie bringt einer so was fertig? Das eigene Kind!«

Frederik erläuterte ihm rasch die Situation mit der geplanten Scheidung und dem beantragten Sorgerecht. »Außerdem wissen wir ja noch nicht, ob es wirklich so war«, schränkte er ein.

»Weshalb hat er sonst gelogen?«

Frederik fiel spontan eine ganze Reihe von Erklärungen ein.

»Möglicherweise wollte er irgendetwas auf dem Festland erledigen, von dem seine Frau nichts wissen sollte.«

»Was spielt das noch für eine Rolle, wenn seine Tochter weg ist? Da ist doch alles andere egal.«

Frederik war geneigt, ihm zuzustimmen.

»Ich werde ihn fragen. Du hörst von mir.«

Er verabschiedete sich rasch, steckte das Telefon weg und wendete das Boot.

Vielleicht kam jetzt endlich Bewegung in die Sache.

18

Hjördis schlug die Eier am Rand der Schüssel auf. Die Dotter landeten klatschend auf dem Mehl, das Eiweiß lief in dünnen Rinnsalen zum Rand. Sie wickelte ein Stück Butter aus dem Papier, teilte es in der Mitte und gab die Hälfte in die Schüssel. Als Letztes schüttete sie den Zucker dazu, griff zum Handrührgerät und stellte es auf die höchste Stufe. Die Knethaken gruben sich knirschend in den Zucker. Eigelb und Butterstücke flogen an die Wand der Schüssel. Hjördis stocherte in den Zutaten herum, bis sie sich endlich vermengten. Sie hätte das Gerät jetzt abschalten können, rührte aber verbissen weiter. Den Teig zu malträtieren war das beste Mittel gegen ihre innere Anspannung, das ihr einfiel.

Petter lag wieder im Wohnzimmer auf dem Sofa, die Beine angezogen wie ein Embryo im Mutterleib, das Gesicht der Lehne zugewandt, die Augen geschlossen. Er zog sich von ihr zurück und vergrub den Kopf im Sand. Nicht einmal jetzt konnte er seinen Mann stehen.

Ihre ganze Ehe war eine Enttäuschung. Dabei hatte sie am Anfang wirklich geglaubt, es könnte funktionieren. Es hatte ihr geschmeichelt, wie er sie angehimmelt hatte, auch wenn sie früher, als sie jünger waren, darüber gelacht hatte. Er hatte gestrahlt wie ein Kind an Weihnachten, als sie ihm sagte, dass sie schwanger war. Hatte sein Erspartes genommen, ihr diesen wunderschönen Rubinring gekauft und um ihre Hand angehalten, oben auf dem Hügel mit dem Valen, der Pyramide mit dem Kreuz, die früher ein Seezeichen gewesen war. An einem dieser Sommerabende, an denen das Meer in diesem unglaublichen Hellblau schimmerte, die Sonne mit einem milden rosaroten Schimmer hinter einem dünnen Wolkenschleier über dem Kattegat unterging und der Blick über das Archipel des Göteborger Schärengartens so schön war, dass er fast unwirklich wirkte.

Sie hatten geheiratet, und dann war Lisbet gekommen, und Petter war der glücklichste Mensch auf der Welt gewesen. Sie selbst dagegen war in ein tiefes Loch gefallen.

Bis dahin hatte sie immer noch geglaubt, eines Tages entkommen zu können. Sie hatte den Absprung nach der Schule nicht geschafft, erst war der Vater, dann die Mutter ein Pflegefall. Statt eine Ausbildung zu machen, war sie zu Hause geblieben und hatte sich gekümmert. Nebenbei kleine Aushilfsjobs angenommen, damit die Familie irgendwie über die Runden kam. Aber insgeheim hatte sie doch gehofft, dass es irgendwann aufhörte. Die Eltern so krank, dass man sie ohne schlechtes Gewissen in ein Heim geben konnte, und dann endlich wollte sie leben. Ihren Traum von der Bühne verwirklichen. Sie probte immer noch jeden Abend, wenn die Eltern versorgt waren, in ihrer Kammer. Es waren kostbare Momente. Wenn sie Ophelia war oder Julia oder Lady Macbeth, löste sich die Wirklichkeit auf, und sie verschmolz ganz und gar mit ihrer Rolle. Den Gedanken daran, dass sie mit mittlerweile zweiunddreißig schon zu alt sein könnte für eine Film- oder Theaterkarriere, verdrängte sie.

Doch nun war das schlichte Leben auf der kleinen Schäre für alle Ewigkeiten in Stein gemeißelt. Mutter, Hausfrau und Pflegerin – das waren die Rollen, die das Leben für sie vorgesehen hatte. Mit Lisbet, die ständig schrie, nur wenige Stunden am Stück schlief und ständig ihre Brust forderte, blieb keine Zeit mehr für Proben. Und Petter, der doch nun auch schon siebenundzwanzig war, blieb ein Kind. Alles musste man ihm sagen, wie er sich zu kleiden hatte und was im Haushalt zu erledigen war. Dafür sorgen, dass er sich auf einen besser bezahlten Posten bewarb, weil das Geld nicht reichte. Seine ganze Aufmerksamkeit galt plötzlich Lisbet, und für die Frau an seiner Seite hatte er überhaupt keinen Blick mehr. Wo war der Mann geblieben, der sie auf Händen trug? Dabei konnte es doch auch ganz anders sein ...

Hjördis schaltete endlich das Rührgerät ab, füllte den Teig in die Form und stellte sie in den Ofen. Dann begann sie zu spülen, mit wütenden, eckigen Bewegungen.

Nun war sie vierundvierzig und innerlich wie erstarrt. Aber sie würde sich nicht damit abfinden. Es gab immer noch Hoffnung.

An Lisbet wollte sie jetzt nicht denken. Irgendwie musste die Sache einfach gut ausgehen. Alles andere wäre eine Katastrophe.

Ihr Blick fiel aus dem Fenster, und sie sah, dass jemand auf das Haus zukam. Es war der Göteborger Kommissar.

Ihre Kehle wurde eng. Er war doch eben erst hier gewesen. Hatte sich in der kurzen Zeit etwas ereignet? Gab es Neuigkeiten?

Mechanisch trocknete sie sich die Hände an der Schürze ab und ging zur Tür.

Der Anblick versetzte ihm einen Stich. Diese verhärmte Frau mit der verblichenen Schürze, den abgearbeiteten Händen und den tiefen Falten im Gesicht. Dabei musste sie einmal hübsch gewesen sein, mit diesen leuchtend blauen Augen, den langen blonden Wimpern und dem zarten Mund. Jetzt allerdings waren die Augen gerötet und die Lippen so fest zusammengepresst, dass kaum mehr Farbe in ihnen war. Eine Frau, die ihr Leben lang gekämpft hatte, mit den kranken Eltern und dem anstrengenden Kind. Und nun würde er womöglich auch die letzten Illusionen zerstören müssen. Wenn es wirklich Petter war, der Lisbet entführt hatte und sie irgendwo versteckt hielt. An die schlimmste aller Möglichkeiten, dass er das Mädchen womöglich sogar getötet hatte, mochte er gar nicht denken.

Er verspürte tiefes Mitgefühl, drängte es aber zurück. Es nützte nichts, er musste sachlich bleiben und seine Arbeit tun. Auch wenn die Wahrheit schmerzte, am Ende führte kein Weg daran vorbei, sie zu enthüllen. Sonst würde niemand von ihnen weiterleben können.

»Hallo, Hjördis«, sagte er. »Ich müsste noch einmal mit Petter sprechen. Denken Sie, das ist möglich?«

Die blauen Augen flackerten, doch er konnte nicht sagen, ob es Angst war oder eher Wut, was er darin las.

»Er liegt im Wohnzimmer auf dem Sofa.«

Hjördis ließ ihn eintreten und ging voran. Sie machte auch keine Anstalten, sich zurückzuziehen, als er Petter ansprach, der sich stöhnend auf die andere Seite rollte, sodass er ihn ansehen konnte.

»Ich würde gern mit Ihrem Mann unter vier Augen reden, wenn es Ihnen nichts ausmacht.«

»Wozu?« Hjördis blieb mit verschränkten Armen neben dem Sofa stehen. »Wir haben keine Geheimnisse. Nicht mehr.«

Frederik schaute Petter fragend an, doch der zuckte nur mit den Schultern.

»Gut.« Frederik setzte sich ihm gegenüber in den Sessel. »Es geht um Ihre Angaben zum gestrigen Vormittag. Sie haben ausgesagt, dass Sie mit dem Boot draußen waren. Nun haben wir aber mittlerweile die Aufnahmen der Überwachungskameras auf den Fähren überprüft. Wir haben Ihren Wagen auf der Fähre von Lilla Varholmen nach Björkö um halb zwölf identifiziert.«

Petter zerrte an seiner Decke, und Frederik dachte, dass er sie wohl am liebsten über den Kopf ziehen wollte. Hjördis schnaufte.

»Du warst auf dem Festland? Was hast du da gemacht? Hast du Lisbet weggebracht?«

Petter sah wohl ein, dass es keinen Sinn hatte, sich zu verkriechen. Er richtete sich auf und streifte die Decke ab.

»Nein. Natürlich nicht«, empörte er sich.

Frederik nahm sein Notizbuch aus der Umhängetasche.

»Wir wissen, wann Sie zurückgefahren sind. Verraten Sie mir, wann Sie am Morgen übergesetzt haben?«

»Das war ... um halb sechs, glaube ich.«

Frederik musterte ihn eindringlich. Er konnte keinen Hinweis darauf erkennen, dass Petter log, und die angegebene Zeit passte zu einem der Volvos, die Khalid entdeckt hatte. Ein glücklicher Zufall? Oder war Petter wirklich mit der Fähre um halb sechs gefahren? Selbst wenn es stimmte, aus dem Schneider war er damit nicht. Vielleicht hatte er unterwegs den Plan gefasst, Lisbet zu entführen, und sich auf dem Festland ein Fahrzeug besorgt, das man nicht mit ihm in Verbindung bringen konnte. Damit könnte er später zurückgefahren sein und Lisbet unbemerkt von der Insel gebracht haben, ehe er mittags mit seinem eigenen Wagen heimgekehrt war.

Frederik schaute ihm in die Augen. »Was haben Sie auf dem Festland getan?«

Petter rutschte auf dem Sofa hin und her. Seine Finger krallten sich in die Decke, ein erstes Anzeichen von Stress.

»Ich ... war im Büro«, stieß er hervor.

Frederik betrachtete ihn ruhig.

»Gibt es jemanden, der das bestätigen kann? Hat man Sie gesehen? Existiert dort eine Videoüberwachung?«

Ein Schatten fiel über Petters Gesicht. Anscheinend, schloss Frederik, gab es in der Firma tatsächlich Kameras, und Petter hatte nicht daran gedacht. Dass er im Büro gewesen war, war offenbar ebenso gelogen wie seine angebliche Bootstour.

»Wo waren Sie tatsächlich?«, fragte er sanft.

Petter fuhr sich durch die dünnen blonden Haare, eine Bewegung, die wohl seiner inneren Anspannung entsprang und die er nicht kontrollieren konnte, auch wenn er es gerne wollte. Sein Blick flog zwischen Hjördis und Frederik hin und her. Panisch, fand Frederik, wie ein Tier, das in der Falle saß und verzweifelt nach einem Ausweg suchte. Er konnte förmlich sehen, wie es in Petters Kopf ratterte.

Frederik lächelte Hjördis an.

»Frau Larsson? Dürfte ich Sie wohl um eine Tasse Kaffee bitten? Das macht das Reden leichter.«

»Sicher.« Hjördis verließ widerstrebend den Raum. Es gefiel ihr nicht, aber sie wusste wohl auch nicht, was sie dagegen einwenden sollte.

»So.« Frederik blickte bedeutungsvoll zur Tür, dann zu Petter. »Wenn Sie sich beeilen, können Sie mir verraten, wo Sie in Wirklichkeit waren, ohne dass Ihre Frau es hört.«

Petter beugte sich vor, die Hände auf den Knien.

»Ich war in Göteborg«, flüsterte er. »Bei meinen Eltern. Wir haben eigentlich keinen Kontakt mehr. Sie waren nie damit einverstanden, dass ich Hjördis heirate. Es gab ein paar sehr unerquickliche Zusammenstöße bei Familienfeiern. Danach hat Hjördis sich geweigert, sie weiterhin zu besuchen, und sie wollte auch nicht, dass ich es tue. Ich habe mich daran gehalten, aber jetzt, wo hier alles auseinanderbricht, musste ich mit jemandem reden. Ich habe nicht viele Freunde, nur Knut, der mir gelegentlich mit dem Boot hilft, und ein paar Kollegen aus der Firma. Aber das sind eigentlich eher Bekannte. Niemand, dem man sein Herz ausschütten kann.«

Frederik nickte. Er wusste, was Petter meinte. Hier in Schweden öffneten sich die Menschen nicht so leicht. Niemand käme auf die Idee, einem Wildfremden persönliche Dinge anzuvertrauen, wie es in Deutschland durchaus geschah, mit Menschen, die man im Zug oder in der Kneipe traf. Frederik hatte das immer als distanzlos empfunden und war froh, dass man in Schweden zurückhaltender war, aber die Sache hatte auch eine Kehrseite. Manchmal half es, sich Dinge einfach von der Seele zu reden, und wenn man es bei einem Gegenüber tat, das man vermutlich nie wiedersah, entstand auch kein Schaden. Abgesehen davon, dass der Empfänger zusehen musste, wo er mit dem seelischen Müll blieb, den man ihm ungefragt servierte. Frederik, der bei solchen Gelegenheiten schon häufiger das Opfer gewesen war, fiel es nicht leicht, die Geschichten, die er auf diese Weise erfuhr, wieder abzuschütteln. Er trug sie oft wochenlang mit sich herum.

»Sie sind also zu Ihren Eltern gefahren. Und die würden das selbstverständlich bestätigen?«

Petter senkte den Blick.

»Äh. Nein.« Er seufzte. »Ich habe zwei oder drei Stunden vor dem Haus im Wagen gesessen. Aber ich habe nicht den Mut aufgebracht, zu klingeln. Irgendwann bin ich einfach wieder zurückgefahren.«

»Wen wolltest du besuchen?« Hjördis kam wieder ins Wohnzimmer, ein Tablett mit drei dampfenden Kaffeetassen in der Hand. »Deine Eltern? Wolltest mal wieder über mich herziehen, wie?«

Sie platzierte die Tassen so unsanft auf dem Tisch, dass sie überschwappten. Frederik hob seine mit dem Unterteller hoch, auf dem sich eine Pfütze gebildet hatte, und hielt ihn unters Kinn, damit nichts auf sein Hemd tropfte, während er vorsichtig an der Tasse nippte. Der Kaffee war bitter wie schon beim letzten Mal, aber es störte ihn nicht. Das Koffein war jedenfalls mehr als willkommen.

Er stellte die Tasse zurück auf den Tisch und erhob sich. Den Streit konnten die beiden ohne ihn austragen.

»Wir werden nach Zeugen suchen, die Ihre Angaben bestätigen können«, teilte er Petter mit. Der nickte nur matt.

Frederik verabschiedete sich und trat aus dem Haus. Sein Bauchgefühl sagte ihm, dass auch Petters neue Aussage eine Lüge war. Trotzdem fiel es ihm nach wie vor schwer, sich vorzustellen, dass er das Mädchen entführt hatte.

Vielleicht hatte Anna recht, die fest davon überzeugt war, dass Carl Kroon der Schuldige war. Aber würde ein Straftäter auf der Flucht tatsächlich ein Kind entführen? Vielleicht wenn der Trieb so übermächtig wurde, dass er ihn nicht mehr kontrollieren konnte. Letzten Endes musste das ja auch der Grund gewesen sein, weshalb er von seinem Freigang nicht in die Anstalt zurückgekehrt war.

Wieder kam ihm Emma in den Sinn. Anders als anderen Kindern fehlte ihr die Fähigkeit, die verborgenen Absichten der Menschen zu entschlüsseln. Wie leicht könnte sie das Opfer eines Verbrechens werden. Auf der anderen Seite war sie im Heim gut aufgehoben, besser als zu Hause. In ihrem Fall lauerte die größte Gefahr wohl nicht in der Außenwelt, sondern im Inneren.

Frederik steckte das Notizbuch in die Umhängetasche und ging zurück zum Boot. Nebenbei warf er einen Blick auf die herrlichen Holzhäuser mit den lieblichen Gärten. Die Bewohner Kalvsunds waren zu beneiden.

Spontan beschloss er, zu einem der winzigen Sandstrände auf der Westseite der Insel zu gehen und dort eine Runde zu schwimmen. Es würde vielleicht helfen, den Kopf wieder freizubekommen. Vorher würde er aber Viveka anrufen, damit sie die Befragung der Anwohner in der Nachbarschaft von Petters Eltern organisierte. Er hatte sie zwar schon nach Hause geschickt, doch sie würde sicher nicht zögern, eine zusätzliche Stunde Wochenendarbeit einzulegen. Schließlich wollte sie nach oben, das hatte er schon bei der kurzen Begegnung am

Vortag gespürt. Ihre Ellbogenmentalität behagte ihm nicht, aber in diesem Fall gedachte er, sich diese Eigenschaft zunutze zu machen.

Im Fernsehen kam schon wieder ein Bericht. Eine Aufnahme, wahrscheinlich aus einem Hubschrauber, die Kalvsund von oben zeigte, ein graugrünes Juwel im blau schimmernden Meer. Dann fuhr die Kamera näher heran, auf die rot gestrichenen Gebäude des Kiosks und das große gelbe Haus am Hafen, das mit seinen Türmchen und Spitzdächern wie eine Villa aussah. Anschließend ging es im schnellen Tempo die Straße entlang, bis zu dem Haus, das sie fast so gut kannte wie jenes, in dem sie selbst gelebt hatten. Gunhilds Eltern hatten es gebaut, und Sverker und Gunhild hatten es übernommen, als die Eltern gestorben waren. Sie selbst war oft dorthin gegangen, um Gunhild um Rat zu fragen. Mit ihren sechs Kindern hatte sie sich häufig überfordert gefühlt. Gunhild dagegen, mit den kranken Eltern und der kleinen Hjördis, schien alles mit leichter Hand zu bewältigen. Immer wieder hatte sie zu hören bekommen, sie solle für mehr Disziplin und Ordnung sorgen. Gelungen war es ihr nicht.

Ein Foto wurde eingeblendet, und es traf sie bis ins Mark. Dieses hübsche blonde Mädchen mit dem breiten Lachen, im weißen Mittsommerkleid und mit dem Blumenkranz auf dem Haar. Ihre Enkelin. Sie wirkte so selbstbewusst und fröhlich, ein Wunder eigentlich, wenn man bedachte, mit welch harter Hand Hjördis ihr Regiment führte. Das hatte sie wohl von ihrer Mutter gelernt.

Sie selbst hatte irgendwann begriffen, dass sie gar nicht so sein wollte wie Gunhild. Ihre Kinder mochten herumtoben und Unsinn anstellen, aber ihre Augen leuchteten. Nicht so wie die von Hjördis, die immer ernst waren und irgendwie traurig.

Es hatte sie mit Sorge erfüllt, als sie bemerkt hatte, dass ihr Jüngster Hjördis überallhin nachlief. Sie war das schönste Mädchen der Insel, das musste sie zugeben, aber erstens war sie fünf Jahre älter als Petter, und zweitens hatte sie etwas Unstetes an sich. Genau das allerdings schien Petter anzuziehen. Sie deklamierte wohl am Meer irgendwelche Theatertexte, und Petter war hingerissen.

Sie war froh gewesen, dass Hjördis ihn gar nicht beachtete und sich mit jungen Männern in ihrem Alter traf. Petter hatte eine Ausbildung gemacht und angefangen zu arbeiten. Er war nur noch gelegentlich nach Kalvsund gekommen, um seine Eltern zu besuchen.

Es war der Sommer gewesen, bevor sie nach Göteborg gezogen waren. Eik hatte schon lange geklagt, dass ihm die täglichen Fahrten mit Auto und Fähre zu anstrengend seien. Er wollte endlich näher bei seinem Arbeitsplatz wohnen. Die Kinder, derentwegen sie darauf beharrt hatte, auf Kalvsund zu bleiben, waren seit Jahren aus dem Haus. Und wenn man ehrlich war, konnten sie es sich auch schon lange nicht mehr leisten, dort zu wohnen. Es blieb kein Geld für etwas anderes als das tägliche Leben. Eik hatte ihr Reisen in Aussicht gestellt und Theaterbesuche in Göteborg, aber natürlich war es bei leeren Versprechen geblieben.

Am Mittsommertag war Petter damals gekommen und hatte sich mit allen anderen am Kiosk an der Mittsommerstange versammelt. Und Hjördis, die mit über dreißig noch immer keinen Partner gefunden hatte, hatte ihn sich gekrallt.

Bodil legte ihre Handarbeit beiseite. Sie konnte sich nicht darauf konzentrieren, schon wieder hatte sie eine Masche fallen lassen, und irgendetwas stimmte mit dem Muster nicht.

Auf dem Bildschirm wurde ein neues Foto eingeblendet. Carl Kroon, der entflohene Sexualstraftäter.

Bodil hielt es kaum aus. Was, wenn dieser Verbrecher ihre Enkeltochter in seiner Gewalt hatte? Wenn sie womöglich schon tot war?

Sie wünschte, sie hätte das Mädchen kennengelernt. Aber kurz nach ihrer Geburt war der Kontakt abgebrochen. Eik hatte es nicht gefallen, wie Hjördis mit dem Kind umging, und er hatte ihr deutlich seinen Standpunkt dargelegt. Er war weiß Gott kein besonders fortschrittlicher Mann. Seiner Ansicht nach gab man einem Säugling die Brust und fütterte ihn nicht mit der Flasche, und man ließ ihn auch nicht einfach in seinem Bettchen liegen und ignorierte ihn, wenn er schrie. Ein Kind musste vernünftig versorgt werden, das war seine Meinung, und die hatte er Hjördis und Petter deutlich kundgetan.

Danach waren sie weggeblieben. Bodil hatte sie oft anrufen, sich entschuldigen und versöhnen wollen, doch Eik hatte es ihr verboten. Nicht sie beide waren es, die etwas falsch gemacht hatten, sondern der Sohn und die Schwiegertochter. Es war an ihnen, auf Knien angekrochen zu kommen und um Verzeihung zu bitten.

Sie hatte sich gefügt, auch weil sie ihm inhaltlich insgeheim recht gab. Und dann hatte sie sich irgendwie daran gewöhnt. Da waren ja auch noch die anderen fünf Kinder, die regelmäßig zu Besuch kamen, und mittlerweile sieben weitere Enkelkinder.

Petter war eben das schwarze Schaf der Familie, das auf Abwege geraten war, und irgendwann sprach man nicht einmal mehr über ihn. Doch nun sah sie ein, dass es ein Fehler gewesen war.

Im Fernsehen zeigten sie jetzt ein weiteres Haus auf Kalvsund, das sie ebenfalls gut kannte, das der Dahlbergs. Verglichen mit denen konnte sie sich glücklich schätzen. Zwei Söhne, von denen sich der eine mit fünfzehn aufgehängt hatte und der andere ein Sexualverbrecher geworden war. Und nun hatte man ihn ermordet. Im Fernsehbericht wurde gemutmaßt, dass das alles zusammenhing, Kroons Flucht, Lisbets Verschwinden und der Mord an Rune.

Für Bodil war es unbegreiflich. Sie kannte Rune, er war ein Jahr jünger als Petter, und die beiden waren in dieselbe Schule gegangen. Eine Weile hatten sie sich wohl sogar angefreundet, beide schüchterne und schmächtige Außenseiter, doch irgendwie war es dann auseinandergegangen. Weshalb, wusste sie nicht. Sie hatte dafür gesorgt, dass die Kinder genug zu essen hatten und vernünftig angezogen waren. Viel geredet hatten sie nicht. Erst heute war ihr klar, wie wichtig das gewesen wäre.

Sie hörte Schritte und laute Stimmen im Treppenhaus und griff nach der Fernbedienung, um den Ton leiser zu stellen. Brachte Eik etwa seine Kollegen mit, mit denen er jeden Sonntagnachmittag ins Fußballstadion oder in die Eissporthalle ging, die beide nur gut hundert Meter von ihrem Wohnblock entfernt lagen? Schon oft hatte sie geargwöhnt, dass diese Einrichtungen der wahre Grund waren, weshalb Eik von Kalvsund in den Göteborger Stadtteil Lundby hatte ziehen wollen.

Tatsächlich hörte sie das Geräusch des Schlüssels in der Wohnungstür, und gleich darauf stand Eik vor ihr. Allerdings nicht in Begleitung irgendwelcher Kollegen, sondern mit zwei uniformierten Beamten der Reichspolizei.

»Frau Larsson?«, sagte der eine. »Wir haben ein paar Fragen. Es geht um Ihren Sohn Petter.«

Es war, als falle die Tür zu den Schrecken, mit denen er tagtäglich zu tun hatte, hinter ihm ins Schloss. In dem Moment, als er den Volvo auf das Grundstück lenkte, schien es nur noch diese Welt zu geben. Die weiße Villa mitten im Wald, umstanden von hellen Birken. Die zarten Blätter leuchteten im weichen Licht der Abendsonne. Es war eine Oase. Wer hier lebte, befand sich in einer anderen Welt.

Ob sie besser oder schlechter war, darüber mochte man streiten. Einerseits bedauerte Frederik die Bewohner. Sie würden nie an einem normalen Leben teilhaben. Andererseits blieb ihnen vieles erspart.

Trotzdem fiel es ihm schwer, sich damit abzufinden. Noch war Emma ein Kind, und es war egal, ob sie mit Puppen spielte oder Bauklötze nach Formen und Farben sortierte. Doch wie würde ihr Leben aussehen, wenn sie größer war? Würde sie jemals zur Schule gehen, Freunde und vielleicht sogar einen Partner finden und einen Beruf ausüben können?

Die Ärzte hatten ihm erklärt, dass es noch zu früh für Prognosen war. Emmas Autismus war augenscheinlich, konnte sich jedoch im Laufe der Jahre ebenso gut verbessern wie verschlimmern. Man musste ihr Zeit geben und durfte sie nicht drängen.

Frederik schüttelte das Unbehagen ab, das ihn jedes Mal befiel, wenn er darüber nachdachte, und konzentrierte sich stattdessen auf das Gefühl von Ruhe und Geborgenheit, das dieser Ort vermittelte. Auf keinen Fall wollte er seine Ängste und Sorgen zu Emma hineintragen.

Es war ein spontaner Entschluss gewesen, sie zu besuchen. Nachdem er sein Boot im Hafen von Eriksberg festgemacht hatte, war er mit der Fähre zum Stenpiren, dem zentralen Anleger des öffentlichen Nahverkehrs, und von dort mit der Straßenbahn ins Büro gefahren. Als er den verwaisten Flur betreten hatte, war ihm plötzlich wieder bewusst geworden, dass Sonntag war. Er hatte sich die Schlüssel für einen der Dienstwagen aus der Pförtnerloge besorgt und war einfach losgefahren.

Er hoffte, dass er Emma nicht aus dem Takt brachte. Es war nicht ihre Zeit, und sie mochte keine Überraschungen. Aber vielleicht würde sie sich trotzdem freuen. Er musste ihr jetzt einfach in die Augen sehen, die so tief und klar waren wie ein Bergsee. Emma sprach nur selten, und ihre Gestik und Mimik waren auf ein Minimum reduziert. Aber ihre Augen waren das Fenster, durch das er in ihre Seele blicken konnte.

Auf dem Flur mit den hellen Pastelltönen war niemand zu sehen, und Frederik kam unbehelligt durch die schwere Glastür. Vor Emmas Zimmer blieb er stehen und schloss kurz die Augen. Er verbannte die Gedanken an den Fall in den hintersten Winkel seines Gehirns. Dann klopfte er leise an, öffnete vorsichtig die Tür und verschloss sie sacht hinter sich.

Emma hatte neues Zubehör für ihr Lieblingsspielzeug bekommen. An das gelbe Plastikauto mit den beweglichen Rädern war ein Anhänger gekoppelt. Emma hatte aus Bauklötzen eine komplizierte Parksituation erschaffen und versuchte, das Auto samt Hänger in die Lücke zu manövrieren. Sie war so auf die Aufgabe konzentriert, dass sie Frederiks Eintreten gar nicht bemerkte. Ihre Stirn war gerunzelt, und sie presste die Zungenspitze fest gegen die Oberlippe. Frederik musste unwillkürlich lächeln. Dieses Kind mochte gehandicapt sein, aber es ruhte in sich, und in diesem Moment hätte er geschworen, dass Emma glücklich war. Ein Gefühl tiefer Dankbarkeit durchströmte ihn.

So lautlos wie möglich ließ er sich im Schneidersitz in der gegenüberliegenden Ecke nieder und sah ihr zu. Erst als das Gespann seine endgültige Parkposition erreicht hatte, machte er sich bemerkbar.

»Hallo, Emma.«

Sie wandte langsam den Kopf, als erwachte sie aus einer Trance. Eine ganze Weile starrte sie ihn einfach nur an. Kein Muskel in ihrem Gesicht zuckte.

»Ich weiß, es ist nicht unsere Zeit«, sagte er. »Aber ich musste arbeiten. Da ist ein junges Mädchen verschwunden, und ich muss es suchen.«

Er bereute die Worte schon, kaum dass er sie ausgesprochen hatte. Er hatte doch den Fall nicht mit zu Emma hereinnehmen wollen.

»Wie ... heißt sie?«

Frederik erschrak. Es kam fast nie vor, dass Emma sprach, und wenn, dann für gewöhnlich nur einzelne Worte.

»Lisbet«, brachte er hervor.

Emma neigte den Kopf. Erst nach rechts, dann nach links. Als suche sie etwas in seinem Gesicht, das nicht zu entdecken war.

»Hast du sie ... gefunden?«

»Nein. Noch nicht. Aber ich werde sie finden.« Er hoffte, dass er nicht zu viel versprach. Was, wenn Lisbet längst tot war und ihr Entführer die Leiche irgendwo verscharrt hatte? Aber daran wollte er jetzt nicht denken. Nicht hier bei Emma.

»Das musst du.« Emma nickte vor sich hin, so lange, dass er schon befürchtete, sie sei wieder in eine andere Welt abgeglitten. »Ihre Eltern sind sonst ... traurig.«

Frederik schluckte. Nicht nur, dass Emma sprach – es war vor allem der Inhalt ihrer Aussage, der ihn berührte. Wie alle Asperger-Autisten war sie nicht in der Lage, sich in andere einzufühlen. Bereiche, die sich nicht rational und logisch erschließen ließen, waren ihr nicht zugänglich. Frederik verwendete bei seinen Besuchen viel Mühe darauf, ihr zu erklären, wie man Emotionen am Gesichtsausdruck einer Person ablesen konnte und was diese Gefühle für den jeweiligen Menschen bedeuteten. Anscheinend mit Erfolg. Oder hatte sich gar ein Spalt in ihrer Abwehr aufgetan, und sie empfand tatsächlich etwas?

Emma blinzelte. Für eine Sekunde verschwand die starre Maske, und Frederik sah das ängstliche kleine Mädchen, das sich dahinter verbarg. »Das ... sind sie doch? Traurig?«

Es brach ihm fast das Herz. Was musste dieses Kind erlitten haben, bevor man es im Heim untergebracht hatte? Und was war Lisbet widerfahren, ehe sie verschwunden war? In seinem Kopf purzelten die Bilder durcheinander.

Frederik biss die Zähne zusammen. Er wollte Emma beschützen, nicht ihre Ängste verstärken.

»Ja, Emma. Sie wären sehr traurig. Sie lieben ihre Tochter«, sagte er und fragte sich zugleich, ob das tatsächlich stimmte. »So wie ich dich liebe.«

Emma wandte sich wieder ihrem Spielzeugauto zu und manövrierte es aus der Parklücke.

»Dann ... musst du jetzt gehen.«

Frederik erhob sich. Er kannte Emma, wenn sie diese Haltung eingenommen hatte, kam man auf absehbare Zeit nicht mehr an sie heran.

»Ich komme wieder, wenn ich sie gefunden habe. Und dann erzähle ich dir alles«, versprach er.

Emma reagierte nicht. Sie schob das Auto konzentriert hin und her, drehte den Knopf auf dem Dach, der die Räder bewegte, und rangierte es zurück in die Parklücke. Frederik wusste, dass sie das so lange tun würde, bis sie den Ablauf perfektioniert hatte.

Langsam ging er zur Tür und öffnete sie. Er hob die Hand zum Abschied, ohne dass sie es sah. Dann verließ er den Raum.

19

Seit dem Morgen saß er in seinem Arbeitszimmer und starrte Löcher in die Luft. Angeblich wollte er an seiner Predigt arbeiten, doch ein Blick durch das Gartenfenster zu ihm hinein offenbarte, dass Papier und Stift neben ihm auf dem Tisch lagen und das Blatt nach wie vor leer war.

Sie hätte ihn gern gefragt, was es mit dem Trubel in der Kirche auf sich gehabt hatte, die vielen Polizisten, die beiden schwarz gekleideten Bestatter und der Kindersarg, den man weggebracht hatte, aber sie traute sich nicht. An und für sich war es nicht ungewöhnlich, dass dort Särge vorbeigetragen wurden, doch normalerweise brachte man sie in die andere Richtung, auf den Friedhof, nicht von dort weg. Und die Polizei war noch niemals dabei gewesen.

Das Problem war, dass sie nicht wusste, wie sie es anfangen sollte. Magnus war ein freundlicher und gütiger Mann, doch er hatte schon immer eine Mauer um sich errichtet. Es gab Bereiche, in die sie einfach nicht vordringen durfte. Etwas Düsteres lag dann in seinem Blick, wenn sie zu viel fragte, und wenn sie die Grenze überschritt, erhob er sich abrupt und ließ sie mit dem Gefühl zurück, eine schwere Sünde begangen zu haben.

Dabei war es in Wirklichkeit wohl er, der gesündigt hatte. Sie hatte gehört, was die Leute tuschelten, nämlich dass man das Skelett eines Säuglings entdeckt hatte, nicht auf dem Friedhof, sondern eingemauert im Vorraum der Kirche. Vor siebenundzwanzig Jahren, hieß es. Mit anderen Worten: zu einer Zeit, als er hier Pastor gewesen war. Wer außer ihm sollte es getan haben?

Die Frage, die sie quälte, war jene nach dem Warum. Sie

konnte sich einfach keinen Grund vorstellen, weshalb ein Gottesmann einen toten Säugling in einer Mauer beisetzte statt in geheiligter Erde. Es musste etwas mit Magnus' Geheimnis zu tun haben. Aber was genau mochte es sein, das ihn dazu bewogen hatte?

Hatte er dieses Kind gezeugt? Vor siebenundzwanzig Jahren waren sie bereits verheiratet gewesen, und als Pastor hätte er sich ein uneheliches Kind nicht erlauben können. Die Kirche hätte vermutlich sogar darüber hinweggesehen, aber nicht die Mitglieder seiner Gemeinde. Auf den Schären und in den ländlichen Gebieten der schwedischen Westküste hing man noch immer stark den konservativen Lehren Schartaus an, und ein Pfarrer, der dessen Worten zuwiderhandelte, konnte keinen Respekt erwarten.

Doch wenn es so war, weshalb hatte sich dann die Mutter damit abgefunden? Zumindest sie hätte doch für ein ordentliches Begräbnis kämpfen müssen. Außerdem hätte es bedeutet, dass Magnus fremdgegangen war, und sie konnte sich das nicht vorstellen. Aber was wusste sie schon? Kannte sie ihren Mann überhaupt?

Sie fragte sich, wer diese andere Frau gewesen sein könnte und woran das Kind überhaupt gestorben war.

Dann schüttelte sie den Kopf. Sie würde durchdrehen, wenn sie noch länger darüber nachgrübelte. Lieber sollte sie etwas Sinnvolles tun, um sich abzulenken. Sie holte eine spitze Schaufel aus dem Schuppen und begann, den Löwenzahn im Rasen auszustechen. Bei jedem Hieb spritzten Erdkrumen auf, und ein Stängel nach dem anderen kippte schlaff zur Seite. Alva harkte sie zusammen und starrte auf den armseligen Haufen. Sie wusste, dass sie eigentlich nicht die Wildblumen gemeint hatte, sondern Magnus.

Ihr Vater saß auf seinem Stuhl an der Stirnseite des Tisches und fixierte sie. Die Augen unter den buschigen Brauen funkelten.

»Hat er dich heute wieder nicht mit rausgenommen?«

Viveka schüttelte den Kopf. Sie hasste diese abendliche Inquisition, aber solange sie hier im Haus ihrer Eltern wohnte, blieb ihr nichts anderes übrig, als sie über sich ergehen zu lassen. Wenn sie nur endlich eine eigene Wohnung fände!

»Du musst dich unentbehrlich machen«, teilte Carl-Axel ihr mit. »Anders kommst du nicht ans Ziel.«

Viveka nickte. Es war die übliche Leier. Gleich würde wieder der Hinweis auf ihre Jugendsünden folgen und die Ermahnung, wie dankbar sie sein musste, dass ihr Vater die Sache damals unter den Teppich gekehrt hatte.

»Sei froh, dass ich dich überhaupt bei der Truppe untergebracht habe«, sagte er erwartungsgemäß, nachdem er seinen Vortrag über die Tugenden einer Polizistin beendet hatte. »Mit einer Strafakte wäre dir der Weg ein für alle Mal verschlossen gewesen.«

»Ja, Papa.« Sie neigte demütig den Kopf, während zugleich heiße Wut in ihr aufwallte. Es war alles so ungerecht! Sie konnte doch nichts dafür. Die anderen Mädchen hatten sie genötigt. Wenn sie dazugehören wollte, sollte sie beweisen, dass sie kein Angsthase war. Nur deshalb war sie gemeinsam mit ihnen in den Kiosk eingebrochen. Wer hätte denn ahnen können, dass der Besitzer noch einmal zurückkam, weil er etwas vergessen hatte? Und dass er ausgerechnet sie erwischte, während die beiden anderen sich rasch davonmachten? Fast könnte man denken, sie hätten es genau so geplant, weil sie der Tochter des westschwedischen Polizeichefs eine Lektion erteilen wollten. Die erhoffte Aufnahme in die Clique war jedenfalls ausgeblieben. Stattdessen hatte sie den ganzen Sommer lang Rasen gemäht, täglich die Familienkutsche gewaschen und den gesamten Gartenzaun und die Hütte im Garten neu gestrichen. Dazu kamen noch ihre Pflichten im Haus: kochen, bügeln und waschen und natürlich staubsaugen und Schuhe putzen. Die Sozialstunden, die ihr ein Richter aufgebrummt hätte, wären sicher nur halb so anstrengend und erniedrigend gewesen. Aber das war eben der Preis dafür, dass ihre Weste weiß blieb.

»Du musst deinen Kopf anstrengen und Forsberg beweisen, dass du mehr zu bieten hast als diese ... wie heißt sie?«

»Anna. Anna Jordt.«

Carl-Axel runzelte die Stirn. Seine Finger trommelten auf der Tischplatte.

»Das ist doch ... War das nicht ...?« Seine Miene verfinsterte sich zusehends. »Aber Birger würde doch nicht diese Frau ...« Wieder sprach er den Satz nicht zu Ende. Stattdessen schnellte er von seinem Platz hoch und verschwand im Flur.

Viveka schaute aus dem Fenster. Vor dem Haus wuchsen prächtige Rosenbüsche, die ihre Mutter hegte und pflegte. Alles, was sie tat, kam von Herzen. So schön und hoffnungsvoll hatte alles begonnen. Ihre Eltern hatten sie geliebt. Sie hatten immer hinter ihr gestanden und ihr den Rücken gestärkt. Und trotzdem war ab einem bestimmten Punkt alles schiefgelaufen. Viveka hatte keine Ahnung, weshalb. Es war einfach unfair.

Ihr Vater kam zurück, das Gesicht noch grimmiger als zuvor.

»Es ist nicht zu fassen«, grollte er. »Ich weiß wirklich nicht, was Birger da geritten hat. Sich so jemanden ins Team zu holen!«

Viveka verspürte ein Kribbeln. Offenbar gab es in Annas Vergangenheit etwas, das ihr nicht zur Ehre gereichte. Ihr Vater war zwar kein Mann, der solche Sachen ausplauderte, doch wenn sie es geschickt anstellte, könnte sie ihn sicher um den Finger wickeln. Und wenn sie erst einmal etwas gegen Anna in der Hand hätte, würde sie die Situation schon zu ihren Gunsten wenden.

Der Bildschirm auf seinem Schreibtisch leuchtete weiß, während vor den Fenstern die Dämmerung hereinbrach und die zarten Wolken über den Hausdächern rosa färbte. Frederik lehnte sich frustriert auf seinem Bürostuhl zurück.

All ihre Anstrengungen hatten nichts erbracht. Nach wie vor gab es keine Spur von Lisbet und Carl Kroon. Die ersten Ergebnisse der Rechtsmedizin und weitere Erkenntnisse der Spurensicherung würden frühestens morgen eintreffen. Und bisher hatte sich niemand gefunden, der den Wagen von Petter Larsson gesehen hatte. Noch war die Befragung nicht abgeschlossen, die Kollegen waren noch bei der Arbeit, doch Frederik vermutete, dass sie nichts Verwertbares finden würden. Wer achtete in einem dicht besiedelten Stadtbezirk schon auf ein Auto, das am Straßenrand parkte? Wenn Petter also nicht gesehen worden war, konnte das alles und nichts bedeuten. Entweder hatte ihn einfach nur niemand bemerkt, oder er war überhaupt nicht in der Nähe des Wohnblocks gewesen, in dem seine Eltern lebten. Diese hatten jedenfalls bestätigt, dass es seit Jahren keinen Kontakt gab und Petter auch an diesem Samstag nicht bei ihnen gewesen war. Zumindest in diesem Punkt hatte er nicht gelogen. Doch auch das half ihm nicht weiter.

Sicherheitshalber hatte Frederik noch einmal die Register geprüft und nach ehemaligen Sexualstraftätern gesucht, die sich hier in der Gegend aufhielten, war aber zu demselben Ergebnis gekommen wie Göran. Anscheinend hatte der Kollege nicht geschlampt, auch wenn er ausgesprochen unmotiviert wirkte.

Frederik schaltete den Rechner aus. Auf dem Weg hierher hatte er sich ein paar Zimtschnecken besorgt, die er jetzt achtlos hinunterschlang. Er würde sich im Ruheraum auf die Pritsche legen und versuchen, ein wenig zu schlafen. Das Bad im Meer und der Besuch bei Emma hatten ihm gutgetan, aber die Anspannung zerrte immer noch an ihm. Mit jeder Stunde, die verstrich, wurde die Wahrscheinlichkeit geringer, dass sie Lisbet retten konnten.

Er hätte jetzt gern mit Lea gesprochen, doch es war zu riskant, sie anzurufen. Arvid könnte das Telefon in die Finger bekommen und herausfinden, wer der Anrufer war, und er mochte nicht einmal daran denken, was das für Lea bedeuten würde. Wenn sie sich doch nur endlich entschließen könnte, ihn zu verlassen!

Aber ihm waren die Hände gebunden. Er konnte nur abwarten.

20

Die Kugeln prasselten in schneller Folge auf ihre Brust. Geschosse aus einem russischen Maschinengewehr von so hoher Durchschlagskraft, dass sie die Schutzweste der schwedischen Reichspolizei mit der gleichen Leichtigkeit durchbohrten wie ein Stein die Oberfläche eines stillen Sees. Blut und Gewebefetzen spritzten umher. Torun wurde zurückgeschleudert und blieb reglos auf dem Rücken liegen. Frederik wollte zu ihr stürzen, unterdrückte aber den Impuls und warf sich stattdessen hinter die niedrige Mauer, die das Grundstück umgab. Hilflos musste er mit ansehen, wie seine Kollegen einer nach dem anderen niedergemäht wurden. Die Täter stürmten aus dem Gebäude, wild um sich schießend, und sprangen in den bereitstehenden Lieferwagen. Der Motor heulte auf, und das Gefährt raste vom Hof. Eine Staubwolke wirbelte auf, als er auf die Straße schleuderte und sich mit hoher Geschwindigkeit entfernte.

Benommen rappelte Frederik sich auf und starrte fassungslos auf das blutige Inferno.

Es war ein Hinterhalt gewesen. Ein anonymer Anrufer hatte behauptet, dass sich in diesem leer stehenden Lagerhaus ein Waffendepot befand. Sie hatten die Sache nur überprüfen wollen. Als sie bemerkten, dass sich jemand im Gebäude aufhielt, war er zurück zum Wagen geeilt, um Verstärkung anzufordern. Die Spezialeinheiten waren mit Schutzwesten der Sicherheitsklasse vier ausgerüstet, die auch gegen Maschinengewehrkugeln wirksam waren, und sie hatten ballistische Helme. Die Kollegen hatten sich auf dem Gelände verteilt, um das Lager im Auge zu behalten, und Deckung gesucht. Niemand hatte damit gerechnet, dass der Gegner binnen Sekunden das Feuer eröffnen würde.

Wie in Trance ging er auf Torun zu, riss sich die nutzlose Schutzweste vom Körper und fiel neben ihr auf die Knie. Entgegen jeder Wahrscheinlichkeit lebte sie noch. Ihre Augenlider flatterten, und ihre zitternde Hand suchte die seine.

»Bring diesen verfluchten Mistkerl hinter Gitter«, brachte sie mühsam hervor. »Versprich es mir, Frederik.« Er hörte das Gurgeln in ihrer Kehle; die Kugeln mussten die Lunge durchschlagen haben, und das Blut quoll durch ihre Luftröhre nach oben.

»Ich verspreche es«, sagte er rau. Tränen liefen ihm über das Gesicht. Er hielt ihre Hand und spürte, wie sie plötzlich erschauerte. Dann brach ihr Blick.

Das war die Stelle, an der er mit einem Schrei hochfuhr, jedes Mal. Es gelang ihm nie, sie zu retten. Es war ihm auch in Wirklichkeit nicht gelungen. Torun und die anderen Kollegen waren tot. Der Traum war kein Albtraum, es war ein Film, der ständig wiederholt wurde. Jedes Detail dieser furchtbaren Momente war minutiös in seinem Kopf gespeichert.

Der Mistkerl, der die Waffen ins Land schmuggelte, war Arvid Ekström. Frederik hatte ihn gejagt, drei Jahre lang. Hinter Gitter gebracht hatte er ihn nicht. Das war es, was ihn quälte, der Grund, warum dieser Traum ihn immer wieder heimsuchte.

Wie stets, wenn die Erinnerung zurückkehrte, war er schweißgebadet. Seine Kehle brannte, und seine Ohren schmerzten von seinem eigenen Schrei, der klang wie von einem tödlich verwundeten Tier.

Immer noch zitternd mühte er sich von der Liege im Ruheraum und ging über den Flur zu den Toiletten. Er sah sein Gesicht im Spiegel, wie eine Totenmaske. Die Haut war grau, die Augen waren blutunterlaufen und lagen tief in den Höhlen. Er zog sein Hemd aus, drehte das kalte Wasser auf und hielt den

Kopf in den Strahl. Mit der Seife aus dem Spender wusch er sich Gesicht und Oberkörper und benutzte das Hemd, um sich abzutrocknen. Papiertücher gab es wie in den meisten schwedischen Toiletten nicht, nur Händetrockner. Damit konnte er immerhin seine Haare föhnen. Als Letztes schüttelte er das Hemd aus und hielt es ebenfalls unter den Trockner, ehe er es wieder anzog. Besonders frisch sah es nicht aus, und zerknittert war es obendrein, aber das war nicht zu ändern.

Frederik schaute auf die Uhr. In einer halben Stunde wollte er sich mit seinem neuen Team im Besprechungsraum treffen. Er hoffte, dass sich im Laufe des Tages irgendetwas ergab, das sie weiterbrachte.

Eine weitere Niederlage würde er nicht verkraften. Nicht wenn es das Leben eines zwölfjährigen Mädchens war, das auf dem Spiel stand.

Als er die Tür seines Büros aufschloss, hörte er, dass innen das Telefon klingelte. Rasch ging er hinein und nahm den Hörer ab.

»Forsberg.«

Der Anruf kam vom Staatlichen Kriminallabor in Linköping.

»Wir haben einen Schnelltest gemacht mit der DNA des Säuglings, den ihr in der Kirche gefunden habt. Wie du vermutet hast, ist Magnus Sandström der Vater des Kindes.«

»Danke. Das ist interessant«, sagte Frederik, auch wenn er nicht wusste, wie ihm diese Erkenntnis bei seinem aktuellen Fall helfen sollte. Das Kind war vor langer Zeit gestorben und beerdigt worden. Mit Lisbets Verschwinden hatte das wohl kaum etwas zu tun. Dass man den Säugling ausgerechnet jetzt gefunden hatte, lag nur daran, dass sie bei der Suche nach Lisbet mit Leichenspürhunden unterwegs waren.

»Das ist aber noch nicht alles«, redete der Mann am anderen Ende weiter. »Wir wissen nicht nur, wer der Vater ist. Wir kennen auch die Mutter.«

»Aha?« Frederik war überrascht. Noch verblüffter war er allerdings, als ihm der Kollege den Namen nannte. Damit hatte er nicht gerechnet.

Das Knacken der Schale, als sie ihr Frühstücksei mit dem Messer köpfte, klang wie ein Peitschenknall in der Stille. Sie saßen sich am Tisch gegenüber wie immer, aber es gab nichts mehr zu sagen. Nachdem sie sich gestern angeschrien hatten, bis sie heiser waren, hatte sich jetzt jeder tief in sich selbst zurückgezogen. Alles um sie herum schien zu Eis erstarrt.

Sie führte den Löffel mit dem Ei zum Mund und schluckte, konnte aber keinen Geschmack ausmachen. Sie schmeckte nur noch Bitterkeit, auf der Zunge und in ihrem Herzen. Zugleich wühlte ein Ungeheuer ein Loch in ihre Eingeweide, das immer größer wurde.

Hjördis glaubte nicht mehr, dass die Sache gut ausgehen würde. Einfach alles entglitt ihr. Immer wieder war sie enttäuscht und verraten worden. Nie hatte sich jemand um ihre Wünsche und Bedürfnisse gekümmert. Alle hatten sie nur ausgesaugt wie Blutegel, bis nichts mehr von ihr übrig war. Und nun ließ man sie einfach fallen.

Dass Petter zu seinen Eltern gefahren war, setzte dem Ganzen die Krone auf. Sein Vater hatte sie eine Schlampe genannt, damals, als sie die Familie noch besucht hatten. *Sie liebt dich nicht,* hatte er gesagt, *sie will nur dein Geld*. Ihm hatte nicht gefallen, wie sie mit Lisbet umging, und sie hatte ihm deutlich die Meinung gesagt. Sie wusste wohl selbst, was das Beste für ihre Tochter war.

Danach war der Kontakt abgebrochen, und sie hatte es nicht bedauert. Es reichte ja, dass sie Gunhild im Haus hatte, die ständig nörgelte und an ihr zerrte. Petters Gejammer hatte sie geflissentlich überhört. Er war doch wohl ein erwachsener Mann und brauchte seine Mutter nicht mehr.

Sie löffelte das restliche Eiweiß aus der Schale und spülte es mit einem Schluck Kaffee hinunter.

Das Schlimmste war, dass sein Vater sie durchschaut hatte. Allen anderen hatte sie etwas vormachen können, aber Eik hatte hinter die Fassade geblickt. Dabei war er doch nur ein einfacher Stahlarbeiter, kein gebildeter oder psychologisch geschulter Mann. Es war wohl eher so etwas wie ein tief verwurzelter, primitiver Urinstinkt.

Sie hatte Petter tatsächlich nicht aus Liebe geheiratet, sondern nur deshalb, weil Lisbet unterwegs war. Aber wollte man ihr daraus einen Strick drehen? Ein Kind brauchte doch Vater und Mutter. Sie hatte geglaubt, dass sie im Laufe der Zeit schon zusammenwachsen würden, und in den ersten Jahren hatte es ja tatsächlich danach ausgesehen. Petter war so vernarrt in Lisbet, und er war von Anfang an ein begeisterter Vater. Sie hatten sich wirklich bemüht. Am Ende hatte es trotzdem nicht gereicht.

Hjördis betrachtete den Mann, der ihr gegenübersaß. Er war immer blass und schüchtern gewesen, doch seine überschwängliche Liebe zu ihr hatte ihn immer viel lebendiger wirken lassen. Nun schien davon nichts mehr übrig, und was blieb, war eine armselige Gestalt. Es war wirklich das Beste, wenn sie sich trennten. Aber er täuschte sich, wenn er glaubte, er könnte Lisbet mitnehmen. Das würde sie niemals zulassen.

Sie hatte gewartet, bis Eik in die Sicherheitsschuhe geschlüpft war, seine Jacke vom Haken genommen und die Haustür hinter sich geschlossen hatte. Vorsichtshalber hatte sie sogar aus dem Fenster gesehen, ob er mit seinem Moped vom Hof fuhr. Dann hatte sie begonnen zu packen.

Den Brief hatte sie schon gestern Abend geschrieben, als er ins Bett gegangen war. Sie hatte immer noch vor dem Fernseher gesessen, sich ein ums andere Mal die gleichen Berichte über das verschwundene Kind angesehen, von dem es nach wie vor nichts Neues gab, und langsam war der Entschluss in ihr gereift.

Es war vielleicht feige, ihn nicht von Angesicht zu Angesicht damit zu konfrontieren, doch sie wusste, dass sie bei Auseinandersetzungen den Kürzeren zog. Seine körperliche Präsenz und seine Stimmgewalt, vor allem aber seine Selbstgerechtigkeit machten es unglaublich schwer, im Kampf mit ihm zu bestehen. Sie hatte gelernt, nachzugeben, weil sie gegen ihn ja doch nicht ankam.

Aber nun konnte sie es nicht mehr.

Bodil klappte den Koffer zu, zog ihren leichten Sommermantel an und öffnete die Wohnungstür.

Wenn sie jetzt über die Schwelle trat, wäre ihre Welt ein für alle Mal verändert. Sie konnte nicht einfach zurückkommen, und alles wäre wie vorher. Doch das wollte sie auch gar nicht.

Noch einmal atmete sie tief durch. Dann trat sie vor die Tür.

Sie fühlte sich sofort besser. Beschwingt lief sie die Stufen im Treppenhaus hinunter und machte sich auf den Weg zur Straßenbahnhaltestelle. Die Sonne schien warm, und die Blätter der Bäume leuchteten in einem frischen Grün. Alles war so lebendig.

Es war, als hätte sie die Tür des Käfigs geöffnet, in dem ihre Sehnsucht so viele Jahre eingesperrt war.

Jetzt konnte sie endlich fliegen.

Auf dem Flur zum Besprechungsraum kam ihm Birger entgegen. Er wirkte ausgeruht – das Wochenende mit Frau und Kindern hatte ihm offensichtlich gutgetan –, zugleich aber auch besorgt.

»Noch immer nichts Neues von Lisbet und Kroon?«

»Nein.« Frederik spürte, wie die Last auf seinen Schultern drückte. »Alle beide wie vom Erdboden verschluckt.«

Der Dienststellenleiter seufzte. »Ich dachte, nachdem wir

wissen, dass sie vermutlich mit diesem gestohlenen Motorboot unterwegs sind, würde es leichter werden. Aber es gibt wohl einfach zu viele Möglichkeiten, wo sie hingefahren sein könnten. Über die Ostsee nach Süden oder durch das Kattegat nach Norden, oder vielleicht auch durch den Göta-Kanal. Wir haben zahllose Hinweise über die sozialen Medien bekommen, aber bisher war nichts Verwertbares dabei.« Er musterte Frederik kritisch. »Hast du geschlafen? Du siehst müde aus.«

»Ein wenig, auf der Liege im Ruheraum. Aber ich hatte wieder diesen Traum.«

Birger war schon damals sein Vorgesetzter gewesen, er kannte jedes Detail der Geschichte, und sie hatten oft darüber gesprochen. Jetzt legte er ihm kurz die Hand auf die Schulter.

»Wenn es dir zu viel wird …«

»Nein, alles okay. Ich schaffe das schon.«

Birger deutete auf die Tür zum Konferenzraum.

»Und dein neues Team? Kommst du zurecht?«

»Ja. Sie machen sich nicht schlecht, die meisten jedenfalls. Man merkt, dass sie alle ein ziemliches Päckchen mit sich herumschleppen, aber wir kriegen das in den Griff.«

Birger sah ihn ernst an.

»Du hast freie Hand. Wenn einer querschießt, wirf ihn raus. Meine Rückendeckung hast du.«

»Ich weiß. Aber ich denke, das wird nicht nötig sein.«

Birger wies mit dem Daumen über die Schulter.

»Auf mich wartet leider die Pressemeute, sonst wäre ich gern dabei.«

Frederik hob die Hände.

»Halte sie nur mir vom Leib, dann bin ich schon zufrieden.«

»Das lässt sich einrichten.« Birger rang sich ein Lächeln ab, drehte sich um und eilte über den Flur davon. Frederik betrat den Besprechungsraum.

Bis auf Göran waren alle da. Irgendjemand hatte Kaffee gekocht, Hedda vermutlich, auf dem Tisch standen Tassen und ein Teller mit Keksen. Frederik, der plötzlich ein nagendes Hungergefühl verspürte, nahm sich ein paar davon.

Anna, Viveka und Hedda saßen am Tisch, Anna und Hedda mit Klemmbrett und Stift, Viveka mit ihrem Tablet in der Hand. Khalid stand wie beim ersten Mal an die Wand gelehnt, hatte die Hände in den Hosentaschen vergraben und machte keine Anstalten, sich dazuzusetzen. Frederik ließ ihn gewähren.

Er zog sich einen Stuhl heran und blätterte durch die Papiere, die ihm jemand hingelegt hatte. Seine Kollegen hatte alle identische Stapel vor sich.

»Lasst uns kurz zusammenfassen, was wir haben. Das meiste ist euch wahrscheinlich bekannt, aber es ist gut, wenn wir alle auf demselben Stand sind.« Er machte eine kurze Pause, um sich zu konzentrieren.

»Also, die Fakten: Am Freitagabend kehrt Carl Kroon nach seinem Freigang nicht in die Skogome-Anstalt zurück. Er wird auf der Fähre nach Kalvsund gesehen, dort verliert sich seine Spur. Die Kriminaltechnik hat Hinweise darauf gefunden, dass er sich im Geräteschuppen auf dem Sportplatz aufgehalten hat. Vermutlich hat er dort die Nacht von Freitag auf Samstag und auch die von Samstag auf Sonntag verbracht. Möglicherweise hat er sich aber zwischenzeitlich auch in einem der Schuppen oder Gartenhäuser auf der Insel versteckt. Das lässt sich nicht sicher rekonstruieren. Klar ist nur, dass er am Samstagnachmittag bei Rune Dahlberg war.« Er legte das Blatt beiseite und schaute auf das nächste.

»Am Samstagvormittag verschwindet die zwölfjährige Lisbet Larsson. Sie wurde zuletzt gegen acht Uhr morgens von ihrer Mutter gesehen. Ihr Vater Petter war zu diesem Zeitpunkt bereits aus dem Haus. Zunächst hat er ausgesagt, er sei mit seinem Boot in Richtung Marstrand gesegelt, aber Khalid hat ihn auf der Videoüberwachung der Fähren entdeckt. Nun behauptet er, er sei nach Lundby gefahren, um seine Eltern zu besuchen, habe sich dann aber doch nicht dazu durchringen können und stattdessen mehrere Stunden vor deren Haus im Wagen gesessen. Wir wissen sicher, dass er mit der Fähre um halb zwölf zurück nach Kalvsund gefahren ist. Den Zeitpunkt, wann er die Insel verlassen hat, kennen wir nicht. Er selbst sagt, es sei halb sechs gewesen, und tatsächlich war zu diesem Zeitpunkt ein passendes Auto auf der Fähre. Das Kennzeichen ist aber nicht zu erkennen. Es gibt weitere Wagen, die infrage kommen, um halb acht und um neun. Wir können also nicht ausschließen, dass Petter mit einer späteren Fähre gefahren ist. Wenn es die Neun-Uhr-Fähre war, könnte er Lisbet dabeigehabt haben. Ihre Mutter hat sie um kurz nach acht zuletzt gesehen. Und auch wenn er mit einer früheren Fähre übergesetzt hat, können wir nicht ausschließen, dass er mit einem anderen Fahrzeug noch einmal zurückgekommen ist. Er bleibt also verdächtig. Es sei denn, wir finden jemanden, der ihn vor dem Haus seiner Eltern gesehen hat.«

Viveka nahm ihr Tablet zur Hand und wischte über das Display.

»Die Kollegen haben in der Nachbarschaft herumgefragt. Mittlerweile sind sie durch. Sie haben niemanden gefunden, der das bestätigen kann«, erklärte sie knapp.

»Also hat er schon wieder gelogen.« Anna, wie an den Tagen zuvor mit ihrer schwarzen Motorradmontur bekleidet, verschränkte die Arme. Das Leder knarzte.

Frederik nickte ihr zu.

»Möglicherweise.« Er schaute die anderen Kollegen an. »Petter hätte ein Motiv, Lisbet zu entführen. Er will sich scheiden lassen und hat das Sorgerecht für die Tochter beantragt. Vielleicht befürchtet er, dass er damit nicht durchkommt, und will sich deshalb lieber mit ihr absetzen. Oder er plant, seine Frau mit dieser Entführung unter Druck zu setzen. Es könnte aber auch sein, dass er die Wahrheit sagt. Oder dass es für seine Lügen einen ganz anderen Grund gibt, den wir einfach noch nicht kennen.«

Er suchte Vivekas Blick.

»Du hast seine Familienverhältnisse recherchiert?«

Die Tochter des Polizeichefs tippte auf den Papierstapel, den sie vor sich liegen hatte.

»Geboren auf Kalvsund. Der Vater war Stahlarbeiter bei der Werft Eriksberg, die Mutter ist Hausfrau. Sechs Kinder, Petter ist das jüngste. Von den älteren Geschwistern haben zwei studiert«, sie verzog leicht den Mund, »die beiden Brüder. Der eine arbeitet als Architekt in Dänemark, der andere ist Lehrer in Uddevalla. Die drei Schwestern sind verheiratet, haben jede Menge Kinder und keinen Beruf, genau wie ihre Mutter.«

Ihr Tonfall verriet deutlich, was sie von diesem Modell hielt.

»Vor dreizehn Jahren sind die Eltern, Eik und Bodil, von Kalvsund nach Göteborg in den Stadtteil Lundby gezogen. Eik hatte seinen Job auf der Werft verloren, das war damals die erste Einsparungswelle bei Eriksberg, bevor sie vor ein paar Jahren dann ganz aufgeben mussten. Seitdem arbeitet Eik bei Volvo Trucks in Lundby. Im selben Jahr haben Petter und Hjördis geheiratet, im Jahr darauf wurde Lisbet geboren.«

Sie studierte ihre Notizen.

»In den letzten zehn Jahren gab es keinen Kontakt zwischen Petter und den Eltern, auch nicht mit den anderen Geschwistern. Die scheinen alle ganz dicke miteinander zu sein, aber Petter ist außen vor. Ich habe mit dem ältesten Bruder gesprochen, er sagt, am Anfang war es der Streit, weil sie nicht verstanden haben, warum er Hjördis geheiratet hat, und danach hat sich Petter bockig gezeigt, obwohl die Geschwister immer mal wieder versucht haben, sich zu versöhnen. Er hat aber auch gesagt, dass der Vater sich in jedem Fall geweigert hätte, seine Schwiegertochter in die Wohnung zu lassen.«

Frederik nickte. Das entsprach dem, was ihm Petter am Abend zuvor erklärt hatte.

Anna rutschte ungeduldig auf ihrem Stuhl nach vorn.

»Ich finde dieses ganze Herumgestochere in der Familiengeschichte müßig«, murrte sie. »Die Fakten liegen doch auf dem Tisch. Kroon hat Lisbet entführt, seinen alten Kumpel Rune Dahlberg ermordet, nachdem er ihm das Geld abgeknöpft hat, das Rune von Hjördis erpresst hat, und dann ist er mit dem gestohlenen Boot abgehauen. Wir müssen ihn einfach nur finden, dann ist der Fall geklärt.«

Frederik seufzte leise. Er verstand, dass sich jeder im Raum nach einer einfachen und schnellen Lösung sehnte. Doch gute Polizeiarbeit bestand darin, alle Möglichkeiten in Betracht zu ziehen, auch und gerade jene, die vollkommen unrealistisch erschienen. Jeder Spur zu folgen, wie dünn sie auch sein mochte, und sich erst dann zufriedenzugeben, wenn auch der letzte Zweifel ausgeräumt war.

Er wollte gerade etwas in dieser Art sagen, als sich die Tür öffnete und Göran hereinkam, eine prall gefüllte Bäckertüte in der Hand. Er zog seine Jacke aus, ließ sich schnaufend auf einen freien Stuhl fallen und zog einen Kardamomkringel aus der Tüte, von dem er ein großes Stück abbiss. Frederik hatte aufgrund der Größe der Tüte erwartet, dass er den Kollegen etwas anbieten würde, wurde aber enttäuscht.

»Hej, Göran«, sagte er so freundlich, wie er es vermochte. »Schön, dass du da bist.«

Göran blinzelte, offensichtlich irritiert. Frederik wusste nicht, was er erwartet hatte: dass man ihn ignorierte oder dass man ihn zurechtwies. Er hatte im Augenblick auch nicht die Muße, sich damit zu beschäftigen, zumal er argwöhnte, dass alles, was er sagen könnte, ohnehin an Görans dicker Speckschicht abprallen würde wie an einem Panzer. Über den winzigen Riss in der Fassade freute er sich trotzdem. Bei Gelegenheit würde er versuchen, ihn zu erweitern.

Er fasste rasch für den Kollegen zusammen, was sie schon besprochen hatten, und setzte dann seine Aufzählung fort.

»Freitagabend: Carl Kroon setzt sich ab. Samstagmorgen: Lisbet Larsson verschwindet. Am Samstagnachmittag entdecken wir Kroon bei Rune Dahlberg, Kroon flieht. Bei der Hausdurchsuchung bei Rune finden wir kinderpornografisches Material und einen Pullover von Lisbet, ansonsten aber keine Spuren, die darauf hindeuten, dass sich das Mädchen dort aufgehalten hat. Am Samstagabend wird Dahlberg ermordet, nachdem ihm Hjördis Larsson einen Beutel mit Geld und Schmuck übergeben hat. Aus dem Beutel fehlen das Bargeld und ein wertvoller Rubinring – Hjördis' Verlobungsring.«

»Klar. Das Zeug hat Kroon mitgehen lassen, und er hat Rune erschlagen, weil es Streit wegen der Beute gab«, wiederholte Anna.

Göran biss ein weiteres Stück von seinem Kardamomkringel ab.

»Glaube ich nicht«, nuschelte er zur allgemeinen Überraschung.

»Ach nein?« Anna funkelte ihn an. »Was glaubst du denn?«

Göran legte seufzend den angebissenen Kringel beiseite.

»Ich habe mir die Akten von den beiden angesehen. Carl Kroon ist ein Brecher, Rune Dahlberg eine halbe Portion. Wenn Kroon was von Dahlberg wollte, müsste er ihn nicht umbringen. Er könnte es sich einfach nehmen.«

Zufrieden, dass er seine Erklärung abgegeben hatte, griff er wieder nach seinem Gebäck. Anna ließ aber nicht locker.

»Du meinst also nicht, dass es Kroon war?«

Göran schnaufte.

»Doch. Aber nicht wegen der Beute.«

»Sondern?«

Göran hob die massigen Schultern.

»Die haben doch ein paar Jahre zusammen abgesessen. Vielleicht wusste Rune, wo Kroon mit dem Mädchen hinwollte, und Kroon musste verhindern, dass er ihn verpfeift.«

Frederik hob die Augenbrauen. Das war eine gute Erklärung. Er führte seine Zusammenfassung fort.

»Irgendwann zwischen Kroons Flucht aus Dahlbergs Haus und gestern Morgen wird auf Björkö ein Boot gestohlen. Wahrscheinlich von Kroon, der Lisbet damit irgendwohin bringen will. Aber«, er hob die Hand, um das aufkommende Gemurmel zu stoppen, »das ist nur eine Theorie. Es könnte auch alles ganz anders sein.« Er nahm sein Notizbuch und blätterte darin. »Vergessen wir nicht, dass wir Lisbets Pullover in Runes Garten gefunden haben.«

»Wenn Rune das Mädchen entführt hätte, wo ist es denn dann?«, kritisierte Viveka. »Auf Kalvsund ist doch jeder Winkel durchsucht worden. Und wie du gesagt hast, gab es abgesehen von dem Pullover bei Rune keine Spur von Lisbet. Sie war also nicht im Haus, und dass er sie irgendwo anders versteckt hat, finde ich nicht plausibel.« Sie schaute Khalid an. »Oder hast du Rune Dahlberg auf den Aufzeichnungen von den Fähren gesehen?«

Khalid, der die ganze Zeit mit verschränkten Armen an der Wand gelehnt hatte, wandte ihr den Kopf zu.

»Nein.«

»Trotzdem können wir nicht ausschließen, dass Rune das Boot gestohlen und Lisbet damit weggebracht hat«, wandte Frederik ein, musste aber zugeben, dass es nicht sehr wahrscheinlich war. Seit dem gestrigen Nachmittag wurde intensiv nach dem Boot gesucht. Wenn Rune der Dieb wäre, müsste es sich auf Kalvsund befinden, und dort war es definitiv nicht. Davon abgesehen traute er Rune im Gegensatz zu Carl Kroon auch nicht zu, von Kalvsund nach Björkö zu schwimmen. War also Kroon derjenige, der den Pullover in Runes Garten versteckt hatte? Oder jemand ganz anderes?

Er teilte seine Überlegungen mit dem Team.

Khalid sah ihn aus seinen dunklen Augen skeptisch an.

»Warum glaubst du das?«

Frederik holte seinen Laptop aus der Umhängetasche und verband ihn mit dem Beamer. Er schaltete ihn ein, suchte kurz in seinen Dateien und warf dann ein Foto der Kirche von Öckerö an die Wand.

»Wie ihr wisst, hat gestern Morgen ein Leichenspürhund bei der Suche nach Lisbet vor dieser Wand im Vorraum der Kirche angeschlagen.«

Er zeigte Bilder der Mauer, des Hohlraums hinter der dünnen Gipsschicht und des Säuglingsskeletts, das auf dem mit Erdkrümeln bedeckten Leinentuch lag. Hedda schniefte leise und zog ein Taschentuch hervor, mit dem sie sich die Augen tupfte. Annas Miene wurde noch grimmiger.

»Pfarrer Magnus Sandström hat zugegeben, dass er dieses Kind vor siebenundzwanzig Jahren getauft und illegal auf seinem Friedhof beerdigt hat«, erläuterte Frederik. »Als vor ein paar Monaten das Gräberfeld des Friedhofs erweitert wurde, musste er den Leichnam umbetten, damit man ihn nicht findet. Er hat ihn in der Wand im Vorraum der Kirche versteckt, der zur selben Zeit renoviert wurde.«

Khalid blickte ihn finster an.

»Was hat das mit unserem Fall zu tun?«

»Dazu wollte ich gerade kommen. Wir haben DNA-Proben genommen, und das Staatliche Kriminallabor in Linköping hat sie untersucht.« Er schaute die Versammelten einen nach dem anderen an, um sich ihrer ungeteilten Aufmerksamkeit zu versichern. Dann ließ er die Bombe platzen.

Nachdem sich der Trubel gelegt hatte, bat er Anna, ihn nach Kalvsund zu begleiten. Sie stand sofort auf, wollte aber noch rasch zur Toilette. Frederik wartete im Flur auf sie. Während er dort stand und darüber nachdachte, was die neuen Erkenntnisse bedeuteten, öffnete sich die Tür des Konferenzraums, und Viveka schlüpfte heraus. Sie sah sich um, ob jemand in Hörweite war. Dann trat sie nahe an Frederik heran.
»Wegen des Pullovers bei Rune Dahlberg ...«, begann sie.
»Ja?«
»Den habt ihr gefunden, als Anna die Spurensuche geleitet hat, richtig? Du warst nicht dabei.«
Frederik nickte abwesend. Er war immer noch bei der Sache mit der DNA.
»Ja, richtig.«
Viveka strich sich eine Strähne ihrer langen blonden Haare hinters Ohr und wischte ein paar unsichtbare Fussel von ihrem grauen Kostüm. Frederik kannte sich nicht gut aus, nahm aber an, dass es teuer gewesen war.
Viveka rückte noch ein Stück näher.
»Bist du sicher, dass da alles mit rechten Dingen zugegangen ist?«
Frederik schob die Gedanken an den Säugling beiseite und konzentrierte sich auf Viveka.
»Wie meinst du das?«
»Nun ja.« Die Tochter des Polizeichefs zupfte an ihren Fingern. Eine Geste, die wohl signalisieren sollte, dass ihr das, was sie zu sagen hatte, unangenehm war, doch in Frederiks Augen sah es nach Theater aus.

Vivekas Lippen berührten jetzt beinahe sein Ohr.

»Du kennst Annas Akte?«

»Nein.« Er runzelte die Stirn und ging auf Abstand. »Woher kennst du sie? Personalakten sind vertraulich.«

Viveka lachte ein wenig verlegen.

»Du weißt doch, wer mein Vater ist.«

Frederik merkte, dass er ärgerlich wurde, ließ sich aber nichts anmerken.

»Du hast also mit deinem Vater über deine neuen Kollegen gesprochen.«

»Er hat mich gefragt. Und dann hat er seltsame Andeutungen gemacht. Deshalb habe ich nachgehakt. Ich muss doch wissen, mit wem ich es zu tun habe. Ob ich mich auf die Leute verlassen kann. Es geht immerhin darum, ein verschwundenes Mädchen zu finden. Ich will nicht, dass Lisbet stirbt, weil hier jemand mit gezinkten Karten spielt, um sich zu profilieren.«

Frederik verspürte leichtes Unbehagen. Hätte er sich doch mit den Akten beschäftigen sollen? Er mochte keine vorgefertigten Meinungen, aber in diesem Fall wäre es vielleicht hilfreich gewesen, vorab zu erfahren, warum die Mitglieder seines neuen Teams an ihren bisherigen Dienstorten ausgemustert worden waren.

»Du glaubst, dass Anna das tut?« Theoretisch wäre es möglich; sie hätte den Pullover heimlich an sich nehmen können, als sie sich in Lisbets Zimmer umgesehen hatten, und ihn später hinter Runes Schuppen verstecken können. Aber wozu? Er hatte gespürt, dass sie genau wie er das Mädchen retten wollte. Da würde sie doch keine Fehlspuren platzieren, um sich von irgendeinem Makel reinzuwaschen?

»Sie hat es getan. Sie hat einem Verdächtigen falsche Beweise untergejubelt. Deswegen hat man sie in Malmö suspendiert.«

Frederik hatte plötzlich einen bitteren Geschmack im Mund. War es das, was ihm Anna gestern hatte beichten wollen? Er erinnerte sich, dass sie etwas von einer Affäre mit ihrem Chef gesagt hatte, für den sie eine Dummheit begangen hatte, aber weiter waren sie nicht gekommen.

Am anderen Ende des Flurs öffnete sich die Tür zum Waschraum, und Anna trat heraus.

»Ich dachte nur, du solltest es wissen.« Viveka hob flüchtig die Hand und huschte zurück in den Besprechungsraum.

Anna kam mit raschen Schritten auf Frederik zu.

»Was wollte sie?«, fragte sie misstrauisch.

Frederik sah ihr in die Augen. Grau, mit einem leichten grünlichen Schimmer. Der Blick war offen und geradeheraus.

Nein, entschied er. Das war keine Frau, die ihre persönlichen Interessen über das Leben eines zwölfjährigen Kindes stellte.

Trotzdem hätte er die Sache gern angesprochen und aus der Welt geschafft, doch dann hätte er auch Vivekas Anschuldigungen offenlegen müssen. Für die weitere Zusammenarbeit der beiden Frauen im Team wäre das alles andere als förderlich.

»Ihr geht der Pullover in Runes Garten nicht aus dem Kopf«, entgegnete er. »Sie meint, wir sollten dringend klären, wie er dorthin gekommen ist.«

Anna musterte ihn, aber da er nichts als die Wahrheit gesagt hatte, fand sie keine Anzeichen für die Verschwörung, die sie – aus gutem Grund – vermutete. Dass er einen Teil weggelassen hatte, war ja keine Lüge.

»Okay.« Ihr Gesicht entspannte sich. »Es stimmt, die Frage ist wichtig. Aber letztlich kann es jeder gewesen sein. Wenn es nicht Rune selbst war.« Sie dachte nach. »Der Entführer könnte von Anfang an geplant haben, Rune in Verdacht zu bringen. Oder es war ein spontaner Entschluss. Der Täter hat Lisbet in irgendeinem Versteck untergebracht, und als er allein nach Kalvsund zurückkam, hat er bemerkt, dass er den Pullover noch bei sich hatte.«

Er sah ihr an, dass ihr die gleichen schrecklichen Gedanken durch den Kopf gingen wie ihm. Warum zog man einem entführten Mädchen den Pullover aus?

Energisch schob er das Bild beiseite.

»Es könnte auch ganz anders gewesen sein«, sagte er. »Zum Beispiel könnte jemand den Pullover erst später in Runes Garten versteckt haben.«

Das war die Brücke, die er ihr bauen konnte, falls Viveka mit ihrem Verdacht doch richtiglag.

Aber Anna nahm die Einladung nicht an.

»Lass uns fahren«, forderte sie ihn stattdessen auf. »Je eher wir dieses Gespräch über den toten Säugling hinter uns bringen, desto besser.«

21

Sie hatte sich geschworen, nicht noch einmal den gleichen Fehler zu machen. In ihren Träumen sah sie immer noch die tote Tochter vor sich, den Säugling, der so perfekt schien, aber einfach nicht atmen wollte. Der Schmerz hatte sich tief in ihren Körper gefressen und lähmte sie. All der Optimismus, den sie empfunden hatte, all die Zukunftspläne, die sie geschmiedet hatte, waren wie weggewischt. Das Unglück war ihr ständiger Begleiter geworden.

Und doch hatte sie nicht widerstehen können. Seine Hände waren so sanft, und seine Augen leuchteten, wenn er sie ansah. Seine Stimme streichelte sie, und seine Worte waren so verführerisch, dass sie dahinschmolz. Jedes Mal, wenn sie sich heimlich trafen, schwor sie sich, sie würde es nicht wieder tun. Doch sie wurde stets aufs Neue schwach. Nur ein einziges Mal noch wollte sie all das spüren. Dann würde sie Schluss machen.

Nun war es womöglich genau ein Mal zu viel gewesen.

Sie saß in dem düsteren kleinen Bad auf dem Toilettendeckel und starrte auf das Farbfenster des weißen Plastikröhrchens. Als ihre Regel nicht pünktlich begann, hatte sie sich zunächst nichts dabei gedacht. Ihre Tage kamen oft zu spät, blieben manchmal sogar ganz aus. Das hatte nichts zu bedeuten. Sie nahm doch die Pille, und sie benutzten immer ein Kondom. Es konnte gar nicht schiefgehen.

Der helle Streifen im Fenster des Röhrchens färbte sich rosa. Sie griff nach der Anleitung, die auf dem Tisch neben ihr lag, zerknüllte sie in der Hektik, strich sie wieder glatt und las noch einmal den Text, während ihr Herz in der Brust hämmerte und das Blut in ihren Ohren rauschte.

Rosa, das bedeutete – schwanger.
Sie ließ das Röhrchen und den Zettel fallen und begann zu weinen.
Jetzt war wirklich alles vorbei.

Ihm war, als müsse er ersticken. Es wurde einfach zu viel. Die Angst rumorte in seinen Eingeweiden, genau wie die Erkenntnis, dass er alles falsch gemacht hatte. Die Polizei würde nicht aufhören nachzuforschen, und früher oder später würden sie all seine Lügen enthüllen. Wenn er sich an diesem Samstagmorgen doch nur zusammengerissen hätte.

Aber so war es immer. Statt langfristig zu planen, ließ er sich von seinen Gefühlen leiten. Er war zu impulsiv, und im Zusammenspiel mit seiner Unsicherheit brachte ihn das immer wieder in Situationen, in denen er kopflos agierte wie ein kleiner Junge.

Dabei war das alles nicht seine Schuld. Er hatte immer nur die besten Absichten gehabt, und seine Gefühle waren rein und klar. Es war Hjördis' Kaltherzigkeit, die alles zum Einsturz gebracht hatte. Wie hätte er denn ahnen sollen, dass sie ihn nur geheiratet hatte, um nicht allein mit dem Kind dazustehen?

Jetzt wusste er nicht mehr, wie er es all die Jahre ausgehalten hatte. Er sehnte sich nach einer Schulter, an die er sich anlehnen konnte, nach Armen, die ihn umfingen und hielten. Ein leises Schluchzen kam ihm über die Lippen.

Hjördis, die das Geschirr abwusch – auf diese polternde, vorwurfsvolle Art, die ihm signalisieren sollte, dass ihr die Arbeit, die er verursachte, eine Last war –, wandte ihm den Kopf zu und verzog angewidert das Gesicht.

»Hör endlich auf, dich in deinem Selbstmitleid zu suhlen, Petter.« Sie deutete auf das Tablett, auf dem eine Tasse Tee und ein Teller mit ein paar Scheiben Marmeladentoast standen. »Mach dich lieber nützlich und bring Gunhild ihr Frühstück.«

Sein Magen zog sich zusammen, trotzdem nahm er das Tablett und trug es in den Flur. Als er den Fuß auf die erste Stufe stellte, wurde ihm übel. Er schaffte es gerade noch, das Tablett auf der Treppe abzusetzen und in die Gästetoilette neben der Haustür zu stürzen.

Als er sich ein paar Minuten später den Mund ausspülte und das Gesicht abwusch, traten ihm Tränen in die Augen. Er konnte einfach nicht mehr. Es war nicht zum Aushalten mit Hjördis, die nie anders als schroff zu ihm war, und der alten Frau im Obergeschoss, die ständig auf ihm herumhackte. Lisbet zuliebe hatte er all das ertragen, doch nun ging es einfach nicht mehr.

Er trocknete sich mit dem kleinen Handtuch ab und schlüpfte leise aus der Toilette. Behutsam öffnete er die Haustür und trat hinaus.

Die Tränen liefen ihm übers Gesicht, und die Sonne blendete ihn, deshalb sah er die kleine Gestalt mit dem Koffer in der Hand erst, als sie fast vor ihm stand. Sie stellte das Gepäck ab und streckte die Arme aus, und er lief auf sie zu, wie er es als Kind so oft getan hatte.

»Mama.« Ein klagender Laut entwich ihm.

Seine Mutter strich ihm zärtlich über den Kopf.

»Schhh«, machte sie, als sei er immer noch ihr kleiner Junge, den sie trösten musste. »Jetzt bin ich ja da. Es wird alles gut.«

Petter barg seinen Kopf an ihrer Schulter und wimmerte.

Wenn doch nur alles so einfach wäre wie früher, als man jeden Kratzer mit ein paar liebevollen Worten und einer Tasse heißem Kakao heilen konnte.

Er presste seine nasse Wange an ihre und spürte die Wärme, die sich auf ihn übertrug. Wider jede Vernunft fühlte er sich plötzlich leichter. Auch wenn sie ihn nicht retten konnte. Aber wenigstens war er nun nicht mehr allein.

Die Beamten, die als Touristen getarnt das Haus der Larssons beobachteten, hatten wenig Neues zu berichten. Keiner der Bewohner hatte seit dem gestrigen Sonntagmorgen das Haus länger als für ein paar Minuten verlassen. Nur Petter war zu seinem Nachbarn gegangen, um sich Rat für sein beschädigtes Boot zu holen, und etwas später hatten sich die beiden dort noch einmal kurz getroffen und geredet. Vor einer Stunde war außerdem eine ältere Frau eingetroffen, die von Petter innig begrüßt worden war.

Frederik bedankte sich bei den Kollegen und ging mit Anna zur Haustür der Larssons.

Hjördis erschien ihm mit jedem Tag, der verging, ausgezehrter, aber das war ja kein Wunder. Wenn Emma weg wäre, würde er auch keinen Bissen mehr hinunterbringen. Oder gab es einen ganz anderen Grund für ihre Appetitlosigkeit?

Hjördis führte sie ins Wohnzimmer, wo Petter mit einer Frau von Ende sechzig auf dem Sofa saß. Sie trug ein schlichtes helles Kleid und eine dunkelblaue Strickjacke. Die Haare waren grau und am Hinterkopf zu einem Knoten gesteckt. Frederik registrierte ein freundliches Gesicht und blaue Augen, die fragend und ein wenig ängstlich blickten. Sie hielt ihre Handtasche auf den Knien, als sei sie nur auf einen Sprung da und wolle gleich wieder gehen. Als die Beamten eintraten, erhob sie sich und streckte ihnen die Hand hin.

»Bodil Larsson. Ich bin Petters Mutter.« Ein wenig wirkte es so, als würde sie sich schützend vor ihren Sohn stellen.

»Frederik Forsberg. Meine Kollegin Anna Jordt. Reichspolizei Göteborg.« Er bat sie, wieder Platz zu nehmen.

»Soll ich noch mal Kaffee kochen?«, erkundigte sich Hjördis bissig.

Frederik lächelte sie an.

»Danke. Das ist nicht nötig. Aber setzen Sie sich doch. Wir hätten noch ein paar Fragen.«

»So?« Hjördis befolgte die Aufforderung. »Worum geht es denn noch? Wir haben doch schon alles gesagt, was wir wissen.«

Frederik schaute zu Anna. Die baute sich vor Hjördis auf.

»Es geht um den toten Säugling, den wir gestern in der Kirche auf Öckerö gefunden haben. Unseren Technikern ist es gelungen, aus den Geweberesten die DNA zu isolieren. Dabei hat sich herausgestellt, dass es sich bei dem Kind um Ihre Tochter handelt.«

Bodil schnappte nach Luft. Petter stand der Mund offen. »Was? Aber ...«

Hjördis rührte sich nicht. Anna funkelte sie an.

»Frau Larsson? Möchten Sie vielleicht etwas dazu sagen?«

Hjördis hob den Kopf.

»Was wollen Sie denn hören? Ich war sechzehn und unsterblich verliebt in den Pfarrer. Wir haben nicht aufgepasst, und plötzlich war ich schwanger. Zum Glück bin ich nicht besonders dick geworden, meine Eltern haben nichts bemerkt. Die letzten Wochen der Schwangerschaft habe ich mich im Bootshaus eines Freundes von Magnus versteckt. Es waren gerade große Ferien. Meine Eltern dachten, ich sei mit Freundinnen auf einer Fahrradtour durch Schweden.«

Petter und seine Mutter starrten Hjördis fassungslos an.

»Davon hast du mir nie etwas gesagt«, stammelte Petter.

»Wozu auch?« Hjördis musterte ihn verächtlich. »Das passierte eine Ewigkeit, bevor wir geheiratet haben. Da warst du elf.« Sie wandte ihren Blick wieder den Kommissaren zu. »Das Kind ist tot zur Welt gekommen, und Magnus hat es getauft und bestattet. Ende der Geschichte.«

Anna durchbohrte sie fast mit ihrem Blick.

»War es wirklich so? Haben Sie sich nicht vielmehr gedacht, dass ein Kind mit siebzehn ein ziemlicher Klotz am Bein ist?

Genau wie Lisbet eine Belastung ist, jetzt, wo Sie sich scheiden lassen wollen?«

Petters Mutter blinzelte heftig und umklammerte die Handtasche auf ihren Knien. Petter schluckte. Mit schreckgeweiteten Augen blickte er zu Anna auf.

»Was wollen Sie damit sagen? Meinen Sie vielleicht …«

»Sie meint, dass ich damals meine Tochter getötet habe«, unterbrach ihn Hjördis schroff. »Das ist es doch, was Sie denken, oder?«

»Haben Sie?«, fragte Anna ungerührt zurück.

»Nein.« Die Härte fiel plötzlich von Hjördis ab, und eine Träne löste sich aus ihren Wimpern. »Ich wollte das Kind. Dieses zarte Wesen, das ich plötzlich im Arm hielt, mit diesem unglaublich weichen dunklen Flaum auf dem Kopf. Ich habe es von der ersten Sekunde an geliebt. Als Magnus mir gesagt hat, dass es tot ist, ist eine Welt für mich zusammengebrochen.«

Petter beugte sich zu ihrem Sessel und strich ihr linkisch über die Wange. Hjördis wehrte ihn ab.

»Ob Sie es nun glauben oder nicht: Ich bin keine kindermordende Bestie.«

»Was dachten Sie denn, wie es mit dem Kind weitergeht?«, erkundigte sich Frederik. »Nachdem Sie es heimlich zur Welt gebracht hatten, meine ich.«

Hjördis zog ein Taschentuch hervor und trocknete ihre Tränen.

»Magnus wollte behaupten, dass es jemand anonym vor der Kirche abgelegt hat. Bis zu meinem achtzehnten Geburtstag sollte sich seine Frau darum kümmern. Danach wollte er sich von ihr trennen und mich heiraten. Und dann wollten wir Mette adoptieren.«

Frederik hob die Augenbrauen. Das war ein ausgefeilter Plan, nichts, das man sich auf die Schnelle aus dem Stegreif ausdenken konnte.

Anna schnaubte.

»Und das haben Sie geglaubt?«

Hjördis verschränkte die Arme.

»Magnus hat mich geliebt. Wenn Mette nicht gestorben wäre, wäre es genauso gekommen.«

Frederik tauschte einen Blick mit Anna. Was Hjördis sagte, klang überzeugend. Anscheinend hatte sie sich ernsthaft Hoffnungen auf eine gemeinsame Zukunft mit dem Pfarrer gemacht. Also hatte sie den Säugling wohl nicht getötet. Die Frage war, ob für Magnus Sandström das Gleiche galt.

Genau wie Hjördis hatte er behauptet, das Kind sei eine Totgeburt gewesen, doch nun, da sie wussten, dass er der Vater und darüber hinaus schon damals ein verheirateter Mann war, kamen sie nicht umhin, ihn noch einmal genauer unter die Lupe zu nehmen.

»Und wie steht es mit Lisbet?«, bohrte Anna weiter. »War sie auch ein Wunschkind?«

Hjördis schaute zu Petter.

»Sie war nicht geplant. Aber als ich schwanger wurde, haben wir sofort beschlossen, zu heiraten und das Kind zu bekommen.«

»Sie haben es nie bereut? Obwohl sie ständig streiten?«

»Das konnte man ja nicht ahnen.« Hjördis wirkte jetzt mindestens genauso wütend wie Anna. »Und selbst wenn. Glauben Sie, ich würde sie deshalb umbringen?«

Frederik musterte sie eindringlich. Ihre Empörung wirkte echt, und wo hätte sie Lisbet auch verstecken sollen, ob nun tot oder lebendig? Das Haus und der Unterstand mit Petters Segelsachen waren gründlich durchsucht worden, und abgesehen von ihrem Treffen mit Rune, um ihm das Geld und den

Schmuck zu überbringen, hatte Hjördis das Haus seit Samstag nicht verlassen. Trotzdem mussten sie auch diese Möglichkeit in Erwägung ziehen. Aber zunächst wollte er mit dem Pfarrer sprechen.

»Wie bitte?« Das blasse Gesicht von Magnus Sandström färbte sich dunkelrot. »Das ist doch wohl nicht Ihr Ernst! Niemals könnte ich ein Kind ermorden!«

Er saß ihnen in einem Sessel im Wohnzimmer gegenüber, nicht viel anders als Hjördis eine gute halbe Stunde zuvor. Seine Frau Alva stand hinter ihm und betrachtete ihre Hände, als hätten diese in den letzten Minuten ihre Gestalt verändert. Sie hatte offenbar ebenso wenig etwas von der Geschichte gewusst wie Petter Larsson.

Magnus schnaufte. »Mein Glaube würde das gar nicht erlauben. Du sollst nicht töten, so steht es in der Heiligen Schrift.«

Frederik lag auf der Zunge, dass dort doch wohl auch stand, man solle nicht ehebrechen, aber er hielt sich zurück. Stattdessen musterte er den Pfarrer. Magnus sah gut aus, weitaus jünger als die fünfundfünfzig Jahre, die er tatsächlich zählte, wie Viveka mittlerweile recherchiert und ihm per SMS mitgeteilt hatte. Die vollen blonden Haare, die ihm ständig in die Stirn fielen, ließen ihn jungenhaft wirken, und das beinahe bartlose Kinn tat ein Übriges. Dazu kam die schlanke Gestalt, die von seinem schwarzen Anzug mit dem weißen Priesterkragen noch betont wurde. Kein Wunder, dass Hjördis als junge Frau auf ihn geflogen war.

»Was hätten Sie getan, wenn das Kind überlebt hätte? Hätten Sie es wirklich in Pflege genommen und sich von Ihrer Frau getrennt, um Hjördis zu heiraten?«

Magnus seufzte. Die ungesunde Röte auf seinem Gesicht verblasste ein wenig.

»Natürlich nicht. Ich liebe meine Frau. Ich hätte das Kind aufgenommen, ja. Ich hätte es auch adoptiert. Aber zusammen mit meiner Frau, nicht mit Hjördis.«

Alva zerrte an den kurzen Ärmeln ihrer Sommerbluse.

»Meine Meinung dazu hätte dich nicht interessiert?«

Magnus sah sie mit echter Wärme an.

»Ich weiß doch, dass du Kinder liebst.« Er wandte sich an Frederik. »Damals hatten wir noch keine eigenen. Wir dachten sogar, wir könnten keine bekommen.« Wieder schaute er zu seiner Frau. »Wir hatten schon über eine Adoption nachgedacht, erinnerst du dich?«

»Aber das ist etwas anderes, als ein Kind anzunehmen, das du mit einer anderen Frau gezeugt hast.« Alva vermittelte nicht den Eindruck, als hätte sie vor, es ihm in irgendeiner Weise leicht zu machen.

»Du hast ja recht.« Magnus hob hilflos die Hände. »Aber ich wusste keinen anderen Ausweg. Das mit Hjördis war ein Ausrutscher. Sie hat mich verführt. Doch das ändert nichts daran, dass ich dich liebe.«

Frederik hätte gewettet, dass er genau das sagen würde.

»Sie war sechzehn«, erinnerte Anna den Pfarrer barsch.

Magnus senkte den Blick.

»Ja. Es war eine schwere Sünde.« Trotzig schaute er wieder auf. »Aber das ist eine Sache, die ich mit meinem Herrn ausmachen muss. Mit meinem Gewissen und mit meiner Frau«, schob er nach, als ihm Alva einen bösen Blick zuwarf. »Für Sie ist das nicht relevant. Die Sache ist verjährt.«

Womit er leider recht hatte.

»Wir fragen uns trotzdem, welche Rolle Sie in unserem aktuellen Fall spielen«, teilte ihm Anna mit.

»Lisbet?« Magnus' Augen weiteten sich. »Denken Sie vielleicht, ich hätte etwas damit zu tun?«

»Offenbar fühlen Sie sich ja zu Minderjährigen hingezogen«, provozierte ihn Anna.

Magnus sprang auf und hob den Arm, als wolle er sie schlagen.

»Was unterstellen Sie mir da? Damals, mit Hjördis, war ich jung.«

»Hjördis war sechzehn, Sie waren siebenundzwanzig.«

»Aber Hjördis war frühreif, und Lisbet ist ein Kind. Ich fasse doch keine kleinen Mädchen an. Was haben Sie für eine kranke Fantasie?«

Seine Frau war mit zwei Schritten bei ihm. Ihre Hand landete klatschend auf seiner Wange.

»Wenn hier einer krank ist, dann du. Ein sechzehnjähriges Mädchen zu schwängern, obwohl du vor Gott geschworen hast, mir treu zu sein.«

Anna betrachtete den roten Handabdruck auf Magnus' Wange mit sichtlicher Befriedigung. Frederik konnte es ihr nachfühlen, doch in der Sache musste er Magnus recht geben. Es war etwas anderes, ob ein Siebenundzwanzigjähriger eine frühreife Sechzehnjährige verführte – oder sich von ihr verführen ließ –, oder ob sich ein Fünfundfünfzigjähriger an eine Zwölfjährige heranmachte.

Magnus' Frau stand immer noch wie eine Furie vor ihm.

»Wenn du unsere Kinder angefasst hast, dann gnade dir Gott!«

In Magnus' Augen blitzte Zorn auf. Er gab seine demütige Haltung auf und richtete wütend den Finger auf Anna.

»Da sehen Sie, was Sie mit Ihren haltlosen Anschuldigungen anrichten.« Er wandte sich wieder an seine Frau. »Ich habe dich betrogen, und dafür muss ich dich um Verzeihung bitten. Aber ich vergreife mich nicht an Kindern.«

Alva musterte ihn aufgebracht, kam dann aber wohl zu dem Ergebnis, dass er die Wahrheit sagte.

»Nein.« Sie drehte sich zu Frederik um. »Auch wenn ich nicht mehr weiß, ob ich ihn überhaupt kenne. Aber das würde er nicht tun.«

Frederik nickte. Er glaubte Magnus, dass der Säugling damals bereits tot geboren wurde, und er konnte sich auch nicht vorstellen, dass der Pfarrer etwas mit Lisbets Verschwinden zu tun hatte. Wortlos verständigte er sich mit Anna. Sie verabschiedeten sich und verließen das Pfarrhaus.

Als die Haustür hinter ihnen ins Schloss fiel, hörten sie Alvas Stimme, die sich immer weiter in die Höhe schraubte. Der Pfarrer bekam wohl ordentlich sein Fett weg. Aber er hatte es auch nicht besser verdient, darin waren sich Anna und Frederik einig.

»Deswegen bin ich nicht in der Kirche«, bemerkte Anna. »Das sind doch alles Heuchler.«

Frederik war selbst nicht religiös, fand aber, dass jeder das Recht auf eine eigene Meinung in dieser Sache hatte.

»Es gibt auch andere«, erwiderte er. »Menschen, die nicht nur reden, sondern ihren Glauben auch leben. Die Kirche tut viel Gutes.«

Anna machte ein Gesicht, als sei sie in Hundekot getreten. »Zum Beispiel?«

»Jugendarbeit, soziale Projekte, Seelsorge, Pflege für alte und hilflose Menschen, Hilfe bei der Trauerbewältigung«, zählte er auf. »Manch einer wäre sehr einsam ohne diesen Halt.« Er schaute noch einmal zurück. »Im Übrigen denke ich, dass auch Sandström ein guter Pfarrer ist. Er hat nur ein paar Fehler, und er war nicht stark genug, dem rechten Weg zu folgen.«

Anna musterte ihn eindringlich.

»Du machst es dir nie leicht, oder? Kein Schwarz oder Weiß. Alles nur Schattierungen von Grau.«

»Das ist die Realität. Die Dinge sind nie einfach.«

Anna kickte einen Kieselstein weg.

»Dieser Fall ist es auch nicht. Wenn wir den beiden glauben, spielt der Säugling überhaupt keine Rolle. Hjördis hat damals ein totes Kind auf die Welt gebracht, und Magnus hat es begraben. Mit Lisbets Verschwinden haben die beiden nichts zu tun.« Sie fuhr sich aufgebracht mit der Hand durch die Haare. »Womit wir wieder bei Carl Kroon, Rune Dahlberg und Petter Larsson wären.«

Sie schaute aufs Meer, das zwischen den Schären funkelte.

»Ich begreife nicht, dass sie Kroon nicht finden«, schimpfte sie frustriert. »Ganz Schweden sucht nach ihm. Er kann sich doch wohl nicht unsichtbar machen!«

»Nein«, sagte Frederik. Auch wenn es genau danach aussah.

22

Die Sehnsucht war so groß, dass sie einfach nicht dagegen ankam. Sie stand vom Sofa auf, schlenderte so beiläufig, wie sie es vermochte, am Küchentresen vorbei und ließ das Smartphone mit einer raschen Bewegung in der Tasche ihres Sommerkleids verschwinden.

Ohne anzuhalten, ging sie weiter in den Flur, stieg die Treppe ins Obergeschoss hinauf und schlüpfte ins Bad.

Sie hätte die Tür gerne verriegelt, doch das war nicht möglich. Der Schlüssel steckte nicht im Schloss, und sie wusste auch nicht, wo er war, sofern er überhaupt noch existierte. Im ganzen Haus gab es keinen Raum, den man abschließen konnte.

Leise zählte sie bis dreißig und betätigte dann den Knopf der Toilettenspülung. Anschließend ging sie zum Waschbecken, drehte das Wasser auf und trat ans Fenster.

Der weitläufige Garten leuchtete im hellen Licht der Sommersonne. Eine Welt voller Versprechen und Verlockungen, die ihr verwehrt waren. Stattdessen saß sie eingesperrt in ihrem goldenen Käfig.

Sie nahm das Handy aus der Tasche und tippte die Nummer ein, die sie auswendig kannte.

Als sie die Bewegung hinter sich spürte, war es schon zu spät. Arvid griff nach ihrem Arm, drehte ihn ihr brutal auf den Rücken und wand ihr das Telefon aus den Fingern.

»Na, mein Schatz? Wen wolltest du denn anrufen?« Er tippte auf das grüne Hörersymbol.

Lea betete, dass er das Gespräch nicht annahm. Vergeblich.

Ein Klicken, dann ertönte seine Stimme aus dem Gerät, das Arvid auf Lautsprecher gestellt hatte.

»Forsberg.«

Arvid drückte ihn weg. Seine kalten blauen Augen wurden schmal.

»Du warst das also«, zischte er. »Du hast mich verraten.«

Frederik nahm das Telefon vom Ohr und tippte auf das Display, um sich die Nummer anzeigen zu lassen, die ihn angerufen hatte. Als er sie erkannte, blieb ihm fast das Herz stehen. Lea!

Warum war das Gespräch abgebrochen? Hatte sie ihn weggedrückt, weil ihr Mann nach Hause gekommen war? Oder hatte er sie beim Telefonieren überrascht? Er mochte sich nicht ausmalen, welche Konsequenzen das hätte.

»Was ist los?« Anna musterte ihn besorgt. »Schlechte Nachrichten?«

»Nein, nichts Wichtiges.« Frederik schluckte seine Angst hinunter. Es nützte nichts, er konnte nichts tun. Wenn er sie jetzt zurückrief, brachte er sie womöglich erst recht in Schwierigkeiten.

Bevor er weiter darüber nachdenken konnte, legte die kleine Fähre in Kalvsund an. Sie gingen von Bord, und als sie vor dem Kiosk standen, klingelte das Telefon erneut. Dieses Mal las er den Namen des Anrufers, ehe er das Gespräch annahm. Es war das Staatliche Kriminallabor in Linköping.

»Wir haben neue Ergebnisse im Fall Dahlberg«, berichtete die Frau am anderen Ende. »Etliche der Spuren, die wir zuordnen konnten, stammen von Hjördis Larsson, aber wenn ich dich richtig verstanden habe, wusstet ihr ohnehin, dass sie in der Hütte war.«

»Ja«, sagte Frederik, in Gedanken immer noch bei Lea.

»Ihre Spuren sind aber nicht die einzigen«, fuhr die Frau fort.

»Es gibt auch welche, die wir mit einer anderen Person in Verbindung bringen können: Carl Kroon.«

»Aha?« Frederik versuchte, sich auf das Gespräch zu konzentrieren. Hatte man ihm nicht gestern berichtet, dass es keine Hinweise auf Kroons Anwesenheit am Tatort gebe?

»Wir können nicht alles auf einmal machen«, teilte ihm die Kollegin mit, nachdem er seine Verwunderung zum Ausdruck gebracht hatte. »Die Spuren, die auf Kroon deuten, waren erst heute an der Reihe.«

»Okay.« Frederik versuchte, nicht ungeduldig zu werden. Er wusste ja, wie mühsam und aufwendig die Arbeit der Kriminaltechniker war. »Und wo genau habt ihr sie entdeckt?«

»Sowohl an der Kleidung des Toten als auch in dem Holzhaus, in dem ihr ihn gefunden habt. Außerdem auch in einem der beiden kleinen Geräteschuppen, das hat dir mein Kollege ja gestern schon gesagt.«

Frederik überlegte, was sich aus den neuen Ergebnissen ableiten ließ. Die beiden Männer hatten Kontakt gehabt, Kroon hatte sich bei Rune versteckt, insofern waren seine Spuren an dessen Kleidung nicht verwunderlich. Dass sie sich auch am Tatort befanden, konnte bedeuten, dass Kroon der Mörder war, genau wie Anna es von Anfang an gemutmaßt hatte. Allerdings könnten die Spuren auch schon vorher dorthin gelangt sein, zum Beispiel weil Kroon nach seiner Flucht aus Skogome in der Hütte untergekrochen war. Möglicherweise war er erst zu Rune gegangen, nachdem die Polizei begonnen hatte, auf Kalvsund nach ihm zu suchen.

»Gibt es Spuren am Tatwerkzeug?«

»Keine verwertbaren, leider. Und auch keine Hinweise darauf, dass sich das Mädchen – Lisbet – im Haus oder im Geräteschuppen aufgehalten hat. Dagegen haben wir Spuren von ihr auf dem Boot von Petter Larsson gefunden. Sie waren allerdings nicht frisch. Es ist mindestens zwei, eher drei Wochen her, dass sie zuletzt an Bord war.«

Petter hatte Lisbet also nicht mit dem Boot weggebracht oder sie dort versteckt. Was jedoch nicht bedeutete, dass er aus dem Schneider war. Sie wussten, dass er auf dem Festland gewesen war, und für seine Behauptung, bereits mit der Fähre um halb sechs dorthin gefahren zu sein, gab es keinen Beweis. Und selbst wenn es stimmte, könnte er noch einmal mit einem anderen Fahrzeug zurückgekehrt sein.

Die Frau am anderen Ende machte eine kurze Pause.

»Da ist aber noch etwas anderes, das euch interessieren dürfte«, sagte sie dann. »Wir haben ja die DNA-Proben verglichen. Alle, die uns vorlagen. Und dabei ist etwas Sonderbares herausgekommen.«

»Und was?« Frederik wandte dem Kiosk den Rücken zu und beobachtete, wie die Fähre das Fahrwasser zwischen Kalvsund und Björkö durchquerte und in Framnäs anlegte.

Die Frau vom Staatlichen Kriminallabor schilderte, was sie entdeckt hatten.

Erst begriff er es nicht, dann konnte er es nicht fassen.

»Und das ist sicher?«, fragte er nach, während sich die Gedanken in seinem Kopf überschlugen.

»Absolut«, bestätigte seine Gesprächspartnerin und verabschiedete sich.

Frederik ließ das Telefon sinken und schaute Anna an.

»Das glaubst du jetzt nicht.«

Mutter und Sohn saßen immer noch auf dem Sofa, als hätten sie sich in den zwei Stunden, die Frederik und Anna weg gewesen waren, nicht von der Stelle gerührt. Hjördis dagegen hatte offenbar in der Küche gearbeitet, denn auf ihrer Schürze waren grüne Spritzer zu sehen, Spinat oder irgendein Kohl, den sie gekocht hatte. Sie wirkte erbost, als die Kommissare erneut Einlass begehrten.

»Was ist es diesmal?«, fragte sie schnippisch.

Frederik bat sie, Platz zu nehmen, ehe er die Büchse der Pandora öffnete.

»Das Kriminallabor in Linköping hat Lisbets DNA mit der des toten Säuglings verglichen«, erklärte er. »Sie haben eine Übereinstimmung gefunden.«

Hjördis blickte ihn finster an.

»Natürlich haben sie das. Ich habe doch zugegeben, dass es mein Kind war. Was wollen Sie denn noch?«

Frederik schaute zu Petter. Ahnte er, welcher Nackenschlag ihn in der nächsten Sekunde treffen würde? Und falls ja: Was bedeutete das für den Fall?

Er wandte sich wieder Hjördis zu.

»Die Übereinstimmung betrifft nicht nur die DNA der Mutter. Sie besteht für beide Elternteile.«

Eine Sekunde lang war es totenstill im Raum. Dann stieß Petters Mutter einen erstickten Schrei aus.

»Das Kind ist gar nicht von dir? Lisbet ist nicht deine Tochter?«

Petter sagte nichts, er schaute durch sie hindurch. Sein Gesicht war blass, und auf seiner Stirn standen Schweißperlen. Frederik befürchtete schon, er würde wieder in Ohnmacht fallen, doch dann bewegte er sich. Wie in Zeitlupe drehte er Hjördis den Kopf zu.

»Der Pfarrer also, ja?«

Hjördis hob das Kinn. Plötzlich sah sie nicht mehr wie eine verhärmte Hausfrau aus, sondern wie eine Herrscherin.

»Ja, Petter. Ich habe ihn damals geliebt, und ich liebe ihn heute noch.«

Das war mehr, als Frederik erwartet hatte. Er wollte nachfragen, doch Petter kam ihm zuvor.

»Du hast mir sein Kind untergeschoben? Und dann hast du mich all die Jahre mit ihm betrogen?«

»Ja.« Hjördis musterte ihn kühl. »Er ist ein richtiger Mann, weißt du. Und wenn wir beide geschieden sind, werden wir heiraten.«

Frederik sah, dass Anna neben ihm blinzelte, und auch ihn beschlich ein mulmiges Gefühl. Nach allem, was sie bei Magnus Sandström gesehen hatten, plante er nicht, seine Frau zu verlassen.

Petter griff nach dem Glas, das vor ihm auf dem Tisch stand, und trank in hastigen Schlucken.

»Warum jetzt? Weshalb hat er sich nicht damals scheiden lassen, als Lisbet unterwegs war?«

»Er konnte nicht. Seine Frau hatte ihr erstes Kind bekommen. Der Kleine war zwei. Die Gemeinde hätte ihm nicht verziehen, wenn er Alva hätte sitzen lassen.«

»Und nun sieht man darüber hinweg, meinst du?«

»Die Zeiten haben sich geändert. Und die Kinder sind jetzt alt genug, um mit einer neuen Mutter zurechtzukommen.«

Petter atmete ein paarmal tief durch. Es fiel ihm offensichtlich schwer, überhaupt Worte zu finden.

»Das habt ihr euch ja schön ausgedacht«, brachte er schließlich heraus.

Frederik tauschte einen kurzen Blick mit Anna. Mit der veränderten Situation hatte sich auch die Motivlage verschoben. Alles hing nun daran, ob Petter gewusst hatte, dass er nicht Lisbets Erzeuger war.

»Nein.« Petter schaute ihn flehentlich an, nachdem er die Frage laut gestellt hatte. »Ich wusste es nicht. Aber es ändert auch nichts. Offiziell ist Lisbet meine Tochter. Mein Name steht in der Geburtsurkunde.«

Frederik konnte ihn verstehen, doch genau da lag auch das

Problem. Unabhängig davon, was in der Urkunde stand – die Tatsache, dass er nicht der leibliche Vater war, würde ihm im Sorgerechtsprozess zum Nachteil gereichen. Wieder schweiften seine Gedanken zu Emma. Ihm selbst ging es nicht anders: Bis heute hatte sich Lea geweigert, ihm zu verraten, ob er oder Arvid Emmas Vater war.

Petter sprang auf und ruderte mit den Armen.

»Was macht es denn für einen Unterschied? Ich habe sie großgezogen. Ich liebe Lisbet. Und ich werde alles dafür tun, dass sie in Zukunft bei mir lebt.«

»Alles?« Mehr sagte Frederik nicht, doch an Petters Reaktion merkte er, dass der begriff.

»Nein. Ich habe sie nicht entführt. Das könnte ich gar nicht.«

Frederik schaute ihn eindringlich an.

»Wollen Sie uns nicht verraten, was Sie am Samstagmorgen getan haben, als Sie mit der Fähre nach Lilla Varholmen gefahren sind?«

Petter begann zu zittern. Seine Mutter griff nach seiner Hand und drückte sie. Ganz sicher war sie keine Frau, die sich auflehnte und in der Männerwelt durchsetzte, doch in diesem Moment nahm sie offenbar ihre ganze Kraft zusammen.

»Mein Sohn sagt jetzt gar nichts mehr«, erklärte sie fest. »Sie haben keine Beweise. Wenn Sie weiter mit ihm sprechen wollen, besorgen Sie sich eine Vorladung. Dann kommen wir und bringen einen Anwalt mit.«

Anscheinend hatte sie eine ganze Reihe von Kriminalfilmen im Fernsehen angeschaut und gut aufgepasst.

»In Ordnung.« Frederik erhob sich. »Aber falls Sie wissen, wo Lisbet ist, rate ich Ihnen, die Sache so schnell wie möglich in Ordnung zu bringen.«

Petter strafte die Ankündigung seiner Mutter Lügen, stürzte auf Frederik zu und packte ihn mit beiden Händen am Kragen.

»Ich war es nicht. Das müssen Sie mir glauben«, sprudelte es aus ihm heraus. »Ich würde niemals etwas tun, das Lisbet Angst macht oder schadet. Dass wir uns scheiden lassen wollen, ist schwer genug für sie, aber es geht einfach nicht mehr. Ich habe schon länger geahnt, dass Hjördis mich betrügt. Es war mir egal, auch, mit wem sie es tut. Das Einzige, was ich will, ist, dass Lisbet bei mir lebt.« Tränen quollen aus seinen Augen und liefen ihm über die Wangen. »Sie müssen sie finden, bitte. Ich halte es nicht aus, wenn Lisbet etwas zustößt.«

Frederik legte ihm eine Hand auf die Schulter.

»Beruhigen Sie sich, Herr Larsson. Ich denke, Sie brauchen jetzt alle etwas Zeit, um die Neuigkeiten zu verdauen.«

Petter ließ ihn los und senkte den Kopf, offensichtlich peinlich berührt von seinem Aussetzer. Frederik machte Anna ein Zeichen, und sie verließen das Haus. Draußen holten sie beide tief Luft.

Frederik wandte sich der Kollegin zu.

»Was denkst du?«

Anna neigte den Kopf von einer Seite auf die andere. Ihre Halswirbel knackten.

»Ich weiß nicht. Ich fand ihn ziemlich überzeugend, du nicht? Ich glaube ihm, dass er seine Tochter liebt, egal, ob er ihr leiblicher Vater ist oder nicht. Er ist auch nicht dumm. Er will das Sorgerecht für sie. Wenn er sie entführt, schneidet er sich ins eigene Fleisch, das muss ihm doch bewusst sein.«

Frederik schaute über die Felsen zum Meer, das klar und spiegelglatt in der Sonne lag. Zwei gelbe Fähren fuhren aufeinander zu, waren für einen Moment auf gleicher Höhe und entfernten sich dann in entgegengesetzte Richtungen.

»Du tippst also auf Kroon? Oder auf Dahlberg?«

Anna fuhr sich durch ihre roten Haare.

»Rune Dahlberg war einer, der auf kleine Kinder steht. Wenn

er sich Lisbet geschnappt hätte, dann, um mit ihr Spaß zu haben. Er würde sich doch nicht selbst ans Messer liefern, indem er zu ihrer Mutter läuft und ihr sagt, dass er sie hat.« Sie hielt inne. »Andererseits könnte er sie natürlich entführt haben, und dann ist ihm Kroon dazwischengekommen. Er hat ihm das Mädchen weggenommen und ihn gezwungen, die Mutter zu erpressen, und zum Schluss hat er ihn erschlagen.« Sie zuckte mit den Schultern. »So oder so. Ich glaube, Kroon ist unser Täter.«

»Hm.«

Anna runzelte die Stirn. »Ist das alles, was dir dazu einfällt?«

Frederik horchte in sich hinein.

»Es klingt logisch. Aber ich bin mir nicht sicher, ob Petter in der Lage ist, derart rational zu handeln.« Er versuchte, der Situation nachzuspüren, die sie im Haus erlebt hatten. »Ich glaube, er wusste, dass er nicht Lisbets leiblicher Vater ist.«

Er konnte nicht verhindern, dass sich wieder Emmas Bild vor seine Augen schob. Seit sie auf der Welt war, versuchte er, die Frage zu verdrängen, ob sie seine Tochter war. Er tat einfach so, als ob sie es wäre. Aber Lea hatte nie etwas dazu gesagt, es weder bestätigt noch geleugnet. Nur eines wiederholte sie immer wieder: dass sie sich nicht von Ekström trennen konnte. Weil sie zu viel Angst vor ihm hatte? Oder weil sie ihn trotz allem mehr liebte als Frederik?

Es war eine unhaltbare Situation, in der er seit Jahren verharrte und die ihn zunehmend zermürbte. Auf Dauer konnte es so nicht weitergehen. Wenn Lea ihn das nächste Mal anrief, würde er mit ihr darüber sprechen.

Er schüttelte ärgerlich den Kopf, als er merkte, dass er schon wieder abschweifte. Hier und jetzt ging es um Lisbet, nicht um ihn und seine privaten Probleme. Die mussten warten.

Über ihren Köpfen flog kreischend eine Möwe vorbei.

»Wenn du mich fragst ...« Frederik sah dem Vogel nach.

»Wenn ich bei der Entführung eines Mädchens die Wahl habe zwischen einem Straftäter auf der Flucht und einem in Panik geratenen Vater – ich würde auf den Vater tippen.«

Er sah Anna an, dass ihr seine Überlegungen nicht gefielen, doch es gab wohl auch nichts, das sie dagegen einwenden konnte.

»Glaubst du, sie lebt überhaupt noch?«

Frederiks Herz wurde noch schwerer, als es ohnehin schon war. Lisbet war jetzt seit mehr als achtundvierzig Stunden verschwunden. Die Wahrscheinlichkeit, dass man sie wohlauf fand, wurde immer geringer, egal, ob Petter oder Kroon der Entführer war.

23

Sie spielte nur für ihn. Mal die Heilige, mal die Hure, aber immer unwiderstehlich. Auf die großen Bühnen hatte sie verzichtet, wenn auch nicht freiwillig. Sie hatte es wohl einige Male probiert und war abgewiesen worden, oder die Eltern hatten es verboten. So genau wusste er es nicht, und er hatte auch nicht nachgefragt. Wenn sie zusammen waren, hatte er andere Dinge im Kopf.

Das Problem waren anscheinend die Großeltern gewesen, dazu der Vater, der im Rollstuhl saß, und die strenge Mutter, die sie forderte. Sie musste bei der Pflege der Verwandten helfen und außerdem Geld verdienen. Mit einer Schauspielausbildung ließ sich das kaum vereinbaren, und wenn sie erst einmal ein Engagement hätte, wäre sie nur noch selten zu Hause. Besonders viel Gage würde sie vermutlich auch nicht heimbringen.

Nur ganz selten dachte er darüber nach, dass sie es vor allem seinetwegen nicht getan hatte. Immer noch wartete sie darauf, dass er sie aus ihrem Gefängnis befreite. Die paar gestohlenen Stunden reichten ihr nicht mehr. Sie wollte, dass er sie zu einer ehrbaren Frau machte.

Sein Magen zog sich schmerzhaft zusammen. Das schlechte Gewissen drückte ihn, genau wie die Sorge, was geschehen würde, wenn alles herauskam. Sie spielten dieses Spiel schon so lange. Es wäre ein Wunder, wenn es nicht eines Tages schiefgehen würde. Doch jetzt wollte er sich nicht damit beschäftigen.

Sie stand vor ihm, den Kopf zurückgeworfen, die Rechte mit dem Rohrstock erhoben, und funkelte ihn so erbarmungslos an, dass ihm die Knie weich wurden. Demütig ließ er sich vor ihr nie-

der und streckte die Finger aus, die sie so unzüchtig berührt hatten. Sie hielt Gericht über ihn, und er empfing dankbar den Schmerz. Solange er für seine Sünden Buße tat, konnte Gott ihm doch nicht zürnen?

Frederik saß auf dem Steg und ließ die nackten Füße ins Wasser baumeln. Seine Umhängetasche stand neben ihm; er hatte das Notizbuch herausgenommen und studierte noch einmal sorgfältig seine Aufzeichnungen. Er war allein; hier im südlichen der beiden Häfen von Kalvsund ankerten zwar noch ein paar weitere Boote neben seiner Jolle, doch die Besitzer waren irgendwo auf der Insel unterwegs.

Anna hatte er zurück nach Göteborg geschickt, weil sie hier nichts mehr tun konnten. Die Zeit verrann gnadenlos, ohne dass es eine Spur von Lisbet gab.

Frederik schloss die Augen und hörte das Wasser, das unter dem Bootsrumpf gluckerte. Er liebte die Jolle, auch wenn sie ihn daran erinnerte, wie er als kleiner Junge mit seinem Vater gesegelt war. Herrliche Tage waren es gewesen, mit dem Wind in den Haaren und der Sonne im Gesicht. Sein Vater war ein guter Skipper gewesen, immer hart am Wind, das Boot so weit geneigt, dass die Reling durch die Wellen pflügte. Sie hatten ordentlich Tempo gemacht, und Frederik hatte es genossen.

Manchmal hatte er sich gewünscht, seine Mutter würde mitkommen, doch sie hatte nie gewollt. Sie lag zu Hause auf dem Sofa, die Vorhänge zugezogen, der ganze Raum in kühle Dämmerung getaucht. Irgendetwas quälte sie, doch sein Vater hatte keine Geduld, darauf einzugehen. Stattdessen zog er über sie her und machte sie vor anderen lächerlich, sogar wenn sie dabei war.

Frederik war überzeugt, dass er sie damit in den Tod getrieben hatte.

Er war zwölf gewesen, als sie plötzlich verschwunden war. Tagelang hatte die Polizei nach ihr gesucht. Er selbst hatte es im Haus nicht mehr ausgehalten und war ans Meer gegangen.

Es war ein kalter, stürmischer Tag. Das Meer war nicht hell und klar, sondern schwarz und ungestüm, mit wütenden Schaumkronen auf den Wellen. Der Wind fuhr ihm eisig durch die Kleider, und er wollte schon umkehren, als er bemerkte, dass etwas auf dem Wasser trieb. Eine Gestalt in einem hellen Mantel, wie ihn seine Mutter hatte, und langen blonden Haaren, die wie ein Fächer auf der aufgepeitschten Wasseroberfläche trieben.

Er war ins Wasser gelaufen und hatte sie herausgezogen, hatte in ihr totenbleiches Gesicht und ihre weit aufgerissenen Augen gestarrt.

Sie hatten ihm gesagt, es sei ein Selbstmord gewesen. Doch für Frederik stand fest, dass sein Vater sie getötet hatte. Nicht erwürgt, erstochen, erschossen, oder wie man Menschen sonst noch ermorden konnte. Nein, sie war an seiner Kälte erfroren.

Er war komplett ausgerastet, und sie hatten ihn in eine soziale Einrichtung gebracht, nachdem er mit einer Bootsstange auf seinen Vater losgegangen war. Danach war er zu seinen Großeltern nach Kiel gekommen. Seinen Vater hatte er nie wiedergesehen. Die Briefe, die Sivard geschrieben hatte, hatte er zerrissen, und jedes Angebot, ihn zu besuchen, abgelehnt. Irgendwann hatte sein Vater aufgegeben.

Frederik schluckte und öffnete die Augen. Früher oder später, das wusste er, musste er sich auch mit diesem Teil seines Lebens auseinandersetzen. Noch schob er es vor sich her, doch er spürte, wie seine Abwehr mit jedem Jahr brüchiger wurde. Wenn er nicht achtgab, würde die Vergangenheit eines Tages die schützende Mauer einreißen und ihn überschwemmen, und er würde in dem Strudel untergehen.

Er steckte das Notizbuch zurück in die Tasche und erhob sich. Sein rechter Arm war eingeschlafen, weil er sich zu lange darauf gestützt hatte, und er machte ein paar kreisende Bewegungen mit den Schultern, damit die Durchblutung wieder in Gang kam. Dann bückte er sich, um die Tasche aufzuheben, merkte aber, dass das Telefon in seiner Hosentasche vibrierte.

Er richtete sich wieder auf und warf einen Blick auf das Display. Dann nahm er das Gespräch eilig an.

»Lea! Geht es dir gut?«

Am anderen Ende blieb es still.

»Lea?«

»Ja.« Ihre Stimme klang dünn. Er spürte, wie sich sein Herz zusammenzog.

»Was ist passiert?«

»Arvid«, sagte sie leise. »Er hat gesehen, dass ich dich anrufen wollte.«

Frederik versuchte, sich gegen die Angst zu wehren, die ihn umklammerte.

»Ahnt er etwas?«

»Nein.« Sie lachte traurig. »Er glaubt, dass ich dich mit Tipps über seine schmutzigen Geschäfte versorgt habe.«

»Wie hat er darauf reagiert?«

»Er hat gesagt, ich solle es nicht noch einmal versuchen. Sonst würde ich es bereuen.«

Die gleichen Worte, mit denen er auch Frederik gedroht hatte.

»Hat er dir wehgetan?«

Lea antwortete nicht.

»Ich kann dich da rausholen«, drängte er. »Wenn du es willst.«

»Nein. Bitte. Es ist alles gut.«

»Lea.«

»Es geht nicht, Frederik. Wenn ich ihn verlasse, nimmt er mir Emma weg.«

Der Schmerz in seiner Brust nahm zu.

»Ich kann dafür sorgen, dass er euch nicht findet.«

Sie lachte traurig.

»Du weißt doch, wie weit sein Arm reicht. Er würde mich überall aufspüren.«

Frederik ahnte, dass sie recht hatte. Arvid Ekström war ein mächtiger Gegner. Trotzdem wollte er nicht kampflos aufgeben.

»Lea, ich liebe dich. Und Emma. Ich muss es einfach wissen. Ist sie meine Tochter?«

Lea erwiderte nichts. Frederik wartete und hoffte.

Ein ohrenbetäubender Knall zerriss die Stille, und Frederik wurde hart zur Seite geschleudert. Er verlor den Halt und stürzte ins Wasser, schrammte sich den Arm an den Holzbohlen des Stegs auf und knallte unter der Oberfläche mit dem Kopf gegen etwas Hartes. Ein paar Sekunden trieb er benommen durch das warme Wasser. Dann tauchte er keuchend auf, klammerte sich am Steg fest und zog sich nach oben. Von der Stirn lief ihm eine rötliche Flüssigkeit in die Augen. Frederik wischte sie weg und blinzelte.

Sein Boot war nur noch ein Trümmerhaufen, der auf dem Wasser trieb. Aus der Kajüte züngelten Flammen empor.

Frederik sank auf das Holz und tastete nach dem Telefon, das wundersamerweise unversehrt auf dem Steg lag, direkt neben seiner Tasche.

Mit zitternden Fingern wählte er Birgers Nummer.

Er musste kurz weggedämmert sein, jedenfalls stand die Sonne ein gutes Stück tiefer, als er die Augen wieder aufschlug. Vom Wasser her war das tiefe Brummen eines Schiffsmotors zu hören. Gleich darauf tauchte das Polizeiboot auf und machte am Steg fest. Ein ganzes Bataillon von Menschen stürmte von Bord, vorneweg ein paar Feuerwehrleute, die sich mit Löschgeräten daranmachten, die Flammen auf seiner Jolle einzudämmen.

Frederik erkannte einen Brandermittler, der hinter ihnen wartete, um das Boot so schnell wie möglich unter die Lupe zu nehmen, außerdem mehrere Kollegen von der Spurensicherung. Es ging wohl niemand davon aus, dass die Explosion ein Unfall war.

Zwei Sanitäter liefen auf Frederik zu und hockten sich neben ihn.

»Wie geht es dir? Sollen wir dich ins Krankenhaus bringen?«

Frederik schüttelte den Kopf, ließ es aber rasch wieder sein, weil ein hämmernder Schmerz durch seinen Schädel raste.

»Nein. Schon okay.«

Einer der Sanitäter untersuchte seine Stirn.

»Das ist ein ziemlicher Riss. Den sollten wir tackern.« Er öffnete seinen Koffer und nahm das entsprechende Gerät heraus, außerdem eine Spritze. »Ich gebe dir ein Schmerzmittel, dann merkst du nichts davon.«

Frederik wollte protestieren, überlegte es sich beim Anblick des Klammergeräts aber anders. Es war nicht nötig, den harten Mann zu markieren.

Hinter den Sanitätern tauchten Anna und Birger auf, beide mit besorgten Mienen. Anna blieb ein paar Schritte entfernt stehen und verschränkte die Arme. Wahrscheinlich war es ihre Methode, um nicht vom Mitgefühl überschwemmt zu werden. Birger hatte keine diesbezüglichen Ängste. Er hockte sich neben Frederik und legte ihm eine Hand auf die Schulter.

»Was ist passiert?«

»Ich weiß es nicht.« Er schaute zu den traurigen Trümmern seiner Jolle. Das Feuer war gelöscht, der Brandermittler betrat das Boot. »Ich stand auf dem Steg und habe telefoniert. Plötzlich gab es eine Explosion. Die Druckwelle hat mich ins Wasser geschleudert. Als ich wieder aufgetaucht bin, stand das Boot in Flammen.«

Birger blickte zwischen ihm und dem Wrack hin und her.

»Du hast verdammtes Glück gehabt«, stellte er nüchtern fest.

Der Sanitäter nahm eine Hautfalte von Frederiks Stirn zwischen Daumen und Zeigefinger und spritzte das Schmerzmittel.

»Hast du noch andere Verletzungen?«

Frederik hob den rechten Arm.

»Nur ein paar Abschürfungen.«

»Okay.« Der Sanitäter nahm eine Flasche Desinfektionsmittel zur Hand und sprühte die aufgerissene Haut sorgfältig ein. Es brannte, aber nur kurz. Der Sanitäter bewegte Frederiks Gelenke und schaute ihm in die Augen, um zu prüfen, ob ihm irgendetwas Schmerzen bereitete. Nachdem dies nicht der Fall war, griff er zum Klammergerät. Probehalber drückte er Frederik einen Finger gegen die Stirn.

»Merkst du davon was?«

»Nein.«

»Gut. Dann mach bitte die Augen zu.« Er sprühte auch Frederiks Stirn ein, wischte das Desinfektionsmittel ab und setzte routiniert ein paar Klammern. Frederik spürte die Bewegungen, aber keinen Schmerz. Zum Abschluss klebte der Sanitäter noch ein Pflaster über die getackerte Wunde und stand auf.

»Das war's schon. Wenn du nichts mehr brauchst …?«

Frederik öffnete die Augen wieder.

»Nein, danke. Nur einen Schluck Wasser vielleicht.«

Irgendjemand reichte ihm eine Flasche, und er trank durstig. Die beiden Sanitäter verabschiedeten sich und gingen in Richtung Fähranleger. Sie hatten keine Zeit, zu warten, bis das Polizeiboot wieder ablegte.

Der Brandermittler kletterte vom Wrack und kam auf Frederik zu. Auch Anna trat näher.

»Die Sache ist ziemlich eindeutig«, berichtete der Brandermittler. »Jemand hat die Gasleitung an Bord manipuliert.

Außerdem haben wir Überreste einer Autobatterie gefunden. Vermutlich hat der Täter ein elektrisches Gerät mit einer Zeitschaltuhr angeschlossen. Durch das Einschalten ist ein Funke entstanden, der das ausgetretene Gas zur Explosion gebracht hat.«

Frederik ballte die Fäuste.

»Und ich habe die ganze Zeit danebengesessen. Wäre ich doch bloß kurz an Bord gegangen.«

»Dann wärst du womöglich mit in die Luft geflogen«, wies ihn Birger zurecht.

»Ja.« Frederik kämpfte gegen das dringende Bedürfnis, die Uhr zurückzudrehen. Es nützte ja nichts, die Sache war nicht mehr zu ändern.

»Hast du einen Verdacht?«, fragte sein Chef.

Frederik wollte etwas antworten, doch Anna kam ihm zuvor.

»Carl Kroon. Er war Ingenieur in der Automobilindustrie. Er hätte genau gewusst, wie er es anstellen muss.«

Frederik hob die Hand zum Einspruch.

»Das würde bedeuten, dass er immer noch auf Kalvsund oder zumindest in der Nähe ist. Aber wenn es so wäre, hätten wir ihn längst gefunden.«

»Es sei denn, er hat einen Komplizen«, beharrte Anna. »Wir haben die Insel und die Gärten durchsucht, aber nicht die Häuser.«

»Ohne begründeten Verdacht können wir das auch nicht«, gab Birger zu bedenken. »Nach dieser Sache hier allerdings …« Er schien ernsthaft zu erwägen, ob er bei der Staatsanwaltschaft einen Durchsuchungsbeschluss für die gesamte Insel beantragen könnte, winkte dann aber resigniert ab. Die Indizienlage war viel zu dünn. »Du glaubst nicht, dass es Kroon war?«, fragte er Frederik.

Frederik schüttelte erneut den Kopf, vorsichtiger dieses Mal.

»Ich würde auf Petter Larsson tippen. Wir haben ihn gewaltig unter Druck gesetzt, und Petter scheint ein Typ zu sein, der leicht die Nerven verliert.« Die andere Möglichkeit, dass der Anschlag überhaupt nichts mit dem Fall, sondern mit Lea zu tun hatte, erwähnte er nicht. Nicht einmal Birger wusste, dass er seit Jahren eine Affäre mit der Frau von Arvid Ekström hatte.

»Also gut.« Anna zerrte an den Ärmeln ihrer Lederjacke. »Dann nehmen wir Petter jetzt in die Mangel.« Sie schaute Frederik mit leisem Zweifel an. »Kommst du mit?«

»Ja.« Er ließ sich von Birger auf die Füße helfen und straffte sich. Für einen Moment war ihm ein wenig schwindelig, doch es ging vorbei.

Birger klopfte ihm auf die Schulter.

»Ich fahre zurück nach Göteborg. Wenn du irgendetwas brauchst, melde dich.«

Frederik schaute auf die Trümmer seines Bootes.

»Ein Fahrzeug wäre nicht schlecht. Vielleicht kannst du einen der Kollegen mit einem Dienstwagen nach Framnäs schicken?« Er überlegte kurz. »Und sag Viveka, ich brauche die Grundrisse aller Häuser auf Kalvsund. Nur für den Fall, dass Anna recht hat und Kroon tatsächlich immer noch hier ist. Wenn wir anfangen, ihn zu suchen, sollten wir nichts übersehen.«

»Wird erledigt.« Birger hob die Hand zum Abschied und ging mit den anderen Kollegen zum Boot.

Frederik hängte sich seine Tasche über die Schulter. Es schmerzte ein wenig, aber insgesamt war er glimpflich davongekommen. Zumindest hatte es keine Toten gegeben, so wie damals bei dem Vorfall mit Torun und den anderen. Doch auch daran wollte er jetzt nicht denken. Noch hatte er die Hoffnung nicht aufgegeben, dass sie Lisbet retten konnten, aber er spürte, dass sie nicht mehr viel Zeit verlieren durften.

Der Anblick erinnerte ihn an eine Arztserie aus den 1980er-Jahren. Hjördis' Mutter Gunhild lag im geblümten Nachthemd auf einer Gartenliege. Ihre Arme und Beine waren mit weißen Tüchern abgedeckt. Auf einem Korbstuhl neben ihr saß Petters Mutter Bodil. Sonderlich harmonisch wirkte die Szene allerdings nicht.

Gunhild blickte stur hoch zum Himmel, Bodil knetete ihre Finger und schaute zu Boden. Als sie die Beamten bemerkte, stand sie auf und kam eilig auf sie zu.

»Was ist denn passiert? Wir haben einen furchtbaren Knall gehört. Die Leute sagen, es gab eine Explosion im Hafen. Hat das etwas mit Lisbet zu tun?«

»Nein. Nur ein Gasunfall auf einem Boot. Es ist niemand zu Schaden gekommen«, beruhigte Frederik sie, während er dachte, dass er sich sehr wohl beschädigt fühlte. Nicht nur körperlich, sondern auch seelisch. »Wo sind denn Petter und Hjördis?«

Die Beamten, die nach wie vor ein Auge auf das Haus hatten, hatten nicht gesehen, dass jemand es verlassen hatte, aber sie konnten auch nur dann und wann am Gebäude vorbeispazieren. Es wäre zu auffällig, sich die ganze Zeit direkt davor zu postieren. Auf Kalvsund herrschte nur wenig Betrieb auf den Straßen, und jeder kannte jeden. Ein Haus heimlich zu observieren, war nicht so einfach. Vermutlich hatten Hjördis und Petter ihre Bewacher längst bemerkt und sich in einem unbeobachteten Moment davongestohlen.

»Sie wollten ein wenig spazieren gehen. Jeder für sich, nehme ich an, nicht zusammen. Die Stimmung hier im Haus … Das hält niemand aus. Diese Ungewissheit. Und all die unausgesprochenen Vorwürfe.« Sie schaute zu Gunhild, doch die reagierte nicht, obwohl sie Bodils Worte sicher gehört hatte. Bodil senkte die Stimme.

»Gunhild war schon immer eine harte Frau«, flüsterte sie. »Aber seit sie ständig Schmerzen hat und sich nicht mehr bewegen kann, ist sie eine richtige Furie geworden. Ich dachte, die Familien könnten sich vielleicht versöhnen, nach allem, was geschehen ist, aber ...« Sie sprach nicht weiter, sondern machte nur eine hilflose Geste. »Gläubig ist sie ja, aber sie hält es mehr mit dem Alten Testament. Auge um Auge ... Davon, dem anderen die Hand zu reichen und zu vergeben, will sie nichts hören.« Noch einmal blickte sie zurück, und ihre Miene wurde weicher. »Ich habe ihr Umschläge gemacht. Wenn sie helfen und die Schmerzen nachlassen, dann vielleicht ...« Sie zuckte mit den Schultern.

Frederik schenkte ihr ein mitfühlendes Lächeln, ehe er auf das eigentliche Thema zurückkam.

»Die beiden sind nicht gemeinsam weggegangen?«

Bodil schüttelte den Kopf.

»Nein. Sie haben sich wohl nicht mehr viel zu sagen.« Sie seufzte schwer. »So viel Zank und Streit, und all die Jahre kein Kontakt, weil Petter an ihr festgehalten hat. Dabei hatte sie die ganze Zeit einen anderen.«

»Das muss dich nicht wundern, Bodil«, ertönte Gunhilds raue Stimme. »Du hättest ihn eben nicht so verzärteln sollen. Keine Frau will auf Dauer mit einem Mann zusammen sein, der nicht richtig zupacken kann.«

In Bodils Blick glomm ein Funke auf. Sie fuhr zu Gunhild herum.

»Hättest du ihr einen Mann gewünscht, der so ist wie deiner? Ein roher Klotz, dem ständig die Hand ausrutscht, wenn er getrunken hat?«

Das faltige Gesicht wurde grimmig. »Sverker hat mich nie geschlagen.«

Bodil verdrehte die Augen. »Wer's glaubt«, murmelte sie.

Die Beklemmung, die Frederik verspürte, nahm zu, doch jetzt war nicht der richtige Moment, sich mit den Feinheiten der Familiendynamik zu beschäftigen.

»Wissen Sie, wo die beiden sind?«

»Petter ist sicher bei seinem Boot«, erwiderte Bodil. »Und Hjördis? Vielleicht ist sie an der Westküste. Dort war sie früher immer, hat sich auf die Felsen gestellt und Theatertexte deklamiert. Das war ihr großer Traum, Schauspielerin zu werden.«

»Nichts als Hirngespinste«, schimpfte Gunhild. »Zum Glück hat das Leben sie schnell gelehrt, dass man besser mit den Füßen auf dem Boden bleibt.«

Bodil schnaufte. »Wenn ich daran denke, dass ich Gunhild früher bewundert habe, weil sie alles so gut im Griff hatte …« Sie richtete den Finger auf Gunhild. »Mein Sohn ist vielleicht zu weich, aber zumindest ist er nicht so rücksichtslos und egoistisch wie deine Tochter.«

»Pah.« Gunhild legte den Kopf zurück und schloss die Augen.

Für einen Moment herrschte grimmiges Schweigen. Frederik nutzte die Gelegenheit, um sich zu verabschieden. Er war sich alles andere als sicher, dass Bodil in der Sache recht hatte.

Gemeinsam mit Anna ging er über die Felsen hinter dem Haus zu Petters Boot. Er hatte es nicht wieder abgedeckt, das klaffende Loch im Bug war gut zu sehen. Die Persenning lag zusammengeknüllt in der Bilge.

Petter saß wie bei ihrer ersten Begegnung hinter dem Bootskörper im Schatten, die Beine angezogen, das Kinn auf die Hände gestützt. Er blickte über das blaue Wasser in Richtung Björkö, schien aber nichts von der Schönheit der Küstenlandschaft wahrzunehmen.

Frederik hockte sich neben ihn.

»Herr Larsson? Wir haben ein Problem.«

Petter blinzelte. »So?«

»Jemand hat einen Anschlag auf mein Boot verübt. Die Indizien deuten darauf hin, dass Sie es waren.«

Petter riss die Augen auf.

»Ich? Warum sollte ich ...«

Anna bewegte sich so rasch, dass Frederik nicht rechtzeitig eingreifen konnte. Sie packte Petter am Kragen und zerrte ihn auf die Füße.

»Wir sind dir mit unseren Ermittlungen zu nahe gekommen, stimmt's?«, fuhr sie ihn an. »Du hast gewusst, dass Lisbet nicht deine Tochter ist und dass du im Sorgerechtsprozess keine Chance hättest, deswegen hast du sie entführt. All deine Alibis waren falsch. Wir haben dein ganzes Lügengebäude auseinandergenommen, und du hast keine andere Chance mehr gesehen, als den Leiter der Ermittlungen aus dem Weg zu räumen. Deswegen hast du sein Boot in die Luft gejagt.«

Frederik räusperte sich. »Anna«, mahnte er leise.

Sie wandte ihm den Kopf zu, und er erkannte die Bestürzung in ihren Augen.

»Entschuldigung.« Sie ließ Petter los, trat einen Schritt zurück und rieb verlegen mit den Händen über ihre Lederhose.

Petter keuchte, sein Blick flog aufgebracht zwischen Frederik und Anna hin und her.

»Was soll das sein? So eine Guter-Bulle-böser-Bulle-Nummer?«

»Nein.« Frederik schaute ihn ruhig an. »Das war ein Ausrutscher. Meiner Kollegin sind die Nerven durchgegangen. Wir machen uns Sorgen um Ihre Tochter, verstehen Sie? Wir haben Angst, dass ihr etwas zustößt, wenn wir sie nicht rechtzeitig finden.«

Sämtliche Energie schien plötzlich aus Petters Körper zu weichen. Seine Knie knickten ein, und er rutschte mit dem Rücken am Bootsrumpf entlang zu Boden. Ein Schluchzen kam aus seiner Kehle, und er schlug die Hände vors Gesicht. Er weinte so heftig, dass sein ganzer Körper zuckte.

Frederik hockte sich wieder neben ihn und berührte ihn sanft am Arm. Petter ließ die Hände sinken.

»Ich habe doch gar nichts getan«, jammerte er. »Ich wollte immer nur das Beste für Lisbet.« Er wischte sich mit dem Handrücken die Tränen ab. »Vor einem halben Jahr war ich beim Arzt. Sie haben meine Prostata untersucht und ein paar Tests gemacht. Dabei kam heraus, dass ich unfruchtbar bin und es auch immer schon war.«

Er hob den Kopf.

»Begreifen Sie, was das heißt? Ich bin nicht in der Lage, ein Kind zu zeugen. Lisbet konnte überhaupt nicht meine Tochter sein.«

»Ärzte können sich täuschen«, wandte Anna ein.

»Haben sie aber nicht, oder? Ihr Labor hat doch nachgewiesen, dass Magnus Lisbets biologischer Vater ist.« Er presste die Handballen gegen die Schläfen. »Mir war plötzlich alles klar. Das Mittsommerfest damals – Hjördis hatte mich vorher nie beachtet. Wenn überhaupt, hat sie mich ausgelacht. Doch auf einmal ... da hat sie mit mir getanzt, mir schöne Augen gemacht und mich noch in der derselben Nacht mit zu sich nach Hause genommen.« Er schüttelte den Kopf. »Ich war so ein Idiot. Ich habe wirklich geglaubt, sie hätte mich nun endlich *gesehen*. Als sie mir gesagt hat, dass sie ein Kind erwartet, bin ich fast ausgeflippt vor Freude. Dabei war es genau andersherum. Sie war schon von Magnus schwanger, und dann hat sie mich in ihr Bett gelockt, damit sie mir das Kind unterschieben konnte.«

»Das muss ein ganz schöner Schock gewesen sein, als Sie es herausgefunden haben«, sagte Frederik mitfühlend.

»Erst war ich wie vor den Kopf geschlagen. Ich wollte es einfach nicht glauben. Aber ich hatte es ja schwarz auf weiß. Irgendeine Deformation an den Spermien. Nicht zeugungsfähig.« Petter atmete schwer. »Dann kam die Wut. Ich wollte es Hjördis heimzahlen. Ihr wehtun.«

»Sie haben sie zur Rede gestellt?«

Petter senkte den Kopf. »Nein. Das ... konnte ich nicht.«

Anna warf Frederik einen bedeutungsvollen Blick zu. Sie fand wohl, dass Gunhild recht hatte, wenn sie ihren Schwiegersohn einen Schlappschwanz nannte. Frederik war anderer Ansicht. Manchmal war es gut, Dinge erst eine Weile im Herzen zu bewegen, ehe man etwas in Gang setzte, das nicht wieder rückgängig zu machen war.

»Was haben Sie stattdessen getan?«, erkundigte er sich.

»Ich habe etwas mit einer anderen Frau angefangen«, gestand Petter. »Einer Kollegin aus der Firma.«

Frederik hätte beinahe gelacht. Plötzlich lag die Wahrheit, nach der sie so lange gesucht hatten, klar und offen vor ihm.

»Sie waren bei dieser Frau am Samstagmorgen, als Lisbet verschwunden ist?«

Petter nickte.

»Ich konnte nicht anders. Wir hatten wieder gestritten, und ich habe es im Haus nicht mehr ausgehalten. Ich hatte solche Sehnsucht.«

»Weshalb wollten Sie das um jeden Preis verheimlichen?«

Petter seufzte schwer.

»Eigentlich ging es mir nur um Vergeltung. Aber dann habe ich mich verliebt. Marit ist so ... anders als Hjördis. Zärtlich. Verständnisvoll. Und ... weich.«

»Das ist doch schön.« Frederik betrachtete den Mann nachdenklich.

»Ja«, sagte Petter, sah aber aus, als empfinde er das Gegenteil. »Ich wollte mit ihr noch einmal von vorn anfangen. Eine neue

Familie gründen. Ich habe die Scheidung eingereicht und das Sorgerecht für Lisbet beantragt.«

»Aber?«

Petter schaute ihn an, und Frederik war, als blickte er in einen Abgrund.

»Marit ist Alkoholikerin.«

Anna verzog den Mund. Frederik empfand tiefes Mitgefühl.

»Sie wollten um jeden Preis verhindern, dass es herauskommt.«

Petter rappelte sich mühsam auf.

»Es ist schwierig genug, als Vater das Sorgerecht zu bekommen. Noch schwerer, wenn man nicht der leibliche Vater ist. Aber mit einer alkoholkranken Lebensgefährtin – keine Chance.«

Frederik vermutete, dass er recht hatte.

»Sie hätten es uns trotzdem sagen müssen. Sie möchten doch, dass wir Lisbet finden?«

Petter sah ihn aus tränennassen Augen an.

»Natürlich will ich das.« Er stockte, sprach dann aber doch aus, was ihm auf der Zunge lag: »Egal, wer ihr Vater ist, das Band zwischen Lisbet und mir ist viel stärker als das zwischen ihr und Hjördis. Wenn ihr etwas auf der Seele liegt, kommt sie damit zu mir, nicht zu ihrer Mutter.« Sein Blick wurde flehend. »Bitte. Sie müssen mir helfen, dass sie bei mir leben kann, wenn sie zurückkommt.«

Frederik legte ihm eine Hand auf die Schulter.

»Zuerst einmal müssen wir sie finden. Danach sehen wir weiter.«

Mehr konnte er Petter beim besten Willen nicht versprechen, auch wenn er noch sosehr mit ihm fühlte. Er schaute zu dem leckgeschlagenen Boot.

»Wann ist das tatsächlich passiert?«

Petter raufte sich die Haare.

»Das war vor zwei Wochen. Marit hatte eine Entziehungskur begonnen, aber als ich sie besuchte, saß sie mit einer Flasche Wein in ihrer Wohnung. Ich habe ihr die Flasche weggenommen und bin gegangen. Wir hatten uns heftig gestritten, und ich war verzweifelt. Ich bin mit dem Boot rausgefahren und habe die Flasche selbst geleert.« Er schnitt eine Grimasse. »Ich habe gar nicht bemerkt, dass ich vom Kurs abgekommen bin. Auf einmal saß das Boot auf dem Felsen auf.«

»Ich glaube ihm«, sagte Anna, als sie wieder vor dem Haus auf der Straße standen. »Was meinst du?«

Frederik nickte. Es passte alles zusammen. Davon abgesehen, konnte er Petter besser verstehen, als Anna ahnte. Kurz dachte er an das Gespräch mit Lea, das durch die Explosion so plötzlich unterbrochen worden war. Er hätte ihr gerne eine Nachricht zukommen lassen, dass mit ihm alles in Ordnung war, wusste aber nicht, wie. Auf keinen Fall durfte Arvid Ekström mitbekommen, dass Lea trotz seines ausdrücklichen Verbots weiterhin Kontakt mit ihm hatte.

»Ich denke, er sagt die Wahrheit. Trotzdem müssen wir es überprüfen.« Petter hatte ihm die Privatadresse seiner Freundin gegeben, und Frederik telefonierte mit Hedda, um sie zu bitten, ein paar Kollegen dorthin zu schicken und die Frau zu befragen.

Anna verschränkte die Arme, das Leder ihrer Jacke knarzte. Ihr Gesicht war gerötet. Frederik dachte, dass es nicht gerade gesund sein konnte, den ganzen Tag in diesen engen, luftundurchlässigen Sachen herumzulaufen, und das bei Temperaturen, die seit Wochen so hoch waren wie selten. Anna zog ein Taschentuch hervor und wischte sich den Schweiß von der Stirn. Sie schien geradezu darauf zu warten, dass er sie aufforderte, die Jacke auszuziehen, doch er tat es nicht. Sie musste schon selbst den Entschluss fassen, ihren Panzer abzulegen.

»Scheint, als hättest du recht gehabt«, sagte er stattdessen. »Offenbar war es doch Kroon, der das Mädchen entführt hat.« Er schob die Hände in die Hosentaschen und wandte sich halb zum Meer. »Was glaubst du, weshalb er den Pullover bei Rune versteckt hat?«

Er spürte, wie ihn Anna von der Seite anblitzte.

»Viveka hat es dir gesteckt, nicht wahr? Natürlich. Mobbing und Intrigen sind ja ihre großen Stärken. Deswegen hat man sie in Stockholm ausgemustert. Hat mir ein Kumpel erzählt, mit dem ich auf der Polizeischule war.«

»So?« Frederik bemühte sich, neutral zu klingen. Er hatte sich so etwas schon gedacht, aber es bestätigt zu bekommen, war etwas anderes.

Anna lachte auf. »Du hast die Personalakten wirklich nicht gelesen!«

»Nein.«

Anna begann zu blinzeln, als wäre ihr etwas ins Auge geflogen. Ärgerlich wischte sie die aufsteigenden Tränen fort.

»Ach, verdammt. Also damit das ein für alle Mal klar ist: Ich hatte was mit meinem Chef in Malmö, das habe ich dir ja schon gesagt. Er hat sich schmieren lassen, und als die Sache aufzufliegen drohte, hat er mich gebeten, Beweise zu fälschen. Ich habe es getan, weil ich ihm helfen wollte. Ich wusste nicht, dass es ihm darum ging, das Ganze einem Kollegen anzuhängen.« Sie hob die Arme. »Was soll ich sagen? Ich war blind vor Liebe. Am Ende hat er mich fallen lassen wie eine heiße Kartoffel und versucht, mir die Schuld an allem zuzuschieben.«

Sie schaute ihn traurig an.

»Ich könnte verstehen, wenn du unter diesen Umständen nicht mehr mit mir zusammenarbeiten willst.«

Frederik lächelte. Er war froh, dass diese Hürde genommen war.

»Wir machen alle Fehler«, erklärte er. »Du hast mir bisher keinen Anlass gegeben, an deinen Fähigkeiten als Polizistin zu zweifeln. Abgesehen davon …«, er sah sie ernst an, »dass du zu leicht die Kontrolle verlierst. Daran solltest du arbeiten.«

Anna schluckte. »Okay. Ist angekommen.«

»Gut.«

Sie standen eine Weile schweigend nebeneinander und schauten übers Wasser.

»Du hast meine Frage noch nicht beantwortet«, sagte er schließlich.

»Welche?«

»Warum Kroon den Pullover bei Rune versteckt hat.«

»Weil er ihm die Sache anhängen wollte. Damit wir uns um Rune kümmern und weniger Energie darauf verwenden, Kroon zu jagen.«

Frederik dachte darüber nach. Annas Erklärung klang plausibel, doch irgendetwas an dem Bild erschien ihm nicht stimmig. Er kam nur nicht darauf, was es war.

»Lass uns zurück ins Büro fahren«, entschied er. »Ich will noch einmal die Akten durchgehen. Irgendeinen Hinweis muss es doch geben, wo wir nach Lisbet suchen sollten.«

Der Volvo XC 70 hielt am Ende der schmalen Straße, die in den Wald hinter Forsbäck führte. Die Sonne stand schon tief und warf ein flirrendes Licht durch das helle Grün der Birken. Frederik spürte plötzlich, wie sehr er diesen Ort in den letzten Tagen vermisst hatte. Er bedankte sich bei dem Beamten, der ihn hergefahren hatte, stieg aus dem Wagen und schlug die Tür zu. Der Kollege wendete, tippte sich noch einmal an die Mütze und fuhr davon. Das Geräusch des Motors verklang langsam in der Ferne. Zurück blieb die Stille, die ihn umfing wie die Umarmung eines guten Freundes.

Kein Mensch, keine Maschine war zu sehen oder zu hören, nur hier und da ein Rascheln im Unterholz von den Tieren, die über den Boden huschten, und der Gesang einiger Vögel, die oben in den Zweigen ihren Schlafplatz für die Nacht aufsuchten.

Frederik betrat das Haus, stellte die Umhängetasche ab und nahm eine Flasche Leichtbier aus dem Kühlschrank. Kurz schaute er auf die Sachen, die sich neben dem Hintereingang stapelten, den Eimer mit der roten Farbe und die Pinsel, die in einer alten Blechdose steckten, die er mit Verdünner gefüllt hatte. Vielleicht sollte er noch ein wenig streichen, eine Stunde war es sicher noch hell, und die Arbeit würde ihn bestimmt auf andere Gedanken bringen. Doch ihm fehlte die Energie.

Er stieg über die zusammengeklappte Leiter, ging auf die Terrasse und ließ sich in den Liegestuhl sinken. Dann trank er einen Schluck Bier und schaute hinauf in das grüne Blätterdach, das sich über ihm wölbte.

Seine Augen brannten von den vielen Stunden konzentrierter Bildschirmarbeit. Er war alles noch einmal durchgegangen, die Berichte der Kollegen, die Ergebnisse der Spurensicherung, die Befunde der Rechtsmedizin. Rune Dahlberg war eindeutig mit dem Brennballschläger erschlagen worden; die Tatzeit ließ sich auf den Samstagabend zwischen halb acht und neun eingrenzen. Sie hatten reichlich Spuren gefunden, nicht weiter verwunderlich an einem öffentlichen Ort. Zuordnen ließen sich nur wenige davon. Sicher war, dass sich Hjördis Larsson und Carl Kroon in dem Holzhaus auf dem Sportplatz aufgehalten hatten.

Hjördis hatte Rune den Beutel mit dem Schmuck, dem Münzalbum ihres Vaters und dem Geld überreicht, von dem nun ein Teil fehlte. Theoretisch kam sie als Täterin infrage. Aber weshalb hätte sie den Entführer töten sollen, ehe er ihr verraten hatte, wo er die Tochter versteckte?

Die logische Schlussfolgerung war, dass Kroon seinen Kumpel Rune ermordet hatte. Beim Streit um die Beute, oder damit dieser nicht verriet, wohin Kroon mit Lisbet fliehen wollte. Anna hatte es ja von Anfang an gesagt.

Frederik trank noch einen Schluck aus der Flasche. Ein Gedanke schwirrte in seinem Hinterkopf herum wie eine lästige Fliege, aber er bekam ihn einfach nicht zu fassen.

Womöglich, überlegte er, hatte Kroon seinen ehemaligen Mitinsassen genötigt, ihm Lisbet zuzuführen. Rune hatte exzessiv kinderpornografisches Material gesammelt. Für Kroon wäre es ein Leichtes gewesen, einen seiner USB-Sticks an sich zu nehmen und Rune zu drohen, ihn der Polizei zuzuspielen. Für Rune wäre es die sichere Fahrkarte zurück in die Anstalt gewesen, und er hätte das bestimmt um jeden Preis verhindern wollen.

Rune könnte also das Mädchen zu sich gelockt haben. Kroon hatte das Boot auf Björkö gestohlen und sich mit ihr abgesetzt.

Das Problem war, dass es, abgesehen von dem Pullover, keine Spuren von Lisbet in Runes Haus gab, ebenso wenig wie im Holzhaus auf dem Sportplatz. Aber sie könnten das Mädchen irgendwo anders versteckt haben. Auf Kalvsund gab es so viele Gartenhäuser, Hütten und Unterstände. Sie hatten im Laufe der Tage in all diesen Gebäuden nachgesehen, aber natürlich nicht jedes auf Spuren untersuchen können.

Letztlich war es auch egal, wo man Lisbet in der Zwischenzeit untergebracht hatte. Wichtig war, herauszufinden, wo sie sich jetzt aufhielt.

War sie überhaupt noch am Leben?

Frederik konnte nicht verhindern, dass sich grauenvolle Bilder vor sein inneres Auge schoben, schrecklich zugerichtete Kinderleichen, tote Körper, die weggeworfen in einem Gebüsch oder einer Grube lagen. So wie Maja, Kroons erstes Opfer. Aber Maja hatte immerhin überlebt, wenn auch nur mit knapper Not.

Auf der anderen Seite des Hauses war ein leises Brummen zu hören. Frederik lauschte. Er bekam eigentlich nie Besuch, erst recht nicht unangekündigt. Wer ihn kannte, wusste, dass er keine Überraschungsgäste mochte.

Eine Autotür klappte. Dann entfernte sich das Motorengeräusch wieder.

War irgendjemand den Weg heraufgefahren, um illegal seinen Abfall im Wald zu entsorgen? Auch wenn man in Schweden ausgesprochen umweltbewusst war und den Müll sorgfältig trennte, gab es immer noch Idioten, die so etwas taten.

Frederik hätte aufstehen und nachsehen können, war aber zu müde. Jetzt war es ohnehin zu spät. Der Verursacher war längst auf und davon.

Er lehnte sich wieder zurück und schloss die Augen. Fast wäre er weggedämmert, doch dann vernahm er plötzlich Schritte auf dem Holzboden der Terrasse und schreckte hoch.

»Lea!«

Er hatte so wenig mit ihr gerechnet, dass er sich eine Sekunde lang fragte, ob er träumte. Aber es war immer noch hell, und er konnte ihre schlanke Gestalt vor den hellen Birken klar ausmachen. Genauso klar sah er auch die Blutergüsse in ihrem Gesicht und die blauen Flecken an ihren Handgelenken. Der Hass auf Ekström spülte in seiner Kehle hoch wie Säure.

Er stellte die Bierflasche weg, stemmte sich hoch und ging auf sie zu. Vorsichtig nahm er sie in die Arme.

Trotz der Verletzungen war sie wunderschön, die langen braunen Locken fielen ihr weich auf die Schultern, und Frederik strich zärtlich darüber. Er schaute in ihre warmen braunen Augen und sah, wie sie sich mit Tränen füllten. Lea lehnte den Kopf an seine Schulter, und er hielt sie fest.

Lange standen sie so, bis sie sich schließlich von ihm löste.

»Ich hatte solche Angst um dich«, flüsterte sie. »Heute Nachmittag, als das Gespräch plötzlich unterbrochen wurde. Das klang wie eine Explosion.«

Frederik berichtete ihr, was geschehen war. Er sah, dass ihr das Gleiche durch den Kopf ging wie ihm.

»Meinst du, es war Arvid? Weil er herausgefunden hat, dass wir Kontakt haben?«

Frederik hätte sie gerne beruhigt, doch der Anschlag passte zu einem Mann wie Ekström. Leute wie er wurden schnell rabiat, wenn man ihre Geschäfte durchkreuzte. Und Frederik hatte weitaus mehr als das getan. Er hatte versucht, ihn hinter Gitter zu bringen. Außerdem traf er sich seit Jahren heimlich mit seiner Frau.

War es nur eine Warnung? Oder hatte Ekström ihn umbringen wollen?

»Ich weiß es nicht«, sagte er endlich. »Es könnte auch mit dem Fall zu tun haben, den wir bearbeiten. Möglicherweise sind wir dem Täter zu nahe gekommen, und er wollte mich aus dem Weg haben.«

Wenn es so war, wüsste der Täter allerdings mehr als er selbst. Wieder verspürte Frederik dieses ungute Gefühl, dass er etwas Wichtiges übersah. Dann fiel ein Sonnenstrahl zwischen den Bäumen hindurch und ließ die Blutergüsse auf Leas Gesicht blau und grün schillern, und Frederik vergaß für einen Moment seine Ermittlungen.

Er legte sacht die Hand auf ihre geschwollene Haut.

»Du kannst nicht bei ihm bleiben, Lea«, flüsterte er rau.

Sie sah ihn flehentlich an.

»Lass uns nicht darüber reden. Nicht heute«, bettelte sie und schmiegte sich an ihn. Er spürte ihre Hände auf seinem Rücken, und ihre Lippen berührten zart die seinen. Es war wie immer; wenn sie ihn küsste, schmolz er dahin wie Eis in der Sonne. Er konnte einfach nichts dagegen tun.

24

Kapitän Ingwer Callsen stand auf der Brücke und erteilte mit ruhiger Stimme Anweisungen. Vor ihnen lag der Osloer Hafen Kneppeskjær mit seinen aneinandergereihten Hallen mit den weißen Tonnendächern. Ingwer wies den Ersten Offizier an, das Tempo zu drosseln, und erteilte über Funk die Anweisungen für das Anlegemanöver.

Zwei Tage lang hatten sie mit einem Motorschaden im Skagerrak festgesessen und darauf gewartet, dass die mit Hubschrauber eingeflogenen Mechaniker die Maschine wieder flottbekamen. Die ganze Fahrt hatte sich für die Reederei zu einem gewaltigen Minusgeschäft ausgewachsen. Wer die Zeitpläne nicht einhielt, zahlte hohe Konventionalstrafen.

Jetzt musste wenigstens das Entladen zügig vonstattengehen, dann kämen sie vielleicht mit einem blauen Auge davon. Er wusste, dass man ihn zur Verantwortung ziehen würde, obwohl es nicht seine Schuld war. Die Motoren waren erst im Monat zuvor gewartet worden. Irgendjemand musste geschlampt haben. Aber er war der Kapitän. Im Zweifelsfall war er der Sündenbock, genau wie der Trainer beim Fußball, auch wenn es die Mannschaft war, die schlecht gespielt hatte. Man würde ihn ein paar Monate als Ersten oder Zweiten Offizier fahren lassen, ehe man ihm wieder ein eigenes Kommando übertrug. Mit entsprechenden finanziellen Konsequenzen. Da seine Frau gerade ein Kind erwartete und er dabei war, ein Haus für die Familie zu bauen, käme ihm das äußerst ungelegen.

Ingwer versicherte sich, dass der Erste die Situation im Griff hatte. Dann verließ er die Brücke. Er wollte eine Runde durch die Laderäume drehen und sich davon überzeugen, dass die Mannschaft vorbereitet war. Rasch eilte er die Metalltreppe zum Deck hinunter, öffnete die schwere Tür und betrat den Bauch des Schiffs.

Am Anfang hatte er geschwitzt. Es war heiß hier unten zwischen den Containern, die dicht an dicht aufgereiht und gestapelt waren. Im Inneren befanden sich große Fässer. Was sie enthielten, wusste er nicht, die Aufkleber waren mit chinesischen Schriftzeichen bedruckt. Es interessierte ihn auch nicht. Das Einzige, wonach er sich sehnte, war Wasser. Nicht das salzige Meerwasser, von dem sie seit Tagen umgeben waren, sondern klares, reines Leitungswasser. Er wurde fast verrückt vor Durst.

Ein paar Flaschen hatte er mit an Bord genommen, zusammen mit einem Stapel in Folie gewickelter Sandwiches, so viel, wie sein Rucksack neben den Zigaretten und dem Feuerzeug fassen konnte. Angesteckt hatte er sich noch keine. Überall hingen Schilder, die das Rauchen ausdrücklich verboten. Nicht dass ihn Regeln großartig kümmerten, aber in diesem Fall fürchtete er, dass sich unter dem Stückgut brennbare oder explosive Stoffe befanden. Er hatte keine Lust, mit dem verdammten Kahn in die Luft zu fliegen.

Mittlerweile ärgerte er sich, dass er nicht auf die Kippen verzichtet hatte; stattdessen hätte er lieber ein paar Wasserflaschen mehr einstecken sollen. Aber er hatte ja nicht ahnen können, dass er hier tagelang festsitzen würde. Normalerweise hätte sein Vorrat für die Überfahrt ausgereicht.

Im Nachhinein kam ihm sein Plan vollkommen schwachsinnig vor. Hatte er ernsthaft geglaubt, er könnte entkommen und irgendwo untertauchen, ohne dass man ihn fand? Aber als er zum ersten Mal nach Jahren wieder auf der Straße stand, mitten im Zentrum von Göteborg, an diesem herrlichen Tag vor

Mittsommer mit all den fröhlichen, ausgelassenen Menschen – da hatte er es einfach nicht über sich gebracht, in die Bahn zu steigen, die ihn zurück nach Skogome befördert hätte. Stattdessen war er nach Kalvsund gefahren. Es war das Dümmste, was er hatte tun können. Aber woher hätte er wissen sollen, wie sich die Dinge entwickeln würden?

Mittlerweile schwitzte er nicht mehr. Ihm war nur unglaublich heiß. Sein Körper war völlig ausgetrocknet – kein Wunder bei den mörderischen Temperaturen. Die letzte Flasche Wasser hatte er am Montagmorgen geleert. Er fühlte sich benommen, seine Glieder waren so schwach, als hätte er die letzten Jahre nicht jeden Tag trainiert, sondern stattdessen nur faul auf seiner Pritsche gelegen. Sein Schädel dröhnte, und vor seinen Augen flimmerte es. Wie sollte er es in diesem Zustand nur schaffen, das Schiff ungesehen zu verlassen?

Er bemerkte, dass sie sich dem Hafen näherten, die Motoren wurden gedrosselt, und auf dem Deck über sich registrierte er hektische Betriebsamkeit.

Wenn er nicht zurück in die Anstalt wollte, musste er jetzt handeln.

Ingwer lief mit großen Schritten an den Containerreihen entlang. Es sah gut aus, die Ladung hatte sich nicht verschoben, und die Männer hatten alles für das Löschen vorbereitet. Ingwer wollte sich schon wieder auf den Rückweg zur Brücke machen, als er im hintersten Winkel des Laderaums eine Bewegung registrierte.

Mit gerunzelter Stirn umrundete er den Container und hielt dann verblüfft inne.

Vor ihm hockte ein kahlköpfiger Mann mit massigen Schultern und Stacheldraht-Tattoos auf den Oberarmen. Er trug zerrissene Jeans und ein schmutziges, verschwitztes T-Shirt. Neben ihm stand ein abgegriffener grüner Rucksack. Auf dem Boden um ihn herum lagen mehrere leere Wasserflaschen.

Ingwer griff zum Funkgerät.

»Sofort vier Männer in den Laderaum«, befahl er. »Wir haben einen blinden Passagier an Bord.«

Der Schreck fuhr ihm in die Knochen, als der große schlanke Mann in der schicken Uniform mit den goldenen Streifen an den Ärmeln plötzlich vor ihm stand. Mühsam richtete er sich auf, schob sich mit dem Rücken an der Bordwand nach oben und spürte, dass ihn seine Beine kaum trugen. Aber irgendwie musste es gehen. Er musste hier verschwinden, bevor die angeforderten Männer kamen, sonst war alles aus.

Er schluckte trocken und ballte die Fäuste. In der Anstalt hatte er nie Schwierigkeiten gehabt, sich durchzusetzen. Doch jetzt wollten seine Muskeln nicht gehorchen. Seine Arme zitterten, und als er einen Schritt nach vorn machte, taumelte er. Er holte aus, aber der Schlag verfehlte seinen Gegner um Längen. Der Kapitän wich zurück, seine Miene zeigte Abscheu und Überraschung. Er hatte wohl nicht mit einem Angriff gerechnet.

Vielleicht konnte er auf diese Weise entkommen. Erneut ruderte er wild mit den Armen, und tatsächlich schaffte er es, den Kapitän vor sich herzutreiben. Nur noch ein paar Meter, dann hätte er die Tür erreicht, die an Deck führte. Wenn er es bis dorthin schaffte, würde er ins Wasser springen und tauchen. Nicht die beste Lösung, aber vermutlich seine einzige Chance. Er hoffte nur, dass sein Körper mitspielte. Die Hitze in seinem Inneren schien mit jeder Sekunde zuzunehmen. Die Zunge klebte am Gaumen, und das Flimmern vor den Augen war so stark, dass er den Kapitän nur noch als dunkel schillernden Schemen wahrnahm.

Weil er zu müde zum Kämpfen war, warf er sich einfach gegen den Mann, brachte ihn damit zu Fall und zog am Griff, um die schwere Tür zu öffnen. Sie schien eine Tonne zu wiegen und ließ sich nur millimeterweise aufziehen.

Mit schierer Willenskraft mobilisierte er seine letzten Kräfte, und endlich war der Spalt breit genug, um hindurchzuschlüpfen.

Er kam aber nicht mehr dazu. Starke Hände packten ihn und rissen ihn zurück. Sie drehten ihm die Arme auf den Rücken und zwangen ihn in die Knie. Vor seinen Augen wurde es schwarz.

»Wir haben Carl Kroon!« Hedda stürmte in den Konferenzraum, der weite Rock über den pinkfarbenen Leggings wehte. »Er war als blinder Passagier auf einem Frachtschiff nach Oslo. Sie haben ihn beim Einlaufen bemerkt und festgesetzt.«

Sofort richteten sich alle Augen auf sie. Die Müdigkeit und Frustration, die sie alle befallen hatten, wichen einer gespannten Erwartung.

»Wo ist er jetzt?«, fragte Viveka und holte ihr Tablet hervor. Wie immer trug sie ein perfekt sitzendes Kostüm, heute in Taubenblau. Die langen blonden Haare glänzten. Ihre künstlichen weißen Fingernägel trommelten ungeduldig auf der Stuhllehne.

»Sie haben ihn ins Krankenhaus gebracht«, berichtete Hedda. »Er war wohl völlig dehydriert.«

Anna, wie immer im schwarzen Lederoutfit, beugte sich nach vorn.

»Was ist mit dem Mädchen? Haben sie es auch gefunden?«

Heddas Gesicht verdüsterte sich.

»Nein. Er hatte kein Kind dabei. Sie haben das ganze Schiff abgesucht. Da war niemand.«

Göran fuhr sich mit der flachen Hand über den Mund. Er saß

aufrecht, wirkte aufgrund seiner Körperfülle jedoch trotzdem so, als würde er im Stuhl versinken.

»Wir sollten eine Suchmannschaft hinschicken, mit Leichenspürhunden.«

Frederik sah, wie Heddas Augen schon wieder feucht wurden.

»Glaubst du, sie ist tot?«

»Zumindest lässt sich ein totes Kind leichter verstecken als ein lebendes«, sagte Göran. »Oder er hat sie einfach über Bord geworfen.« Sein Tonfall war sachlich, aber Frederik meinte trotzdem, dahinter eine starke Gemütsbewegung wahrzunehmen. Verbrechen an Kindern ließen einfach niemanden kalt, da half auch Görans dicke Fettschicht nicht.

»Lasst uns in Ruhe nachdenken.« Frederik erhob sich und trat an die Weißwandtafel. Khalid, der mit finsterer Miene danebenstand und aus dem Fenster starrte, bewegte sich nicht von der Stelle. »Wann ist das Schiff in Oslo eingelaufen?«

Hedda zog ein Taschentuch hervor und tupfte sich die Augen.

»Heute Morgen, sieben Uhr.«

»Von wo kam es?«

»Aus Göteborg.«

Frederik notierte das.

»Wann ist es ausgelaufen?«

Hedda biss sich auf die Lippen. »Das habe ich nicht gefragt.«

Frederik lächelte. »Dann mach es jetzt.«

»Ja.« Hedda eilte zu ihrem Schreibtisch und nahm den Telefonhörer. Die anderen schwiegen, während sie sich mit der Reederei verbinden ließ und sich durchfragte, bis sie jemanden gefunden hatte, der Auskunft geben konnte. Schließlich bedankte sie sich bei ihrem Gesprächspartner, murmelte ein paar Worte zum Abschied und drehte sich zu den Kollegen um.

»Das Schiff hat am Samstagabend um zwanzig Uhr dreißig abgelegt.«

Auf Annas Stirn erschien eine steile Falte. »Vor drei Tagen? Was ist das denn für ein Kahn? Eine Galeere mit Rudersklaven?«

»Ein Stückgutfrachter. Sie hatten auf halber Strecke einen Motorschaden. Es hat zwei Tage gedauert, bis sie weiterfahren konnten.«

Frederik malte eine Zeitleiste auf die Tafel und trug die genauen Uhrzeiten der kritischen Ereignisse in diesem Fall ein. Kroons Flucht: Freitag gegen sechzehn Uhr. Lisbets Verschwinden: Samstagmorgen gegen acht. Der Mord an Rune Dahlberg: Samstagabend zwischen halb acht und neun.

Khalid löste seine verschränkten Arme und deutete auf die Tafel.

»Er kann Rune nicht ermordet haben.«

Es stimmte, innerhalb von einer Stunde hätte Carl Kroon es mit ziemlicher Sicherheit nicht von Kalvsund nach Göteborg und auf das Schiff geschafft. Selbst mit einer günstigen Fährverbindung und dem öffentlichen Nahverkehr wäre es knapp geworden. Und Khalid hatte sich die Aufzeichnungen der Fähren mehrfach angesehen. Ein Fußgänger, der Ähnlichkeit mit Kroon hatte, war am Samstagabend nicht aufgetaucht.

Frederik wandte sich an Hedda.

»Ruf die Kollegen an. Sie sollen sich im Hafengebiet umsehen. Bisher dachten wir, Kroon sei mit dem Boot, das er auf Björkö gestohlen hat, auf der Flucht. Aber wahrscheinlich ist er damit nur nach Göteborg gefahren.«

Hedda erledigte den Auftrag sofort, und Frederik wartete, bis sie mit dem Telefonat fertig war.

»Was ist mit dem Alibi von Petter Larsson? Diese Marit – haben die Kollegen sie erreicht?«

»Ja.« Hedda hob den Block, den sie in der Hand hielt. »Sie hat ausgesagt, dass Petter am Samstagmorgen bei ihr war. Er ist gegen sieben gekommen und gegen elf wieder gegangen.«

»Dann kann er Lisbet nicht entführt haben«, schloss Anna. »Um acht hat ihre Mutter sie noch gesehen. Und nach seiner Rückkehr hatte er ja wohl keine Gelegenheit mehr dazu. Er war zu Hause, hat Lisbet am Kiosk gesucht – das haben die Nachbarn übereinstimmend bestätigt –, und danach war er die ganze Zeit bei seiner Frau.«

Frederik stimmte ihr zu. Langsam wurde das Bild, das sich abzeichnete, deutlicher.

»Wir müssen so schnell wie möglich mit Kroon sprechen. Kannst du dafür sorgen, dass sie ihn herbringen?«, fragte er Hedda.

»Die Ärzte sagen, er ist nicht transportfähig. Er hatte wohl einen Kreislaufkollaps, eventuell auch einen Herzinfarkt.«

»Geschieht ihm recht«, murmelte Anna, und Frederik warf ihr einen mahnenden Blick zu. Anna hob abwehrend die Hände, ließ aber kein Anzeichen von Reue erkennen. Frederik ging darüber hinweg, er wollte nicht auf Nebenschauplätze abschweifen.

»Wenn er nicht zu uns kommen kann, kommen wir eben zu ihm.« Er dachte rasch nach. Sollte er selbst nach Oslo reisen oder die Sache jemand anderem überlassen? Er glaubte nicht, dass Kroon das Mädchen überhaupt mit an Bord genommen hatte. Es war schwer, sich ungesehen auf ein Schiff zu schleichen und zu verstecken. Allein konnte man es vielleicht schaffen, aber mit einem entführten Kind im Schlepptau?

Das würde bedeuten, dass er das Mädchen an einem anderen Ort untergebracht hatte, ehe er versuchte, sich mit dem Frachter abzusetzen. Vielleicht auf dem Boot, das jetzt möglicherweise irgendwo in einem der zahllosen Göteborger Häfen lag?

Er entschied, dass er lieber vor Ort blieb.

»Suchst du bitte den nächsten Flug nach Oslo heraus?«, bat er Hedda und schaute die Mitglieder seines Teams der Reihe nach an. Viveka streckte sich, ihre Hand zuckte. Sie hätte sich wohl beinahe gemeldet und mit den Fingern geschnippt wie eine eifrige Schülerin. Anna, die ihr gegenübersaß, zeigte eine undurchdringliche Miene, genau wie Khalid. Göran rutschte auf seinem Stuhl ein Stück nach unten. Er und Hedda würden sich wohl nicht um die Aufgabe reißen.

»Zwei Tickets«, wies er Hedda an. »Eins für Anna …« – er sah, wie sich Annas Mundwinkel hoben, woraufhin Viveka ihr giftige Blicke zuwarf –, »und eins für Viveka.«

Annas Mundwinkel sanken wieder herab, Vivekas Blick triumphierte.

Frederik hoffte, dass er keinen Fehler machte. Die persönlichen Animositäten durften nicht zulasten der Ermittlungen gehen. Aber schwelende Konflikte im Team hatten auf lange Sicht die gleiche Wirkung. Dies hier war die Chance, die beiden unmittelbar miteinander zu konfrontieren. Vielleicht würde der Knoten ja platzen.

»Fliegst du nicht mit?«, fragte Anna lahm.

Frederik erläuterte seine Überlegungen bezüglich des Aufenthaltsorts des Kindes.

»Findet heraus, ob Kroon das Mädchen entführt hat«, schloss er. »Und wo er sie versteckt. Das ist das Wichtigste.«

Die letzten Worte brachte er kaum noch heraus, weil sein Mund vollkommen trocken war. Wenn Kroon nach drei Tagen schon derart dehydriert war, dass man ihn medizinisch versorgen musste, wie ging es dann erst einem zwölfjährigen Mädchen, um das sich womöglich seit Samstagabend niemand mehr gekümmert hatte?

25

Sie hatte gedacht, er würde sich freuen. Dass er immer noch nicht geschieden war, lag doch nur an den moralischen Zwängen, die ihm seine Kirche auferlegte, und an dem Jungen, der so ängstlich war, dass sein Vater ihn nicht im Stich lassen konnte. Doch jetzt war der Knabe schon zwei, und selbst in der Kirche sah man es nicht mehr so eng. Auch ein Geistlicher konnte sich scheiden lassen. Jedenfalls wenn die Frau, die er liebte, ein Kind erwartete. In Wirklichkeit war es doch sie, mit der er zusammen sein wollte, nicht diese langweilige Frau, die er viel zu jung geheiratet hatte. Das hatte er ihr immer wieder versichert.

Und trotzdem war jetzt alles falsch. Sie stand ihm vor dem Altar gegenüber, aber die Rollen waren verkehrt. Er war nicht der Bräutigam, sondern der Pfarrer, der sie traute – verheiratete mit einem Mann, der allen Ernstes glaubte, er sei der Vater ihres Kindes.

Sie warf einen Blick zu Gunhild, die in der ersten Reihe saß, Sverker in seinem Rollstuhl neben ihr. Ihre Mutter lächelte, doch nicht aus Freude. Es war ein böses, schadenfrohes Lächeln. Nun sah ihre Tochter ja, wohin es führte, wenn man seine Nase immer hoch trug und glaubte, man könne dem Schicksal entgehen. Von großen Bühnen und Freiheit träumte, anstatt zu akzeptieren, wer man war. Die Tochter einfacher Leute, der ein ebenso schlichtes und karges Leben bestimmt war wie ihren Eltern.

Die Tränen lösten sich aus ihren Wimpern und liefen ihr über das Gesicht, das halb verdeckt vom Schleier war. Petter hielt es wohl für einen Ausdruck der Rührung und streichelte ihr zärtlich über die Wange.

Seine Augen leuchteten, und seine Wangen glühten rot in Er-

wartung der anstehenden Trauung. Seit sie ihm von der Schwangerschaft erzählt hatte, befand er sich in einem anhaltenden Freudentaumel. Seine gesamten Ersparnisse hatte er in den Verlobungsring investiert, den Rubin, den sie seit einem halben Jahr am Finger trug. Es war ein wunderschönes Stück, und doch schien er ihr heute schwer wie ein Mühlstein. Er war die Fessel, die dafür sorgte, dass sie nicht davonflog. Sie war nicht länger der bunte Vogel, der über allem schwebte. Jetzt war sie nur noch eine brütende Henne.

Der Flug dauerte nur eine Stunde, aber Anna kam es vor wie fünf. Sie saß auf dem Mittelplatz, eingezwängt zwischen Viveka und einer anderen Frau, angespannt bis in die Haarspitzen. Was hatte sich Frederik nur dabei gedacht, sie ausgerechnet gemeinsam mit der Tochter des westschwedischen Polizeichefs loszuschicken? Wollte er sie auf die Probe stellen? Um zu sehen, ob sie seine Anweisungen befolgte und ihre Gefühle besser kontrollierte? Es würde schiefgehen. Sie war schon jetzt so geladen, dass sie Viveka am liebsten die Faust ins Gesicht gerammt hätte.

Die Kollegin saß auf dem Gangplatz und studierte konzentriert die Notizen auf ihrem Tablet. Seit sie aufgebrochen waren, hatten sie noch kein Wort miteinander gewechselt. Viveka behandelte sie wie Luft.

Am Flughafen in Oslo stand ein Mietwagen bereit. Anna schnappte sich die Schlüssel und hoffte auf eine Reaktion, doch Viveka zuckte nur mit den Schultern. Lässig kletterte sie auf den Beifahrersitz des SUV und vertiefte sich wieder in ihre Aufzeichnungen.

Anna fuhr schnell und ruppig, immer am Rande des Erlaubten. Viveka tat so, als bemerkte sie es gar nicht.

Als sie den Wagen auf dem Parkplatz vor dem Ullevål-Universitätsklinikum abstellten, stieg sie aus, steckte das Tablet in die Handtasche und warf die lange blonde Mähne auf den Rücken. Dann lief sie schnell auf den Eingang zu. Anna, die erst noch ihre Tasche vom Rücksitz nehmen und den Wagen verriegeln musste, fluchte.

Als sie das Foyer betrat, sah sie gerade noch, wie Viveka am anderen Ende die Tür zu den Waschräumen öffnete und hineinging. Rasch eilte sie ihr hinterher.

Viveka stand vor dem Spiegel und erneuerte ihren Lidstrich. Anna riss sie an der Schulter herum und packte sie an den Aufschlägen ihrer Kostümjacke.

»Jetzt pass mal gut auf«, zischte sie. »Ich weiß genau, was du vorhast.«

»Ach ja?« Viveka sah sie von oben herab an. Sie unternahm keinen Versuch, sich zu wehren.

»Du willst mich aus dem Team mobben, genau wie du es mit deinen Kolleginnen in Stockholm probiert hast.«

»Keine Ahnung, wie du darauf kommst.«

»Wer hat denn Frederik gesteckt, was in Malmö passiert ist? Das warst doch du.«

»Ich dachte, er sollte es wissen. Könnte ja sein, dass du es wieder tust.«

Anna spürte ihr Herz in der Brust hämmern. Sie ließ Viveka los und wischte die schweißnassen Hände an der Lederhose ab. Viveka strich den Kragen ihres Blazers glatt.

»Es ist nicht meine Schuld, was du getan hast, das solltest du einsehen.«

Anna ballte die Fäuste. Zu gern hätte sie Viveka ihr überhebliches Grinsen aus dem Gesicht geprügelt. Doch dann würde Frederik sie zweifellos feuern. Niemand würde ihr mehr eine Chance geben, und sie dürfte für den Rest ihres Berufslebens in einer winzigen Dienststelle irgendwo auf dem Land versauern und Strafzettel ausstellen.

»Wir sitzen im selben Boot, meinst du nicht?«, sagte sie mit erzwungener Ruhe. »Wenn wir das hier vermasseln, bist du genauso raus wie ich.«

Viveka reckte das Kinn. Ihre Augen funkelten wütend, doch sie begriff wohl, dass sie in diesem Punkt nachgeben musste.

»Also gut. Waffenstillstand?«, bot sie an. »Aber glaub bloß nicht, dass wir Freundinnen werden.«

Anna schnaubte.

»Danke. Kein Interesse. Ich will bloß das Mädchen retten.«

Damit drehte sie sich um und verließ die Toilette. Viveka folgte ihr.

Mit all den Schläuchen und dem Krankenhausnachthemd wirkte Carl Kroon nicht halb so imposant wie auf den Fotos, die sie sich angeschaut hatte. Sein Gesicht war fahl, die Wangen waren eingefallen. Mit seinem kahlen Schädel sah er aus wie ein Krebspatient im Endstadium.

»Herr Kroon? Anna Jordt und Viveka Nyström von der Reichspolizei Göteborg«, stellte sie sich vor. »Wir haben ein paar Fragen an Sie.«

Kroons braune Augen blickten sie traurig an. Wie ein Hund, den man geschlagen hat, ging es Anna durch den Kopf. Dabei war es doch wohl andersherum gewesen.

»Ich wollte nur raus«, sagte er heiser. »In der Anstalt wird man irgendwann verrückt.«

»Sie saßen ja nicht grundlos dort ein«, versetzte Anna eisig. Viveka brachte sie mit einer knappen Geste zum Schweigen. Sie setzte sich vorsichtig auf die Bettkante, warf ihre blonden Haare zurück und nahm Kroons Hand.

»Wie geht es Ihnen, Herr Kroon?«, fragte sie mit zuckersüßer Stimme. Wie ein kleines Mädchen, das um ein Eis bettelt, dachte Anna. Allerdings sprang Kroon offenbar genau darauf an.

»Als hätte jemand sämtlichen Lebenssaft aus mir herausgepresst.«

Viveka betrachtete bewundernd seinen Bizeps.

»Dabei sind Sie so ein starker Mann«, flötete sie und entlockte ihm damit ein Lächeln. Gab es wirklich Männer, die derart simpel gestrickt waren? Anna konnte es nicht glauben. Kroon war doch immerhin Ingenieur gewesen.

Viveka nahm die Schnabeltasse vom Nachttisch und flößte Kroon vorsichtig ein paar Schlucke Tee ein. Er griff nach ihrem Arm und streichelte mit dem Daumen über ihren Handrücken. Viveka versteifte sich. Sie wollte die Hand zurückziehen, doch Kroon ließ sie nicht los. Hilfe suchend schaute sie zu Anna.

Anna deutete ein Schulterzucken an. Viveka stellte die Schnabeltasse mit der freien Hand zurück auf den Nachttisch.

»Schildern Sie uns doch bitte, was seit Freitagabend passiert ist«, sagte sie.

Kroon grinste sie an. »Das wüsstest du gern, was?«

Viveka bog seine Finger zurück, um ihre Hand zu befreien. »Herr Kroon, bitte.«

Anna riss der Geduldsfaden. Sie umklammerte das Fußteil des Bettes und beugte sich zu ihm vor.

»Wo ist das Kind, verdammt noch mal?«

Kroon ließ Viveka los, die schnell aufstand und sich ein paar Schritte von ihm entfernte. Der Schalk war aus seinen Augen verschwunden.

»War ja klar, dass ihr mir das anhängen wollt. Aber ich habe die Kleine nicht angefasst. Ich habe sie nicht einmal gesehen.«

Anna funkelte ihn an.

»Sie waren am Freitagabend nicht am Kiosk auf Kalvsund und haben sie angestarrt? Bei den Toiletten?«

»Ach so, das. Ja. Da war ein Mädchen.« Er leckte sich unwillkürlich die Lippen. »Verdammt süß, die Kleine.« Als er merkte, was er tat, beherrschte er sich. »Aber die war weg, ehe ich sie mir richtig anschauen konnte. Und danach habe ich sie nicht mehr gesehen.«

»Wo haben Sie die Nacht von Freitag auf Samstag verbracht?«

Kroon griff nach der Schnabeltasse und setzte sie an die Lippen. Viveka betrachtete ihn mit verkniffener Miene. Kroon blinzelte ihr zu. Er konnte wohl einfach nicht anders.

»Im Geräteschuppen auf dem Sportplatz. War nicht schwer, den aufzubrechen.«

Das zumindest stimmte mit den Erkenntnissen der Kriminaltechnik überein. Anna verstand trotzdem nicht, was ihn dazu bewogen hatte.

»Warum haben Sie nicht Ihren Freund Rune aufgesucht? Sind Sie nicht seinetwegen nach Kalvsund gefahren?«

»Eigentlich schon. Aber dann war ich mir nicht sicher, wie er reagiert. Ich wollte ihn erst ein wenig beobachten. Und dann waren schon die Bullen da, die nach mir gesucht haben. Da habe ich lieber bis zum nächsten Tag gewartet.« Er schaute Anna durchdringend an. »Wie haben Sie so schnell herausgefunden, wo ich bin?«

Anna ging nicht darauf ein.

»Sie waren also bis Samstagmorgen allein in dieser Hütte. Und dann?«

»Dann bin ich zu Rune gegangen. Die Bullen waren ja weg.«

Anna hob drohend den Zeigefinger. Kroon lächelte entschuldigend, aber ohne echte Reue. »Die Polizisten, wollte ich natürlich sagen.«

»War es nicht eher so, dass Sie beim Haus der Larssons waren? Sie haben Lisbet beim Spielen entdeckt und sie entführt.«

»Nein.« Kroon blickte ihr in die Augen. »Ich habe das Mädchen am Freitagabend beim Kiosk gesehen, das stimmt. Aber danach nicht mehr.«

»Schön.« Anna forderte ihn mit einer ungeduldigen Handbewegung auf, weiterzusprechen. »Wann genau waren Sie bei Rune?«

Kroon schnaufte.

»Ach, Mädchen. Keine Ahnung. Ich hatte lange gepennt. So gegen elf vielleicht.«

Zeit genug also für Kroon oder auch für Dahlberg, Lisbet zu entführen. Seit kurz nach acht hatte sie niemand mehr gesehen.

»Und weiter?«

»Am Nachmittag waren wieder die Bullen ... die Polizei da. Ich dachte, sie suchen nach mir, aber in Wirklichkeit ging es um das Mädchen. Als die ... Beamten ins Haus kamen, bin ich durchs Fester abgehauen.« Er kniff die Augen zusammen und musterte sie. »Sie waren doch dabei. Ich erinnere mich an Sie.« Sein Blick glitt über ihren Körper. »Die toughe Lederbraut. Was verstecken Sie da drunter?«

Anna spürte, wie es in ihr brodelte. Vor Wut, aber auch weil Kroon den Finger so zielsicher auf ihre Schwachstelle richtete.

»Das tut hier nichts zur Sache«, fuhr sie ihn unwirsch an. »Wo sind Sie danach hingegangen?«

»Ich bin nach Björkö rübergeschwommen. Dachte, da sucht man mich nicht. Hinter einem hübschen Haus habe ich ein einsames Boot entdeckt. Ich habe das Schloss am Motor geknackt und bin wieder zurück. Habe mich ein bisschen in den Büschen rumgedrückt und gewartet, bis die Bu- äh, Polizisten die Hütten am Sportplatz durchsucht hatten. Dann habe ich mich wieder dort verkrochen.«

»Warum sind Sie nach Kalvsund zurückgekehrt?«

»Ich habe auf Rune gewartet. Er sollte mir Geld bringen. Mit leeren Taschen kommt man nicht weit.«

»Weshalb hätte er das tun sollen?«

Carl Kroon grinste. »Ich hatte mich ein wenig bei ihm umgesehen. Hat eine Menge verbotenes Zeug gesammelt. Ich habe einen von seinen Speichersticks mitgenommen. Für ein paar Kronen hätte er ihn wiederbekommen. Stattdessen schleppt er mir eine Tasche mit alten Münzen und wertlosem Schmuck an.« Kroon schnaubte. »Ich hab das bisschen Geld genommen, das dabei war, und bin abgehauen. War mir zu heiß auf Kalvsund.«

»Weil Sie Ihrem Freund den Schädel eingeschlagen hatten«, sagte Anna. Die Rechtsmedizin hatte den Todeszeitpunkt zwar mit frühestens halb acht angegeben, und da musste Kroon schon auf dem Weg nach Göteborg oder bereits auf dem Frachter gewesen sein, aber vielleicht hatte man sich ja getäuscht. Oder Rune hatte eine ganze Weile verletzt im Schuppen gelegen, ehe er gestorben war.«

Kroon blinzelte. »Wie bitte?«

»Rune Dahlberg ist tot«, teilte ihm Anna mit. Sie konnte nicht verhindern, dass sich eine gewisse Befriedigung in ihre Stimme schlich. Diese verdammten Kinderschänder. Trotzdem, nicht einmal das rechtfertigte einen Mord. Sie riss sich zusammen.

Kroon war offensichtlich erschüttert.

»Das war ich nicht. Ich hätte ihn doch nicht … wegen der paar Kröten!«

»Sie haben also das Geld an sich genommen.« Viveka hatte endlich ihre Stimme wiedergefunden. »Und dann?«

»Bin ich zum Boot gegangen.« Er klang immer noch fassungslos. »Das hatte ich in der Nähe vom Sportplatz in ein Gebüsch gezogen. Damit bin ich nach Göteborg geschippert. Da bin ich dann auf den Frachter.«

»Wo ist das Boot jetzt?«

»Liegt in Eriksberg im Hafen, mit einer blauen Plane drüber.«

Anna nahm ihr Telefon und gab die Informationen an Frederik weiter. Kroons Geschichte war logisch und in sich stimmig.

Natürlich konnte er immer noch derjenige sein, der Lisbet entführt hatte, doch ihre Überzeugung war ins Wanken geraten. Sie sah, dass es Viveka nicht anders ging.

»Was, glauben Sie, ist mit dem Mädchen passiert?«

»Ich dachte, Rune hat sie. Das war es doch, womit er ihre Mutter erpresst hat.« Sein Blick wurde nachdenklich. »Andererseits ...«

»Ja?«

»Ich kenne Rune. Und ich weiß, wie das ist, wenn man jemanden gefunden hat, der diese Bedürfnisse stillt.«

»Sie meinen, wenn man ein Kind in seiner Gewalt hat.«

Kroons Kiefer mahlten. »Sie verstehen das nicht. Es ist nicht brutal. Es ist vielmehr ... zärtlich.«

»Ich glaube kaum, dass die Mädchen es so empfinden.«

Viveka legte ihr eine Hand auf den Arm und bedeutete ihr, still zu sein.

»Was wollten Sie gerade sagen: Wenn man jemanden gefunden hat, dann ...?«

»Ist man wie im Rausch. Man ist plötzlich total euphorisch.«

»Und das war Rune nicht?«

»Nein. Ich hatte eher das Gefühl, dass er gewaltig unter Druck stand.«

Anna und Viveka tauschten einen kurzen Blick. Dann griff Anna zum Telefon, um noch einmal bei Frederik anzurufen.

Nachdem sie sich tagelang wie durch Morast bewegt hatten, überschlugen sich jetzt die Ereignisse, und die Informationen prasselten von allen Seiten auf ihn ein. Frederik starrte auf seinen Monitor und versuchte, die Puzzleteile zusammenzusetzen.

Man hatte das gestohlene Boot im Hafen von Eriksberg gefunden. Die Analysen waren noch nicht abgeschlossen, doch bisher sah es nicht so aus, als gäbe es irgendwelche Spuren von Lisbet an Bord. Sagte Kroon also die Wahrheit? Hatte er tatsächlich nichts mit der Entführung zu tun?

Zumindest stand fest, dass er nicht der Mörder von Rune Dahlberg sein konnte und auch nicht derjenige, der den Anschlag auf Frederiks Boot verübt hatte. Zu der Zeit hatte er sich längst im Laderaum des Frachters befunden, der mit Motorschaden im Skagerrak festsaß. Und allein von Eriksberg zum Freihafen brauchte man ohne eigenes Auto sicher eine halbe Stunde, genau wie für die Bootsfahrt dorthin. Unter einer Stunde war die ganze Sache also nicht zu machen. Was bedeutete, dass sich Kroon um halb acht, dem frühestmöglichen Todeszeitpunkt von Rune Dahlberg, nicht mehr auf Kalvsund befunden haben konnte.

Nachdem auch Petter für den Zeitpunkt von Lisbets Verschwinden ein Alibi hatte, blieb von ihren Verdächtigen für die Entführung nur noch Rune übrig. Aber Kroon hatte Anna und Viveka gegenüber plausibel dargelegt, warum er nicht glaubte, dass Rune das Mädchen entführt hatte. Frederik war geneigt, seiner Argumentation zu folgen. Auch wenn sie es nicht ausschließen konnten, allein von der Logistik her schien die Sache für Rune nicht durchführbar gewesen zu sein. Er hatte sich am Samstag nicht von Kalvsund entfernt, und am Samstagabend war er bereits tot gewesen. Weder in seinem Haus noch in der Hütte auf dem Sportplatz gab es Spuren von ihr. Natürlich könnte er sie entführt und ermordet haben, ehe Kroon am Samstag bei ihm aufgetaucht war. Aber hätten sie ihre Leiche dann nicht mittlerweile finden müssen? Sie waren mit den Leichenspürhunden auf Kalvsund gewesen, doch keines der Tiere hatte angeschlagen. Und das Meer hätte sie längst irgendwo angespült, wenn Dahlberg sie einfach ins Wasser geworfen hätte.

War Lisbet womöglich doch aus eigenem Antrieb weggelaufen? Und war die Gasexplosion ein Werk von Arvid Ekströms Leuten, ein Denkzettel, damit er die Finger von Lea ließ?

Frederik schüttelte den Kopf. Wenn das so war, wer hatte dann Dahlberg ermordet? Und wie hatte Rune Hjördis erpressen können, wenn weder er noch Kroon etwas mit Lisbets Verschwinden zu tun hatten? War es nur ein Bluff gewesen? Aber was war dann die Wahrheit?

Frederik spielte mit seinem Stift herum. Irgendetwas nagte in seinem Hinterkopf. Etwas, das Anna gesagt hatte. Er grübelte angestrengt darüber nach, aber es fiel ihm nicht ein.

Frustriert warf er den Stift auf die Tischplatte. Es nützte nichts, er kam nicht weiter, wenn er nur hiersaß und immer wieder dieselben Informationen durchkaute. Er musste mehr wissen, auch über die alten Geschichten. Vielleicht konnte ihm ja Pfarrer Sandström weiterhelfen.

26

Das Schrillen der Klingel war bis in jeden Winkel des Hauses zu hören, und auch Gunhilds brüchige Stimme, die nach ihr rief. Wahrscheinlich war ihre Windel wieder voll. Sie hatte Hunger oder Durst, oder sie wollte etwas gegen die Schmerzen. Oder vielleicht wollte sie ihr auch nur wieder Vorhaltungen machen. Sie war keine gute Hausfrau, keine gute Mutter, keine gute Tochter. In Gunhilds Augen hatte sie nie etwas richtig gemacht.

Damals, als sie das erste Mal schwanger gewesen war, hatten ihre Eltern tatsächlich nichts gemerkt. Sie hatten ihr die Geschichte mit der angeblichen Fahrradtour durch Schweden abgekauft. Magnus hatte sie in dem kleinen Bootshaus im Norden von Öckerö versteckt, das ihm ein Bekannter überlassen hatte, der gerade für ein paar Monate in Amerika war.

Es war ein herrlicher Sommer gewesen. Sie hatte jeden Tag im Meer gebadet, und Magnus hatte sich in jeder freien Minute zu ihr geschlichen, ihr etwas zu essen gebracht und sie geliebt. Wenn sie allein war, hatte sie gelesen und ihre Theaterrollen geprobt. Die Schwangerschaft war keine große Belastung, der Bauch nicht besonders dick. Sie war glücklich gewesen und voller Zuversicht. Eine schöne Zukunft lag vor ihr, schillernd und glänzend wie das blaue Meer vor dem Haus. Nur ein Jahr noch, dann war sie volljährig. Magnus würde sich scheiden lassen, und sie könnten heiraten und das Kind, das in den nächsten Wochen zur Welt kommen sollte, adoptieren. Es war ein perfekter Plan.

Doch Gott hatte ihnen gezürnt. So hatte Magnus es ihr erklärt. Das Kind war gestorben, weil sie es in Sünde gezeugt hatten. Es war ein Zeichen. Er durfte sich nicht von seiner Frau trennen, weil er ihr vor seinem Herrn die Treue geschworen hatte.

Also hatten sie sich weiter heimlich getroffen, obwohl doch auch das Sünde war. Aber, so hatte Magnus gemeint, dies würde Gott ihnen nachsehen, weil sie es aus aufrichtiger Liebe taten.

Hjördis schnaubte. Was für ein scheinheiliger Heuchler! Aber sie hatte ihm geglaubt und ihre Bedenken beiseitegeschoben, weil sie einfach nicht von ihm lassen konnte. Sie wollte keinen anderen Mann. Nur ihn.

Die Jahre waren ins Land gegangen, und nichts hatte sich geändert. Sie hatte sich zu Hause aufgerieben, den Vater und die kranke Großmutter versorgt und mit kleinen Aushilfsjobs dafür gesorgt, dass das Geld überhaupt zum Leben reichte. Gedankt hatte es ihr niemand. Gunhild war nie anders als schroff zu ihr gewesen. Warum sie nicht endlich einen Mann fand, der sie heiratete und für sie sorgte, hatte sie immer wieder unwirsch gefragt.

Sie hatte Ausflüchte erfunden, weil sie die Wahrheit nicht sagen konnte. Nur geträumt hatte sie davon, diesem Sumpf endlich zu entkommen. Frei zu sein. Und dann war sie wieder schwanger geworden.

Hjördis hielt sich die Ohren zu, weil das schrille Klingeln einfach nicht aufhörte.

Sie konnte jetzt nicht dort hinaufgehen. Ihre Kraft war aufgebraucht. All die Kämpfe mit Lisbet und mit ihrer Mutter hatten sie zermürbt. Und nun suchte die Polizei seit drei Tagen nach ihrer Tochter. Ob sie sie finden würden?

Hjördis wollte nicht darüber nachdenken. Die Konsequenzen waren zu schrecklich.

Das Haus sah noch genauso aus wie damals. Dieselbe hellgrüne Farbe, dasselbe Dach, dieselben bunten Blumen im Garten. Nur das Gerüst mit der Schaukel fehlte. Seine Augen wurden feucht, und er kniff sie zusammen. Wie durch einen Schleier sah er alles wieder vor sich. Seine Brüder, die mit kurzen Hosen durch den Garten tobten und Fußball spielten, seine Schwestern, die in hellen Sommerkleidern auf der Hollywoodschaukel saßen, winzige Porzellantassen in den Fingern hielten und so taten, als wären sie zu Besuch bei König Carl Gustaf und Königin Silvia.

Die Eltern hatten sie nicht gerade mit Liebe überschüttet, das lag ihnen beiden nicht. Sie waren eher praktisch veranlagt. Aber mit sechs Kindern hatte man ja auch alle Hände voll zu tun. Sein Vater arbeitete lange Tage auf der Werft, und seine Mutter kümmerte sich um alles andere. Die Kinder genossen eine Menge Freiheiten, sie durften sich austoben, in Vaters Schuppen hämmern und sägen und mit dem Boot rausfahren, wann immer sie wollten. Natürlich gab es auch Pflichten im Haushalt, und die Eltern achteten streng darauf, dass sie erfüllt wurden. Sonst musste man schon mal ohne Abendessen ins Bett. Doch insgesamt war es eine glückliche Kindheit gewesen.

Trotzdem hatte ihm etwas gefehlt. Immer hatte er diese unbestimmte Sehnsucht verspürt, die niemand stillen konnte. Bis er zum ersten Mal Hjördis auf den Felsen am Meer entdeckt hatte, wo sie ihre Texte deklamierte.

Das Bild verschwamm, die Tränen flossen jetzt reichlich. Was war es nur, das ihn trieb, immer den falschen Weg einzuschlagen? Warum hatte er sich so viele Jahre lang wie ein Ertrinkender an Hjördis geklammert? Er wusste doch schon lange, dass sie ihm nicht guttat.

Mit Marit würde es nicht einfacher werden. Sie hatte ihm versprochen, einen Entzug zu machen, doch bisher war sie jedes

Mal rückfällig geworden. Trotzdem hing er an ihr, beinahe genauso verzweifelt, wie er einst Hjördis verehrt hatte. Er war einfach so, es musste immer der steinige Weg für ihn sein.

Statt seiner Schwestern und Brüder sah er jetzt Lisbet vor sich, mit ihren Pippi-Langstrumpf-Zöpfen und dem strahlenden Lächeln. Sein Magen zog sich schmerzhaft zusammen. Er liebte sie so sehr, dass es wehtat. Was sollte er tun, wenn die Polizei sie nicht fand? Wenn sie womöglich tot war?

Die Vorstellung war so grauenhaft, dass er sie rasch beiseiteschob. Die Sache *musste* einfach gut ausgehen. Die Polizei würde sie finden und sie wohlbehalten zurückbringen. Etwas anderes durfte er nicht denken.

Doch was würde danach geschehen? Jetzt, da alles offenlag, hatte er kaum noch eine Chance vor Gericht. Welchen Grund sollte es geben, einem Mann, der nicht der leibliche Vater war und der außerdem mit einer Alkoholikerin zusammenlebte, das Sorgerecht für ein Kind zu übertragen?

Petter schlug die Hände vors Gesicht und schluchzte jetzt haltlos.

Von hinten legten sich zwei Arme um seinen Brustkorb. Seine Mutter lehnte ihren Kopf an seinen Rücken und wiegte ihn hin und her, so wie sie es zuletzt in Kindertagen getan hatte. Obwohl sie ein gutes Stück kleiner war als er, fühlte er sich geborgen. Er ließ seinen Kopf in dem Takt pendeln, den seine Mutter vorgab, und ein leichter Schwindel breitete sich in ihm aus.

Petter ließ sich dankbar hineinsinken. Nur für einen Moment. Die Realität würde ihn schnell genug wieder einholen.

Auf sein Klingeln reagierte niemand, aber als er um das Pfarrhaus herumging, entdeckte er Magnus und Alva auf der Terrasse. Sie saßen sich am Tisch gegenüber und hielten sich stumm bei den Händen. Magnus hatte den Kopf gesenkt, und Alva schaute ihn an. Ihre Augen waren gerötet.

Im Garten spielten die Tochter und der Sohn Federball.

Frederik näherte sich dem Pfarrer und seiner Frau und wartete, bis sie ihn bemerkten.

Magnus sprang auf.

»Herr Forsberg. Haben Sie Lisbet gefunden?«

»Nein.«

Die Spannung wich wieder aus Magnus' Körper, und er sank zurück auf den Stuhl. Alva hob die Kanne an, die auf dem Tisch stand.

»Möchten Sie einen Kaffee?«

»Gern.«

Alva stand auf und verschwand im Haus. Frederik setzte sich zu Magnus an den Tisch.

»Wir haben Carl Kroon gefasst. Es scheint, als hätte er nichts mit der Entführung zu tun.«

»Also war es Petter?«

»Nein. Herr Larsson hat ein Alibi. Er war bei seiner Freundin in Göteborg.«

»Ach.« Magnus lachte auf. »Er war ihr also auch nicht treu.«

Alva kam mit einer sauberen Tasse für Frederik nach draußen. Sie hatte Magnus' letzte Worte wohl aufgeschnappt.

»Findest du, das macht es besser?«

Magnus hob ergeben die Hände.

»Ich will nichts beschönigen. Was ich getan habe, war falsch. Aber ich konnte nicht anders. Ich bin auch nur ein Mensch und fehlbar.«

Alva schenkte Kaffee ein und schob Frederik die Tasse hin. Fragend wies sie auf das Tablett, auf dem Milch und Zucker standen. Frederik lehnte dankend ab.

Alva lächelte ihn traurig an.

»Ich dachte, wenn ich einen Pfarrer heirate, bin ich auf der sicheren Seite. Ein Mann Gottes sollte sich doch an das Wort der Heiligen Schrift halten. *Du sollst nicht ehebrechen.*« Sie lachte bitter. »Offenbar war ich zu naiv.«

Frederik trank seinen Kaffee.

»Sie haben nicht gewusst, dass Ihr Mann ein Verhältnis hatte?«

»Nein.« Alva blickte auf ihre Finger. »Ich habe erst jetzt davon erfahren. Dabei geht das fast seit Beginn unserer Ehe so, ist das zu glauben? Ich muss wirklich blind gewesen sein. Vielleicht wollte ich es auch einfach nicht sehen.«

Frederik schaute zwischen den beiden hin und her.

»Wie gehen Sie jetzt damit um?«

Magnus blinzelte.

»Sind Sie gekommen, um uns das zu fragen? Meinen Sie, die Antwort hilft Ihnen dabei, meine …«, er stockte, »meine Tochter zu finden?«

Alva gab ein Geräusch von sich, ein leises Lachen oder ein Schluchzen, das ließ sich nicht unterscheiden.

»Sie ist nicht deine Tochter. Du hast sie vielleicht gezeugt, aber das macht dich nicht zu ihrem Vater. Du hast dich nie um sie gekümmert.«

Magnus nickte beschämt. Frederik sah, dass er offenbar etwas sagen wollte, es aber nicht herausbekam.

Alva musterte ihn ungeduldig.

»Nun sprich es schon aus.«

Magnus schaute Frederik an.

»Ich glaube, sie ist tot.«

Frederiks Herz setzte für eine Sekunde aus. Er befürchtete längst dasselbe, doch es aus einem anderen Mund zu hören, traf ihn trotzdem wie ein Stich ins Herz.

»Wie kommen Sie darauf?«

»Es ist meine Lektion. Ich habe Schuld auf mich geladen, und deshalb nimmt mir Gott diese Kinder.«

Frederik verspürte ein unwillkommenes Mitgefühl. Er wusste, wie es war, wenn man eine Frau liebte, die man nicht haben durfte. Ganz kurz durchzuckte ihn der Gedanke, ob Gott vielleicht auch ihn strafte, indem er Emma diese Behinderung mitgegeben hatte. Dann schüttelte er den Kopf. Er war kein gläubiger Mensch, aber wenn es einen Gott gab, würde er doch nicht ein Kind leiden lassen, wenn er die Eltern meinte. Obwohl es natürlich derartige Geschichten in der Bibel gab.

Alva nahm Magnus' Hände.

»Das ist Unsinn. Gott ist gnädig und gütig. Er straft nicht. Er verzeiht.«

Magnus' Mund verzog sich traurig.

»Und du? Kannst du mir auch verzeihen?«

Alva hob die Brauen und warf einen raschen Blick zu Frederik. Sie fand wohl, dass dies etwas war, was die Eheleute unter sich besprechen sollten. Im Prinzip teilte Frederik ihre Ansicht. In diesem Fall allerdings lagen die Dinge anders.

»Es tut mir leid, wenn ich in Ihre Privatsphäre eindringe. Aber für unsere Ermittlungen ist das wichtig.«

Alva blinzelte. »Weshalb?«

»Tut mir leid.« Frederik machte eine entschuldigende Geste. »Das darf ich Ihnen nicht sagen.« Er wollte es auch nicht. Was würde es ihr schon nützen, wenn sie erfuhr, dass Hjördis immer noch plante, ihren Mann zu heiraten?

»Gut. Warum nicht?« Alva zuckte mit den Schultern. »Ich liebe meinen Mann. Wir sind seit neunundzwanzig Jahren verheiratet. Wir führen – nach allem, was man sagen kann – eine gute Ehe. Wir haben zwei wunderbare Kinder«, sie deutete auf den Jungen und das Mädchen, die mittlerweile die Schläger beiseitegelegt und sich auf dem Rasen niedergelassen hatten, wo sie sich einträchtig über ein Tablet beugten, »und ich hatte nie das Gefühl, dass mir etwas fehlt.« Sie setzte sich aufrechter hin und legte die Hände vor sich auf den Tisch.

»Natürlich war ich verletzt, als ich erfahren habe, dass Magnus mich all die Jahre betrogen hat. Wer wäre das nicht? Es ist eine ungeheure Kränkung, wenn man erkennt, dass das, was man zu geben hat, offenbar nicht reicht.«

Magnus griff nach ihrer Hand und drückte sie.

»Auf der anderen Seite: Wenn es nun mal so ist, dann muss man es eben akzeptieren«, fuhr Alva fort. »Ich habe ja nie einen Mangel verspürt. Die andere Frau hat mir nichts weggenommen. Und für Magnus war es vielleicht gut, dass er seine Bedürfnisse befriedigen konnte. Wer weiß, ob wir sonst so glücklich miteinander gewesen wären.«

Frederik musterte sie genau, um herauszufinden, ob sie ihre abgeklärte Haltung nur vortäuschte, fand aber keine Unstimmigkeit. Offenbar meinte sie es ernst.

»Sie haben also nicht die Absicht, Ihren Mann zu verlassen?«

»Nein.« Alva bedeckte ihrer beider verschränkten Hände mit der Linken, und Magnus legte die seine darauf.

Frederik musterte den Pfarrer. »Und Sie?«

Magnus sah Alva in die Augen.

»Ich liebe meine Frau. Ich will sie nicht verlieren.«

»Es geht also alles weiter wie bisher?«

Der Pfarrer wandte ihm den Blick zu.

»Nein. Das mit Hjördis ist vorbei, ein für alle Mal. Ich wollte es schon lange beenden, aber Hjördis hat mich immer wieder erweicht. Sie war so unglücklich und so bedürftig.« Er strich sich eine blonde Strähne aus der Stirn. »Aber vor einem guten halben Jahr habe ich Schluss gemacht.«

»Ach so?« Frederik war überrascht. »Gab es dafür einen konkreten Anlass?«

»Ja. Lisbet.« Magnus seufzte. »Sie hat uns ertappt. Wir dachten, wir wären ungestört. Gunhild kann ja das Bett nicht verlassen, und Petter war in Göteborg auf der Arbeit. Lisbet sollte eigentlich in der Schule sein, aber ein Lehrer war krank geworden, und man hatte die Kinder früher nach Hause geschickt. Sie stand plötzlich in der Tür. Und sie hat natürlich sofort begriffen, was wir da taten.«

Frederik verzog keine Miene, doch innerlich schmunzelte er. Magnus hatte ihm soeben einen Schlüssel überreicht. Eine Erklärung, warum sich Lisbet so massiv von ihrer Mutter abgegrenzt hatte. Das Erlebte hatte die durch die Pubertät des Mädchens ohnehin angespannte Stimmung zweifellos noch weiter angeheizt. Und Lisbet hatte eine wirkungsvolle Waffe gegen Hjördis in der Hand gehabt. Vermutlich hatte sie ihr versprechen müssen, dem Vater nichts davon zu sagen, hatte der Mutter die Sache jedoch sicher bei jeder Gelegenheit mit der für Jugendliche so typischen Selbstgerechtigkeit vorgehalten.

Die Vorstellung löste ein unangenehmes Grummeln in seiner Magengrube aus. Irgendwo in seinem Hinterkopf formierte sich ein Gedanke, doch er bekam ihn nicht zu fassen. Er musste das alles noch einmal in Ruhe durchgehen.

Rasch leerte er seine Tasse und erhob sich.

»Danke für den Kaffee«, sagte er und reichte Alva die Hand. »Und für Ihre Offenheit. Sie haben mir sehr geholfen.«

Alva lächelte matt. »Das freut mich.«

Magnus stand auf und begleitete ihn zur Vorderseite des Hauses.

»Ich weiß, es ist viel verlangt«, begann er. »Aber ... ich möchte Sie trotzdem bitten, die Sache nicht breitzutreten. Mein Ansehen in der Gemeinde ...«

»Würde erheblich leiden, wenn bekannt würde, wie Sie Gottes Gebote auslegen«, vervollständigte Frederik. Völlig neutral, doch Magnus hörte die unausgesprochene Rüge trotzdem heraus.

»Sie haben ja recht. Ich hätte das Spießrutenlaufen verdient. Aber es würde auch mein Bild als verlässlicher Hirte erschüttern, und damit wäre der Gemeinde nicht gedient. Die Menschen brauchen diese Vision, sonst können sie nicht glauben.«

Frederik musste lachen. Magnus hatte gewiss seine Fehler, doch irgendwie mochte er den Mann.

»Versprechen kann ich nichts«, sagte er. »Aber ich werde Ihnen nicht mehr Steine in den Weg legen als unbedingt nötig.«

»Danke.« Magnus nahm Frederiks Hand in seine beiden und drückte sie herzlich. Dann fischte er ein Zigarettenpäckchen aus der Tasche. Er zündete sich eine an und stieß den Rauch in einer langen Fahne aus.

»Die habe ich jetzt gebraucht«, seufzte er.

Frederik hob zum Abschied die Hand.

»Genießen Sie sie. Und danken Sie dem Herrn für Ihre großartige Frau.«

Magnus nickte inbrünstig.

»Das werde ich. Jeden Tag.«

Im kleinen Bootshafen neben dem Fähranleger auf Öckerö war es still. Ein Stück weiter im Süden, auf den Stegen, die jenseits des Anlegers etwas erhöht auf einem Felsen lagen, liefen einige Personen in Badekleidung herum, und ab und an stürzte sich jemand kopfüber in die Fluten. Auf dieser Seite dagegen hielt sich außer ihm niemand auf. Die Fähren dümpelten an ihren Plätzen, doch bis zur Abfahrt der nächsten war noch Zeit.

Frederik setzte sich auf den Steg, und plötzlich fiel ihm ein, was ihn an Annas Bericht gestört hatte. Kroon hatte ausgesagt, dass er das Geld aus der Tasche genommen hatte, die Hjördis

Rune übergeben hatte. Nur das Geld. Von dem Rubinring war keine Rede gewesen.

Hatte Kroon den Ring einfach nur nicht erwähnt? Hatte er ihn übersehen? Oder hatte er ihn zurückgelassen, weil ein solches Stück nicht so leicht zu verkaufen war und eine deutliche Spur zu ihm gelegt hätte? Und was bedeutete es, wenn Kroon den Ring tatsächlich nicht genommen hatte?

Hatte der Mord an Rune überhaupt nichts mit Lisbets Entführung zu tun? Nur ein simpler Raubüberfall, ein Gelegenheitstäter, der den wertvollen Ring an sich genommen, die Münzen und den Modeschmuck aber zurückgelassen hatte? Wenn es so wäre, müssten sie in diesem Fall ganz neu ansetzen. Doch Frederik hatte ernsthafte Zweifel. Es wäre doch ein allzu großer Zufall, wenn noch eine weitere unbekannte Person bei diesem Spiel mitgemischt hätte. Immerhin befanden sie sich auf einer der kleinsten der Göteborger Schären. Verbrechen waren hier weiß Gott nicht an der Tagesordnung. Nein, der Mord an Rune, der Diebstahl des Verlobungsrings und Lisbets Verschwinden mussten zusammenhängen. Und alle Indizien schienen plötzlich in eine einzige Richtung zu deuten.

Aber war das überhaupt möglich?

Er nahm den Stapel Papier aus seiner Umhängetasche, den ihm Viveka am Morgen überreicht hatte, ehe sie mit Anna nach Oslo aufgebrochen war. Er blätterte durch die Unterlagen, bis er gefunden hatte, was er suchte, und legte sich die beiden Seiten auf die Knie. Dann studierte er die Zeichnungen gründlich. Außen- und Innenwände, Fenster und Türen, und Maßzahlen in winzig kleiner Schrift. Frederik musste die Augen zusammenkneifen, um überhaupt etwas erkennen zu können.

Er hielt die beiden Blätter direkt nebeneinander und runzelte die Stirn. Irgendetwas stimmte nicht. Das unangenehme Gefühl, das ihn auf der Terrasse des Pfarrers beschlichen hatte, verstärkte sich.

Noch einmal studierte er die Papiere sorgfältig. Dann steckte er sie in die Umhängetasche zurück und ging zur Fähre.

Er hoffte wirklich, dass er sich täuschte.

Das Licht fiel genau auf den Gekreuzigten. Das Kreuz selbst, das auf dem Altar stand, schimmerte golden. Die kunstvollen Mosaikbilder in den hohen Spitzbogenfenstern hinter dem Altar leuchteten in Blau, Rot und Gelb. Es war eine helle und freundliche Kirche, mit weiß gestrichenen Wänden und großen, klaren Fenstern rechts und links des Kirchenraums. Darüber erstreckte sich das bunt bemalte hölzerne Deckengewölbe.

Hier in der Svenska Kyrkan auf Öckerö hatte er Hjördis vor zwölfeinhalb Jahren das Jawort gegeben. So reich beschenkt hatte er sich gefühlt – die Frau, die er seit einer halben Ewigkeit liebte und verehrte, heiratete ihn! Und sie bekam ein Kind von ihm. In diesem Moment hatte er gedacht, dass es keinen glücklicheren Mann auf der Welt geben könnte als ihn. Dabei war alles nur Lüge gewesen.

Die Tränen ließen sich nicht zurückhalten. Die Fensterbilder, der Altar und die Kanzel mit den Heiligenfiguren verschwammen vor seinen Augen.

Er war so dumm gewesen, so naiv.

Und trotzdem. Lisbet war das Beste in seinem Leben. Er liebte dieses Kind so sehr, dass es schmerzte, ob sie nun sein eigen Fleisch und Blut war oder nicht. Die Vorstellung, dass irgendjemand ihr wehtat, trieb ihn fast in den Wahnsinn. An die andere, schlimmere Möglichkeit, dass sie längst tot war, durfte er gar nicht denken. Es würde ihn in Stücke reißen.

Petter schluchzte auf. Seine Mutter, die neben ihm saß, öffnete ihre Handtasche und reichte ihm ein Taschentuch, in das er sich schnäuzte. Bodil strich ihm sanft über den Rücken, so wie sie es früher getan hatte, wenn er hingefallen war und sich die Knie aufgeschlagen hatte.

»Es wird alles gut«, flüsterte sie, genau wie damals.

Petter lehnte den Kopf an ihre Schulter. Er wollte gerne hoffen, doch die Angst war in den letzten Tagen beinahe ins Unermessliche gewachsen. Sie füllte jede Faser seines Körpers und lag wie ein Bleigewicht auf seiner Seele.

»Lass uns beten«, sagte seine Mutter.

Petter richtete sich auf und faltete die Hände.

Er war nie ein gläubiger Mensch gewesen, doch was konnte er sonst noch tun? Er musste einfach nach jedem Strohhalm greifen.

Während er die Straße auf Kalvsund entlanglief, überdachte Frederik die Sache noch einmal.

Wenn Magnus die Wahrheit gesagt hatte, wusste Hjördis, dass sie nicht länger auf eine gemeinsame Zukunft mit ihm hoffen durfte. Nach der Scheidung von Petter würde sie allein dastehen, erst recht, wenn es Petter tatsächlich gelang, das Sorgerecht für Lisbet zu erwirken. Dann würden darüber hinaus auch noch die Alimente für das Kind wegfallen. Für Hjördis bliebe nur der Unterhalt, den Petter für sie aufbringen musste. Viel wäre das nicht, sie hatten routinemäßig die finanziellen Verhältnisse der Familie überprüft. Petter verdiente als Buchhalter nicht besonders üppig, und nennenswerte Rücklagen hatte die Familie nicht. Nur das Haus war einiges wert, doch das gehörte immer noch Gunhild. Wenn Hjördis es erben wollte, musste sie ihre Mutter bis zu deren Tod pflegen und dabei hoffen, dass Gunhild es nicht dennoch irgendjemand anderem vermachte, einer wohltätigen Organisation oder der Kirche vielleicht. Wie man es auch drehte und wendete, für Hjördis war Petters Scheidungsantrag eine Katastrophe. War sie darüber so verzweifelt, dass sie der eigenen Tochter etwas antat?

Frederik klingelte mehrfach an der Haustür, doch im Inneren rührte sich nichts. Nur aus der Küche kam, wie ein schauriges Echo, ein ebenso aufdringliches Schrillen. Gunhild zog wohl an ihrer Glocke, mit ebenso wenig Erfolg wie er.

Kurz dachte er darüber nach, ob er die Kollegen verständigen sollte, entschied sich aber dagegen. Bisher war es nur eine Theorie. Er wollte sich erst Gewissheit verschaffen, ehe er den Eltern des verschwundenen Mädchens ein ganzes Team auf den Hals hetzte.

Langsam ging er um das Haus herum und spähte in jedes Fenster. Drinnen sah es aus wie immer, aufgeräumt und sauber. Nichts lag herum, und nichts deutete darauf hin, dass es irgendeine Art von Auseinandersetzung gegeben haben könnte.

Die Straße war wie ausgestorben. Die Kollegen, die Petter beobachtet hatten, waren abgezogen worden, nachdem feststand, dass er für den Zeitraum von Lisbets Verschwinden ein Alibi hatte.

An der Hintertür angelangt, rüttelte er an der Klinke und fand sie offen. Bevor er eintrat, säuberte er seine Schuhe an der Fußmatte. Hjördis wäre sicher nicht begeistert, wenn er ihr Dreck ins Haus trug.

Im Flur zog er die beiden Blätter aus seiner Umhängetasche. Die Unstimmigkeit betraf das Obergeschoss: Das Schlafzimmer der Familie war kleiner als der darunterliegende Raum im Erdgeschoss, obwohl sie gleich groß sein müssten. Fast so, als gäbe es dort oben ein weiteres, verborgenes Zimmer.

Leise stieg er die Stufen hinauf. Das Schrillen der Glocke hatte aufgehört. Gunhild hatte wohl aufgegeben.

Er betrat das Schlafzimmer und sah sich um.

Die fragliche Seite des Raums wurde von einem gewaltigen

Einbauschrank eingenommen. Frederik öffnete die Türen und schob die Kleidung, die auf Bügeln an der Stange hing, beiseite. Dann untersuchte er die Rückwand.

Ein wenig albern kam er sich dabei vor, wie er da mit dem Oberkörper im Kleiderschrank der Familie steckte. Seine Idee erschien ihm plötzlich vollkommen unsinnig. Gab es solche geheimen Kammern nicht nur in Büchern? Aber nun war er schon einmal hier und konnte es ebenso gut überprüfen.

Er erstarrte, als seine Finger plötzlich eine winzige Vertiefung ertasteten. Augenblicklich verfluchte er sich. Weshalb hatte er keine Handschuhe übergezogen? Vielleicht wäre es ja wichtig, wer diese Stelle zuletzt berührt hatte. Doch nun war es ohnehin zu spät, der Schaden war schon angerichtet. Entschlossen drückte er seine Finger tiefer hinein, und die gesamte Rückwand des Schranks glitt auf offenbar gut geölten Rollen zur Seite. Dahinter lag eine Tür.

Frederik drückte die Klinke hinunter, doch die Tür war abgeschlossen. Er spitzte die Ohren und lauschte, hörte aber nichts. Es war wohl nach wie vor niemand zu Hause. Probehalber presste er die Handflächen gegen die Tür, doch sie bewegte sich nicht. Es war nicht nur eine Spanplatte oder dünnes Sperrholz, sondern eine massive Füllung. Frederik nahm sein Taschenmesser aus der Umhängetasche und klappte es auf. Dann drückte er die Klinge zwischen Schließbolzen und Türblatt.

Wenn er sich täuschte, würde er einiges zu erklären haben, angefangen bei unbefugtem Eindringen und Sachbeschädigung. Aber er konnte jetzt unmöglich erst bei der Staatsanwaltschaft anrufen und um einen Durchsuchungsbeschluss bitten.

Er stocherte eine ganze Weile erfolglos am Schloss herum. Dann gab der Schließmechanismus endlich nach. Frederik steckte das Messer zurück in die Tasche und schob die Tür vorsichtig auf.

Dahinter befand sich ein fensterloser Raum, in dem völlige Dunkelheit herrschte. Nur das Licht aus dem Schlafzimmer fiel hinein. Aber das reichte ihm schon.

Ein scharfer Geruch kam ihm entgegen, nach Essen, Schweiß, Exkrementen und Angst. Er öffnete die Tür vollständig und sah Lisbet, die mitten im Raum auf einem Kinderstuhl saß. Kerzengerade und stocksteif, obwohl sie nicht gefesselt war, die offenen Augen weit und starr. Aus dem schmutzigen weißen Sommerkleid ragten dünne Arme und Beine. Das blonde Haar, das ihr auf die Schultern fiel, wirkte stumpf und fettig zugleich.

Im ersten Moment fürchtete er, er sei zu spät gekommen, doch dann blinzelte sie.

Erleichterung durchströmte ihn und gleich darauf heiße Wut. Wie konnte man einem Kind so etwas antun?

Er stellte seine Tasche beiseite, hob die Hand und winkte.

»Hallo, Lisbet«, sagte er leise. »Ich bin Frederik Forsberg von der Reichspolizei Göteborg. Ich bin gekommen, um dich hier herauszuholen.«

Lisbet antwortete nicht. Sie starrte ihn nur an. Ihr Mund bewegte sich, doch es kamen keine Worte. Wahrscheinlich war sie vollkommen ausgedörrt. Die Luft in dem kleinen Raum war staubtrocken.

Frederik ließ seinen Blick rasch durch das Halbdunkel schweifen. In einer Ecke lagen zwei leere Wasserflaschen, außerdem mehrere zerknüllte Essensverpackungen. Daneben stand ein Eimer, aus dem bestialischer Gestank aufstieg. Dort hatte Lisbet wohl in den letzten Tagen ihre Notdurft verrichtet. Eine fast aufgebrauchte Rolle Toilettenpapier lag daneben.

Als er noch einmal genauer hinsah, bemerkte er, dass das Zimmer nicht tapeziert war, sondern dass sämtliche Wände mit dicken Styroporplatten verkleidet waren. Dies alles war offenbar von langer Hand geplant worden.

Bedächtig näherte er sich dem Kinderstuhl, der wie zum Hohn in zartem Rosa gestrichen war. Er stammte wohl aus Lisbets Zimmer.

Frederik kniete sich vor das Mädchen und streckte die Arme aus.

»Willst du mitkommen?«

Obwohl das Licht so spärlich war, konnte er erkennen, wie der Ausdruck in ihren Augen in rascher Folge wechselte. Ein Teil von ihr wollte aufspringen und sich in seine Arme werfen, der andere war erstarrt vor Angst und nagelte sie auf dem Stuhl fest.

Wieder bewegte sich der Mund, und dieses Mal kamen auch Laute heraus.

»Mama ...«

»Ja?«

»Sie hat gesagt ... ich muss auf dem Stuhl sitzen bleiben ... bis sie wiederkommt.«

»Ich glaube, du hast lange genug hier gesessen«, erwiderte Frederik sanft. »Das wird sie sicher einsehen. Sollen wir zusammen nach unten gehen und sie fragen?«

»Das würde ich nicht tun«, erklang eine harte Stimme, und ein langer Schatten fiel von hinten plötzlich auf ihn.

Frederik fuhr zusammen und wandte rasch den Kopf. In der Tür stand Hjördis, ein schwarzer Schemen vor dem hellen Tageslicht, das durch das Schlafzimmerfenster hereinfiel. Trotzdem erkannte Frederik mühelos, was sie in der Hand hielt: ein Schrotgewehr, dessen Mündung auf ihn gerichtet war.

Seine Hand zuckte nach seiner Dienstwaffe, doch er befand sich in einer ungünstigen Position, auf den Knien und mit dem Rücken zu ihr. Ehe er die Waffe in Schussposition hatte, hätte sie längst abgedrückt. Eine Ladung Schrot aus so kurzer Distanz führte gewöhnlich allein durch den Schock zum sofortigen Tod, und Hjördis würde nicht nur ihn, sondern auch Lisbet treffen. Das durfte er nicht riskieren, also unterließ er den Griff zur Waffe und hob die Hände. Er musste einfach eine bessere Gelegenheit abwarten.

»Bitte, Hjördis. Lassen Sie uns reden.«

»Es gibt nichts mehr zu reden, das sollten Sie begreifen.« Hjördis war mit drei Schritten bei ihm und presste ihm die Gewehrmündung an den Hinterkopf. »Sie ziehen jetzt hübsch langsam die Pistole aus dem Gürtel und legen sie auf den Boden. Keine Tricks, sonst sieht ihr Kopf in zwei Sekunden aus wie ein Sieb.«

Frederik gehorchte. Ein Polizeibeamter legte seine Waffe nicht aus der Hand, doch in diesem Moment hatte er keine andere Wahl. Hjördis kickte die Pistole mit einem Fußtritt in die hinterste Ecke des Raums. Anschließend trat sie ein paar Schritte zurück.

»Nehmen Sie das Kind.«

Frederik streckte die Arme aus, fasste Lisbet unter den Achseln und hob sie hoch. Dann richtete er sich auf. Er spürte den zarten Mädchenkörper an seiner Brust, so dürr, dass es ihn vor Mitleid in der Seele schmerzte. Erst war sie steif wie ein Brett, dann begann sie zu zittern und schmiegte sich an ihn. Er legte eine Hand über ihren Kopf und drückte ihn sacht. Er wusste nicht, wie, aber er würde sie beschützen. Niemals würde er zulassen, dass ihre Mutter ihr noch mehr Leid zufügte.

»Wir gehen jetzt hinaus.« Hjördis umrundete ihn halb und drängte ihn mit vorgehaltenem Gewehr durch die Tür in der Schrankwand. Vom Schlafzimmer aus ging es weiter in den Flur und die Treppe hinunter.

»Die Hintertür«, befahl Hjördis, und Frederik gehorchte auch jetzt.

Plötzlich standen sie im gleißenden Sonnenlicht, das ihn

blendete. Er versuchte zu erkennen, ob sich irgendjemand auf der Straße befand, doch das schien nicht der Fall zu sein.

»Kommen Sie nicht auf die Idee zu schreien, sonst drücke ich ab«, warnte Hjördis.

Frederik nickte. Es wäre ohnehin sinnlos, niemand würde ihn hören.

Hjördis trieb ihn weiter, über die glatten Felsen zum Meer, wo Petters Jolle lag.

»Setzen Sie das Kind hinein. Und dann schieben Sie das Boot ins Wasser.« Sie wies mit der freien Hand auf ein Gestell mit Rädern, das am Rand der Betonfläche stand. Frederik kannte diese Transporthilfen, er benutzte ein ähnliches Modell, wenn er seine Jolle in Forsbäck zu Wasser ließ. Jenes Boot, das jetzt ein Trümmerhaufen war. War es Hjördis' Werk gewesen?

Gehorsam hievte er Lisbet in die Bilge, warf die zusammengeknüllte Persenning hinaus und ging langsam auf die Zughilfe zu. In seinem Kopf rasten die Gedanken. Was hatte Hjördis vor? Wollte sie Lisbet allein mit dem Boot aufs Meer hinausschicken? Wusste sie von dem Loch im Rumpf? Er fragte sich, wie lange es dauern würde, bis die Jolle vollgelaufen war und sank.

»Ein bisschen schneller«, fauchte Hjördis und schwenkte die Waffe. »Sonst jage ich Ihnen auf der Stelle eine Ladung Schrot in den Schädel und mache es selbst.«

Frederik zerrte den Slipwagen über die Felsen und schob ihn unter das Boot. Lisbet, die zitternd in der Bilge kauerte, sah ihn aus großen Augen an. Er erwiderte ihren Blick und versuchte, so viel Zuversicht wie möglich hineinzulegen. Sie sollte wissen, dass er sie nicht im Stich lassen würde.

Aber was konnte er tun? Er musste versuchen, Hjördis zum Reden zu bringen. Sie irgendwie ablenken und in einem unachtsamen Moment überwältigen.

Er tat so, als hätte sich die Zughilfe verkeilt, und richtete sich keuchend auf.

»Warum, Hjördis? Weshalb haben Sie das getan?«

In Hjördis' Augen blitzte etwas auf – Wut oder vielleicht auch Trauer? Sie funkelte ihre Tochter an.

»Es ist alles ihre Schuld. Sie hat mich so auf die Palme gebracht. Wollte einfach nicht gehorchen. Und dann ist sie auch noch frech geworden.« Sie fuchtelte mit dem Gewehr, damit er mit dem Aufladen des Boots fortfuhr.

Frederik brachte den Slipwagen in die richtige Position.

»Sie hat gedroht, Petter zu verraten, dass Sie sich heimlich mit dem Pfarrer treffen? Mehr Munition für ihn im Scheidungskrieg?«

Hjördis lachte bitter auf.

»Petter? Das hätte wohl kaum eine Rolle gespielt.«

Sie bewegte die Flinte zwischen ihm und Lisbet hin und her. Einen Moment lang reflektierte der Lauf das grelle Sonnenlicht so, dass es genau in Frederiks Augen fiel. Ein kurzer Lichtblitz, im selben Moment, als ihn die Erkenntnis wie ein Schlag traf. Plötzlich fielen alle Teile an ihren Platz.

27

Sie saß wieder auf dem Stuhl in der geheimen Kammer. Jedes Mal, wenn sie böse war, sperrte Gunhild sie hier ein. Dann war sie ganz allein in der Finsternis.

Auf keinen Fall durfte sie sich bewegen. Wenn Gunhild zurückkam und entdeckte, dass sie nicht an ihrem Platz war, wurde sie fuchsteufelswild. Sie hätte sich auch gar nicht getraut. In den Wänden warteten die Monster. Zwar konnte man sie im Dunkeln nicht sehen, aber sie wusste, dass sie da waren. Sie schnitten Grimassen und hofften darauf, dass sie sich hinlegte und einschlief. Dann würden sie über sie herfallen.

Manchmal waren es nur ein paar Stunden, manchmal ganze Tage. Die Zeit verrann unendlich langsam, und sie wusste nie, wann sie endlich erlöst würde.

Schon oft hatte sie daran gedacht, dem Vater zu sagen, was die Mutter mit ihr machte, wenn er nicht da war. Aber sie traute sich nicht. Gunhild hatte ihr gedroht, sie für immer hier einzusperren, wenn sie auch nur ein Sterbenswörtchen verlauten ließe.

Sie wusste ja auch gar nicht, ob Sverker auf ihrer Seite wäre. Er war ein harter Mann und duldete keine Gefühlsduselei. Wenn er betrunken war, schlug er ihre Mutter. Vielleicht würde er auch sie schlagen, wenn sie petzte.

Hjördis schloss die Augen und versuchte, sich wegzuträumen. Wenn sie groß war, würde sie weggehen und niemals zurückkommen. Aber bis dahin war es noch sehr lange hin. Sie würde wohl noch viele Stunden in diesem schrecklichen Gefängnis zubringen müssen.

Er hatte einen wichtigen Teil der Familiendynamik außer Acht gelassen: die alte Dame oben in ihrer Kammer. Weil sie kaum Kontakt zu Lisbet hatte und sich nicht mehr selbstständig bewegen konnte, schien sie bei der Suche nach dem verschwundenen Mädchen nicht wichtig zu sein. Die Situation im Garten neulich tauchte plötzlich in seiner Erinnerung auf, Gunhild mit den abgedeckten Armen und Beinen. Die Beklemmung, die er empfunden hatte, kehrte mit Macht zurück. Für ein paar Sekunden hatte er das Gesicht des Drachen gesehen.

»Lisbet wollte Ihr Geheimnis gar nicht Petter verraten«, erkannte er. »Sie wollte es Gunhild sagen, Ihrer Mutter.«

Hjördis' Antlitz zerfloss. Die Maske fiel, alles Biedere verschwand. Der Mund verzerrte sich voller Hass, und Frederik sah plötzlich den Wahnsinn in ihren Augen.

Er begriff nicht, warum er in den Tagen zuvor nichts davon bemerkt hatte. Gewöhnlich ließ ihn sein Gespür für die Wahrheit hinter dem Offensichtlichen nicht im Stich, doch Hjördis hatte ihn getäuscht. Einen kurzen Moment lang tat sie ihm leid, weil sie ihren Traum von der Bühne niemals hatte verwirklichen können. Sie war tatsächlich eine außerordentlich begabte Schauspielerin.

Jetzt aber war das Stück vorüber, der letzte Vorhang gefallen, die Rolle ihres Lebens beendet. Er sah ihre nackte Seele, das verzweifelte Kind, die betrogene Frau.

»Sie hat mir alles kaputt gemacht«, heulte sie. Tränen der Wut rannen über ihre Wangen. »Von klein auf musste ich schuften, erst die Großeltern pflegen, dann den Vater. Und wehe, ich habe nicht gehorcht. Dann hat sie mich in die kleine Kammer gesperrt, damit ich Demut lerne. Gott hat dich an diesen Platz gestellt, damit du gehorchst, hat sie immer gesagt. Alles, was ich wollte, waren für sie nur unsinnige Flausen. Theater! Brotlose Kunst. Das wäre vielleicht etwas für die feinen Stockholmer oder Göteborger Sprösslinge, aber doch nicht für ein Kind von den Schären.«

Ihre Augen glitten zu Lisbet.

»Als ich zum zweiten Mal schwanger war, konnte ich es nicht verbergen. Meine Eltern haben verlangt, dass ich heirate. Egal, wen. Hauptsache, ich stand nicht mit einem unehelichen Kind da. Die Schande hätten sie nicht ertragen. Auf den Schären legt man schließlich Wert auf den guten Ruf.« Sie lachte, ein hässliches, bitteres Lachen. »Nur gut, dass sie nicht wussten, von wem das Kind war. Dann hätte mich mein Vater wahrscheinlich totgeprügelt.«

Frederik war sich nicht sicher, ob man überhaupt noch vernünftig mit Hjördis reden konnte, aber er probierte es trotzdem.

»Warum haben Sie nicht abgetrieben?«

Der Blick, den sie ihm daraufhin zuwarf, loderte.

»Abtreiben? In einer Familie, die streng nach Gottes Geboten lebt? Du sollst nicht töten, so steht es doch in der Bibel.« Sie schnaubte. »Ich habe gehorcht, wieder und wieder. Habe Petter geheiratet und Lisbet bekommen. Meinen Vater bis zu seinem Tod gepflegt. Und immer noch keine Ruhe. Kaum war er unter der Erde, wurde meine Mutter ein Pflegefall. Nun hockt sie da oben und bestimmt immer noch über mein Leben. Und das alles nur wegen dieses verdammten Balgs.« Ihr Atem ging jetzt stoßweise.

Frederik verstand sie, es brach gerade alles um sie herum zusammen. Petter wollte sie verlassen und das Kind mitnehmen. Sie wäre allein, fast mittellos und wieder ganz und gar den Launen ihrer Mutter ausgesetzt.

»Gunhild würde Ihnen nicht verzeihen, wenn sie wüsste, dass Sie eine Affäre mit dem Pfarrer hatten«, stellte er nüchtern fest. Er hoffte immer noch, sie aus dem wütenden Strudel befreien zu können, der sie zu verschlingen drohte. Andernfalls würde sie

Lisbet und ihn mit in die Tiefe reißen. »Deswegen haben Sie Lisbet in die Kammer gesperrt. Sie wollten in Ruhe darüber nachdenken, wie Sie mit der Lage umgehen sollen.«

Während er sprach, fügte sich das Bild wie von selbst weiter zusammen.

»Sie hatten das alles gar nicht geplant«, erkannte er überrascht. »Eigentlich wollten Sie Lisbet nur bis zum Mittagessen schmoren lassen, aber dann kam Petter zu früh zurück.«

An ihrer Miene erkannte er, dass er richtiglag.

»Sie haben ihn losgeschickt, um nach Lisbet zu suchen. Warum haben Sie die Gelegenheit nicht genutzt, um sie wieder herauszulassen?«

Hjördis erwiderte nichts, also gab er sich die Antwort selbst.

»Sie wollten ihm eine Lektion erteilen. Ihn dafür bestrafen, dass er die Scheidung eingereicht hatte. Schließlich gab es ja eine plausible Erklärung, was mit Lisbet passiert sein könnte. Sie hatten den Bericht im Fernsehen gesehen, über den entflohenen Sexualstraftäter Carl Kroon. Und dann war da ja auch noch dieser Mann am Mittsommerabend, der Lisbet angestarrt hatte. Sie dachten, alle würden glauben, dass es Kroon war, der Lisbet entführt hat. Und wenn nicht er, dann eben Rune Dahlberg. Der Bericht über Kroon hat Sie daran erinnert, warum Rune im Gefängnis war. Es wäre überhaupt kein Problem, ihm die Sache anzuhängen.« Ein weiterer Gedanke schoss ihm durch den Sinn. »Vielleicht hatten Sie auch die Idee, dass es ein Vorteil im Prozess sein könnte, wenn Sie Petter in Verdacht bringen. Ein Vater, der sein Kind entführt, hat nicht gerade die besten Chancen, das Sorgerecht zu bekommen.«

Hjördis blitzte ihn wütend an. Frederik machte einfach weiter. Er wusste jetzt, dass er auf der richtigen Spur war.

»Dabei geht es Ihnen gar nicht um das Kind, sondern nur um den Unterhalt, nicht wahr?«

Hjördis' Hand am Abzug zitterte. Frederiks Herz raste, und der Schweiß rann ihm in Strömen über den Rücken. Er wusste, dass er ein riskantes Spiel spielte, doch er sah keinen anderen Weg.

»Das Problem war, dass Sie die Sache nicht zu Ende gedacht hatten«, provozierte er sie weiter. »Plötzlich waren ständig Leute im Haus. Sie hatten keine Möglichkeit, Lisbet heimlich zu befreien. Und wie hätten Sie das Mädchen dazu bringen sollen, nicht einfach die Wahrheit zu sagen? Also haben Sie den Kopf in den Sand gesteckt. Weil Sie nicht wussten, wie Sie das Dilemma lösen sollten. Wenn herauskäme, was Sie getan hatten, wäre der Kampf um das Sorgerecht entschieden gewesen. Sie hätten Lisbet verloren und den Unterhalt für sie ebenfalls.«

Hjördis umklammerte das Gewehr.

»Es ist einfach nicht gerecht. Mein Leben lang habe ich mich aufgeopfert. Alle haben mich nur ausgesaugt, und jetzt wollen sie mir alles wegnehmen.«

Frederik nickte. Was Hjördis getan hatte, erfüllte ihn mit Abscheu, doch zugleich begriff er auch die Not, in der sie sich befunden hatte. Die Existenzangst hatte sie dazu getrieben, ihre Tochter gewaltsam daran zu hindern, ihr Geheimnis auszuplaudern, und dann war alles aus dem Ruder gelaufen. Der Druck auf Hjördis war beständig gewachsen. Erst war der Pfarrer ins Haus gekommen, dann die Polizei, und schließlich war auch noch Rune Dahlberg aufgetaucht.

»Rune wusste von der geheimen Kammer, nicht wahr? Er hat die Wahrheit geahnt, und damit hat er Sie erpresst.«

Hjördis knirschte mit den Zähnen.

»Ich habe ihn früher manchmal dort eingesperrt, wenn er frech war. So wie meine Mutter es mit mir getan hat, immer wieder. Rune fand das nicht schlimm. Eher im Gegenteil. Manchmal hatte ich das Gefühl, dass er es geradezu darauf anlegte. Hinterher war er dann immer besonders anschmiegsam.«

Ihr Blick wurde ein wenig glasig. Sie verlor sich wohl in der Vergangenheit. Frederik wollte das ausnutzen, doch er schaffte nur die halbe Strecke zu ihr, dann war der irre Gesichtsausdruck zurückgekehrt. Wutschnaubend richtete sie die Gewehrmündung auf seine Stirn.

»Sie denken, Sie können mich mit Ihrem Gequatsche einlullen, wie?«

Frederik hielt ihrem Blick stand.

»Was ist am Samstagabend passiert? Nachdem Sie Rune den Beutel mit dem Geld, den Münzen und dem Schmuck gebracht hatten?«

»Ich bin zurück nach Hause gegangen, wie ich es Ihnen gesagt habe.«

»Ich glaube Ihnen, dass das Ihre Absicht war. Aber dann sind Sie wütend geworden, nicht wahr? Den Verlust des billigen Schmucks und des Bargelds konnten Sie verkraften, aber dass er Ihnen den Verlobungsring genommen hatte, wollten Sie nicht akzeptieren.« Frederik neigte den Kopf und versuchte, den Gewehrlauf zu ignorieren, der seiner Bewegung präzise folgte. »Warum liegt Ihnen so viel daran? Die Hochzeit mit Petter war doch nur eine Notlösung. Und dennoch tun Sie etwas so Romantisches? Begehen einen Mord, um den Ring zurückzubekommen?«

Hjördis lachte auf.

»Das hat nichts mit Romantik zu tun. Der Ring ist das einzig Wertvolle, das ich besitze. Das überlasse ich nicht einem widerlichen Schwein wie Rune.« Sie blinzelte, weil ihr aufging, dass sie faktisch ein Geständnis abgelegt hatte, befand dann aber wohl, dass es darauf schon nicht mehr ankam.

»Er war in der Hütte, als ich zurückkehrte. Ich wollte nur mit ihm reden. Ihm sagen, dass er mir den Ring wiedergeben soll. Dafür würde er ja am Montag, wenn die Banken offen wären, das Geld bekommen. Aber dann habe ich gesehen, wie er dastand, mit offener Hose und dem Foto in der Hand. Er hat mich nicht einmal bemerkt, so sehr war er beschäftigt. Ich habe mich plötzlich nur noch vor ihm geekelt. Die Vorstellung, dass mich diese Finger früher mal gestreichelt haben, als er ein kleiner Junge war … Ich habe einen von den Brennballschlägern genommen und zugeschlagen. Er ist einfach umgekippt. Ich habe ihm das Foto weggenommen und seine Hose zugemacht. Damit Sie denken, es war dieser Verbrecher, mit dem er in der Anstalt war. Erst wollte ich den Beutel mitnehmen, aber dann dachte ich, dass mich jemand gesehen haben könnte.« Sie lächelte, offenbar zufrieden mit den Überlegungen, die sie angestellt hatte. »Niemand würde denken, dass ich schuld an Lisbets Verschwinden bin, wenn ich Lösegeld für sie bezahle. Und keiner würde glauben, dass ich Rune getötet habe, wenn ich die Beute dort zurücklasse. Ich wollte nur den Ring und das Geld wiederhaben.« Sie kniff die Lippen zusammen. »Den Ring habe ich gefunden. Das Geld hatte wohl tatsächlich dieser Kroon mitgenommen.«

Frederik lief angesichts ihrer Kaltschnäuzigkeit ein Schauer über den Rücken.

»Sie waren es auch, die Lisbets Pullover bei Rune versteckt hat«, griff er den nächsten Punkt auf, der sie vor ein Rätsel gestellt hatte. Hjördis' Lächeln wurde noch breiter.

»Das war schlau, oder? Ich hatte den Pullover am Mittsommerabend eingesteckt, für den Fall, dass Lisbet in ihrem dünnen Kleid friert. Er war noch in meiner Handtasche.«

Frederik spürte, wie Hjördis' Aufmerksamkeit nachließ, und machte sich bereit. Nur ein Sprung nach vorn, dann ein schneller Griff, hundertfach geprobt. Den Kopf wegducken und den

Lauf mit einer geschmeidigen Bewegung zur Seite drehen. Den Arm des Gegners auf dessen Rücken fixieren und ihm die Waffe aus den Fingern winden.

Doch Hjördis schien zu ahnen, was er plante. Sie sprang zurück, ehe er den ersten Schritt machen konnte.

»Jetzt bringen Sie endlich das verdammte Boot zu Wasser. Ich will nicht den ganzen Tag hier stehen und diskutieren.«

Sie schaute sich rasch um, doch das Felsplateau hinter dem Haus war wie leer gefegt. Nur selten verirrte sich eine Menschenseele hierher.

Das Loch in der Mauer im Vorraum der Kirche war noch nicht wieder verschlossen worden. Eine dunkle Höhle, wie ein fauliger Zahn. Eine stumme Anklage, die ihn jedes Mal mit Scham erfüllte und zu Boden blicken ließ. Trotzdem kam er immer wieder her.

Auch wenn die schwedische Kirche keine Buße kannte, empfand er das Konzept als hilfreich. Etwas anderes konnte er ja kaum tun, als seinen Herrn und diejenigen, denen er geschadet hatte, um Verzeihung zu bitten.

Die Tür zum Kirchenraum öffnete sich. Zwei Personen traten heraus. Magnus machte einen Schritt zur Seite, um sie vorbeizulassen, sah aber nicht auf. Deshalb traf es ihn völlig unvorbereitet, als plötzlich Spucke auf seinen Schuhen landete.

Verwirrt riss er den Kopf hoch. Er brauchte einen Moment, bis er die Frau erkannte, weil sie seit vielen Jahren nicht mehr in seiner Kirche gewesen war. Früher allerdings hatte ihre Familie zu den regelmäßigen Gottesdienstbesuchern gezählt.

»Bodil«, rief er erfreut, bemerkte dann aber den Abscheu in ihrem Gesicht.

»Pfui«, sagte sie, und er begriff, dass sie es war, die ihn bespuckt hatte. »Wie konntest du das tun? Ein Mann der Kirche, und verheiratet obendrein. Gelten denn Gottes Gebote nicht für dich?«

Magnus hob hilflos die Hände. Im Nachhinein verstand er es ja selbst nicht mehr. Wie hatte er sich damals von der minderjährigen Hjördis verführen lassen können? Und wie hatte er all die Jahre eine heimliche Beziehung mit ihr aufrechterhalten können, obwohl sie doch beide jemand anderem die Treue geschworen hatten? Es konnte nur daran liegen, dass sie seine tiefsten Sehnsüchte erspürt und befriedigt hatte. Bei ihr war er kein gewöhnlicher Mann gewesen, sondern ein Held. Sie hatte für ihn Theater gespielt und ihn so tief in ihre Illusion eingesogen, dass ihm das, was sie miteinander taten, kaum noch real erschien. Sie war ein herrlicher goldblonder Engel, der in seinen Träumen erschien. Er hatte gewusst, dass es falsch war, aber Hjördis war wie eine Droge für ihn gewesen. Er war einfach nicht von ihr losgekommen.

Das Schlimme war, dass er gespürt hatte, dass sie ihn aufrichtig liebte – ein Gefühl, das er nicht erwiderte. In Wirklichkeit war also er es gewesen, der mit ihr gespielt hatte. Er hatte ihr vorgegaukelt, sie dürfe sich Hoffnungen auf eine gemeinsame Zukunft machen, dabei hatte er nie die Absicht gehabt, sich von seiner Frau zu trennen. Er liebte Alva. Doch auf Hjördis' Zärtlichkeiten hatte er auch nicht verzichten wollen.

Bodil hatte recht, er war kein guter Mensch.

Er schaute zu Petter, der mit hängenden Schultern neben seiner Mutter stand.

»Es tut mir ehrlich leid«, sagte er. »Ich weiß, dass ich es nicht wiedergutmachen kann. Ich hoffe nur, sie finden Lisbet.«

»Dafür solltest du beten, Magnus Sandström«, versetzte Bodil und zog Petter am Ärmel aus der Kirche. »Wenn meiner Enkelin auch nur ein Haar gekrümmt wird, komme ich wieder und mache dir die Hölle heiß.«

Die Tür fiel hinter ihnen ins Schloss. Erst jetzt merkte Magnus, dass er zitterte.

Er faltete die Hände und richtete den Blick zum Himmel.

Würde der Herr ihm vergeben? Oder musste seine Tochter für seine Sünden büßen?

Der Wagen mit dem Boot schwankte, als er ihn über die Felsen zum Meer zog. Lisbet rührte sich nicht, aber ihre Augen folgten jeder seiner Bewegungen. Die Räder rollten unter die Wasseroberfläche, und der Rumpf löste sich vom Gestell. Frederik schob den Slipwagen zurück an Land.

Hjördis stand ein paar Meter entfernt und richtete unbeirrbar die Waffe auf ihn.

»Steigen Sie ein«, befahl sie.

Frederik kletterte ins Boot.

»Setzen Sie das Segel.«

Er löste die Zeiser und zog das Großsegel am Mast hoch. Ein leichter Wind aus Nordost blähte die Leinwand. Das Boot setzte sich langsam in Bewegung und glitt hinaus aufs Meer. Vom Bug her hörte er ein gluckerndes und saugendes Geräusch, von dort, wo das Wasser durch das Loch im Rumpf eintrat.

Hjördis hob das Gewehr.

Frederik warf sich über Lisbet und schützte ihren Körper mit seinem. Eine Ladung Schrot flog pfeifend über sie hinweg. Etwas traf ihn schmerzhaft an der linken Schulter. Ein paar Kugeln prallten auf den Rumpf, gefolgt von einem ohrenbetäubenden Knall, der über das Meer hallte. Frederik spürte, wie eine warme Flüssigkeit seinen Arm hinunterlief und seinen Ärmel durchnässte.

Er robbte rückwärts zum Niedergang und zerrte Lisbet hinter sich her in die Kajüte.

Eine zweite Ladung Schrotkugeln traf die Jolle und durchlöcherte die Außenhaut. Unzählige kleine Fontänen wie von einem Springbrunnen sprudelten ins Boot. Zugleich zog die Jolle am Bug Wasser. Es strömte in die Kajüte und stieg beängstigend schnell an. Das Boot trudelte und wurde langsamer.

Frederik tastete nach der Wunde am Oberarm. Sie schmerzte, schien aber nicht besonders tief zu sein. Die Kugel hatte ihn offenbar nur gestreift. Rasch blickte er sich um. Auf einem schmalen Regal an der Bordwand standen ein paar Blechtassen, mit Gummiringen gesichert. In einer davon steckte ein Geschirrtuch. Frederik zog es heraus, wickelte es fest um seinen Arm und knotete es mit der freien Hand und den Zähnen fest. Es war bestenfalls ein Provisorium, aber besser als nichts.

Von draußen waren keine weiteren Schüsse zu hören. Frederik kroch zum Niedergang. Vorsichtig streckte er den Kopf hinaus und sah, wie Hjördis das Gewehr nachlud. Er wollte zur Pinne hechten, um die Jolle auf Kurs zu halten, doch im selben Moment hob Hjördis die Waffe bereits wieder und feuerte. Ein weiterer Donnerhall und neue Fontänen. Die Bilge füllte sich ebenso rasch mit Wasser wie die Kajüte.

Frederik robbte zurück und suchte nach der Lenzpumpe, fand sie aber nicht. Wahrscheinlich hatte Petter die Sachen nach der Havarie an Land gebracht, damit sie trockneten und nicht in der Kajüte zu schimmeln begannen.

Er versuchte, ruhig zu atmen und sich zu konzentrieren, doch das war nicht so leicht. Unwillkommene Bilder schossen ihm durch den Kopf. Seine Mutter, die aufs Meer hinausschwamm, immer weiter, bis sie nicht mehr konnte. Ihr Kopf sank unter die Oberfläche. Sie atmete Wasser ein, hustete, tauchte wieder auf. Ruderte verzweifelt mit den Armen, hatte aber nicht mehr die Kraft, sich zu wehren.

Bereute sie in diesem Moment ihren Entschluss? Dachte sie an ihn und wünschte sich, nach Hause zurückzukehren? Rief sie vielleicht sogar um Hilfe, ängstlich, verzweifelt und zu Tode erschrocken darüber, wie grauenhaft es war, zu ertrinken? Qualvoll nach Luft zu ringen, während eiskaltes Salzwasser brennend ihre Lungen füllte? Wie lange mochte es gedauert haben, bis endlich eine gnädige Bewusstlosigkeit sie umfing?

Als sie Tage später an Land gespült worden war und er sie entdeckt hatte, glaubte er, das Entsetzen noch in ihren verkrampften Zügen zu erkennen. Heute wusste er, dass es nur die Spuren waren, die der Tod hineingefressen hatte. Kein Gesicht bewahrte im Sterben ein Abbild der Gefühle. Alle Muskeln erschlafften, und die starre Maske war bei allen die gleiche, ob jemand nun glücklich oder unter furchtbaren Schmerzen gestorben war. Trotzdem hatte sich das Bild auf seiner Netzhaut eingebrannt und quälte ihn bis heute.

Frederik schüttelte die Erinnerung energisch ab. Wenn er Lisbet und sich davor bewahren wollte, das Schicksal seiner Mutter zu teilen, durfte er nicht in Panik geraten oder, schlimmer noch, in eine Schockstarre verfallen. Aber das Boot sank mit rasender Geschwindigkeit, und Hjördis feuerte immer noch. In der Kajüte waren sie vor den Kugeln einigermaßen sicher, doch hier stieg das Wasser auch am schnellsten.

Er streifte seine Schuhe ab und schob sich bäuchlings zur Pinne. Die Jolle hatte an Fahrt verloren, weil sie immer tiefer im Wasser lag, aber auch weil das Boot sich von selbst in den Wind zu drehen begann. Frederik korrigierte den Kurs. Sie mussten es schaffen, die Südspitze von Kalvsund zu umrunden. Wenn sie Glück hatten, folgte ihnen Hjördis nicht, denn auf dem Weg dorthin müsste sie an den anderen Häusern vorbei und wäre nicht mehr unbeobachtet. Sobald sie außer Sicht waren, mussten sie ins Wasser springen und versuchen, sich schwimmend an Land zu retten. Öckerö wäre die sicherere Variante, doch Frederik bezweifelte, dass Lisbet es so weit schaffen konnte, und sie im Rettungsgriff dorthin zu schleppen, würde vermutlich auch seine Kräfte übersteigen.

Vorsichtig hob er den Kopf und sah, dass sich die Bordwand nur noch Zentimeter über der Wasseroberfläche befand. Sie durften jetzt keine Zeit mehr verlieren. Rasch blickte er zurück zum Ufer und atmete auf, als er sah, dass Hjördis verschwunden war.

»Lisbet! Komm her! Schnell!«, rief er.

Er wandte sich um, doch sie kam nicht aus der Kajüte. Eilig kroch er zu ihr zurück.

Lisbet kauerte in der Ecke, das Wasser reichte ihr schon fast bis zum Kinn. Frederik hielt ihr die Hand hin, doch sie hob die Arme und versteckte ihr Gesicht dahinter.

»Lisbet, bitte. Wir müssen von Bord. Wir sinken.«

Er sah, wie sie heftig den Kopf schüttelte, und begriff, dass sie vor dem, was sie draußen erwartete, mehr Angst hatte als davor, mit dem Boot unterzugehen.

»Deine Mutter ist nicht mehr da«, sagte er eindringlich. »Sie schießt nicht mehr auf uns. Und ich sorge dafür, dass sie dir nie wieder etwas antut.«

Lisbet ließ langsam die Arme sinken. Ihre Augen waren voller Angst, doch er sah auch einen winzigen Hoffnungsschimmer.

Draußen schwappte das Wasser über die Bordwand, ergoss sich in die Bilge und strömte durch den Niedergang in die Kajüte.

Frederik streckte die Finger aus.

»Komm. Wir haben keine Zeit mehr.«

Lisbet ergriff seine Hand. Das Boot sank plötzlich schneller, es kippte zur Seite und rauschte in die Tiefe.

28

Das Bild war verblasst und zerknickt, weil sie es so oft auseinandergefaltet und wieder zusammengelegt hatte, aber bis heute konnte sie es nicht ansehen, ohne Herzklopfen zu bekommen. Sie hatte schon immer gefunden, dass er der schönste Mann an der gesamten Westküste war, mit seinen klugen grauen Augen und den blonden Haaren, die ihm ständig in die Stirn fielen. Seine Stimme war so warm und sanft, dass sie ihr wohlige Schauer über den Rücken jagte.

Jeden Sonntag hatte sie zwischen Gunhild und Sverker in der Kirche gesessen und nur ihn angesehen. Von seinen Predigten hatte sie nicht viel mitbekommen. Stattdessen hatte sie sich vorgestellt, wie es sein würde, wenn er sie endlich berührte. Seine Worte waren wie Hände, die sie zärtlich streichelten. Je länger sie auf der harten Kirchenbank saß, desto wärmer wurde ihr. Wenn er die Gemeinde entließ und das Kreuz schlug, verspürte sie jedes Mal ein süßes Ziehen im Bauch.

Sie war sechzehn, als er sie endlich gesehen hatte. Das geschah anlässlich eines kleinen Fests, das – in Ermangelung eines Kirchgartens – hinter dem Pfarrhaus stattfand. Er hatte ein wenig zu viel getrunken, und als er sich erleichtern musste, war ihm der Weg ins Haus zu weit erschienen. Stattdessen hatte er sich hinter dem Schuppen in den Büschen erleichtert.

Dorthin war sie ihm gefolgt, und ehe er die Hose wieder schließen konnte, legte sie von hinten die Arme um ihn und streichelte ihn zärtlich.

Erschrocken riss er sich los und wirbelte zu ihr herum.

Sie lächelte, so wie sie es hundertmal vor dem Spiegel geprobt hatte. Verführerisch, aber mit einem unschuldigen, mädchenhaften Augenaufschlag. Ihre blauen Augen seien die hübschesten, die man sich vorstellen könne, das sagte ihr jeder der Jungen, mit denen sie sich traf, die sie aber nicht im Geringsten interessierten. Sie wollte einen richtigen Mann. Einen, der wusste, was er tat. Und der ihr eine Zukunft bieten konnte. Als Ehefrau von Pfarrer Magnus Sandström hätte sie Möglichkeiten, von denen die Tochter des Werftarbeiters Sverker Carlsson nicht einmal träumen konnte.

Magnus hatte gezaudert, doch ehe er sie zurückweisen konnte, hatte sie schon ihren Mund auf seinen gepresst.

Seine Küsse waren immer die süßesten von allen gewesen.

Aber danach war nichts so gekommen, wie sie es sich ausgemalt hatte. Das Kind war gestorben, und Magnus war bei seiner Frau geblieben. Auch als sie das zweite Mal schwanger war, wollte er sich nicht trennen. Trotzdem hatten sie ihre Affäre all die Jahre weitergeführt. Magnus hatte ihr etwas gegeben, das sie in ihrem richtigen Leben längst verloren hatte. Er sah nicht die grauen Haare, die abgearbeiteten Hände und die Falten, die sich schon tief in ihr Gesicht gegraben hatten. Für ihn blieb sie immer das wunderschöne Mädchen im hellen Sommerkleid.

Es erstaunte sie jetzt noch, dass Petter nie etwas gemerkt hatte. Bis er vor einem halben Jahr diese Untersuchung hatte machen lassen. Natürlich hatte er den Befund versteckt, aber sie kannte das Geheimfach unter der Anrichte. Schließlich waren es ihre Eltern, die das Möbelstück angeschafft hatten. Sie wusste nicht, warum die Ärzte ihn überhaupt dahin gehend untersucht hatten, aber das Ergebnis lautete, dass Petter unfruchtbar war. Da hatte er es endlich begriffen, und ein paar Tage später hatte er die Scheidung eingereicht und das Sorgerecht für Lisbet beantragt.

Noch so eine Dummheit. Petter hätte doch wissen müssen, dass sie das nicht akzeptieren konnte.

Er befand sich im blauen Nichts. Unter ihm lag das gekenterte Boot auf den Felsen, über ihm wölbte sich die Wasseroberfläche wie eine glitzernde silberne Decke. Das grelle Licht blendete ihn.

Um ihn herum war nichts als warmes, kristallklares Wasser. Es drückte auf seinen Brustkorb und drängte gegen seine Lippen. Wollte in ihn eindringen und ihn ebenso ausfüllen, wie es ihn umhüllte, wie eine verführerische, tödliche Geliebte. Für eine Sekunde verspürte er den Wunsch, sich hinzugeben. Alle Schmerzen hinter sich zu lassen und in der Geborgenheit unterzutauchen. Dann spürte er die kleine Hand in seiner, und sein Lebenswille kehrte mit einem Schlag zurück.

Er rudert mit den Beinen und dem freien Arm, spürte den Sog, der ihn zurück nach unten ziehen wollte, doch je mehr er strampelte, desto schwächer wurde der Strudel. Im nächsten Moment durchstieß sein Kopf die Wasseroberfläche.

Frederik holte keuchend Luft und hustete, während er zugleich Lisbet aus dem Wasser hievte. Sie war bei Bewusstsein, spuckte einen Schwall Wasser aus und röchelte.

Er drehte sich auf den Rücken, legte ihr einen Arm um den Brustkorb und begann zu schwimmen.

»Wenn du kannst, mach meine Bewegungen mit«, stieß er hervor. »Umso schneller sind wir an Land.«

Zuerst dachte er, sie hätte ihn nicht gehört, oder der Schock wäre so groß, dass sie nicht fähig war zu reagieren, doch dann spürte er, wie ihre Beine im Einklang mit seinen zu schlagen begannen. Langsam, wie ein gegen alle Regeln der Strömungslehre konstruiertes Schiff, steuerten sie auf den Südzipfel von Kalvsund zu.

Hjördis hob das Gewehr auf, das sie im Flur hatte fallen lassen. Es hatte ihrem Vater gehört und davor dessen Vorfahren. Seit unzähligen Jahren stand es in der Kammer, verborgen zwischen Putzeimern und Haushaltsgeräten. Ihr Urgroßvater hatte es illegal erworben, irgendwann in den Kriegsjahren, um sich verteidigen zu können, sollten die Deutschen jemals nach Kalvsund kommen. Es war nie benutzt worden, aber ihr Großvater und ihr Vater hatten es gepflegt und gängig gehalten. Nach Sverkers Tod hatte Hjördis es weggeben wollen, doch Petter hatte darauf bestanden, es zu behalten. Wer konnte schon wissen, ob man es nicht noch einmal gebrauchen konnte?

Nun, in diesem Fall hatte er ausnahmsweise recht behalten.

Mit schweren Schritten stieg sie die Stufen nach oben. Sie lehnte die Waffe an die Schlafzimmerwand und trat zu der Öffnung im Kleiderschrank. Müde blickte sie in das geheime Zimmer, in das ihre Mutter sie so oft eingesperrt hatte. Hier hatte alles begonnen.

Der Hass kochte mit Macht in ihr hoch. All diese Menschen, die sie um ihr Leben betrogen hatten. Erst Gunhild und Sverker, dann Magnus und schließlich Petter und Lisbet. Sie hatten ihr alles genommen. Geblieben war nur eine leere Hülle. Vergebliche Hoffnungen. Unerfüllte Träume. Zerstörte Illusionen.

Wieder zog sie das Foto von Magnus aus der Tasche. Ein letztes Mal betrachtete sie das jugendliche Gesicht, den lachenden Mund, die leuchtenden Augen. Dann zerriss sie das Bild langsam und methodisch in winzige Stücke.

Es war vorbei.

Alles war vorbei.

Als sie endlich das Ufer erreichten, fühlte er sich zu Tode erschöpft. Schwerfällig kletterte er an Land und hob Lisbet auf seine Arme. Sie bewegte sich nicht mehr, ihr Kopf ruhte wie ein Stein an seiner Brust.

Ein Stück weiter legte er sie auf die Felsen, blies ihr Luft in die

Lungen und presste ihren Brustkorb rhythmisch mit beiden Händen. Zuerst rührte sie sich nicht, doch dann erzitterte sie, und ein Schwall Wasser ergoss sich aus ihrem Mund. Im nächsten Moment schlug sie die Augen auf.

Rasch blickte er sich um und entdeckte auf dem nächstgelegenen Grundstück eine Hütte. Ein Bootshaus, vielleicht auch ein Geräteschuppen. Er trug Lisbet dorthin und betete, dass die Tür sich öffnen ließe. Ein Seufzer der Erleichterung, fast ein Schluchzen, entrang sich ihm, als er sie tatsächlich offen fand.

Im Inneren lag ein Boot auf Holzböcken, das offenbar gerade einen neuen Anstrich erhalten hatte. Es roch nach frischer Farbe, der Rumpf war strahlend weiß und frei von Algen und Muscheln, und in einer Ecke entdeckte Frederik einen Farbeimer und eine Dose mit Pinseln. Da die Farbe auf dem Bootskörper noch feucht glänzte, hoffte er, dass hier nicht so bald jemand vorbeikäme. Solange die Lage nicht geklärt war, wollte er nicht, dass sich Unbeteiligte einmischten und womöglich in Gefahr brachten. Vorsichtig setzte er Lisbet auf den Boden und lehnte ihren Rücken gegen die Holzwand.

»Warte hier auf mich«, bat er. »Ich komme gleich wieder und hole dich.«

Er wartete ab, bis sie ihn ansah und nickte. Dann machte er sich auf den Weg. Die Tür des Bootsschuppens ließ er angelehnt; sie sollte sich nicht wieder eingesperrt fühlen. Andererseits wollte er aber auch verhindern, dass man sie entdeckte.

Schnell lief er die Straße zum Haus der Larssons entlang. Kleine Steine bohrten sich in seine nackten Fußsohlen, immer wieder zuckte er zusammen, doch er verringerte das Tempo nicht. Er hätte jetzt gern Verstärkung gerufen, aber sein Smartphone befand sich in der Umhängetasche, die in Hjördis' Schlafzimmer zurückgeblieben war, genau wie seine Waffe.

Als er am Nachbarhaus vorbeikam, trat Knut heraus. Mit einem Arm hielt er die Kinder zurück, die ihm folgen wollten, den anderen streckte er in Frederiks Richtung.

»Was ist los?«, rief er. »Es klang, als hätte jemand geschossen.«

Frederik stoppte ab. Er hatte jetzt keine Zeit für Erklärungen, aber Knut musste etwas für ihn tun.

»Wählen Sie den Polizeinotruf«, sagte er so ruhig, wie er nur konnte. »Wir brauchen ein Einsatzteam mit Schutzwesten zum Haus der Larssons. Und Sanitäter. So schnell wie möglich.«

Knuts Augen weiteten sich erschrocken.

»Aber … was ist passiert?«

Frederik hob abwehrend die Hand.

»Später. Gehen Sie bitte zurück ins Haus. Bleiben Sie in Deckung. Sehen Sie auf keinen Fall aus dem Fenster. Sie erhalten Bescheid, sobald die Lage geklärt ist.«

Knut wurde es offensichtlich mulmig. Er zog sich eilig zurück, schob seine Kinder ins Haus und warf die Tür zu. Frederik rannte weiter.

Als er die Hintertür der Larssons erreichte, pumpte sein Herz wie verrückt, und das Blut rauschte in seinen Ohren. Er hielt eine Sekunde inne und atmete tief durch, um sich zu sammeln. Dann drückte er die Klinke hinunter.

Drinnen war es still. Frederik lauschte, doch er hörte keine Schritte, keine Stimmen und auch nicht das Schrillen von Gunhilds Glocke. Es schien, als wäre überhaupt niemand zu Hause.

Rasch öffnete er die Türen zur Küche, zum Wohnzimmer und zum Gästebad und stellte fest, dass die Räume leer waren.

Vorsichtig setzte er einen Fuß auf die Treppe und stieg so leise wie möglich hinauf.

Sein erster Weg führte ins Schlafzimmer. Auch dort war niemand, nur auf dem Boden lagen ein paar bunte Fetzen, die sich zuvor noch nicht dort befunden hatten. Ein Foto, bis zur Unkenntlichkeit zerpflückt.

Seine Umhängetasche stand immer noch im Einbauschrank, direkt neben der Tür zur geheimen Kammer. Frederik nahm sein Smartphone heraus, aktivierte die Taschenlampenfunktion und leuchtete den Boden des Verlieses nach seiner Waffe ab. Er fand sie in der Ecke neben dem Eimer, der Lisbet in den letzten Tagen als Toilette gedient hatte, und hob sie erleichtert auf. Nun konnte er sich zumindest verteidigen.

Als Nächstes wählte er Birgers Nummer und schilderte ihm mit knappen Worten die Lage. Birger versprach, so schnell es ging die entsprechenden Schritte einzuleiten.

Frederik stieg wieder durch die Rückwand des Schranks. Die Waffe steckte er ins Gürtelholster, behielt den Verschluss aber offen. Die Umhängetasche ließ er stehen, das Handy schob er in die Hosentasche und hoffte, dass es keinen Schaden nahm. Hemd und Hose klebten immer noch klatschnass an seinem Körper.

Mit der Hand am Griff der Waffe trat er in den Flur. Sein Puls jagte, und er spürte das Adrenalin, das durch seinen Körper raste. Hatte Hjördis bemerkt, dass es ihm und ihrer Tochter gelungen war, das sinkende Schiff zu verlassen? War sie noch im Haus und wartete mit der Schrotflinte auf ihn? Oder war sie längst über alle Berge?

Er schaute in Lisbets Zimmer, ins Bad und in einen Raum, in dem eine Nähmaschine und ein Bügelbrett standen, immer darauf gefasst, im nächsten Moment in eine Gewehrmündung zu blicken. Doch die Zimmer waren verwaist.

Frederik wischte sich die Hände an der Hose ab und merkte kaum, dass sie davon nur noch nasser wurden. Den Körper angespannt wie eine Raubkatze kurz vor dem Sprung, ging er zu Gunhilds Tür. Er presste sich mit dem Rücken gegen die Wand, drückte mit der Linken die Klinke hinunter und stieß die Tür auf. Dann warf er einen schnellen Blick hinein.

Er hatte sich getäuscht, Gunhild war doch im Haus. Ganz still lag sie in ihrem Bett, die Hände auf der Bettdecke gefaltet. Dort, wo sich zuvor ihr Gesicht befunden hatte, war nur noch eine breiige rote Masse.

Ein heftiger Brechreiz überfiel ihn. Er hatte im Laufe seiner Dienstjahre schon viele Verbrechensopfer gesehen, doch nur die wenigsten waren so fürchterlich zugerichtet. Frederik musste mehrmals schlucken, bis die Übelkeit nachließ. Dann wagte er sich weiter ins Zimmer hinein.

Rasch scannte er den Raum mit den Augen und registrierte, dass Gunhild nicht allein war. Im Bruchteil einer Sekunde zog er die Pistole aus dem Holster und richtete sie auf die zweite Person. Erst dann sah er, dass es nicht mehr nötig war.

Hjördis saß ihrer Mutter im Sessel gegenüber. Ihr halbes Gesicht fehlte. Die Schrotflinte, die es weggerissen hatte, lag auf ihrer Brust. Der nackte Zeh, mit dem sie die Waffe abgefeuert hatte, klemmte noch unter der Metallabdeckung des Abzugs.

Die Pistole glitt ihm aus den Fingern und polterte zu Boden. Frederik presste die Hand vor den Mund, musste aber einsehen, dass er den Kampf verlieren würde. Er schaffte es gerade noch hinaus in den Flur. Dort würgte er sein Entsetzen hinaus, bis nur noch bittere Galle kam.

29

Petter fuhr der Schreck in die Glieder, als er die vielen Menschen vor seinem Haus entdeckte. Uniformierte Polizisten und Rettungssanitäter drängten hinein, dazu ein paar schwarz gekleidete Männer, die wie Bestatter aussahen. Seine Mutter griff nach seiner Hand und drückte sie, doch er konnte jetzt nicht auf sie warten. Ungeduldig riss er sich los.

Der Polizist, der vor dem Eingang stand, hob die Hand, um ihn zu stoppen.

»Halt! Sie können da nicht rein.«

»Ich wohne hier.« Petter wollte an dem Beamten vorbeistürmen, doch der griff nach seinem Arm und hielt ihn fest.

»Sie dürfen trotzdem nicht hinein. Warten Sie bitte hier.«

Petter begann zu frösteln. Sein Puls beschleunigte, auf seiner Stirn stand der Schweiß.

»Bitte. Ich muss wissen, was los ist.«

»Das wird Ihnen Herr Forsberg erklären. Er ist gleich zurück.« Der Polizist schaute die Straße zum Westufer entlang. »Sehen Sie? Da ist er schon.«

Petter folgte seinem Blick. Der Mann, der auf ihn zukam, hatte kaum noch Ähnlichkeit mit dem Beamten, der in den letzten Tagen mehrfach in ihrem Haus gewesen war. Seine Kleider waren nass, und er hatte keine Schuhe an den Füßen. An seinem Hemd fehlte der linke Ärmel, ein weiß leuchtender Verband bedeckte den Bizeps. Die Haare lagen feucht am Kopf, auf seiner Stirn prangte ein dickes Pflaster, und sein Gesicht hatte eine ungesunde grünliche Farbe. Doch das alles nahm Petter nur am Rande wahr.

Was seine Augen magnetisch anzog, war die kleine Gestalt, die Forsberg auf den Armen trug. Er erkannte das dünne Sommerkleid, obwohl es nicht mehr weiß und glatt, sondern schmutzig grau und nass war, und die blonden Haare, auch wenn sie nicht wie sonst sauber und gekämmt, sondern strähnig und verfilzt waren. Das Mädchen dort war ohne jeden Zweifel seine Tochter.

Sein Herz hämmerte so hart in der Brust, dass es in seinen Ohren dröhnte.

»Lisbet!«

Er hatte nach ihr rufen wollen, doch was über seine Lippen kam, war nur ein stummes Flehen.

Lebte sie? War sie unversehrt?

Frederik bemerkte ihn, und Petter sah, dass sich sein Mund bewegte. Er stellte Lisbet auf die Füße und drehte sie sachte herum, sodass sie in seine Richtung blickte.

»Lisbet!«

Dieses Mal war seine Stimme kraftvoll und laut. Seine Füße setzten sich wie von selbst in Trab. Er rannte auf sie zu und fiel vor ihr auf die Knie.

»Lisbet!«

Er streckte die Arme nach ihr aus, und sie kam und schmiegte sich an ihn.

»Papa«, krächzte sie.

Petter spürte, dass sie zitterte und schluchzte, und auch ihm selbst kamen die Tränen. Sie liefen ihm über das Gesicht und tropften auf ihren Scheitel, aber er schämte sich nicht dafür. Sein Herz war weit offen, all die Ängste und Sorgen der letzten Tage fielen von ihm ab. Tiefe Erleichterung breitete sich in ihm aus und machte ihn ganz schwach. Doch so war er eben. Kein starker Mann, aber dafür einer, der lieben konnte.

Es dauerte eine ganze Weile, bis ihm klar wurde, dass der Polizist noch immer neben ihm stand. Petter blickte auf und sah, dass er Gesellschaft von seiner Mutter bekommen hatte. Bodil lächelte ihn an und hob die Hand, um der Enkelin übers Haar zu streichen, zum ersten Mal seit Jahren. Petter konnte an ihren Augen ablesen, dass sie es nie wieder so weit kommen lassen würde.

»Ich bin so froh«, sagte sie. Petter, dessen Herz vor Glück fast zersprang, nickte.

»Danke«, sagte er zu Frederik. »Danke, dass Sie sie gefunden haben.«

Erst dann registrierte er Frederiks gequälten Gesichtsausdruck, und ihm kam wieder zu Bewusstsein, was er gesehen hatte.

Ruckartig wandte er den Kopf.

Die Sanitäter traten gerade aus der Haustür, gefolgt von zwei schwarz gekleideten Männern, die einen silbernen Zinksarg trugen.

Seine Kehle war auf einmal wie zugeschnürt. »Was …? Wer …?« Er schaffte es nicht, die Frage zu stellen.

Frederik reichte ihm die Hand, um ihm auf die Füße zu helfen.

»Wir bringen Lisbet zu den Sanitätern. Sie braucht medizinische Versorgung. Vielleicht kann Ihre Mutter bei ihr bleiben?«

Bodil nickte. »Selbstverständlich.«

»Danke.« Der Polizist nickte ihr zu, ehe er wieder Petter ansah. »Wir beide sollten zum Kiosk gehen. Einen Kaffee trinken. Dann kann ich Ihnen in Ruhe berichten, was geschehen ist.«

Petter hob seine Tochter auf den Arm und folgte Frederik zu den Sanitätern, die vor dem Haus auf sie warteten.

Es war nie leicht, schlechte Nachrichten zu überbringen. Als Polizist war man darin geschult, doch es kostete trotzdem Überwindung, egal, wie oft man es schon getan hatte. Jeder entwickelte seine eigene Strategie, mit solchen Situationen umzugehen. Manche Kollegen blendeten ihr Mitgefühl aus, blieben auf Distanz, teilten nur sachlich mit, was geschehen war. Andere litten so sehr mit den Betroffenen, dass sie nur mit Mühe das Weinen unterdrücken konnten und nächtelang nicht schliefen. Frederik tat beides. Er spürte den Gefühlen seines Gegenübers nach, ließ sich aber nicht mitreißen, sondern blieb auf der Zuschauerseite. Es war so ähnlich, wie wenn man einen berührenden Film gesehen hatte. Man war danach eine Weile weich, aufgewühlt, zu Tränen gerührt. Der Schmerz der anderen war nicht so fremd, er verband sich mit den Enttäuschungen und Verletzungen, die das eigene Leben hinterlassen hatte. Das mochte ein paar Minuten dauern, manchmal auch einige Stunden, doch danach rückte alles wieder an seinen Platz. Es war nur ein Film. So wie auch das Leben der anderen nur eine Geschichte war. Man konnte Anteil nehmen und trösten, aber irgendwann musste man zurückkehren und die Menschen ihrem Schicksal überlassen. Sonst konnte man als Polizist nicht überleben.

Bisher war ihm das immer gelungen, außer bei dem Drama natürlich, das Torun und den Rest seines alten Teams das Leben gekostet hatte, doch dieser Fall war anders. Er war selbst betroffen. Weil die Parallelen zu seinem eigenen Leben allzu deutlich waren. Weil er mehrfach persönlich angegriffen worden war. Und weil er Hjördis' Bluttat am Ende nicht hatte verhindern können.

Er fühlte sich auch schuldig. Hätte er den Wahnsinn, der hinter Hjördis' biederer Fassade lauerte, eher bemerken können? Früher erkennen *müssen*? Eigentlich war er gut darin, das Ungesagte zu hören, die Stimmungen seiner Mitmenschen zu erspüren. War er nicht aufmerksam genug gewesen? Hatte er aus Angst um das Leben des Kindes nicht genau genug hingeschaut?

Oder hatte er die Wahrheit nicht sehen *wollen*? Was Hjördis getan hatte, war so furchtbar und unbegreiflich, dass es die Vorstellungskraft überstieg.

Frederik blickte Petter an, der seinen Kaffeebecher umklammerte und über das Wasser nach Björkö hinübersah. Sie hatten sich ganz ans Ende des Stegs gesetzt, weil sich am Kiosk die Urlauber drängten. Es war ein weiterer herrlicher Sommertag, viele waren mit ihren Booten gekommen. Kinder liefen auf dem Platz umher, spielten mit den Bändern der Mittsommerstange oder fuhren mit Tretrollern herum. Manche saßen auch mit ihren Eltern auf den Bänken, tranken Kakao und aßen Eis oder Zimtschnecken. Das typische Idyll der Göteborger Schären, nur ein paar Hundert Meter entfernt von dem Haus, in dem Unglück, Hass und Verbitterung zu einer blutigen Hölle geronnen waren.

Er hatte versucht, Petter das Geschehene behutsam beizubringen, aber wie teilte man einem Mann schonend mit, dass die eigene Ehefrau mit einem Schrotgewehr erst auf die Tochter, dann auf die Mutter und schließlich auf sich selbst geschossen hatte? Die Fakten ließen sich einfach nicht beschönigen.

Petter hatte ihm nur stumm zugehört. Mehrfach hatte er den Mund aufgemacht, ohne ein Wort herauszubringen, aber Frederik hatte den Sturm gesehen, der in seinen Augen tobte.

Jetzt wandte er ihm den Kopf zu.

»Sie hat Lisbet in dieser Kammer eingesperrt? Tagelang?« Er war fassungslos. »Wie konnte sie das tun?«

Frederik schloss kurz die Augen. Der Gedanke an die Angst und Verzweiflung, die Lisbet ausgestanden haben musste, verursachte ihm Bauchschmerzen.

»Vermutlich war es nicht das erste Mal. Sie kannte es nicht anders. Gunhild hat Hjördis selbst schon dort eingeschlossen, als sie noch ein Kind war.«

Petter verzog schmerzlich den Mund.

»Ist das eine Entschuldigung?«

»Nein. Nur der Versuch einer Erklärung.«

»Warum hat mir Lisbet nie etwas davon gesagt?«

»Ich nehme an, Ihre Frau hat ihr für so einen Fall eine noch schlimmere Strafe angedroht.«

»Aber weshalb hat sie sie nicht wieder herausgelassen? Als alle sie gesucht haben?«

Frederik dachte an die Dinge, die er erfahren hatte. Das, was ihm Hjördis offenbart hatte, während sie ihn gezwungen hatte, Lisbet mit dem beschädigten Boot aufs Meer hinauszuschieben. Es war alles ein wenig verschwommen, wie ein ferner Traum, doch langsam kehrte die Erinnerung zurück. Das Bild, das entstand, war grausam, und dennoch ergab es auf eine brutale Weise Sinn.

Er versuchte, es zu erklären.

»Zuerst war es wohl eine Kurzschlusshandlung. Und dann ist ihr alles über den Kopf gewachsen«, schloss er.

Petter schüttelte den Kopf. »Aber das ist krank.«

»Ja.« Frederik dachte an Hjördis' ungelebte Träume. An die junge Frau, der ein Leben aufgezwungen worden war, das sie nie hatte führen wollen. An die falschen Versprechungen des Pfarrers, die harten Eltern, an all die zerstörten Illusionen. »Das war sie wohl. Innerlich zerbrochen und so voller Wut und Hass, dass sie es nicht mehr kontrollieren konnte.«

Petter runzelte die Stirn.

»Sie haben Verständnis dafür?«

Frederik spürte, wie ihm das Herz schwer wurde.

»Das vielleicht nicht«, sagte er. »Aber ich kann es nachvollziehen. Es heißt allerdings nicht, dass ich es entschuldige. Hjördis hatte nicht das geringste Recht, zu tun, was sie getan hat.«

Petter nickte langsam. Dann erhob er sich mühsam.

»Ich brauche jetzt ein Bier. Soll ich Ihnen eines mitbringen?«

Frederik zögerte. Normalerweise trank er nicht im Dienst. Doch nach allem, was heute geschehen war, durfte er sich wohl eine kleine Schwäche erlauben.

»Ja«, sagte er. »Gern.«

Er sah Petter nach, wie er mit schweren Schritten zum Kiosk ging. Ein schmaler, gebeugter Mann. Auch er machte sich sicher Vorwürfe, dass er nichts bemerkt hatte.

Nachdem Petter hinter dem roten Haus verschwunden war, schaute Frederik übers Meer. Der Schock über den Anblick der beiden Toten wich langsam der Ernüchterung, und etwas anderes drängte an die Oberfläche. Ein Gedanke, der an ihm nagte. Eine Frage, auf die er nun keine Antwort mehr bekommen würde. Hatte Hjördis die Gasleitung auf seinem Boot manipuliert und die Explosion ausgelöst? Oder waren es doch die Handlanger von Arvid Ekström gewesen?

Als Petter mit den geöffneten Bierflaschen zurückkam, stießen sie an. Frederik zupfte an seinem Hemd und seiner Hose, die immer noch feucht waren, aber langsam trockneten. Er brauchte neue Schuhe, überlegte er. Die alten waren mit Petters Boot im Meer versunken. Bis er zurück in Göteborg war, wäre es zu spät zum Einkaufen. Er könnte auf halber Strecke bei dem großen ICA-Supermarkt anhalten, vielleicht fand er dort etwas. Ansonsten würde ihm wohl nichts anderes übrig bleiben, als barfuß mit dem Roller nach Hause zu fahren. Da die Temperaturen nach wie vor deutlich über zwanzig Grad lagen, war das auch in Ordnung.

Er nahm noch einen Schluck aus der Flasche.

»Wissen Sie schon, was Sie jetzt tun werden?«, fragte er. »Das Haus können Sie vorerst nicht betreten. Die Spurensicherung wird noch einige Stunden brauchen, und dann muss es ja auch erst gesäubert werden.« Er selbst war nur noch einmal kurz im Inneren gewesen, um seine Umhängetasche aus dem Schlafzimmer zu holen. Der Blutgeruch war ihm so heftig in die Nase gedrungen, dass er überhaupt nicht begriff, wieso er ihn auf der Suche nach Hjördis nicht sofort registriert hatte. Der Schock, das Adrenalin und die Konzentration auf die Aufgabe mussten sämtliche anderen Sinne lahmgelegt haben.

»Ich gehe nicht zurück«, sagte Petter. »Niemals wieder setze ich einen Fuß in dieses Haus. Und Lisbet auch nicht.«

»Wir können Ihnen ein Hotelzimmer besorgen«, bot Frederik an. »Oder möchten Sie zu Ihrer Freundin? Marit, nicht wahr?«

»Nein.« Petter nahm seine Brille ab. »Das wäre keine gute Idee. Ich will, dass sie trocken ist, bevor wir zusammenziehen. Lisbet soll keine Alkoholikerin als neue Mutter haben. Erst recht nicht, nachdem …« Er sprach nicht weiter, aber Frederik wusste auch so, was er sagen wollte. Lisbet war traumatisiert genug. Sie brauchte jetzt einen Schutzraum, kein weiteres Schlachtfeld. Er war froh, dass Petter das begriff.

»Ich denke, wir … ich meine, wenn sie es wollen …« Petter schüttelte den Kopf, als er merkte, dass er keinen verständlichen Satz herausbrachte. Er holte tief Luft und setzte noch einmal neu an: »Ich würde gern fürs Erste mit Lisbet zu meinen Eltern ziehen, wenn sie nichts dagegen haben.«

Frederik legte ihm die Hand auf die Schulter.

»Das werden sie nicht. Und ich finde, es ist eine gute Idee.«

Petter lachte heiser.

»Ja. Es ist vielleicht an der Zeit für eine Versöhnung.«

Frederik zog seine Hand zurück. Er wollte es nicht, aber er musste an seinen eigenen Vater denken. Insgeheim ahnte er seit Langem, dass Sivard nicht die Schuld am Tod seiner Mutter trug. Trotzdem hatte er nie einen Schritt auf ihn zugemacht, sich nie mit ihm ausgesprochen. Würde er es irgendwann noch einmal schaffen, über seinen Schatten zu springen?

Aus dem Augenwinkel bemerkte er, wie sich ihnen jemand näherte, eine grauhaarige Frau im hellgrünen Kleid. Sie zog einen Handkarren hinter sich her, auf dem mehrere Koffer lagen, ein schwarzer und ein grauer, und obenauf ein bunter Kinderkoffer. Neben dem Kiosk stellte sie den Wagen ab und trat auf den Steg.

»Petter?«

Petter blickte auf. »Mama!«

»Sie haben Lisbet ins Krankenhaus nach Göteborg gebracht«, erklärte Bodil. »Es fehlt ihr nichts, sie braucht nur etwas zu trinken und zu essen, aber sie wollen sie bis morgen dortbehalten und sie ein wenig aufpäppeln.«

Petter nickte erleichtert. »Das ist gut.«

Bodil deutete auf den Handkarren.

»Ich habe ein paar Sachen für Lisbet und dich zusammengepackt. Du kommst für eine Weile mit zu uns.«

Petter lächelte schief.

»Solltest du nicht lieber zuerst Vater fragen?«

Bodil wischte die Bemerkung weg wie eine lästige Fliege.

»Ich habe mit Eik telefoniert und ihm ein paar deutliche Worte gesagt. Entweder nimmt er uns alle drei, oder er kann sich eine andere Dumme suchen, die für ihn putzt und wäscht und kocht, während er sich mit seinen Kollegen beim Fußball oder Eishockey vergnügt.«

Petters Gesichtsausdruck nach zu urteilen, überraschte ihn die selbstbewusste Haltung seiner Mutter, aber es war nicht zu übersehen, dass sie ihm gefiel. Er stand auf und nahm sie in den Arm.

»Danke«, flüsterte er.

Frederik musste schlucken, weil ihn die Szene so berührte. Er trank sein Bier aus und erhob sich. Zum Abschied gab er Petter die Hand.

»Wir werden sicher noch Fragen haben, aber ich weiß ja, wo ich Sie finde. Wenn Sie etwas brauchen, melden Sie sich.« Er zögerte kurz, sagte es dann aber doch, weil es ihm wichtig war. »Versuchen Sie, einen guten Psychologen für Lisbet zu finden. Damit sich das, was sie erlebt hat, nicht in ihrer Seele festfrisst.«

Petters Nicken war nicht besonders überzeugend, aber mehr konnte er nicht tun. Vielleicht würde er wenigstens darüber nachdenken.

Frederik verabschiedete sich auch von Bodil und ging um den Kiosk herum zum Fähranleger. Er hatte Glück, die Fähre bog gerade um die Nordspitze von Kalvsund und würde ihn innerhalb weniger Minuten hinüber nach Framnäs bringen. Dort wartete der Roller, mit dem er auf der nächsten Fähre nach Lilla Varholmen und von dort nach Göteborg fahren konnte.

Als die Fähre ablegte, warf er einen letzten Blick zurück. Die Abendsonne ergoss ihr goldenes Licht über die Schäre. Das Kreuz auf dem alten Seezeichen, dem Valen oben auf dem Hügel, blinkte. Kalvsund hatte seinen Frieden wieder.

30

Mats Lundgren schob die Klappe zurück, und Frederik blickte durch das kleine Fenster in die Zelle. Carl Kroon lag auf seiner Pritsche. Er sah ein wenig mitgenommen aus, schien ansonsten aber auf dem Weg der Besserung zu sein.

»Ich bin verdammt froh, dass die Sache gut ausgegangen ist«, sagte der Psychologe. »Ich hätte es mir nie verziehen, wenn er wieder einem Mädchen etwas angetan hätte.«

Frederik brummte nur. Es stimmte, Kroon hatte kein Kind entführt, aber seine Flucht hatte trotzdem eine Kette verhängnisvoller Ereignisse in Gang gesetzt. Hjördis wäre vielleicht nicht auf den Gedanken gekommen, Lisbet in der Kammer zu verstecken, wenn sie nicht gewusst hätte, dass sich der Sexualstraftäter auf freiem Fuß befand. Darüber hinaus hatte der Fernsehbericht sie daran erinnert, dass sich mit Rune Dahlberg ein weiterer potenzieller Straftäter auf Kalvsund befand, und Lisbets Begegnung mit Kroon vor der Toilette am Kiosk hatte in Hjördis womöglich eine Vision hervorgerufen. Außerdem hatte er Rune genötigt, Hjördis unter Druck zu setzen, was in der Folge zu dessen Tod geführt hatte. Strafrechtlich waren es nur minderschwere Vergehen, die man ihm zur Last legen konnte – die Flucht aus der Vollzugsanstalt und die Erpressung –, doch in der Gesamtschau wog sein Handeln schwerer. Er war nicht der Hauptdarsteller gewesen, aber er hatte die Bühne geschaffen, die Hjördis betreten hatte.

»Ja, Sie haben recht«, sagte Mats zerknirscht, nachdem er ihm seine Überlegungen dargelegt hatte. »Aber dennoch. Meine Aufgabe war es, zu beurteilen, inwieweit sein Sexualtrieb sich noch im gefährlichen Bereich bewegt. Und da lag ich nicht so weit daneben, wie ich befürchtet hatte. Was ich unterschätzt habe, war sein Drang nach Freiheit. Ich dachte, er würde zurückkommen.« Er ließ die Klappe los und trat unschlüssig von einem Fuß auf den anderen. »Welche Schlüsse, denken Sie, soll ich jetzt daraus ziehen? Ist es besser, wenn wir einfach niemandem mehr Freigang gewähren?«

Frederik fuhr sich durch die Haare und dachte nach. Eine befriedigende Lösung für das Dilemma gab es wohl nicht.

»Dazu haben wir kein Recht, fürchte ich«, entgegnete er. »Wir müssen wohl damit leben, dass immer ein gewisses Risiko bleibt.«

Es war der Polizist, der da sprach, nicht der Vater. Als Beamter musste er sich an die geltenden Gesetze halten. Dachte er an Emma, wäre es ihm allerdings am liebsten, wenn keiner, der sich an einem Kind vergriff, jemals wieder auf freien Fuß gesetzt würde.

Er deutete auf die Zellentür.

»Nimmt er seine Medikamente wieder?«

»Ja.« Mats lächelte. »Dafür habe ich gesorgt. Er schluckt die Tabletten bei den Mahlzeiten, unter Aufsicht. Und er wird bis zum Ende seiner Strafzeit auch keinen Freigang mehr bekommen. Ich hoffe, danach können wir ihn mit halbwegs gutem Gewissen entlassen. Für eine erneute Einordnung in Kategorie C, akut gefährlich, werden wir nicht genug in der Hand haben, das kann ich Ihnen jetzt schon sagen. Aber zumindest wird er aufgrund seiner Flucht ein Weilchen länger bei uns bleiben.« Er schob die Klappe noch einmal zurück.

»Irgendwie tut er mir auch leid«, fügte er hinzu. »Er wollte einfach nur in den Norden, um seine Schlittenhunde zu züchten. Dass diese unglückselige Frau auf Kalvsund durchdreht, konnte er ja nicht ahnen.«

Frederik musste ihm zustimmen. Kroon hatte die Konsequenzen seines Handelns nicht absehen können. Man konnte ihm nicht die Schuld für das geben, was Hjördis getan hatte.

»Kommen Sie.« Mats schloss die Klappe. Er legte Frederik eine Hand auf den Rücken und führte ihn durch die Gänge zu seinem Büro. Auf dem Schreibtisch stand eine Kanne Kaffee bereit.

Sie setzten sich in die Sessel, in denen sie auch bei ihrer ersten Begegnung Platz genommen hatten. Mats prostete Frederik mit der Tasse zu.

»Wie geht es denn Ihnen?«, erkundigte er sich. »Sie sind ja tief in die Ereignisse hineingezogen worden.«

Frederik schluckte. Mats hatte keine Ahnung, wie verstrickt er wirklich war. Er spürte, wie die unterdrückten Gefühle in ihm brodelten.

»Was soll das werden?«, fragte er und lachte bemüht. »Eine Therapiestunde?«

Mats hob die Hände.

»Nennen Sie es, wie Sie wollen. Es ist nur ein Angebot, Sie müssen es nicht annehmen. Aber vielleicht tut es Ihnen gut, darüber zu reden.«

Frederik zögerte. Er fürchtete, die Flut nicht mehr bändigen zu können, wenn er den Staudamm erst einmal öffnete. Auf der anderen Seite konnte er all das, was ihn umtrieb, auch nicht mit sich allein abmachen.

Er gab sich ein paar Sekunden Bedenkzeit. Dann leerte er seine Tasse und stellte sie entschlossen auf den Beistelltisch mit den Terminzetteln und Stempeln.

»Also gut«, sagte er. »Aber machen Sie sich auf etwas gefasst.«

Das Haus stand in erster Reihe am Wasser, mit Blick auf den Jachthafen von Långedrag. An den Stegen lagen unzählige Boote vertäut, die sacht auf den Wellen schaukelten, in Zweier-, manchmal sogar in Dreierreihen, wie es im Sommer üblich war, wenn sich die Touristenströme über die schwedischen Küsten ergossen. Außerhalb der Saison machten nur vereinzelt Boote fest.

Hier hatte er seine Kindheit verbracht, glückliche Jahre voller Freiheit und Zuversicht. Tage, an denen scheinbar immer die Sonne schien, mit dem Wind vom Meer, der ihm durch die Haare pfiff, wenn er mit dem Rad die Straße entlangsauste oder mit seinem Vater mit dem Boot hinausfuhr.

Natürlich hatte es auch dunkle Stunden gegeben. Sturm und Regen, und die Tage, an denen seine Mutter im abgedunkelten Wohnzimmer still auf dem Sofa lag, den Kopf in den Händen vergraben, tränenüberströmt. Er hatte sie gespürt, die Angst, die Verzweiflung, die Hoffnungslosigkeit, auch durch die verschlossenen Türen hindurch.

Sein Vater war der Fels in der Brandung gewesen. Er hatte die Familie zusammengehalten und sich um alles gekümmert, auch um das, was sonst traditionell von der Hausfrau erledigt wurde. Sivard hatte schließlich tagtäglich in seiner Bootsmacherwerkstatt gearbeitet, hatte gebaut und repariert, Löcher gestopft und Segel instand gesetzt, Boote abgeschliffen und gestrichen und an Motoren geschraubt. Den Betrieb gab es immer noch, Frederik war auf dem Weg hierher daran vorbeigekommen. Die Tore hatten weit offen gestanden, und aus dem Inneren drangen das Kreischen der Schleifmaschine und gleichmäßige Hammerschläge nach draußen. Sivard hatte er nicht gesehen. Sein Vater trug die Last längst nicht mehr allein, der Betrieb war mit den Jahren gewachsen. Mittlerweile gab es sechs Angestellte, das hatte Frederik auf Sivards Homepage gesehen. Forsbergs Bootsfabrik war eine Institution an der Göteborger Küste.

Damals waren sie nur zu zweit gewesen, und Sivard hatte

noch alles selbst gemacht. Trotzdem hatte er die Wäsche erledigt und gebügelt, Staub gesaugt und eingekauft, abends gekocht und abgewaschen. Wenn Frederiks Mutter nicht auf dem Sofa lag, saß sie auf der Terrasse oder in ihrem kleinen Atelier und malte. Manchmal, wenn es ihr besonders gut ging, spielte sie auch im Garten mit Frederik Federball oder las ihm Geschichten aus ihrer deutschen Heimat vor. Diese Momente hatte er geliebt, genau wie ihre Bilder. Sie waren so voller Leben, so bunt und fröhlich, nichts ließ auf die Düsternis schließen, die in ihrer Seele wohnte.

Als Kind hatte er seinem Vater die Schuld gegeben. Es wäre doch seine Pflicht gewesen, die Mutter zu retten. Erst viel später waren die Zweifel gekommen.

Frederik stand vor der verschlossenen Tür seines Elternhauses und hob die Hand, schaffte es aber nicht, anzuklopfen. Was sollte er sagen, wenn sein Vater plötzlich vor ihm stand?

Nehmen Sie die Dinge in Angriff, hatte ihm Mats geraten, mit dem er über den Selbstmord der Mutter gesprochen hatte.

Das würde er auch tun, aber nicht heute. Es gab noch zu viel anderes, mit dem er fertigwerden musste.

Frederik wandte sich ab, schob die Hände in die Hosentaschen und schlenderte zurück zum Hafen, denselben Weg, den er als Kind so viele Hundert Male gegangen war.

Drei Stunden später war die Sonne verschwunden. Erst waren es dünne Schleier, dann eine ganze Schar kleiner weißer Wolken, die wie eine Schafherde über den Himmel zogen. Sie ballten sich zusammen, wurden grau und bildeten einen Vorhang, der sich komplett schloss. Das Licht wurde fahl, und Frederik spürte plötzlich die Müdigkeit, die sich auf ihn senkte.

Er lehnte sich auf seinem Stuhl zurück. Der Bericht war geschrieben, es war alles gesagt. Einen Prozess würde es nicht geben, die Mörderin war tot. Nur Kroon würde noch ein Verfahren bekommen, in dem die Strafe für seine Flucht und die Erpressung festgelegt wurde.

Frederik hatte auch ein paar Leute darauf angesetzt, Ekströms Handlanger zu überprüfen, doch es hatten sich keine Hinweise darauf ergeben, dass einer von ihnen oder Ekström selbst etwas mit der Explosion zu tun hatte. Der Anschlag auf sein Boot blieb wohl ungeklärt.

Unzufrieden klickte er auf das Diskettensymbol auf der Symbolleiste, dann auf das Druckersymbol. Der Drucker auf dem Tisch neben seinem Schreibtisch begann zu surren. Frederik verband die mobile Festplatte mit dem Rechner und fertigte eine Sicherheitskopie an. Dann sah er auf die Uhr. Er hatte noch eine halbe Stunde Zeit.

Sein Blick fiel aus dem Fenster. Das Stillsitzen behagte ihm nicht, er hätte gern eine rasche Runde um den Block gedreht, doch das Wetter lud nicht dazu ein. Über dem Ullevi-Stadion verdichteten sich die schwarzen Wolken, und im nächsten Moment prasselten Regentropfen gegen die Fensterscheibe. Das traumhafte Sommerwetter der letzten Tage war nur noch eine ferne Erinnerung.

Unschlüssig griff er nach dem obersten Aktendeckel des Stapels auf seinem Schreibtisch. Er enthielt nicht viel Neues, Anna hatte ihm nichts verschwiegen. Sie hatte Beweise gefälscht, um ihren Chef zu schützen. Weil sie sich am Ende selbst angezeigt hatte, hatte man ihr noch eine Chance gegeben.

Er legte die Akte beiseite und nahm sich die nächste. Viveka Nyström. Ein Disziplinarverfahren wegen wiederholter Mobbingvorwürfe, danach die Versetzung.

Khalid hatte bei der Ausländerbehörde gearbeitet. Er war handgreiflich geworden, als ihn ein wenig integrationsbereiter Kollege provoziert hatte. Verständlich, aber nicht zu tolerieren.

Gegen Göran lag nichts Konkretes vor, sein Zeugnis sprach lediglich im Subtext von mangelnder Motivation und fehlendem Engagement.

Auch Hedda hatte sich keinen Fehltritt geleistet. Allerdings war sie in den vergangenen drei Jahren insgesamt zehn Monate krankgeschrieben gewesen. Zwischen den Zeilen las Frederik heraus, dass sie wohl mit Burn-out-Symptomen zu kämpfen hatte.

Er klappte auch ihre Mappe zu und warf sie wieder auf den Schreibtisch. Keine Überraschungen, nur die Bestätigung, dass die neuen Kollegen einiges mit sich herumtrugen, genau wie er selbst. Schuldig oder unschuldig, darüber wollte er nicht urteilen. Er wusste nur, dass sie die Vergangenheit irgendwie bewältigen mussten, wenn sie eine Zukunft im Team haben wollten.

Das Gespräch mit Mats Lundgren hatte ihn aufgewühlt. Es war eine Erleichterung gewesen, sich ein paar Dinge von der Seele zu reden. Zugleich machte es ihm Angst, die Tür zu der verborgenen Kammer in seinem Inneren zu öffnen.

Ein leises Klopfen an der Tür riss ihn aus seinen Überlegungen. Birger trat ein. Er setzte sich ihm gegenüber an den Schreibtisch.

»Es tut mir leid«, sagte er mit Blick auf die Personalakten. »Ich hätte dir gern eine bessere Mannschaft gegeben. Nach allem, was passiert ist ...«

Frederik stand auf und ließ zwei Tassen Espresso aus der Maschine laufen, die er dann auf den Tisch stellte. Birger trank nur einen winzigen Schluck, Frederik leerte seine in einem Zug. Wie immer beschleunigte sich sein Herzschlag. Er sah wieder das Massaker vor sich, das Ekströms Leute angerichtet hatten, die toten Kollegen, Torun mit dem klaffenden Loch in der Brust. Der Schmerz war nicht mehr so roh wie vor drei Jahren, lag aber immer noch wie ein Bleigewicht auf seiner Seele.

Birger strich sich über den dichten Bart.

»Wenn du willst, dass ich irgendjemanden versetze, tue ich das. Auf die Schnelle konnte ich keine anderen Kollegen bekommen. Eigentlich hättest du ja noch drei Wochen Urlaub gehabt. Aber nachdem Kroon geflohen war …«

Frederik hob die Hand, um ihn am Weitersprechen zu hindern. Ganz kurz lauschte er in sich hinein. Dann traf er seine Entscheidung.

»Es ist okay. Sie haben alle ihr Bestes gegeben.«

»Bei dem einen oder anderen ist das vielleicht nicht besonders viel«, warf Birger ein.

Frederik dachte an den schwerfälligen Göran und musste lächeln.

»Ich bin sicher, wir kriegen das hin. Wir brauchen nur ein bisschen Zeit.«

»Schön.« Birger leerte seine Tasse und erhob sich. »Dann machen wir es jetzt offiziell.«

Sie gingen gemeinsam zum Konferenzraum, den Frederik hergerichtet hatte. Auf den Tischen am Rand hatte er ein Kuchenbüfett aufgebaut, vornehmlich Zimtschnecken und Kardamomkringel, aber auch Kokoskugeln, Schokoladenschnitten und ein paar Muffins. Kannen mit Kaffee und Tee standen bereit, dazu Milch und Zucker. Nichts Großes, eher eine symbolische Einstandsparty, nachdem sich am Anfang die Ereignisse derart überschlagen hatten, dass für teambildende Maßnahmen keine Zeit geblieben war.

Die Kollegen trafen nacheinander ein, zuerst Hedda, die mit sichtlichem Appetit das Sortiment musterte, danach Anna und Viveka, die sich nach einem kurzen Blick auf die Leckereien an gegenüberliegenden Seiten des Tisches niederließen. Frederik spürte den unterschwelligen Argwohn. Trotzdem hatte er den Eindruck, dass die Spannung zwischen den beiden Frauen ein wenig nachgelassen hatte. Die Entscheidung, sie gemeinsam nach Oslo zu schicken, hatte zumindest nicht zu einer Katastrophe geführt.

Kurz darauf erschien Göran, nahm sich eine Zimtschnecke und eine Kokoskugel und stopfte Letztere in den Mund, ehe er Platz nahm. Nicht nur Birger, auch Hedda hob tadelnd die Augenbrauen, doch Göran registrierte es gar nicht. Er schmatzte nur, und Frederik lachte in sich hinein, weil er so zufrieden aussah.

Khalid kam als Letzter. Wie immer setzte er sich nicht, sondern lehnte sich an die Wand und verschränkte die Arme, so weit es ging von den anderen entfernt. Den Kuchen streifte er nur mit einem schnellen, desinteressierten Blick.

Frederik erhob sich.

»Ich will es kurz machen«, sagte er. »Wir haben gute Arbeit geleistet, auch wenn wir am Ende drei Tote beklagen müssen. Aber wir haben ein unschuldiges Mädchen gerettet und einen entflohenen Straftäter zurück hinter Gitter gebracht.«

Anna richtete sich auf ihrem Stuhl auf.

»Die Bösen sind tot, die Guten haben überlebt, so ist es doch, oder nicht? Lisbet ist wieder zu Hause. Petter muss sich nicht scheiden lassen, und keiner wird infrage stellen, dass Lisbet seine Tochter ist. Petter kann mit seiner Freundin zusammenziehen, und er erbt das Haus auf Kalvsund. Die drei können eine glückliche Familie werden, und mit seinen Eltern hat er sich auch wieder ausgesöhnt. Happy End.«

Für einen Moment herrschte betretene Stille. Dann begann Göran zu lachen. Zimtschneckenkrümel sprühten über den Tisch. Anna grinste. Viveka gab ein kurzes, hysterisches Kichern von sich. Auch Heddas Mundwinkel zuckten, nur Khalid behielt seine finstere Miene bei. Birger legte einen Finger an die Lippen, die unter dem dichten Bart ohnehin schwer zu sehen waren, doch Frederik hätte schwören können, dass er schmunzelte.

Als Göran sich wieder beruhigt hatte, räusperte er sich.

»Das hat mir gefehlt«, erklärte er ernst. »Dieser Job bringt einen um, wenn man immer pietätvoll sein will. Manchmal muss man die Dinge einfach durch den Kakao ziehen, sonst krepiert man daran.«

»Ja, du hast recht.« Frederik, der die Zähne zusammengebissen hatte, entspannte sich wieder. »Also, wie gesagt: Ich möchte mich für euren Einsatz bedanken. In den letzten Tagen hatten wir wenig Gelegenheit, zur Ruhe zu kommen, deshalb möchte ich euch jetzt zu Kaffee und Kuchen einladen, bevor wir in ein hoffentlich dienstfreies Wochenende starten.«

Er setzte sich wieder, und an seiner Stelle stand Birger auf. Der Dienststellenleiter sah einen nach dem anderen an, ehe er zu sprechen begann.

»Ihr wisst alle, dass dies hier ein Experiment ist. Eure erste Bewährungsprobe habt ihr erfolgreich absolviert. Für eine abschließende Bewertung ist es noch zu früh, aber Frederik hat mir so positiv Bericht erstattet, dass ich zuversichtlich bin, hier das neue Team *Mord eins* der Reichspolizei Göteborg vor mir zu sehen.«

Vier der fünf Angesprochenen klatschten, nur Khalid blieb bei seiner abweisenden Haltung. Frederik meinte trotzdem, dass sich seine Mundwinkel eine Winzigkeit hoben. Hedda strahlte, und die anderen wirkten zumindest erleichtert.

Frederik sah die Herausforderung, die vor ihm lag, doch er verspürte auch Zuversicht. Es würde nicht leicht werden, aus diesen fünf Menschen ein echtes Team zu formen. Aber es war möglich.

Die Straßenbahn hielt fast direkt vor dem Opernhaus. Es war ein futuristischer Bau mit Metallstreben, die in Richtung des Hafenbeckens zeigten und angeblich einen Schiffsrumpf darstellen sollten. Frederik hatte schon oft davorgestanden, aber immer noch Mühe, etwas davon zu erkennen. Heute verzichtete er darauf, es goss in Strömen, und er hatte keine Lust, noch nasser zu werden, als er es ohnehin schon war. Seine Hosenbeine hatten einen feuchten Saum, und von seinem Schirm tropfte sturzbachartig das Wasser hinunter. Den Roller hatte er auf dem Parkplatz vor dem Polizeigebäude stehen lassen. Er verfügte zwar über entsprechende Schutzkleidung und fuhr auch bei schlechtem Wetter, aber für einen Opernbesuch war ihm die Sache zu umständlich gewesen.

Auf der gegenüberliegenden Seite des Hafens ragte hinter Regenschleiern Göteborgs Wahrzeichen auf, der »Lippenstift«. Ein eckiges weißes Gebäude mit einem roten Dach und gegeneinander verschobenen Seitenwänden. Es hatte irgendwann in den letzten Jahren einen Preis als hässlichstes Bauwerk Schwedens gewonnen. Zu Recht, wie Frederik fand.

Bevor er eintrat, warf er einen kurzen Blick auf die riesige Videoleinwand über dem Eingang – noch etwas, das nach seinem Geschmack besser zu einem Kino als zu einer Oper passte. Birger hatte ihm die Karte geschenkt. Erst war er unschlüssig gewesen, ob ein Opernbesuch das Richtige war, doch jetzt verspürte er Vorfreude. Wenn man in der Musik und der Geschichte versank, verschwand die Realität für eine Weile aus dem Bewusstsein. Es war genau das, was er jetzt brauchte.

Im Foyer drängten sich gut gekleidete Menschen. Sektgläser klirrten, es wurde geredet und gelacht. In der Luft lag gespannte Erwartung. Der Duft teurer Parfums zog durch den hohen Raum. Frederik machte einen Bogen um die Damen, die ihn besonders intensiv verströmten. Er merkte, dass sein Magen knurrte, und reihte sich in die Schlange ein, um sich vor Beginn der Vorstellung noch ein Gebäckstück zu kaufen.

Mit der Zimtschnecke in der Hand schlenderte er zur Garderobe, um seine Jacke und den Schirm abzugeben. Auf halbem Weg blieb er plötzlich stehen. Vor ihm teilte sich gerade eine Gruppe und gab den Blick auf ein Paar frei, das direkt auf ihn zukam. Eine zarte Frau mit langen braunen Locken und ein groß gewachsener Mann mit scharf geschnittenem Gesicht und streng zurückgekämmten blonden Haaren.

Die Augen der Frau weiteten sich erschrocken, als sie ihn bemerkte. Ihr Mund öffnete sich. Ihr Begleiter blieb stehen und hielt sie am Arm, während seine kalten blauen Augen Frederik fixierten.

Für ein paar Sekunden standen sie einander gegenüber wie zu Eis erstarrt, während die anderen Theaterbesucher um sie herumschlenderten. Dann verzog sich der schmale, harte Mund des Mannes zu einem Lächeln, das alles andere als freundlich war.

»Forsberg«, sagte Arvid Ekström. »Hatte ich Ihnen nicht einen guten Rat gegeben? Sie sollten sich besser daran halten.«

Frederik versuchte, das Gebäck in seinem Mund hinunterzuschlucken, doch es blieb auf halbem Weg stecken. Ekström verstärkte seinen Griff um Leas Arm, und Frederik sah, wie sie das Gesicht verzog.

Der Impuls, sich auf den Widersacher zu stürzen, war beinahe übermächtig, aber Frederik hielt sich zurück. Er würde niemandem einen Gefallen damit tun, weder sich selbst noch Lea. Wenn er Ekström bezwingen wollte, musste er das auf anderem Weg tun.

Er würgte den süßen Klumpen hinunter und bemühte sich um eine gleichmütige Miene.

»Wir alle tun, was wir tun müssen.«

Ekström blinzelte nicht einmal.

»Wie Sie meinen. Ich wollte nur helfen. Das Leben ist so zerbrechlich, nicht wahr?« Er bohrte seinen Daumen in Leas Armbeuge, und sie zuckte zusammen. Frederik sah, wie ihre Augen feucht wurden. Sie starrte ihn flehentlich an, und er wusste, worum sie ihn bat.

Mit aller Disziplin, die er aufbringen konnte, neigte er den Kopf.

»Ich werde daran denken.«

Dann hielt er es nicht länger aus. Er schob sich an Arvid und Lea vorbei, drängte sich zwischen den Menschen hindurch, die zu den Eingängen des Zuschauerraums strebten. Allerdings in die entgegengesetzte Richtung. Vor dem Portal warf er die angebissene Zimtschnecke und die Opernkarte in den Abfalleimer. Der Appetit auf Essen und Kultur war ihm vergangen. Mit raschen Schritten lief er zur Straßenbahnhaltestelle. Nicht einmal den Schirm spannte er auf. Er wollte nur noch nach Hause.

31

Magnus faltete die Hände und hob die Stimme zum Gebet. Hinter ihm standen die beiden Särge. Die Kirche war bis auf den letzten Platz gefüllt, etliche Besucher hatten sich hinter den Bankreihen versammelt, und selbst im Vorraum warteten noch Trauergäste. Ganz Kalvsund und halb Öckerö waren gekommen.

Magnus fragte sich, was die Menschen antrieb. War es Mitleid mit den beiden Frauen, deren traurige Lebenswege schließlich in einem Blutbad geendet hatten, oder waren es Neugier und Sensationslust? Eigenschaften, die nicht unbedingt der schwedischen Mentalität entsprachen, doch ein Drama wie dieses ereignete sich selten auf den gewöhnlich stillen und friedlichen Schären, sodass man wohl eine Ausnahme machen konnte.

Er wartete, bis die letzten Töne der Orgel verklungen waren, und ging dann mit bedächtigen Schritten durch den Mittelgang. Die Sargträger traten herbei und hoben die beiden Särge an. Petter, Lisbet und Petters Eltern, die in der ersten Reihe gesessen hatten, folgten dahinter. Langsam erhoben sich auch die anderen Trauergäste.

Magnus ging durch den Vorraum, in dem man die Wand mittlerweile verschlossen und neu verputzt hatte. Er geriet kurz ins Stocken, und die Erinnerung an das tote Kind versetzte ihm einen Stich in die Magengrube. Mit einem raschen Kopfschütteln streifte er das Unbehagen ab. Dann trat er aus der Kirche, wo sich bereits die Menschenmenge versammelt hatte. Der Himmel war wolkenverhangen, aber es hatte aufgehört zu regnen.

Das Wetter passte zu Magnus' Stimmung. Die Ereignisse der

letzten Woche zogen noch einmal an ihm vorbei. Er hatte einiges mit seinem Gott zu besprechen, und auch mit dessen Vertretern auf Erden. Er hatte zwar nichts Verbotenes getan, doch sein Handeln und – mehr noch – seine Unterlassungen hatten ein schlechtes Licht auf die Kirche geworfen. Es würde noch darüber zu sprechen sein, ob man ihn auf seinem Posten beließ, doch zumindest den Trauergottesdienst für Hjördis und Gunhild durfte er halten.

Zeit genug zum Nachdenken würde er haben. Alva und die Kinder hatten ihn verlassen. Nicht für immer, aber sie wollten eine Weile fort sein, bis sich der Sturm gelegt hatte. Im Augenblick war das Drama von Kalvsund die Schlagzeile in allen Medien, und auf den Göteborger Schären gab es kaum ein anderes Thema.

Magnus schritt zu dem vorbereiteten Doppelgrab und gab den Trägern das Zeichen, die Särge zu versenken.

So endete es also. Hjördis' Traum vom großen Glück. Er dachte an die Momente, wenn sie für ihn gespielt hatte. Sie war großartig gewesen, vollkommen verschmolzen mit ihrer Rolle, und ihre Gefühle hatten so echt gewirkt. Sie hatte wirklich Talent gehabt, doch der schillernde Vogel hatte nicht fliegen dürfen. Man hatte ihm die Flügel gestutzt, und am Ende hatte sich die Klinge, die ihn verstümmelt hatte, gegen die Mutter gewandt, die jeden Ausbruchsversuch verhindert hatte.

An die Rolle, die er selbst dabei gespielt hatte, wollte er lieber nicht denken. Stattdessen hob er die Hände, um neben allem Entsetzen für ein wenig Verständnis zu werben, ihr ein paar versöhnliche Worte mit auf den letzten Weg zu geben.

Am Rande der Trauergemeinde entdeckte er den Kommissar. Ihre Blicke trafen sich, und Frederik nickte ihm kurz zu. Zumindest er hatte wohl die ganze Dramatik der Geschichte begriffen.

Magnus senkte den Kopf und sprach ein letztes Gebet.

Am Samstagnachmittag um kurz vor halb zwei stellte er den Roller vor der weißen Villa ab und ging die Stufen zum Eingang hinauf. Auf dem Flur begegnete ihm eine der Pflegerinnen. Sie lächelte, als sie ihn sah.

»Ach, Herr Forsberg. Das ist schön, dass Sie Emma besuchen. Sie freut sich immer so.«

Frederik erwiderte das Lächeln. Ein warmes Gefühl durchströmte ihn.

Egal, ob sie seine Tochter war, und egal, ob Lea sich eines Tages entschließen würde, Ekström zu verlassen, um mit ihm zusammenzuleben.

Er war froh, dass es dieses Kind gab.

Danksagung

Ich danke meiner Frau, die auf all meinen Entdeckungsreisen an meiner Seite ist, für ihre Liebe, die Inspiration und die einzigartigen Augenblicke, die wir teilen – unser Nachmittag auf Öckerö mit Blick über die wunderschöne Schärenlandschaft hinüber nach Kalvsund war einer der unvergesslichen Glücksmomente des letzten Jahres.

Außerdem danke ich meinen Freunden und meinem Freund und Kollegen Daniel Holbe für viele wunderbare und anregende Gespräche, Christine Steffen-Reimann und Dirk Meynecke dafür, dass sie Frederik Forsberg ans Licht der Welt geholfen haben, Silvia Kuttny-Walser für das liebevolle Lektorat und Ihnen, liebe Leserinnen und Leser, dafür, dass Sie Frederik und seine Kollegen bis zur letzten Seite begleitet haben.

Mir ist der Mann mit dem besonderen Gespür für seine Mitmenschen ans Herz gewachsen, und ich freue mich, dass er in den nächsten Jahren weitere faszinierende Fälle lösen darf – umso mehr, wenn auch Sie wieder dabei sind.

Herzlichst
Ihr Ben Tomasson